大魚讀品
BIG FISH BOOKS

让日常阅读成为砍向我们内心冰封大海的斧头。

EN HELT VANLIG FAMILJ

MATTIAS EDVARDSSON

谎言之家

[瑞典] 马提亚斯·爱德华森——著 郭腾坚——译

四川文艺出版社

序幕

我深陷角落。每一个映入我眼帘的动作，都能激起我的反应。最细微的声响，都能使我战栗。时间一秒接一秒地慢了下来，现在，一切几乎静寂不动了。我可能已经在这里坐了五分钟。也许，我已经坐了一小时。

隆德地方法院就坐落于市中心，位于警察局的斜对面，离车站只有咫尺之遥。隆德市的所有居民常常会路过地方法院，但是，绝大多数人可是一辈子都不曾踏入法庭的厅室。直到最近，我也仍然属于这绝大多数人。

现在，我正坐在二号厅外的一张沙发上。我面前的屏幕显示，针对一桩凶杀案的庭审正在进行中。

我太太就在厅内，坐在门的另一边。如此接近，却又如此遥远。就在走进地方法院，通过安检站之前，我们在外面的台阶上停下脚步，拥抱彼此。我太太握紧我的双手，她是如此用力，我的手摇晃不已。她说："现在，我们已经无能为力，只能任人宰割。"我俩都知道：这不完全是真相。

扬声器的刮擦声传来，突然，我感觉恶心想吐。我听到了自己的名字。现在轮到我了。我摇晃着从沙发上起身，一名保安替我开门。他点点头，没有表现出丝毫的情绪或意念。这种地方容不下任何情感。

二号厅比我预想的还要大。我太太就坐在听众当中。她看起来既疲倦又憔悴，双颊泛着泪痕。

下一刻，我瞥见了自己的女儿。

她面色惨白，比我记忆中的样子还要消瘦，披头散发，用虚弱的眼神望着我。“我用尽全力克制自己，才没有冲上前抱住她，对她耳语：“爸爸在这里。”在这一切了结以前，我可不准备放开她。

主审法官欢迎我到场，他马上给我留下了一个好印象。他看上去精神良好，同时也保有某种敏锐度。他看起来既善于倾听，又有权威。我觉得参审员们不会反对他的决定。而且，据我所知，他也有孩子。

由于我是被告的血亲，我不得以证人的身份宣誓。我知道法庭在审理我的证词时，必须考虑到我是本案被告的父亲。不过，我也知道，我个人，尤其是我的职业，将会使法庭认定我的证词是可信的。

主审法官请律师发言。我深深吸了口气。我现在要说出口的话，将会在往后许多年影响许多人的生命。我现在要说出口的话，将会决定一切。

我仍然没有决定好，自己该说些什么。

父亲

说真话、做善事的人，将感到心满意足。因为，每个人会得到自己所应得的。

《箴言》第十二章第十三节与第十四节

1

我们是一个稀松平常的家庭。我们的职业有趣、薪资优渥，我们交游广阔，有着充实的休闲生活，还能兼顾体育与文化活动。每周五，我们一边观赏《年度偶像》，一边啃着外卖，在节目的投票环节结束以前，我们就已经睡倒在沙发上了。每周六，我们会在市中心或某个购物中心吃午餐。我们会观看手球比赛，或者上电影院。我们会与好友相聚，共同品尝一瓶葡萄酒。晚上，我们紧贴着彼此而睡。每周日，我们会到森林踏青或参观博物馆。我们给爸妈打电话，聊得很久，或是各拿着一本小说，窝在沙发上。每周日晚上，我们通常会坐在床上，把文件、文件夹和电脑摊开，为下周即将到来的工作做准备。我太太每周一晚上会去上瑜伽课，而我每周四会去打室内曲棍球。我们不只缴付房贷本金，还一并偿还利息。我们落实垃圾分类，驾车时遵守限速令，打闪光灯，更会准时到图书馆还书。

今年我们的假期比较晚才开始，从七月初到八月中旬。在意大利度过几个美妙的夏天以后，最近几年我们把出国旅游安排到了冬季，这么一来，夏天我们就能在国内休养生息，到海岸一带郊游，顺便拜访亲朋好友了。这一次，我们甚至还在乌鲁斯特岛[1]租了一间小木屋。

史黛拉几乎一整个夏天都在 H&M 时装店上班。她正努力存钱，

[1] Orust，位于瑞典西岸，为全国第三大岛屿。

准备冬天到亚洲长途旅行。我仍然希望她能够顺利成行。

我和尤丽卡在今年夏天重新发现了彼此。当然，这听起来很像是陈词滥调，甚至有点荒谬——在经历二十年的婚姻后，你不会相信还能再次爱上自己的妻子。仿佛在家养育孩子这么多年的时间，就只是我们爱情故事里的一句旁白。这仿佛就是我们所预期的。总之，感觉就是这样。

带孩子可是一份全职工作。首先，他们是婴儿，我们只能等他们慢慢长大。我们担心他们会被噎住或摔个四脚朝天。然后，他们开始上学前班，当他们不在近旁的时候，我们提心吊胆。我们担心他们会从秋千架上摔下来，或是无法撑过社区儿童医院的下一次检查。之后，他们开始上学了，我们担心他们交不到朋友或是被朋友冷落。他们要写作业、学骑马、打手球、参加睡衣派对。他们进入初中，朋友、派对、冲突、心理辅导员的谈话和搭出租车的次数也越来越多。我们担心他们酗酒、吸毒，担心他们交到损友。他们的青春期就像一部肥皂剧，以 190 千米的时速飞驰而过。忽然间，你就和一个成年的孩子站在一起，以为你不必再杞人忧天了。

今年夏天，我们至少在一段相当漫长的时间里，不必再为史黛拉担心。我们家想必从没有这么和谐过。然后，一切全变了。

夏末的一个星期五，是史黛拉的十九岁生日。我已经在我们最喜欢的餐厅预订了座位。一想到意大利和意大利食谱，我们心里就暖洋洋的。而且西海岸还有一家小店，他们供应的通心粉和比萨，简直是无与伦比。我多么期待全家人共度一个平静、温馨的夜晚。

“我们预订了一张桌子，三个人。”我对女服务生说。她有一双小鹿般的眼睛，穿了鼻环。“我叫亚当·桑德尔，我预订了一张桌子，八点钟。”

她焦虑地环顾四周。

“请等一下。”她一边说，一边挤进餐厅已经拥挤不堪的空间里，消失无踪。

尤丽卡和史黛拉转身面向我。女服务生和她的同事们大呼小叫，比手画脚，露出厌恶的表情。

事实证明，处理我订位的人，误将日期写成星期四了。

“我们以为你们昨天会来，”女服务生一边说一边用笔尖搔弄着脖子，“不过我们能搞定。请给我们五分钟。”

另一群人被要求起身，服务生将另一张桌子拖了进来。尤丽卡、史黛拉和我站在拥挤的餐厅中心处，努力假装没看到从四面八方投向我们的恼怒眼神。我差一点就要开口解释：出错的是服务生，不是我们。

我们的桌上总算摆好了餐具。我飞快地坐下，翻弄着菜单，把脸藏在后面。

“对不起，对不起，”一名想必是餐厅老板的灰胡子男人说道，“我们一定会给您补偿的。饭后我请各位吃甜点。”

“没事的，”我对他说，“人都会犯错嘛。”

女服务生潦草地写下我们点的饮料。

“一杯红酒？”史黛拉说。

她用询问的眼神望着我，我转向尤丽卡。

“今天可是个特别的日子。”我太太说。

我对女服务生点点头。

“给寿星来一杯红酒。”

用完餐，尤丽卡将一只绘有约瑟夫·弗兰克[1]设计图案的信封递

[1] Josef Frank（1885—1967），出生在奥地利的瑞典籍设计师与建筑师。

给史黛拉。

“一张地图？”

对于我们的预谋，我狡猾地一笑。

我们随着史黛拉离开餐厅，走到街角。今天下午，我已经将她的礼物摆在这里了。

“喂，老爸，我不是早说了……这个太贵啦！”

她双手捧着脸，嘴张得老大。

那是一辆由比亚乔集团生产的粉红色韦士柏摩托车。大约一星期以前，我们在网上看到一辆这样的摩托车，知道它很贵。不过我最后还是说服尤丽卡，将它买了下来。

史黛拉摇头叹息。

“爸，你为什么不听我的呢？”

我举起一只手，面露微笑。

“别客气啦。”

我知道史黛拉一心想收到现金。但是，如果只能给钱作为礼物，那该多么无趣。有了这辆韦士柏摩托车，她就可以迅速、方便地进城，上班或到朋友家里做客。在意大利，所有青少年可都是骑韦士柏摩托车的。

史黛拉拥抱我们，一连道了好几次谢。然后，我们才走回餐厅。可是，不知道为什么，我感到失望。

女服务生端来作为补偿的提拉米苏蛋糕。我们三人都觉得，其实我们一口都吃不下了。不过，我们还是把一切都吃光了。

我把柠檬酒当成咖啡来喝。

“我得走了。”史黛拉一边说，一边挪动身子。

“不会是现在吧？”

我瞄了瞄手表，九点半。

史黛拉抿了抿嘴唇，身子继续在椅子上挪动。

“那再待一会儿，”她说，“十分钟吧。”

“今天可是你生日哪，”我说，“你们的店不到明早十点应该不会开门吧？”

史黛拉叹了口气。

“我明天不上班。”

不上班？她每周六都上班的。她就是凭借这一点，才在 H&M 时装店站稳脚跟的。一开始是周六上班，逐渐演变成暑期工。而且，上班时长还在持续增加。

“我一整个下午都在闹头痛，”她避重就轻地说，“偏头痛。”

“所以，你请了病假？”

史黛拉点点头。她告诉我这其实不是什么问题，总会有别的女生乐于代替她上班。

“我们可不是这样教你的。”就在史黛拉起身，从椅背上抓起夹克的时候，我这么说。

“亚当。”尤丽卡说。

“那为什么这么急呢？”

史黛拉耸了耸肩。

“我跟艾米娜有约会。”

我点点头，勉力压抑自己的不满。十九岁的少女，想必都是这副德行。

史黛拉给了尤丽卡一个深长的拥抱。我才半站起身来，她就将双臂搭在我身上。我们的拥抱既僵硬又笨拙。

“那韦士柏摩托车呢？”我说。

史黛拉望着尤丽卡。

“我们会把它弄回家的。”我太太保证。

当史黛拉走出门，逐渐消失后，尤丽卡缓缓地用餐巾擦干嘴巴，对着我微笑。

“十九岁了，”她说，“想想，时间过得真快。”

我和尤丽卡那天晚上回到家时都已经累坏了。我们各自坐在沙发一角，读着自己的书，室内洋溢着科恩[1]的歌声。

“我还是觉得，她可以再多表现一点感激之情的，”我说，“至少在*那起汽车事件*以后。”

那起汽车事件。俨然已经有了代号。

尤丽卡索然无味地哼着曲子，只顾着看书，连头都不抬一下。窗外清风徐徐吹来，墙板发出吱吱嘎嘎的声响。夏天正在叹息，屏住了呼吸。八月已进入尾声，但我对此不为所动。秋天总是让我感到喜悦，那是一种重新开始的感觉，仿佛一段爱情的开端。

片刻之后，我放下自己的小说。此时，尤丽卡已经睡着了。我小心翼翼地抬起她的脖子，塞进一个枕头。她在睡眠中不安地动着，一时间，我认真地考虑要不要叫醒她。不过，我最后还是继续读书了。没过多久，字母变得模糊，我的思绪已然失控。我沉沉睡去，胸中有一个疙瘩，那是一个出现在我和史黛拉之间的嫌隙，出现在我们往昔和此刻关系之间的裂痕，出现在我对我俩关系的印象与现实情况之间缝隙的疙瘩。

当我醒来时，史黛拉站在房间中央。她不时踮起脚，在此同时，柔和的月光从窗口筛落，洒在她的头上与肩上。

尤丽卡也已经醒来，正揉搓着双眼。抽噎与喘息声弥漫了整个房间。

---

[1] Leonard Norman Cohen（1934—2016），加拿大创作歌手、音乐家与诗人。

我坐起身来。

“发生什么事了？”

史黛拉摇摇头，豆大的泪珠滴落，浸湿了面颊。尤丽卡双手环抱着她，在我的双眼逐渐习惯黑暗以后，我看到，史黛拉在颤抖。

“没事。”

随后，她便与母亲离开房间，独留我一人。我感到一阵不安与空虚。

2

我们是一个稀松平常的家庭。然后，一切都变了。

建立人生，要花上漫长的时间，然而，要让生活土崩瓦解，只需要片刻。我们得花上几年、几十年，甚至一辈子的时间，才能成为真正的自己。道路几乎总是崎岖的，我相信，这就是其中的意义，人生就是通过反复*试错*建立起来的。我们通过各种考验，塑造出自己的样貌。

对于那年秋天发生在我们家的事情，我难以理解其中的意义。我知道，一切其实是无法理解的，这当中自有更深远的含义。然而，我还是看不出来，最近这几周发生的事件到底有什么意义。无论是对我自己，还是对别人，我都无法说明。

也许所有人都会被问到自己对世界的看法，不过我可以想象，身为牧师的我，比其他人拥有更多这样的经历。一般来说，人们很乐于质疑我的人生观。他们好奇，我是否真的相信亚当与夏娃、处女生子、耶稣在水上行走、使亡者复生等故事。

在我刚成为基督徒时，我时常采取防卫姿态，针对质疑者的世界观展开辩论。我的论点是：科学不过是众多宗教之一。当然，我内心也产生过许多疑惑，我对自己的信念甚至产生了动摇。然而，现在的我对信仰已经非常有信心。我已经接受上帝的赐福，让他的容光在我身上焕发。上帝深爱世人，上帝就是渴盼与希望。上帝抚慰我，提供给我安歇之处。

我常说，我相信上帝，但我并非无所不知。当你相信自己无所不知的时候，你就会自我封闭。我认为人生就是持续学习的过程。

我认为，自己是个善良的人——这一点倒是与其他绝大多数人相似。这种想法，就算称不上自我感觉良好或优越感，听来还是有点专横。可是，这绝非我的本意。我是一个有着一大堆缺陷的人、一个犯过无数错误的人。我非常清晰地意识到这一点，我也得率先承认这一点。我的意思是，我在行动时总是本着关爱与关怀，心存善念。自始至终，我总是想做正确的事。

史黛拉十九岁生日过后的那个星期，和其他时间并没有什么显著的差别。周六，我和尤丽卡骑自行车前往格奈斯堡[1]，到好朋友家中做客。我顺便谨慎地问起前一天晚上所发生的事情，但是尤丽卡保证，史黛拉没有什么问题。有问题的，是某个男生。这种事情，隔三岔五地就会发生在十九岁的青年男女身上。我不必担心。

周日，我和父母通电话。当我们聊到史黛拉的时候，我说，现在，她都很少在家。我妈听完提醒我，我真该想想自己在青春期的所作所为。换位思考可是很困难的。

周一，我上午得主持一场葬礼，下午则必须主持一场受洗仪式。我所从事的这一行可真奇怪：生与死就在前厅握起手来。晚上，尤丽卡去上瑜伽课，史黛拉则把自己锁在房间里。

周三，我主持了一场美好的婚礼。这对有点年纪的新婚夫妇是教

---

[1] Gunnesbo，瑞典南部城市隆德（Lund）的一个城区。

会成员，他们在哀悼彼此已逝的前任伴侣的时候结识了彼此。这一刻直刺入我的内心深处。

周四，我在室内曲棍球赛中轻微扭伤了脚。安德斯是我童年时期一起打手球的玩伴，现在的他是消防员，膝下育有四个儿子。他在一次肉搏战中不小心踩到了我的脚。不过，无论如何，我还是撑完了那一节比赛。

周五早上，我骑自行车去上班，感到疲倦不已。午餐后，我主持了一名男子的葬礼，他死时才四十二岁。当然，他死于癌症。我始终无法习惯：比我年轻的人也会死。他的女儿写了一首诀别诗，然而，泣不成声的她没能当场朗读这首诗。我无法不想到史黛拉。

经历了漫长的一周以后，到了周五，我感到异常疲倦。我站在窗边，望着八月的尾声沉入地平线之下。沉重的秋天，一只脚已经踏进门口。最后一缕烤肉的烟雾，蜿蜒着升上屋顶，消失在天际。户外家具上摆设的衬垫，已经被收进屋内。

我总算脱下了罗马衫，一手摸着汗流不止的脖子。当我靠向窗框时，不小心碰到那张家庭合照。它落在了地板上。

玻璃上划出一条裂痕，然而，我还是把照片放了回去。那张照片，至少已有十年之久。照片上的我有着健康的肤色以及狡猾不羁的眼神。我记得摄影师就在我们笑出来的那一刻按下了快门。尤丽卡咧嘴大笑，史黛拉站在我们前面，双颊红通通的，绑着小辫子，穿着绘有米老鼠图案的毛线衣。我站在窗边片刻，望着那张照片，许多回忆冲上心头。

冲完澡以后，我煎了一片猪排搭配乔利佐香肠[1]。尤丽卡新买的

---

[1] Chorizo，起源于伊比利亚半岛的猪肉香肠，又称“西班牙香肠”。

耳环是小巧的银色羽毛造型。我们一边用餐，一边共享一瓶南非葡萄酒。然后，我们一起啃着椒盐棒，还在沙发上玩了一局“平凡的追求”[1]游戏，才去就寝。

“你知道史黛拉在哪里吗？”我在卧室里一边脱衣服，一边问道。尤丽卡早已缩进毛毯里。

“她要见艾米娜，不一定会回家。”

尤丽卡完全知道，我对我们的女儿*也许*会回家过夜这件事怎么看。然而，她还是说出这么一句废话。

我看了看时间，十一点十五分。

“她该回来的时候就会回来的。”尤丽卡说。

我狠狠瞪着她。有时候，我觉得她说话就是想把我惹毛。

“我发条短信给她。”我说。

我给史黛拉发短信，问她是否要回家过夜。当然，我没有收到任何回答。

我一声长叹，躺到床上。尤丽卡马上翻过身来，转向我，偷偷将一只手摸向我的臀部。她亲吻我的喉咙，而我则眼神呆滞地望着天花板。

我知道，我不应该这么担心。年轻时，我可没这么神经质。自从当了爸爸以后，忧虑感便朝我扑来，而且似乎一年比一年严重。

家有十九岁的女儿时，你有两个选项：不是神经持续紧绷直到最后崩溃，就是完全不去想所有她似乎喜欢面对、承受的危险。说穿了，这就是种自我保护的本能。

尤丽卡很快就躺在我手臂上睡着了。她暖热的鼻息宛如柔和的火焰，轻触我的面颊。她时不时会触电般地迅速抽动一下，不过，很快

---

[1] Trivial Pursuit（常简称 TP），欧洲颇为流行的桌上游戏。

就再度沉入梦乡。

我真的很努力入睡，然而，我心事重重。疲倦感已经蜕变为脑部狂热的活动与思绪。我想起自己多年来曾有过的梦想，许多梦想已经发生变化，但仍有一些梦想是我希望实现的。然后，我想到史黛拉的梦想，我不得不痛苦地承认，我不知道女儿对自己的人生有什么梦想。她顽固地坚称：她自己也不知道。毫无规划、杂乱无章。这跟我完全不一样。高中毕业时，我对自己人生的规划已经十分明了。

我知道，我不能影响史黛拉。十九岁的她，会自己做出选择。有一次，尤丽卡曾经说过，爱，就是放手，让你所爱的那个人自由飞翔。但是我常感觉史黛拉还坐着，拍打着翅膀，却无法离开地面。这与我所预期的不符。

不管再怎么疲累，我就是睡不着。我翻来覆去，查看手机。史黛拉回了一条短信。

我在回家路上啦。

凌晨一点五十五分，钥匙转开锁孔的声音传来。尤丽卡已经在她那半边床面上挪动了相当的距离，远远背对着我。史黛拉在楼下蹑手蹑脚地走。浴室里传来泼水声，迅速进入洗衣间的脚步声，然后又传来洒水声。这一切，感觉永无止境。

最后，楼梯传来嘎吱嘎吱的声响。她走上楼来。床上的尤丽卡一阵抽搐。我趋身向前，望着她。不过，她似乎还在睡觉。

两种感觉牢牢攫住了我。一方面，史黛拉任由我局促不安，这让我很是气恼；另一方面，她总算回家了，这让我感到轻松。

我下了床，打开卧室的门。就在这时，史黛拉经过门口。她身上仅穿着内衣，垂落在颈后的头发活像湿透的扫帚。她拉开自己的房门，黑暗中透出一缕微光，她的背被映成一道闪亮的线条。

“史黛拉？”我说。

她没有答话，直接钻进门缝，然后在房内锁上了门。

“晚安。”她的声音从门后传出。

“好好睡吧。”我低语道。

我女儿总算到家了。

3

周六上午，我起得相当晚。尤丽卡身穿家居服，坐在早餐桌前，听着播客。

“早啊！”

她将耳机拉到颈边。

即使睡得比平常要久，我仍然感到昏昏沉沉，将咖啡洒到了早报上。

“史黛拉呢？”

“上班去了。”尤丽卡说，“我起床的时候，她就已经闪人了。”

我试图用抹布将早报弄干。

“她应该累得不省人事才对啊。她在外面耗了大半个晚上。”

尤丽卡露出微笑。

“你看起来精神也不怎么好啊。”

她这是什么意思？她明明知道，只要史黛拉不在家，我就睡不着觉。

我们受邀前往狄诺和亚丽桑德拉位于魔山路的家，去享用一顿晚午餐。晚午餐，意味着有含有酒精成分的饮料，所以，我们骑自行车进城。经过隆德市立体育馆的时候，我瞥见一辆警车。再往前五十米、位于波尔恒学校旁的圆环边，停着另外两辆警车。其中一辆的警示灯闪烁着。三名警员快步走在法官街上。

“发生什么事啦？”我问尤丽卡。

我们将自行车停在中庭。直到走进楼梯间，我才惊觉，我们不应该空手前来做客。

“幸好我们家里有人想得比较周到。”尤丽卡说着，从手提包里掏出一盒精致的松露巧克力。

“亲爱的，你真是太棒了。”我低语着，亲吻了她的脸颊。

亚丽桑德拉面带微笑，前来应门。

“你们不必这么客气嘛。”我递上松露巧克力时，她这么说。她身上散发出山谷百合与柠檬的清香。

“哈啰，哈啰！”狄诺一边说，一边握紧我的手。

我们在玄关伫立片刻，忙着嘘寒问暖。好久不见了，你最近好吗？

“艾米娜不在家啊？”尤丽卡问道。

亚丽桑德拉犹豫了一下。

“她其实应该去打比赛的，可是她不太舒服。”

“我想不通这是怎么回事。”狄诺说，“据我记忆所及，她可不曾错过手球赛。”

“应该只是小感冒。”亚丽桑德拉说。

狄诺面露苦笑。在场所有人，想必只有我察觉到。

“希望她能在开学以前康复咯。”尤丽卡说。

“是啊，就算她发着四十度高烧，也绝对不会错过开学的。”亚丽桑德拉说。

尤丽卡笑了。

“她会成为一个好医生的。我从来没见过像她这么仔细、热忱的人。”

狄诺像开屏的孔雀一般，容光焕发。他绝对有理由感到骄傲。

“史黛拉好吗？”他问道。

当然，这个问题并不奇怪。一点都不奇怪。不过我觉得我们多迟疑了一下才回答。

“她很好。”最后，我说。

尤丽卡赞同地微笑着。也许，不管怎么说，这个答案离事实并没有那么遥远。今年夏天，我们家的女儿心情很不错。

我们坐在铺着玻璃外层的阳台上，享受着狄诺的皮塔饼与小肉馅饼，当然还有关于手球的逸事。狄诺有一项特殊技能，可以把比赛中的细节记得一清二楚，哪怕是十年前挪威西部某个大汗淋漓的体育馆内的一次攻门、一次救球。我则对场外发生的事件记忆犹新。比方说，我们球队的巴士在穿越日德兰半岛的途中开始漏油；一名来自舍夫德[1]的领队，热切地谈论纳粹主义；还有一次，我们在立陶宛出赛时不小心将自己锁在酒店门外，被迫在室外度过大半个晚上。

亚丽桑德拉对这些手球逸事很快就哈欠连连。

“你们听说那起凶杀案没有？”

这倒是一个转换话题的好办法。

“凶杀案？”

“就在波尔恒学校。他们今天早上在那里发现一具死尸。”

“那些警察，”尤丽卡说，“原来这就是为什么……”

露台门的摩擦声打断了她的话。艾米娜从门缝间探出头来。她的双眼闪闪发光，脸色惨白，活像一道被漂白、过滤的阴影。

“亲爱的，你看起来气色很糟啊。”尤丽卡说着，完全没有警觉心与敏锐度。

“我知道。”艾米娜声音沙哑地说。她的身子似乎只有紧贴着露台的门板，整个人才不至于瘫软在地。

[1] Skövde，位于瑞典西部的小镇。

“你去床上躺一下吧。”

“史黛拉迟早也会碰到这种乱七八糟的事情的。”我说，“你们俩昨晚不是在一块儿吗？”

艾米娜的目光停滞。也许只停了半秒，甚至可能只有十分之一秒。然而，艾米娜的目光一停滞，我马上就明白有什么不对头。

“是，她跟我在一块儿，”艾米娜一边咳嗽，一边说，“希望她没事。”

“你现在去床上躺一下吧。”尤丽卡说。

艾米娜掩上露台的门，拖着沉重的步伐走过客厅。

撒谎，是一门很少有人能够精通的艺术。

4

如果不是女儿的缘故，我和尤丽卡恐怕永远不会与狄诺和亚丽桑德拉成为好朋友。

史黛拉与艾米娜成为手球队队友的时候，两人都只有六岁。绝大多数队友都比她们大一岁，但这一年的差距并不明显。艾米娜和史黛拉很早就展现出赢家的特质。她们都很强势、固执、锐不可当。除了一般的技能以外，艾米娜和史黛拉最大的不同是：她很有天赋，球感非常敏锐。

手球队的最初几次集训时，我和尤丽卡坐在充满汗味的体操室里的长凳上，看着我们家的小女儿左冲右突，气喘吁吁。在手球馆里，我们绝少看到她这么奔放、快乐。狄诺是女童手球队唯一的训练员，他非常热忱，总是不厌其烦，身体力行，给了这些小队员相当多的关爱。然而，他的肢体语言是个问题。场上某个女生表现优异的时候，他总是用激烈、爆炸性的措辞和手势表达自己的喜悦，但当有人表现不好的时候，他还是用同样的方式表达自己的失望。当然，尤丽卡和我对此颇有微词，每次球队训练时都会提到这件事。我建议，我们可以和其他家长谈谈，甚至可以向俱乐部的董事会反映这件事情。我们对狄诺担任训练员的表现相当不赞赏，也许，他只是浑然不觉别人会如何解读他的肢体语言。

“也许我们亲自和他谈谈会比较好。”尤丽卡说。她在下一次训练结束时走向狄诺。据说狄诺曾经在高水平的手球联盟打过联赛。

我站在远处，而狄诺则在听尤丽卡说话。然后，他说：

“看来你精通此道。想不想做我的同事啊？”

尤丽卡震惊不已，乃至无言以对。最后，她总算勉强挤出一句话，指着我的方向，说其实精通手球的人是我，我可以做他的同事，成为优秀的手球教练。

“很好，”狄诺望着我，说道，“你被录用了。”

就像我们常说的：接下来的事，你们大家都知道了。我们带领这支球队获得一项接一项成就，在大半个欧洲南征北战，赢得的奖杯、奖牌数量多到连史黛拉的书架都摆不下了。

艾米娜和史黛拉很快成为手球场上的好搭档。艾米娜总能以技巧与想象力，把球传给史黛拉，史黛拉则会不顾一切在防守线上左冲右突，决不退缩，直到球进入球门为止。但是，具备赢球的本能是有其缺点的。史黛拉第一次在球场上卷入冲突时，还不到八岁。在费莱德体育馆举行的一场比赛中，她接到艾米娜一箭穿心式的妙传，直接面对守门员，却攻门不中。她抓起弹跳中的球，从不到三米的距离外，直接将球砸在守门员脸上。

当时，现场一片混乱。敌队的家长们和领队冲进场，把我和史黛拉团团围住。

史黛拉不是故意的。史黛拉的怒火永远只针对自己，不针对其他任何人。她射门不中、气恼不已的同时，完全被冲动的情绪所控制。

她懊悔不已，简直要崩溃了。

“对不起，我太冲动了。”

这句话成了她惯用的说辞，几乎成了一句口头禅。

狄诺总是对我说，史黛拉最大的敌人就是自己。只要她能够战胜自己，她的职业生涯将会相当辉煌。

她就是难以克制自己的情绪。

撇开这一点不说，史黛拉是很讨人喜欢的。她很体贴，充满正义感，是个精力充沛、外向的女孩。

很快地，史黛拉与艾米娜在手球场外的日常生活中也发展出一种紧密的共生合作关系。她们在同一个班级上课，买一样的衣服，喜欢听一模一样的音乐。而且，艾米娜发挥了对史黛拉的影响力。她很有魅力，思绪敏捷，体贴并充满抱负。史黛拉开始误入歧途的时候，艾米娜总是会挺身而出，拉她一把。

我只希望，当初要是我和尤丽卡能早点认真看待这个问题就好了。要是我们早点做出反应就好了。我一想到这件事就觉得丢脸。但是，我们的骄傲心理想必才是最大的障碍。对我和尤丽卡来说，向社会救助机关求助意味着极端、惨重的失败。这好像很自私，却非常符合人性。而且，不管怎么说，这种想法似乎并不完全有错。我们发下宏愿，要成为最好的父母，为子女尽心尽力，却没能实现自己定下的目标。

也许，其实事态本来不用发展到一发不可收拾的地步。

5

当我俩从亚丽桑德拉和狄诺家骑车回家时，那些警车还停在学校旁边。这感觉很恐怖，太接近我们的生活了。想必是一名早起的母亲来到现场，想和孩子们一起玩耍的时候，在游乐场发现了那具死尸。我对这个念头感到胆寒不已。

在车道上，尤丽卡直接跳下自行车，急忙冲向门口。

“你怎么不锁车啊？”我喊道。

“我内急。”她一边喃喃自语，一边把手伸进提包，翻找着钥匙。

我将她的自行车推过石板路，把车停在钢棚下，靠在我的自行车旁边。这时，我才想起自己出门前忘了盖上烤肉炉。我从储藏室中取出防尘罩。

当我走进屋时，尤丽卡站在楼梯间。

“史黛拉还没回家。我已经打电话给她，她就是不接。”

“她铁定在加班。”我说，“你知道的，她们上班的时候不能用手机。”

“可是，今天是周六啊。商店早在好几个小时以前就打烊了。”

这一点我倒是没有想到。

“她想必是跟某个同事出去玩了。今晚我们得跟她好好聊聊。她得让我们知道，她上哪儿去了。”

我搂住尤丽卡。

“当我看到那些警察的时候，”她说，“我感觉不太对劲。在这里会发生凶杀案？”

“我理解。我也觉得不舒服。”

我们坐到沙发上。我用手机找到新闻，高声朗读给她听。死者是一名三十岁左右的男子，住在城里。警方对这起事件非常缄默，但一家晚报引述了一名住在案发现场附近的女子的说法。她说，夜里，她从窗口听见吵闹与尖叫声。

“这种事情，不会发生在任何人身上，”我的口吻，仿佛自己比尤丽卡还要熟悉附近区域，“想必是酒鬼或瘾君子，或是帮派分子。”

尤丽卡贴在我的肩头，平稳地呼吸着。

不过，我这么说可不仅仅是要让她安心而已。我相当确信，事情就是这样。

“我来做点培根蛋面吧。”

我起身，亲吻了她的脸颊。

“现在就要煮面？我现在连一片芝麻菜都吞不下了。”

“慢工出细活嘛。”我面露微笑，“亲爱的，真正的美食是需要时间料理的。”

我将精心挑选的坎帕尼亚[1]橄榄油淋在培根肉上，发出“咝咝”声。这时，尤丽卡狂奔下楼来。

“史黛拉忘记带手机了。”

“什么？”

她在厨房的中岛与窗户之间焦躁地来回踱步。

“她把手机忘在书桌上了。”

“噢噢。”培根蛋面的烹煮正处于关键阶段，我不得不全神贯注，“她忘了带手机啦？”

“对，你听到我说的话了吧？她把手机忘在书桌上了！”

尤丽卡几乎尖叫起来。

史黛拉会忘记自己的手机，这当然非常奇怪。不过，我们没有理由大惊小怪。我快速地搅动着意大利面，同时敲着电炉上的按钮。

“别管意大利面了，”尤丽卡拉住我的手，“我现在真的开始担心了。我刚刚打电话给艾米娜，可是她也没接。”

“她不是生病了吗？”我说着，同时意识到这盘意大利面已经搞砸了。

[1] Campania，意大利南部大区，首府为那不勒斯。

我用木质调羹拍了拍流理台，同时一把将平底锅从电炉上拿下。

“她也许是故意把手机留在家里的。”我一边说，一边努力抑制蹿上胸口的怒火，“你知道，她老板对她刷手机的习惯一直有怨言。”

尤丽卡摇摇头。

“老板没有抱怨她啊。她只是公开要求大家，不要一天到晚刷手机而已。你该不会以为史黛拉自愿把手机留在家里吧？”

的确，这听来不太可能。

“她肯定是忘记了。她早上想必赶时间出门。”

“我要打给她的朋友们问问，”尤丽卡说，“这很不像她的作风。”

“你就不能等一下吗？”

我想到现代科技与联系的便利性将我们彻底惯坏，使我们总是想要知道女儿在哪里，不由得暗自咒骂起来。实际上，根本没有理由大惊小怪。

“她很快就会飘进门来啦。”

然而，我的胃反而觉得越来越痛。当了父母以后，你永远无法真正放松下来。

当尤丽卡轻手轻脚地踏上嘎吱嘎吱作响的楼梯时，我趁机溜进洗衣房。通常，洗衣的工作是由尤丽卡负责的，听起来这很像是对家务的刻意分工，但我们从未对此做出决定，更没有进一步讨论过。一切自然而然：厨房是我的领域，洗衣间则是尤丽卡的领域。

即便如此，我还是走进洗衣间。这该不会是巧合吧？我打开洗衣机的盖子，拉出那些湿淋淋的衣服。首先是一条黑色牛仔裤。我得先把它翻到正面，才能确定那是史黛拉的裤子。还有一件黑色背心，也是史黛拉的。再后来是那件胸前口袋附有绣花图案的女式白衬衫。那是她今年夏天最爱穿的衣服。我一只手抓住那件女式衬衫，另一只手翻找着衣架。这时，我看到了。

史黛拉最喜欢的衣服，右手臂的袖口和胸口满是棕色斑点。

我抬头望着天花板，默默地祈祷。同时，我知道上帝和这件事情一点关系都没有。

6

这么多年来，人们时常误解我，认为我对上帝的信仰是一种很自然的决定论，仿佛我的自由意志受到上帝的限制。这可真是大错特错。我相信，人类有着上帝的形象。我相信人类。

当我见到宣称自己不信上帝的人时，我会问他们："你们所不相信的，究竟是哪一个上帝？"通常，他们所描述的上帝，连我也不相信。

即使是面对史黛拉，我也曾经需要解释我的信仰。她有次问道，我是否真的相信我和尤丽卡是天作之合。学校里有人说，《圣经》是禁止离婚的。

"爸，世界上真有人和另一个人是绝配吗？"

我们待在她的卧室里，坐在她的床沿。她身穿一件绣有布拉茨芭比图案的睡衣。在某个年龄段，她相当喜欢这些芭比娃娃。

"不，完全不是这样的。你得花上一辈子的时间去寻找这个人。"

史黛拉吞了吞口水。沉重的思绪使她愁眉不展。

"所以说，妈妈可以是任何一个人咯？"

"当然不是。世界上很少有黑白分明、一刀两断的事情。我们必须在灰色地带追寻。"

"灰色听来很无聊。"

"不会很无聊啊。灰色很有趣的。"

史黛拉睁着闪亮的大眼睛，望着我。她爬下床，用那条散发出青草香气的毛毯盖住自己。

“爸爸，晚安。”她耳语道。

能够找到一个跟自己情投意合的人，真是美妙极了。对我来说，没有什么比这一点更能证明上帝的存在。不过，这并不完全排除自己跟其他人契合的可能性。

我和尤丽卡相识时都十分年轻。然后，我们就成了对方不可取代的选项。我俩都算是隆德的新住民。我天真地梦想，自己有朝一日能成为演员，这个梦想无比强烈。因此，我加入了隆德大学以韦姆兰省学生为主体的业余戏剧社团。入冬之际，尤丽卡也加入了学生社团。她是那种不必抢风头就能引人注目的女孩，她闪亮而耀眼，却不刺眼。

就在我努力摆脱自己的布莱金厄[1]省口音，努力消除脸上的粉刺，尤丽卡就像一颗闪耀的新星，在每一处学生社交场合里，她都大受欢迎。我在城市里，到处张贴*反对加入欧洲共同体！*和*反对兴建厄勒松大桥*[2]！的海报，尤丽卡则成为韦姆兰省学生社团的行政主管，在各项法学考试与测验中战无不胜。

那年年末，当我们在一场走廊派对上相见时，我终于鼓起了勇气。尤丽卡似乎很喜欢有我相伴，这很让我感到惊讶。很快地，我们变得如胶似漆。我们对彼此倾诉，浑然不觉时间的流逝。对于包括书籍、音乐，甚至国际政治在内的一切事物，我们有着不同的见解。然而，我俩都能包容彼此，表达自己的意见，直到我们几乎都同意，彼此之间确实有些难以调和的观点。而这一点，是无伤大雅的。

“我实在不能理解你将来想成为牧师。”她在第一天晚上这么说，

[1] Blekinge，瑞典南部省份，其首府为卡尔斯克罗纳（Karlskrona）。

[2] Öresundsbron，连接丹麦与瑞典的跨海大桥，全长约 16 千米。

“你应该要当心理学家、政治学家，或者……”

“或者，牧师。”

“为什么呢？”尤丽卡盯着我，仿佛我的生理机能正常，却自愿要求被截肢，“你来自斯莫兰省[1]，是吗？你天生就想当牧师吗？”

“我来自布莱金厄省，”我笑了起来，“对于我的选择，我父母几乎没什么影响，除了把我交给教堂的托育机关。不过，他们应该只是觉得托育服务比较方便而已。”

我唯一一次听见母亲向上帝祷告，是在父亲患病的时候。我的家人既不承认也不否认上帝的存在。在我们所处的世俗时代里，他们这种对宗教可有可无的态度相当常见，人们只有在需要上帝的时候，才会想到他。

“其实，直到上高中以前，我都是坚决的无神论者。有一个时期，我是共产主义青年团的成员，引用马克思的名言，想要废除所有宗教。不过，我在成长过程中，逐渐远离了这种主义。随着时间流逝，我对各种不同的人生观越发感到好奇。”

尤丽卡打量着我，仿佛我是一道谜题——她急于解开这道谜题。我喜欢她这种表情。

“然后，在我读高三的时候，”我继续说，“就发生了一件事情。”

“什么事情？”

“当时我离开图书馆，在回家的路上，听见一名女子尖叫。她站在码头边，跳上跳下，挥动双臂。我就冲了过去。”

尤丽卡趋身向前。对我来说，当时的情景仍历历在目：

“她的女儿掉进冰冷的水里。码头边还站着另外两个小孩，她们也在尖叫。我没时间多想，直接跳进水里。”

---

[1] Småland，瑞典南部省份，与斯科讷（Skåne）省和布莱金厄省相邻。

尤丽卡屏息凝神，然而，我摇摇头。我的本意，绝非把自己描述成英雄。

“就在我的身子划破水面的那一刻，某件事情发生了。当时，我还不完全明白发生了什么事，但现在我完全明白了。是上帝，我感觉到了他。”

尤丽卡若有所思地点点头。对于我的描述，她没有照单全收，也没有加以评判。她巧妙地保持中立。

“阴暗的水中，仿佛亮起一束强光。我看见了那个小女孩，伸手搭住了她。我的身体充满了精力，我从未感到自己如此强壮、如此坚定，没有任何事物能阻止我拯救这孩子。我甚至不需要费什么力气。某种神奇、超凡的力量，将小女孩拉出水面，我给她做人工呼吸，唤醒她。她的妈妈和两个妹妹站在一旁，尖叫着。水从小女孩的嘴里流出，她醒过来。同时，上帝离开了我的形体，我变回了原形。”

尤丽卡的嘴巴张着，一连眨了几下眼睛。

“所以，她最后没事咯？”

“是的，她平安无事。”

“太棒了，”她一边说，一边露出那迷人的微笑，“之后发生了什么事呢，你知道吗？”

“我一无所知，”我坚定地说，“但是，我可是很有信心的。”

7

就在我们的人生即将天翻地覆的那个星期六晚上，我向上帝求助。对于洗衣机里女式衬衫上的血渍，我相当不安，也决定不对尤丽卡提到这件事。那些血渍可能来自任何原因，不见得有什么特殊意义，我完全没理由让尤丽卡更加焦心。反之，我闭上双眼，向上帝祈祷，祈求他关照我的小女儿。

我靠在中岛式厨房的流理台边，手里转着一个装着琥珀色威士忌的酒杯。此时，尤丽卡冲下楼来。

“我刚和亚丽桑德拉聊完，”她上气不接下气地说，“她叫醒了艾米娜。艾米娜听到史黛拉没有回家的事，显然非常震惊。”

“那她说了什么？”

“她看来一无所知。”

我将威士忌一饮而尽。

“我们该打电话给她时装店的同事吗？”我说。

尤丽卡将史黛拉的手机摆在流理台上。

“我已经打过电话了。她的通信录里只有班妮妲的电话，而她不知道今天是哪些人上班。”

我叹了口气，喃喃自语。我感到既担心，又气恼。史黛拉自己难道不知道，她带给我们什么样的麻烦吗？我们该有多担心哪！

这时，摆在流理台上的手机振动起来。我和尤丽卡都伸手抢着接听。我捷足先登，按下绿色的接听按键。

“你好！”

我听到一个深沉、略显保守的男子的声音。

“我想问问关于韦士柏摩托车的事情。”

“韦士柏？”

我感到脑海里天旋地转。

“就是那辆拍卖的韦士柏。”那名男子说。

“我们没有要拍卖韦士柏摩托车，肯定是你打错了。”

那名男子道了歉，但坚称自己绝对没有打错电话。网络上刊登了一则广告，出售这辆韦士柏摩托车，附上了这个电话号码。一辆粉红色的比亚乔摩托车。

我咕哝着，表示一切都是误会，然后挂断电话。

“是谁啊？”

尤丽卡听来心急不已。

“她想把那辆韦士柏摩托车卖掉。”

“什么？”

“史黛拉已经刊登了一则广告。”

我们在沙发上坐定。尤丽卡发布一条群组信息，请任何知道史黛拉动向的人跟我们联络。我为自己倒了第二杯威士忌，尤丽卡将史黛拉的手机摆在我们面前的桌子上。我们坐在沙发上，每次手机一振动，我们就跳将起来。尤丽卡用拇指拨弄手机屏幕时，时间就静止下来。

史黛拉的朋友当中，只有少数人回了短信。几个人表达了忧心，但绝大多数人只回答自己什么都不知道。

我用史黛拉的电话号码在谷歌上搜寻，马上发现了那则广告。她真的在出售那辆韦士柏摩托车。那可是她的生日礼物啊！她到底在干什么啊？

电视里正在播放脱口秀节目，我紧握尤丽卡的手。我们呆坐在沙发上，内心的不确定感逐渐变成一道沉默的鬼影。

“我应该骑自行车去找她吗？”

尤丽卡皱了皱鼻子。

“我们待在这里不是比较明智吗？”

我紧紧握住尤丽卡的手指。

“这种事情，以后不能再发生了。难道她不理解我们有多着急吗？”

尤丽卡已经快要哭出来了。

“我们该报警吗？”

“报警？”

太夸张了，事情总没那么糟吧？

“我有一些人脉，”尤丽卡说，“至少他们可以帮我们留意。”

“这太蠢了吧！”我站起身来，“我们需要这样做吗？我实在很……”

“嘘！”尤丽卡伸出一根手指，“你听见没？”

“听见什么？”

“电话在响。”

我纹丝不动，望着她。我俩都心焦如焚。很快地，一阵漫长的电话铃声响遍屋内。

“座机？”尤丽卡一边说，一边起身。

从来就没人打过我们家的座机。

8

史黛拉的出生并不在我们的计划中。早在她来到世上、开始呼吸以前，我们的确渴望生育子女，但是，她并不在我们最初的计划中。

当时尤丽卡刚取得法学硕士学位，正要进入地方法院任职。一天晚上，她坐在我面前，将双手搭在我手上，深沉地望着我。她露出拘谨、克制的微笑，告诉了我这个令人欣喜，但足以天翻地覆的消息。

当时我还需要一年时间来完成学业。毕业后，还必须担任助理牧师一年。我们住在位于北费莱登[1]的单间公寓，靠着借款方能维持生计，养育子女的条件一点都称不上理想。当然，我察觉了尤丽卡的迟疑。最初的欣喜、雀跃之情背后，犹豫与焦虑迅速浮现。然而，*堕胎*这个字眼还是足足等了一个星期才浮上台面。

[1] Norra Fäladen，隆德市北部的街区，接近隆德大学校总区。

尤丽卡对现实生活的担忧是非常有道理的，经济情况、住房、我们的学业和职业生涯……我们总可以等待几年再建立家庭。这没那么急。

“爱情能使我们克服一切困难。”我一边说，一边将双唇贴近她的小腹。

尤丽卡估算了开销。与此同时，我买了几双小小的袜子，袜子上印着*我老爸真棒*的字样。

“你不排斥堕胎吧？”五年前，在我俩刚坠入爱河，还住在韦姆兰省学生会宿舍的学生房时，她就曾这样问我。

“你对基督徒的理解可真是奇怪。”我回答道。

如今我知道，她当初可不是在开玩笑。我对上帝的信念使她感到害怕、迟疑。这就是我们刚滋生、仍然相当脆弱的爱情小苗面临的最大威胁。

“我做梦也没想到自己会跟一个牧师在一起。”她有时这么说。她可不是要伤害我。她只是以一种充满讽刺的方式，评论上帝的深不可测。

“你就别担心咯，”我通常会这么回答，“我也是做梦都没想到，自己会和一个律师在一起。”

我从来没认真考虑过堕胎的可能性。当然，我在与尤丽卡的谈话中也感到迟疑，想探究所有可行的选项。然而，我们在不久后就一同做出了决定，而且坚定不移。

生产前，我们一起学习相关课程，练习以相同的节奏呼吸。尤丽卡每天早上都觉得恶心、不舒服。我则按摩她肿胀的双脚。

距离预产期还有一周的那天凌晨四点钟，尤丽卡将我叫醒。她站在床边，身上裹着毛毯。

“亚当，亚当！羊水破了！”

我们拦了一辆出租车，开到医院的妇产科。尤丽卡躺在我面前的一块塑胶垫上，痛苦地抽动。当助产士戴上长手套时，我仿佛才意识到正在发生的一切的背后意味着什么样的危险，以及一旦出错的后果。之前，我仿佛将所有的恐惧感与紧张情绪隐藏在心中；现在，这些情绪一发不可收拾。

“你不能袖手旁观哪！”

“请爸爸坐好。”一位护士一边说，一边指着尤丽卡身边的一张椅子。我刚坐定，就又站起身来。

“现在，我们来迎接安静的小宝宝吧。”助产士说。

尤丽卡剧烈地喘息着、咒骂着。每当新的一波阵痛袭来，她便将身子抬高，尖叫着挥动双手。我握住她的手腕，低语着，从牙缝挤出顽强、坚定的祷告词。医护人员继续以沉着的口吻对我们说话。我们没有理由担忧。与此同时，他们的眼神透露出一个事实：情况有变。她们的动作越来越急促，助产士的指示越来越严厉。不久，房间里的气压仿佛骤然升高了。一名长着斗牛犬似的脸，声音紧绷，说话带芬兰口音的医师被召回，我听到了“紧急剖腹产”的字眼。

“发生什么事了？”我一问再问。

她们已经无心听我说话。那名助产士趋身贴向尤丽卡，她的声音冷酷无情：

“胎儿的肩膀卡在母体内了。下一波阵痛来袭的时候，请你用尽全力。现在，我们必须把孩子弄出来。”

我紧紧握住尤丽卡的手。她全身上下颤抖不已。

“亲爱的，你可以的。”

她的脸色变得惨白，全身紧绷。房间里鸦雀无声。当尤丽卡使劲挤压骨盆的时候，我几乎可以感觉到从她身上传来的一波波阵痛。

“仁慈的上帝啊！现在，请帮助我吧！”

助产士一阵拉扯。尤丽卡承受一轮又一轮漫长、毁灭性的冲击，大声尖叫着。我紧紧抱住她，向上帝赌咒：要是这件事情没有一个完美的结局，我可永远不会原谅你。

随之而来的沉寂宛如一条毛毯覆盖了我们。在那一刻，你只能听见上帝弹指的声音。那是我这辈子最长的一秒钟。一切有意义的事物都悬而未决。我没有什么念头，但仍然知道：一切就在那里、在那一刹决定了。在一片沉默中决定了。

当我向前看的时候，我看到了。一个蓝色、血淋淋的小肉球，被摆在毛巾上。一开始，我还没弄明白那究竟是什么。下一刻，整个房间就充满我这辈子听过的最美妙的孩童啼哭声。

9

就在我紧跟着尤丽卡冲进厨房时，史黛拉的面容在我脑海中一闪而过。虽然我们的女儿已经十九岁，我还是会联想到一张属于小孩的面孔。那双充满好奇心的眼睛，雀斑，还有用橡皮筋绑起的辫子。

那部座机像圣像一般悬挂在墙壁上。尤丽卡一把抓下听筒。通话中，我自始至终牢牢盯着她。

“是迈克·布隆堡。”尤丽卡挂断电话以后，说道。

“那是谁啊，律师吗？”

“他刚刚被指派担任史黛拉的律师。她在警察局。”

一开始，我的念头是：史黛拉成了一桩刑事案件的受害人。希望不是什么严重的大案子。就算是她被抢劫、被虐待，都没关系。只要不是被强奸，都没关系。

我曾经和其他几位父亲谈过这种感觉。我得到的结论是：对于自己女儿可能被强奸的强烈恐惧感，可不只是我所独有的。这种想法或许可以解释为，我们男性无法想象比强奸还要恶劣、侵犯他人自由的行为；我们也无法完全理解，时时活在有可能被强奸的风险中，是什么样的滋味。

“我们得马上过去。”尤丽卡说。

“发生什么事了？”我想着那通怪异的电话，还有那则网络上的广告，“跟韦士柏摩托车有关系吗？”

尤丽卡望着我，仿佛我是个大傻瓜。

“不要再提那辆该死的韦士柏了！”

在进入玄关时，尤丽卡的身子撞在我的肩膀上。

“布隆堡说了什么？”我追问着，却没有得到回应。

身处震惊状态时，每个人的反应都不一样。没有人能事先就料想到自己在紧绷的状态下会怎么思考，如何行动。我修过针对危机处理开设的课程，对不同的反应阶段知之甚详，也曾经帮助过无数深陷危机与创伤的人。现在，过去这些经验已经毫无意义。

尤丽卡取下那件乐队女队长式的长大衣，正要走向门口，却突然转身。

“我得处理一件事情。”她一边说，一边走回屋内。

“你现在能不能告诉我，布隆堡说了什么？”

我紧跟在她后面，穿过厨房。她在楼梯前方转过身，双臂伸直，将我挡住。

“你就在这里等着。我马上来！”

我感到困惑不已，呆立在门槛上，一秒接一秒地数着。尤丽卡很快就再度奔下楼来，将我挤开。

“你做了什么？”

我跟在她后方冲进玄关，继续不停地唠叨着，追问着到底发生了什么事，以及布隆堡到底说了什么。

我面前再度浮现史黛拉的脸庞，她在正式长牙以前的笑声，还有柔软双颊上的小酒窝。我想起所有我曾经对她怀抱过的最后却未能实现的期望。

10

人们曾经就养育小婴儿的各种麻烦警告过我们：我们都将无法就寝；小孩只会一天到晚大哭、吃东西、拉屎；我们的同居生活将彻底毁灭；我们将会反目成仇，厌恶彼此。许多人觉得，我们都太年轻了。一部分人似乎认为，我们真是自掘坟墓。然而，人们仍然持续不断地生小孩。我觉得，这根本就是一项神迹。

婴儿时期的史黛拉简直是个模范生。出生后不久，她就能够一觉到天明，不管在哪里，她都能够入睡，而且醒来时相当平静、沉默，甚至心满意足。当然，这让很多人看不顺眼。他们说：你们等着瞧吧！你们的苦日子很快就会到来的！亲朋好友、同人旧识，大家异口同声。

从自己的胸口感受到另一个人的心跳声，就是在承认上帝。史黛拉躺在我身上，我的手指尖不住地触摸她纸一般柔软的皮肤，意犹未尽。在我温柔的手掌下，她皮肤下方的软组织宛如融化的冰淇淋。我们面朝彼此，呼吸着。

人们总是很容易就相信：最好的时光即将到来。我怀疑这是一项深植于人性中的缺陷。就连上帝都教导我们等待。

为什么人类不会在时光飞逝的同时，意识到时光的飞逝呢？

史黛拉说出的第一个词是“阿巴（abba）”。她用这个词称呼我和尤丽卡。现在的瑞典人总是把这个词和流行音乐或腌鲱鱼联想在一起。

但是，这个词在耶稣的语言，也就是亚拉姆语中的意思是“爸爸”。

当年秋天，就在那美好的四个月期间，休育儿假的我和史黛拉朝夕相处，看着她的性格一天天成形。其他将孩子交由教会托育服务处托管的家长们总是说：史黛拉真是*爸爸的小女儿*，我俩的父女关系极为独特。我觉得，我在一切都变得太迟以前，就已经明白这番话的含义了。在某种程度上，我这辈子一直处于事后聪明的状态。分分秒秒，我都无法捕捉下来。我始终感受不到当下的喜悦。

我注定要不断等待。

11

我们站在玄关。我的手搭在门锁上，尤丽卡全身上下颤抖不已。

迈克·布隆堡为什么打电话来？史黛拉为什么被送到警察局？

“告诉我。”我说。

“我只知道布隆堡说的话。”

迈克·布隆堡，我最近一次听到他的大名，已经是几年前的事情了。布隆堡的名声，可不仅仅流传于法律界而已，他是全国最著名的辩护律师之一，在许多被大众关注的重要案件中担任被告的辩护律师。八卦晚报会采访他，而他也以专家身份出席电视节目。过去，也就是他教导尤丽卡，为她担任辩护律师所获得的成就打下了坚实的基础。我从来就不特别喜欢他，他专横、自我感觉良好。

尤丽卡喘息着，双眼像受到惊吓的小鸟般不住地抖动。

她努力想将我从门前挤开，但我牢牢抓住她，用双臂将她紧紧扣住。

“史黛拉被警方逮捕了。”

我听见了她的话，这几个字传到了我的耳朵里，但我无法理解。

“这一定是误会。”

尤丽卡摇摇头。下一刻，她倒向我的胸口，她的手机摔落在地板上。

“她涉嫌谋杀。”

我全身僵硬。

我首先想到的，就是史黛拉那件染血的女式衬衫。

尤丽卡打电话叫出租车。与此同时，我俩往路上狂奔。她在资源回收站外松开我的手。

“等一下。”她说着，就跌跌撞撞地钻进容器和木桶之间。

我呆站在人行道上，听见她的咳嗽与呕吐声。一辆黑色的出租车，很快就出现在路上。

“你还好吗？”我低声问。我们坐在出租车后座，系好安全带。

“糟透了。”尤丽卡一边说，一边将脸埋进双手里，又咳嗽起来。

然后，她用双手拇指按动手机键盘，我则按下车窗，将脸沉浸在清新的空气里。

“你能不能再开快一点？”尤丽卡对司机说。司机咕哝了一声，然后猛踩油门。

我想到了约伯。这会是对我的考验吗？

尤丽卡说，迈克·布隆堡正在警察局等着我们。

“为什么偏偏是他？”我说，“这会不会太巧了啊？”

“他可是个绝顶聪明、干练的律师。”

“是啊，没错，可是概率也未免太低了吧？”

“亲爱的，有些事情就是会随机发生的。你是不能掌控一切的。”

我可不是想说我讨厌布隆堡。我不喜欢用这种方式说别人的坏话。当你讨厌某人的理由是如此不明确，当你几乎本能地谴责某人时，经验会告诉你：问题常常就出在你自己身上。

我给了司机一点小费，小跑冲上警察局的阶梯。尤丽卡早已夺门而入，冲进警局。

布隆堡在等候厅里，我们见面了。我几乎已经忘记他的体形有多么魁梧。他像一头笨重的大熊朝我们走来，飘逸的西装大衣，勉强盖住腹部。他的皮肤被日光晒成古铜色，身穿蓝色衬衫与昂贵的礼服，向后梳理的头发在后颈卷曲着。

“尤丽卡。”他招呼她的同时，径直走到我面前，握了握我的手。然后，他抱了抱我的太太。

“迈克，到底发生了什么事？”

“放轻松，”他说，“我们刚做完笔录，这场噩梦很快就会结束。警方太快下结论了。”

尤丽卡重重地叹了口气。

“指认史黛拉的，是一名年轻女子。”布隆堡说。

“指认？”

“你们可能已经听说过，有人在飞箭街上的游乐园里发现一具死尸。”

“史黛拉去过那里？飞箭街？”我说，“这一定是一场误会。”

“的确，这就是一场误会。但是，指认史黛拉的那个女人跟被谋杀的那名男子住在同一栋建筑里。她自称，昨晚看到史黛拉在场。她认为曾经在 H&M 时装店见过史黛拉。看来，这是目前调查人员唯一掌握的证据。”

“这真是够蠢的。就凭这么零散的证据，居然可以逮捕人啊？”

我回想起昨天夜里，努力回溯相关的细节。我彻夜难眠，等着史黛拉回来。最后她终于回到家，洗了澡，而后溜进自己的房间。

“她是被收押了吗？”尤丽卡问道。

“这又有什么差别？”我说。

“警方有权力逮捕一个人。但是，若要持续剥夺这个人的人身自由，就必须由一名检察官决定收押。”布隆堡说，“主持侦讯和笔录的警员现在只要给值班的检察官做个汇报，史黛拉就会被释放了。我跟你们保证：一切就是一场误会。”

他的口气听来太过斩钉截铁。这完全符合我对他的记忆，这很让我担心。如果你认为一切理所当然、毫无疑问，那你也很可能粗心大意、缺乏热忱。

“可是，他们为什么这么急着要逮捕她呢？”我说，“如果他们没有其他的证据？”

“这就是烫手山芋了，”布隆堡叹息道，“警方想要迅速行动。也就是说，被害人不是一般人。”

他转向尤丽卡，稍稍压低音量。

“是克里斯多弗·奥尔森，玛格丽特的儿子。”

尤丽卡倒吸一口冷气。

“玛……玛格丽特的儿子？”

“谁是玛格丽特？”我问。

尤丽卡的目光完全不在我身上。

“被杀的男子名叫克里斯多弗·奥尔森，”布隆堡说，“他母亲名叫玛格丽特·奥尔森，是刑法学教授。”

教授？我耸耸肩。

“有什么特别吗？”

“玛格丽特可是法学界的大佬，”布隆堡说，“她儿子在许多不同的圈子也是有头有脸的大人物：事业有成的商人、房地产大亨、董事会的老手。”

“那又有什么关系？”我越说越恼火。

同时，我想起自己的话。这种事情，只会发生在酒鬼或瘾君子身上。当然，这种说法是相当不公正的，然而，这也是有实际经验和数据佐证的。有时候，你得对例外视而不见，才不至于崩溃。

“的确，这也许不应该有关系的。”布隆堡说。不过从事情的发展来看，这很显然有关系，而他也不确定，这样有什么不对。

“玛格丽特·奥尔森的儿子，”尤丽卡说，“他今年……他死时多大？”

“我觉得是三十二岁。或者……三十三岁。遭到穿刺型武器攻击致死。警方对行凶细节相当保密。他们在侦讯中感兴趣的，是史黛拉昨天晚上和今天凌晨都做了什么。”

“那名男子是什么时候被杀的？”尤丽卡问道。

“这一点大家还不确定。但是，证人在凌晨一点钟过后听到争吵声和尖叫声。史黛拉回到家的时候，你们是醒着的吗？”

尤丽卡转向我，我点点头。

当时我在床上翻来覆去，根本睡不着。我发了一条短信，却没收到答复。但无论如何，我的忧虑并非空穴来风。我想到史黛拉回到家，闪进浴室和洗衣间的情景。当时是几点钟呢？

“必须得有人为她提供不在场证明才行。”我说。

尤丽卡和布隆堡不约而同地望着我。

12

迈克·布隆堡主动提议，由他开车，送我们回家。夏末时节的夜晚，天气炎热到可以让你只穿短袖上衣。隆德市的街道两旁仍是游人如织，仿佛什么事情都没发生过。有遛狗的狗主人，准备上派对狂欢的人，正准备出门、回家甚至不知自己将往何处去的人，有上夜班的人，还有睡不着的夜猫族。日常生活拒绝因为我们的人生停顿、起伏而停下自己的脚步。

我们来到家门前时，布隆堡问，他还有什么可以为我们效劳的。他可以再多待一会儿。

“不必了。”我再三向他保证。

尤丽卡在车道上站了一会儿，和他交谈，我则急忙进入浴室。我感到全身上下十分燥热，口干舌燥。我直接打开水龙头喝水，再用水冲洗额头。

当我走进厨房时，早已过了午夜。尤丽卡坐着，双手遮住脸。她不顾夜色已深以及我的极力劝阻，轮番打电话给自己在警界任职的朋友、几名新闻记者与律师。所有可能知情或被认为能帮上忙的朋友，她都联络过了。我则坐在她对面，在网上地毯式搜索关于飞箭街命案、克里斯多弗·奥尔森以及他那位教授老妈的资讯。

我一而再、再而三地望着时钟。时间一分一秒地过去。

整整一小时过去了，我再也坐不住了。

“我们怎么没收到通知，到底要花多长时间？”

“我打电话给迈克。”尤丽卡一边说，一边起身。

楼梯传来嘎吱嘎吱声，我听见她关上自己书房门的声音。愁思将我的大脑啃噬成碎片，焦虑就像无数只小动物，钻进我的皮肤。

我漫无目的地在厨房里来回踱步，甚至一直踱步到玄关。当我的手机响起时，它刚好就在我手上。

“我是艾米娜。”

她抽噎着，清了清喉咙。

“艾米娜，发生什么事了吗？”

“对不起。”她说，“我撒了谎。”

完全就像我所想的一样。周五，她根本没见到史黛拉。她们是谈论过要在那天见面，但没能付诸行动。

“你们问起这件事的时候，我完全被吓到了，”她说，“我是为了史黛拉才说谎的。我觉得，可能有些事情……我是想先向她问清楚的。”

我了解她。这没什么好生气的，一个善意的小谎言。

“可是，必须有人能为她提供不在场证明才行，”艾米娜焦急地说，“这件事情实在太离谱了！”

这一切实在太超现实了。同时，这件事情正在一步步成真。我脑中可以看见史黛拉被关在阴冷、恶心、用来关押强奸犯和杀人犯的拘留所里。

尤丽卡连走带跑地下楼来。

“检察官已经收押了史黛拉。”

“收押？”

我的心怦怦直跳，汗流不止。

“他们把她关在拘留所里。”

“这怎么可能？他们又没证据！”

“这可能跟调查措施有关。警方在把她放走以前可能想要搜查某些东西。”

“比如说，不在场证明？”我说。

“就是这类东西。”

我不知道，我们究竟该如何是好。我全身上下躁动不已，只能稍微坐一会儿，很快就得起身活动。我像僵尸一般在各个房间游走，甚至脚上只套着袜子就绕着屋子走来走去。

当朝阳从东方地平线上升起，绽放出第一道曙光时，我俩仍然一无所知。我已经灌进大量咖啡，乃至于胃部不安地沸腾着。缺少睡眠，也使我的大脑陷入一片模糊。

最后，布隆堡打电话来了。我站在厨房里，正对着尤丽卡，屏息凝神。

对于他所说的内容，她只能简短、含糊地回答。即使通话已经结束，她仍然呆立原地，话筒紧贴着耳际。

“他说了什么？”我问道。

尤丽卡望着我。然而，她其实对我视而不见。她的眼神，早已飘移到别处去了。

“我们得离开这栋房子。”

她的声音细若蚊呐，仿佛即将崩溃。

“什么，到底发生了什么事？”

“警察已经找上门了，他们要进行住宅搜查。”

我马上想到那件有污点的女式衬衫。那该不会是血迹吧？当然，这肯定能自然而然地解释过去。一切必然如布隆堡所说，是一场已经乱了套的误会。

史黛拉永远不会……嗯，她难不成会？

我偷偷溜进洗衣房，举起那堆衣服。我之前曾经将那件女式衬衫塞进那堆衣服里。我的双手变得僵硬。

那件女式衬衫不见了。

“你在干吗？”尤丽卡的声音从厨房传来，“我们该走了。”

我焦急地在其他几堆衣服里又翻又找，但一无所获。所有的晾衣绳上空空如也。那件女式衬衫真的不见了。

“快走啦！”尤丽卡喊道。

13

未来，总是相当闪亮的。然而，它却像穿透升腾雾气的冬阳那样刺眼、闪烁。我们并不担心。然而，我们眼前也没有现成的道路可供依循。我仍然记得乳齿尚未掉落，还绑着双马尾的史黛拉。在听完鬼故事以后，她拒绝一个人睡觉。那几年，我每天早上都陪她到幼儿园，她贴在窗边，不住地向我挥手，露出期待的眼神。史黛拉小时候曾被几个男生欺负，他们管她叫*小耶稣*，她将脸埋进枕头里痛哭，不想再上幼儿园，只想搬家，搬得越远越好。我曾经担任过监狱的牧师，在工作中面对杀人犯与强奸犯，也曾受过基础的对抗训练。我虽然已经相当克制，还是恼火到一把抓住其中一个男生，威胁他，他会死得很难看。

我还记得史黛拉五岁时，在幼儿园的一次家长会。实际上，那一次应该是轮到尤丽卡出席，然而我那天早上凑巧有空，因此决定跟去开会。我们坐在教职员的小会议室里，而孩子们则在窗外的操场上玩耍。

“我们最好把百叶窗拉下来。”老师一边说，一边将身子探过桌面。

她的年纪在四十岁左右，几缕灰发错落在刘海里。她能够十分巧妙地从前一刻温和的神情、轻快的口吻与节奏，转换到下一刻阴沉的表情与命令。这想必是多年执教所培养出的经验。

“你们感觉怎么样？”我们一坐下，她就问道。

我和尤丽卡四目相对，然后点点头。一切感觉良好。

那位名叫英格丽的老师逐一说明幼儿园在秋、冬两季进行的所有活动、校外郊游和教学游戏。她将史黛拉画的图画，在操场上玩耍、参加校外教学或坐在地板上的圆圈里的所有照片，汇总在一个文件夹里。尤丽卡和我看着，面露微笑，点点头。我们一直能感觉到，这些内容好像都只是前奏，还有别的事情在等着我们。英格丽似乎把这些内容当成序幕，借此鼓足勇气，然后才能切入正题。

随后是一阵短促的暂停。英格丽漫无目的地翻找着文件，难以将目光固定在同一处。

“一部分家长感到相当忧心，”她开口时，并没有看着我们，“有些时候，史黛拉很想掌控一切。而且，如果事情不顺着她的意思……她就很容易发脾气。”

当然，我们对这一点是熟悉的，哪怕我们曾经希望，与在家里相比，她在幼儿园里能够收敛一点。对于其他家长针对史黛拉表达的不满，我感到既羞愧，又生气。

“情况没那么糟糕吧？她才五岁啊。”

英格丽点点头。

“有些家长已经把这件事情向幼儿园园长反映了，”她说道，“针对这一点，史黛拉必须在家里和在幼儿园里同步获得协助。这很重要。”

“噢？家长有什么需要检讨的吗？”尤丽卡说。

“可否请你举例，”我说，“史黛拉做错了什么？”

英格丽翻弄着文件。

“比方说，孩子们在玩角色扮演游戏的时候，史黛拉非常喜欢对其他人发号施令。”

尤丽卡耸耸肩。

“有人乐于跳出来担任领导者，不是很好吗？”

“我们知道，别人觉得史黛拉喜欢掌控一切。”我说，“问题在于，我们对她应该抑制到什么程度。就像尤丽卡说的，有时候扮演领导者的角色，不失为一件好事，表示她展现出积极与进取心。”

英格丽剧烈地揉搓着自己的右眉。

“史黛拉上星期曾经说，她就是上帝，其他小孩必须听她的。她就像上帝一样，而上帝是主宰一切的。”

尤丽卡恶狠狠地在旁边瞪着我。史黛拉曾经跟我上过几次教堂，对我的工作很感兴趣，而且已经问起与存在主义有关的问题。然而，我可从来没梦想过能给她现成的解决方案或答案。撇开我女儿不谈，上帝的全能，也不是我所能够触碰、企及的。

“我们会和史黛拉谈谈。”我简短地说。

当我们坐进车内，准备开车回家时，尤丽卡关掉汽车音响，食指坚定地指着仪表盘。

“对别人家的小孩说三道四，这真是要不得。”

“我才不在乎呢，”我一边说，一边重新打开汽车音响，“她才五岁呢。”

当时我还不知道，时光的流逝，竟是如此迅速。

14

星期天上午，我坐在警察局摆设简陋、粗糙的审问室里，等着接受侦讯。他们给我一杯味道极浓的咖啡。我在里面只感觉度日如年、痛苦难耐，皮肤相当痒。最后抵达的这位警官名叫亚格奈丝·席琳，眼神很温和。她表示完全能够理解我的感受。她的两个儿子年龄与史黛拉相仿。

“我了解，你感到很难过、很害怕。”

“我的感受不是言语能形容的。”

最主要的，我感到生气。不管怎样，事后这样的说法听来很奇怪。不过，当时我想必还处于震惊状态。我把焦虑和忧伤搁在一旁，努力让自己、让我的家人能够生存下来。我要带领大家从这里脱身。

“你们在找什么？”我问。

“你是指什么？”

“你们的住宅搜索。现在，一票警察正在我们家里翻箱倒柜呢。”

席琳警官点点头。

“我们在寻找技术性证据。这个概念可以包括相当多不同的证物。我们可能找到某些对史黛拉有利的证据，某些能强化她的说辞的证物。当然，我们也有可能一无所获。我们是要努力弄明白，究竟发生了什么事。”

“史黛拉跟这件事情一点关系都没有。”我说。

亚格奈丝·席琳点点头。

“我们一步一步来。你可否先告诉我，你上周五做了些什么？”

“那天，我几乎一整天都在教堂。”

“教堂？”

她的口气，仿佛暗示自己一辈子都不会上教堂。

“我是牧师。”我说明道。

亚格奈丝·席琳先是目瞪口呆，然后才回过神来，忙不迭地翻阅自己的文件。

“所以你是在……上班？”

“那天下午，我主持了一场葬礼。”

“是的，一场葬礼。”她做了一条笔记，“你几点钟回到家的？”

“我觉得，六点钟左右。”

我描述：那天我下班回家后先冲了个澡，然后和尤丽卡一同吃煎猪排。饭后，我们玩了一局“平凡的追求”，之后才就寝。那天晚上，史黛拉到七点十五分才下班，然后准备在城里见一个女性友人。

亚格奈丝·席琳问我，那天晚上是否和史黛拉有所联系。我回答：“我曾经发过一条短信给她，但已经忘记她是否有回信。”

“她是否经常不回你的短信？”

我耸耸肩。

“你儿子也是青少年，你知道的。”

“我现在问的，是史黛拉的事情。”

我解释道，这一点也不奇怪。通常我们迟早会收到回信，不过，她经常很晚才回短信。有时候，她可是会拖上非常久才回我们的短信。就算她最后回信，回答的内容也常常只是一个笑脸、一个“赞”的手势。

“那名女性友人是谁？”

我不得不吞了一口口水。

“你这是什么意思？”

“那个原本要和史黛拉见面的女性友人是谁？那个准备和她在城里见面的女性友人是谁？”

我低头望着桌面。

“史黛拉曾经和我太太提过，她准备和自己的朋友艾米娜见面。不过，我们已经和艾米娜谈过，我们也已经知道，她俩上周五并没有见面。”

“你觉得，史黛拉为什么要说谎？”

这种措辞让我相当生气。

“她根本就没有说谎。艾米娜提到她俩当晚确实打算见面，但是她的计划有变。”

“那么，你觉得她实际上做了些什么？”

我没有回答。凭什么要我呆坐在这里胡乱猜测？我的想法，已经一点意义都没有。

“你知道她实际上做了些什么吗？”亚格奈丝·席琳问道。

这个问题还靠谱一点。

“不知道。”

亚格奈丝·席琳翻阅着自己的文件。其实只过去几十秒，但我感觉这段沉默已经冗长到别有深意。

“史黛拉用的手机是什么型号的？”警官问道。

我说她用 iPhone，但我分不清型号。至少据我所知，那是一部白色手机。

“她是否持有一部以上的手机？”亚格奈丝·席琳问道。

“没有。”

当然，警方想必会在我们家里找到那部手机，将它扣押起来。有那么一刻，我曾经思索该不该告诉席琳史黛拉把手机忘在家里。不过，我还是决定不提这件事。一个十九岁少女把手机忘在家里，听来相当奇怪，仿佛暗示着某些事情不太对劲。

“据你所知，史黛拉是否有防狼喷雾器？”

“喷雾器？像警方使用的那种？”

“是的。史黛拉是否有那种喷雾器？”

“当然没有。那种东西是合法的吗？”

我感觉恶心想吐。

“上星期五，当你上床就寝的时候，是几点钟？”亚格奈丝·席琳问道。

“十一点，也许刚过十一点钟。”

“你就寝后，直接就睡着了吗？”

“没有，我睡不着。”

“所以，你在很长一段时间里是醒着的？”

我倒吸一口冷气。各种思绪在我脑海里冲击着。史黛拉小女孩时期、骄傲的少女时期，以及成年女性的模糊身影，掠过我的脑海，我的女儿，我们的家，尤丽卡、我和史黛拉，摆在窗边的照片。

“当时我醒着，等着史黛拉。这跟孩子的年龄无关。作为父母，你就是会担心。”

亚格奈丝·席琳点点头。我相信她理解。

随后发生的事情，极难解释。

我并不想刻意扭曲事实。我受侦讯的目的，就在于尽力协助调查。我可从来没有想过要偏离事实。

“所以史黛拉回到家的时候，你是醒着的？”

亚格奈丝·席琳睁大双眼，眼神相当诚恳。

“嗯。”

“不好意思。”

“是，”我的声音变得强硬起来，“史黛拉回到家的时候，我是醒着的。”

“根据你的理解，当时是几点钟？”

“我非常清楚当时是几点钟。”

我心想，谎言是什么，真相可以分为许多种；同理，谎言也必定可以被区分为许多种。比方说：假如需要说出善意的谎言，我从来不会犹豫。我宁可选择一个让人心里舒服的谎言，也不要伤人的真相。这始终是我的观点。

不过，当然，我现在说的话完全是另外一回事了。

“史黛拉回家的时候，是晚上十一点四十五分。”

席琳警官睁大双眼，瞪着我。《十诫》中的第八条，像在我胃里又搅又扭的一条蛇。《圣经》里写道：说谎者必将毁灭。然而，同时《圣经》里又写道：我的上帝是公正无私、宽大为怀的。

“你怎么知道的？”亚格奈丝·席琳问道，“我是说，你怎么如此确定？”

“我看了时钟。”

“哪一个钟？”

“我的手机。”

《福音书》里有段韵文写道：分裂的家庭必将无法维系。我意识到：我已经将我的家庭抛在脑后。我忽略了自己的家人，把她们当成理所当然的。我没有尽到自己作为丈夫与父亲的责任。

对于这名男子在位于飞箭街上的一座游乐园里丧命时究竟发生了什么事情，我仍然一无所知。然而，我非常确定一件事。我的女儿不是杀人犯。

“你确定当时回到家的人是史黛拉？”亚格奈丝·席琳问道。

“我当然确定。”

“我的意思是，你确定自己所听到的，不是其他声音？”

我露出坚定的微笑。其实，我的内心已经支离破碎。

“我确定。我还跟她说了话。”

“你跟她说话？”亚格奈丝·席琳脱口而出，喊道，“她说了什么？你是否有发现任何异状？”

“完全没有异状，我们只是互道晚安。”

亚格奈丝·席琳始终死死盯住我。

那条蛇又开始在我的胃里扭动。这是一种非常确切的感觉：坐在狭窄的审讯室里说出这一切的不是我，而是另一个人。

保罗在《提摩太前书》中写道：没能照顾自己家人的人，就是背弃了对耶稣的信仰。我的确没有尽到照顾家人的责任。这是一个改正我所犯错误的机会。

我认为家人就是会这么做的。家人，是会保护彼此的。

15

经过多年的渴望，在我满十六岁的那年夏天，我终于和同年级的奥莎在一起了。那时的我，高兴得无以名状。然而，某次在达拉娜[1]地区长达一星期的露营活动中，我认识了大我两岁的桃丽，我们抽了薄荷味香烟，还在一本小说上签下自己的名字，以示心心相印。最后，我和桃丽之间什么事情也没发生。但是，当我再度来到奥莎家里时，我却深受良心的谴责，乃至于把关于我和桃丽之间的一切都告诉了奥莎。即使我和桃丽想必永远不会再见面了，我还是很想亲吻她。我甚至把这一点都告诉了奥莎。奥莎一听完这些话，就和我绝交。关于我完全不可信任、是个好色之徒的谣言也不胫而走。我再也没能在布莱金厄交到新的女朋友。不过，我在内心深处仍感觉到，我的所作所为是正确的。

我所成长的家庭深受二十世纪七十年代关于自由与团结的价值观影响。我的父亲种植有机蔬果，他赤身裸体地在厨房吃早餐、喝咖啡，身旁还摆着刚填满烟草的烟管。在我上小学一年级以前，母亲就已经为我说明过月经周期与男性夜间遗精的原理。我们家里几乎没有家规或训诫。单凭常识与内心的道德标准，就足以维持秩序。

青春期的时候，有一次，我曾经用力拉扯姐姐的头发，一大撮头发沾在手上，被爸爸发现了。“这样很好玩吗？”他对我这么说。

他这一说，就足以让我感到可耻、丢脸，我号啕大哭起来。

有那么几次，我曾经尝试用同样的方式对待史黛拉。

校长打电话给我，表示史黛拉把另一名女孩的毛线帽扔到学校建筑物的屋顶上。“这样很好玩吗？”我对她这么说。

史黛拉恶狠狠地瞪着我。

“我心里一点感觉都没有，只觉得心跳加快。”

我坚信：没有比为人父母更加困难的事情了。其他所有的人际

---

[1] Dalarna，瑞典中西部省份。

关系，都有紧急逃生门。当爱情已经退去、两人想法越来越不一致或内心不再感到甜蜜的时候，绝大多数人会在某个时间点离开自己的伴侣。而你在人生旅途上，沿路也可以离弃朋友、旧识、亲人甚至父母和手足。你可以将他们离弃，继续过自己的日子。但是，你永远不能抛弃自己的孩子。

史黛拉来到世界上时，我和尤丽卡都还太年轻，缺乏人生的历练。我们或多或少理解，这将是艰难的任务。然而，我们的苦恼主要还是集中在包括睡眠不足、喂母乳时所遭遇的困难和疾病在内的俗务。一段时间以后，我俩才惊觉：为人父母最大的难处，其实完全不在于这些。

近十年来，我和尤丽卡尝试生第二胎，让史黛拉能有个弟弟或妹妹。有时候，我们的生活竟完全围绕这项缺陷打转，将我们剩余的精力消耗殆尽。我俩陷入内战，两人都忙不迭地备战，以为自己一定能够取胜。我们都幻想着：一旦怀孕检测结果为阳性，一切的争执就能迎刃而解。

我们都没有意识到，自己正在经历哪些变化。我们被卷进一个由耻辱感、罪恶感和缺憾心理所构成的黑洞，而且越陷越深。

我们坐在生育中心，隔着正坐在地板上堆乐高玩具的史黛拉，互相望着彼此。检查结果再度显示为阴性，没有成功受孕。

我在车内朝尤丽卡吼道：“这个又不是庭审！这里没有被告！”

她朝着雾气弥漫的车窗“哼”了一声。

“这样的话，我就来责怪上帝好了。上帝不让我们生儿育女，你能不能解释这是为什么？”

“我们明明就有子女。”我一边说，一边把车内广播的音量调高，直到扬声器的刮擦声大到令人无法承受为止。

最近这几年，我们和彼此以及和自身生理限制的对抗是如此激烈，以至于或许已经过度压抑了我们当初努力的目标。我曾经读到：第一次世界大战中战壕里的士兵，打到最后忘记自己为何而战，反而开始对自己人扫射。

那天晚上，我们再次从生育中心回家。史黛拉穿着睡衣、头发凌乱地站在玄关，睡眼惺忪地望着我们。我觉得，她最近刚开始上学，现在想必已经六七岁了。尤丽卡和我在一段时间内迅速老化，嫉恨与沉默已经在我们的生命中留下裂痕。现在，我们唯一共享的，似乎只剩下生儿育女的努力。

“我不要弟弟妹妹。”史黛拉斩钉截铁地说。

16

我在接受警方的问话以后，打电话给尤丽卡。她刚才回到家转了一圈，不过警员还在我们家里。

“他们真的认为史黛拉有罪，”我说，“这真是一场噩梦！”

“你对警方说了什么？”尤丽卡很想知道。

“我说：我很确定史黛拉上周五是几点钟到家的。我向他们解释：当时我是清醒的，而且有跟她说话。”

尤丽卡沉默良久。

“当时是几点钟？”随后，她问道。

我倒吸一口冷气。我对说谎的行径深恶痛绝，更何况是对我老婆说谎。可是，眼前的我走投无路。关于这一点，我不能把尤丽卡扯进来。她对此一无所知，史黛拉到家时，她还在熟睡中。我该怎么向她解释自己对警方撒谎的行为呢？

“十一点四十五分。”我说。

感觉上，这没有我事先担心的那么恐怖。我每说出这个谎言一次，内心的抗拒就微弱一分。

尤丽卡说她正准备和一位她认识的警方调查人员见面。当前，我什么事情也做不了。我无事可做，但其实还有许多必须处理的事情。我快步朝铁道广场走去。阳光相当强烈、刺眼，逼得走在坡道上的我不得不将眼神压低。我周围的声音听来相当凄厉，仿佛在控诉我。我加快脚步，整座城市仿佛都睁大眼睛，瞪着我。

当天下午，警方总算离开了我们的房子。当我回到家时，尤丽卡还在接受亚格奈丝·席琳警官的侦讯。我打开门锁，缓慢地逐一检视各个房间时，一股不自在感从胃部蔓延开来。警方的搜索行动倒是十分有条理，几近无可挑剔。搜索后留下的痕迹相当少，非常难以察觉。但是，私生活遭到入侵的感觉仍啃噬着我的内心。

我在一楼走动，察看了洗衣间、玄关和客厅。我甚至打开壁炉的封盖，探头张望。随后我走上楼去，来到史黛拉的房间。我在她房间的门前站了一会儿，惊觉到她的房里竟是如此空荡。警方想必从房里搜走了一大堆东西。

我在我们卧室的床前站了一会儿，凝视着那张先前不小心碰坏的相片。我的食指缓缓地滑过那张相片，内心感到一阵甘甜。家人，还是最重要的。

随着暮色逐渐笼罩在平原上，窗外形成一道单薄的夜幕。街灯细长的光束如星光一般灿烂，朝远端的地平线延伸。我望着光线，心想：等待的人，终将得到赦免。正直的人，将在自己的道路上稳步前行。

我发现几个邻居站在街道的另一端，朝我们家指指点点。我“唰”的一声拉上窗帘。同时我也决定打电话给教区行政委员会的主席，向他请病假。他的口吻，听来是真心为我感到难过。他温和地安慰了我几句，并要我多在家休养，不需要担心教区行政事务的运作。

当我打电话给尤丽卡时，她已经回答完警方的问话。

“事情不像布隆堡一开始所想的那么简单。”她说。

她的声音起伏不定。我无法确定是线路通话品质不良，还是尤丽卡已经快要哭出声来。

“你这话是什么意思？”

话筒中传来一阵阵“咔嗒”声，我听见她急促的呼吸声。

“警方肯定是在我们家里找到了某些证据。检察官已经提出申请，要求继续收押。”

17

迈克·布隆堡的办公室位于修院街一栋建筑物的四楼，离大酒店只有一墙之隔。周一大清早，我和尤丽卡就等在他办公室门外。我妻子的脸上，清楚显示睡眠不足所留下的印记。即使我也已经整整两昼夜未能合眼，我却不觉得那么疲倦。

我们接过端上来的咖啡，经灰泥粉刷以及艺术品缀饰的天花板显得高不可攀。同时，布隆堡将双手拇指插进裤袋，在地板上踱着方步。他脚上的皮鞋锃亮生光。

“针对是否继续收押的审讯，将在下午一点钟进行。”

我的胸口一阵刺痛，我们终于能见到史黛拉了。

“警方在凶杀案现场找到了一个鞋印，”布隆堡一边说，一边搔了搔颈部，“尺寸大小和鞋底的纹路，都符合史黛拉的鞋子。”

我抓紧尤丽卡的手臂。

“就这样啊？”我问道，“就这么一条证据？他们在住宅搜索时，什么都没找到吗？”

“现在还不能下定论。从你们家搜查到的一部分扣押物品已经被送到化验室，进行技术分析。”

“这些流程，不都需要时间吗？”我问道。

“不出几天，化验中心就会得出结果。”布隆堡说，“我们现在所谈论的，是配合调查所执行的收押。说得更直接一点，警方一边将史黛拉收押禁见，一边等着化验中心传出的结果。要将某人以嫌犯身份收押，并不需要太多的工夫。”

“只凭一个鞋印，就能把人收押？”

布隆堡望着尤丽卡，他仿佛觉得，她实在应该说点什么。他似乎认为她有责任为她这位蠢笨的老公说明情况。

“我觉得，你们必须接受现实，她已经被收押了。”

这听来真是太宿命、太无奈了。我望着尤丽卡，而她只是点点头。发生了什么事？

“检察官是谁？”尤丽卡问道。

“珍妮·杨思多德。”

“她很厉害，是最优秀的检察官。”

我很难判断这样到底是好是坏。过去，我从来不需要深入了解关于剥夺人身自由的法律条文。幸运的是，绝大多数人从来没有理由这么做。即使我老婆是律师，我对这方面的知识还是相当粗浅。现在我知道：不必有多少证据，就足以将一个人收押禁见。过去，我多次听到别人谈论相反的情节：无可奈何的警方表示，他们都还没能进入拘留所，犯人就已经被释放了。大家都认为瑞典的司法体系已经土崩瓦解，宁愿捍卫嫌疑犯与罪犯的权益，也不愿意考量受害人经历的苦难。大众呼吁加强执法的强度，提高刑罚。我先前就曾在监狱里工作过，也抱有类似的想法。

“再者，检察官找到了人证。是一个邻居，”布隆堡一边说，一边趋身贴在办公桌的桌面上，清楚地念出这个名字，“蜜·塞恩瓦尔。”

他的声音听来如此平静，仿佛我们只能认命，接受现实。他总该感到气急败坏吧？总会想要有所行动吧？

“那个证人，”我说，“她怎么能确定，自己看到的人就是史黛拉？她又不认识她。”

“她宣称，她先前在 H&M 时装店见过史黛拉。”

“她见过史黛拉。”我咕哝着。

尤丽卡从侧面推了我一肘。

“史黛拉怎么说？”

布隆堡轻咳一声，用手将头发抹平。他再次直接转向尤丽卡。随着时间一分一秒过去，我越来越确定，他无能至极。

“那天商店打烊以后，史黛拉跟着几个同事到了大广场饭店。她们用了餐，喝了一点酒。史黛拉在当天晚上十点半左右离开饭店。这一点，所有同事都能做证。她当时没说自己要到哪里去。不过，所有人都觉得她是要骑自行车回家。”

“可是……难道她没有这么做吗？”

“根据史黛拉自己的说法，她骑自行车到一家名叫‘帖格奈斯’的小酒馆，然后还在市区的另外几家酒庄附近转了几圈。在几个特定的时间点上，她记不清自己到底在哪里。”

我和尤丽卡面面相觑。这样的不在场证明，听来是很有破绽的。这种说法显得避重就轻，很像一个有罪在身的人所说的话。她为什么就不能努力一点，举出更多细节呢？

“她必须要能想起更多细节才行，”我说，“当时一定有人见过她。她认识城里一大半居民啊。”

布隆堡望着尤丽卡。

“针对时间点，我们有没有新的进展？”她问道，“塞恩瓦尔，那个证人，她是在深夜一点钟听见吵闹和尖叫声的，嗯？”

“没错。最初的几份报告提到的时间点，是凌晨一点刚过。但现在必须等待法医的鉴定报告公布，才能做出论断。”

尤丽卡望着我。

“如果他们认定克里斯多弗·奥尔森死于深夜一点钟，这就意味着，史黛拉有不在场证明。”

“没错。”布隆堡说。

我的眼球迅速地转动。

“这个不在场证明，可是非比寻常的。”这位明星律师露出满足的微笑，继续说道，“亚当，所有和我谈过话的人都说，你真是‘诚实’在人间的化身。”

我沉重地吞了一口口水。

18

午餐后，针对是否继续收押嫌疑犯的审讯就开始了。过去，我曾经无数次路过地方法院。地方法院的外观相当壮观，铺设石板岩，镶着铜质饰品，还有一座小小的钟塔。现在，我第一次踏进法院的一道道门板，被迫将自己的裤袋清空。我站在入口，将四肢与身体伸展成一个X字形。同时，一名保安人员使用金属探测器对我进行搜身。然后，我就在尤丽卡身旁，走廊上活像帆布床的一张沙发上坐下。沙发散发出浓厚的尘埃味。

每次大门一开启，我们就迅速起身，这把一票保安人员吓得跳将起来。最后，他们不得不请我们保持冷静。

史黛拉终于来了，她被两名身穿制服的男子一左一右扶进法院。她仿佛成了一个单薄的鬼魂，无力地垂挂在那两名魁梧、壮硕的男性保安中间。她甚至没有望着我们。尤丽卡冲上前，用双手环抱她。不过，两名保安迅速将她推开。

“史黛拉！我亲爱的宝贝！”

我努力想将那两名保安挤开，好爱抚自己的女儿。不过，其中一名男子伸出粗壮的双臂，挡住我的去路。

“史黛拉，很快就会没事的。”尤丽卡说。

史黛拉显得槁木死灰、双眼凹陷。她完全成了另一个人，我从未看到她以这种面貌出现。她看起来十分绝望。她脸上所表现出的，是那种只有已经向命运（在这个案例中，是向司法体制）屈服的人才会表现出的疲倦。她仿佛在说：“你们想怎样就怎样吧！”你从她的眼神中可以看出她的生命力是如何被吸尽的。

我见过那种已经屈服的人。他们的人生意义和意志力已经被榨干，导致他们连自残的行动力都不再具备。

在史黛拉被带进审判庭的同时，我向下直直坠入未知的炼狱。我的身体还浮在半空中。我为了保命而不断踢蹬着双腿，努力想要抓握住任何固定物。

审判庭其实就像客厅一样大。主审法官翻找着文件，我们则在听众席就座。布隆堡替史黛拉拉椅子，当她准备就座时，她的身体仿佛就要支离破碎，身体的各部位仿佛即将散开似的。布隆堡不得不用双手搀扶她。

尤丽卡和我握紧彼此的手。我们的小女儿就坐在离我们五米远的地方，而我们居然不能碰她。

检察官走了进来，她鞋跟蹬地的清脆声响从走廊上传来。她的步履轻捷有神，衣着昂贵，颈间和手腕上的珠饰叮当作响。她的身材矮小而单薄，显然常上健身房锻炼，而且有着弓形腿。她戴着四边形镜面的黑框眼镜，梳向头顶的发丝整齐至极，无一丝乱发。她将文件分成三沓，整齐地摆在自己面前的桌面上，用涂着红宝石色泽指甲油的指甲将纸张的边边角角理平，然后和布隆堡与史黛拉握手。

我还没理解到审讯已经开始，主审法官就已决定进行非公开会议。一名保安说明：尤丽卡和我必须离开。

“她可是我女儿！”我当着他的面大吼。

那名保安惊惶地瞪着我的罗马衫。

爱，是人类所面对最困难的课题。因此我很纳闷，当耶稣鼓励我们爱邻人如爱己的时候，他是否理解，自己对人类提出的要求到底意味着什么。

你还能继续爱一个杀人犯吗？

当我再次走出审判庭在沙发上坐定，继续等待时，我内心的想法越来越强烈。之前，这个想法就曾一再出现，但直到现在，我终于敢于正视这个想法：史黛拉可能真的有罪。

那件女式衬衫上的污斑。当然，这可能有很多不同的原因。可是，为什么没人看见史黛拉？总该有个人能说明她去过哪里、做过哪些事情吧。周五晚上那关键的几小时，构成了一个黑洞。她在那段时间里，究竟做了什么？

我曾经坐在令人作呕的凶杀犯面前，对着他们保证：上帝的爱，是绝对无条件的。人类的爱，则属于另一种类型。使徒保罗曾经提到真理获胜时随之感到喜悦的爱，以及无论代价如何高昂，都仍坚贞不移的爱。我想起他的话。

我是这么想的：为了我的家人，我必须尽力而为。这就是为了我的家人。过去，我没能善尽职责成为最理想伴侣和父亲的次数，早已不计其数；如今，我终于有机会一雪前耻。我会不计一切代价，保护我的家人。

当审判庭的门再度打开时，我的身体感到如此沉重，以至于尤丽卡必须协助我起身，将我搀扶进审判庭。史黛拉坐在我们前面，双手掩面。

尤丽卡和我抱紧彼此，活像两个即将在大浪中溺毙的人。

我们后方的门应声锁上，法官的眼神扫过整个房间。

“有充分理由认定，史黛拉·桑德尔涉嫌谋杀。”

父母们从来不会相信自己居然会在这种情境下，听到自己孩子的名字。任何曾经将孩子拥在胸口喂奶，感受到孩子踢蹬的小脚和咯咯笑声的母亲，都无法想象这一幕。这种事会发生在别人身上，可是，这不该发生在我们身上。

我紧紧握着尤丽卡的手，心想：我们不是这种父母。我们没有毒瘾或酒瘾的问题。我们都是知识分子、高收入人士。我们的生理和心理健康状况都相当良好。我们并不是来自贫民区、有着社会和经济问题的那种家庭。

我们就只是一个普通家庭。我们实在不应该坐在这里的。但是，我们仍然坐在这里。

19

针对继续收押嫌疑犯的审讯结束后，我和尤丽卡一言不发，在布隆堡的办公室里等着。我站起身来，坐下，而后又站起来。我走到窗边，放声叹息。

“他在哪儿？”

尤丽卡纹丝不动地坐着，凝视着墙壁。

“我们什么时候才能和史黛拉说话？”我说，“用这种方式把她隔离起来，真是太没人性了。”

“规则本来就是这样，”尤丽卡说，“进行调查期间，她的生活都会受到限制。”

最后，布隆堡急匆匆地奔进办公室。原本就已经像柳橙一般的脸颊，此刻变得更红润了。他说话的速度很快，像个莫名兴奋的人偶：

“我动员了所有人力，调查这个克里斯多弗·奥尔森。他这个人就像一个藏了好几具尸体的柜子，令人感到不舒服。这个措辞很难听，请你们见谅。”

我并没有原谅他所使用的这个措辞，不过我实在难掩好奇心，很难忍住不说话。

“说来听听！”

“商人是很容易树敌的，”布隆堡说，“不过，和奥尔森结怨的，可不是一般的仇人。很显然，他和几个波兰人结怨，这些波兰人的案底，就像《福音书》一样冗长。”

我扮了个鬼脸，感到十分狐疑。这听来很像不入流的警匪剧里的情节。

“今年春天，奥尔森买下一座房产。那群波兰人在建筑物的一楼开了一家比萨店，奥尔森极欲除之而后快。我们可以想象，那家比萨店会把房价拉低。”

“可是，这种作案方式一点都不像是帮派仇杀。”尤丽卡说。

“谁告诉你这件事跟帮派有关了，我说的是来自波兰的比萨师傅。不过这样反而更好。”

我对这种理念深恶痛绝。在我的认知里，应该由警察而不是由律师处理凶杀案的调查。而且以这种方式怀疑被害人，感觉相当不好。

“仅仅在半年前，克里斯多弗·奥尔森遭到举报，涉嫌一系列的强奸案与施暴行为。警方展开了初步调查。不过，检察官在一两个月后就因为证据不足而撤销了初步调查案。”布隆堡刻意暂停一下，打量我们，“指控奥尔森犯下这些罪行的，是他三年前的同居伴侣。根据她的说法，克里斯多弗·奥尔森是个暴君，他毁了她的人生。”

我从尤丽卡的表情中看到一丝曙光。

“她从来没有获得平反吗？”

“没有。”布隆堡说。

“那么，她想必急于报仇。”

布隆堡点点头。

尤丽卡转身面向我。

“你知道这意味着什么吗？”

布隆堡的计划是举出另一名潜在的嫌疑犯，使警方和检方合理质疑史黛拉犯案的可能性。那些来自波兰的比萨师傅，当然是一个选项。不过，最可能涉嫌这起命案的，看来还是克里斯多弗·奥尔森的前女友。

“不过，她可能跟这件事一点关系都没有啊。”当天夜里，我俩坐在沙发上无法入睡时，我对尤丽卡说，“让警方负责进行调查，不是比较妥善吗？”

她瞧着我，仿佛我是个愚昧的牧师。

“律师都专精于此道。”

“可是，证明史黛拉是无辜的，不就足够了吗？你想想，这可能置另一个人于不利。她之前就曾经被家暴、被强奸，现在又……”

尤丽卡站起身来。

“我们现在关心的是史黛拉。我们的女儿还被关在拘留所里！”

当然，她是对的。没有比尽快将史黛拉从拘留所里弄出来更重要的事了。我将杯中残余的威士忌一饮而尽，走到壁炉前。当我拉开玻璃盖时，热气扑面而来，我不得不稍等片刻，再将火钳伸入灰烬中。薄片般的灰烬四散飞舞，几缕灰烟升起，在我的头部附近飘动。

“你爱我吗？”我问尤丽卡，却没有看着她。

“良心在上，我当然爱你啊。”她将手伸向我，爱抚着我的脖子，“我对你和史黛拉的爱，胜于一切。”

“我也爱你。”

“这是一场噩梦，”她说，“我从没觉得这么无助过。”

我坐了下来，搂住她。

“不管发生了什么事，我们都要团结一致。”

我们亲吻彼此。

“想想看，如果她……”我说，“你觉得，她该不会……”

尤丽卡的身体往后缩。

“不要有这种想法！”

“我知道。可是……她那件衬衫……”

我不得不问清楚，那件衬衫到底怎么样了。尤丽卡一定取走了那件衬衫。这样一来，她一定发现了那些血渍。她不可能没看见那些血渍。

“你这是什么意思？”她问道。

“那件衬衫上的血渍。”

“什么血渍？”

她望着我，仿佛我在说梦话。

难道她没有动那件衬衫？这样的话，警方一定发现了那件衬衫。我的心脏剧烈地跳动着，而尤丽卡将手搭在我的胳膊上。

“我们都知道，那名男子丧命的时候，史黛拉在家里。”

随后，她不再多说什么。

20

从周一深夜到周二清晨，我彻夜未眠。各种思绪在脑海里搅动着、磨蚀着。史黛拉究竟做了什么？

我吸了尘，刷了地板，清洁了厨房的柜子，汗流浃背，而且觉得越来越眩晕。我对自己的想法感到害怕。史黛拉，我的小女儿，我居然怀疑她是有罪的。我这还算是什么父亲？氧气就像卡在喉咙间咳不出来的痰，我不得不走进庭院里，呼吸一下新鲜空气。

尤丽卡将自己锁进书房。几个小时以后，我发现她用双臂当枕头，趴在书桌上睡着了。她身旁摆着一个空酒瓶，还有一只半满的酒杯。我小心地轻抚她的头发，吸着从她颈间散发出的香气，让她继续沉睡。

早上，我疲惫不堪地跌坐在餐桌前，翻阅报纸，看到一张游乐场的照片，而那正是克里斯多弗·奥尔森命案发生的游乐场。史黛拉上周五晚上是否去过那里？为什么？我努力想摆脱这些想法，同时上楼找尤丽卡。

“我想去那里看看，亲眼看一下那里是什么情况。”

“你想看什么？”

“那个游乐场，案发地点。”

“我建议你别这么做吧。”尤丽卡说，“我们尽可能跟这一切保持距离，撇清关系，会比较妥当。”

我转而在网上搜寻。

到目前为止，网络上关于这起凶杀案的信息还相当稀少。但是，再过几个小时，各种不同的论坛和社群媒体网站肯定会开始谈论这件事，散播各种言论。一切只是时间问题，而人们铁定会先入为主，认为史黛拉有罪。他们肯定会说：无风不起浪嘛。牧师的女儿，肯定会成为众人八卦的焦点。

不管司法体系有什么见解，人们总是拥有未审先判的权利。这种由人民开设的“法院”，可不像真正的法院那样，需要确凿的证据。我只能扪心自问，当一名嫌疑犯因为证据不足而被释放的时候，我真的能做到不怀疑他吗？

我继续使用谷歌搜寻。但是，对我而言，文字和图片已嫌不足。我想亲自看到这一切，甚至置身于事件的核心。

我没告诉尤丽卡我想要怎么做。她看起来相当确信：史黛拉和这件事情一点关系都没有。我坐进车内，胸口感到无比沉重。

在驶向市区的途中，电话响起。屏幕上显示这是狄诺的来电。

“警方已经对艾米娜进行了问话，我可不想让她被牵扯进去。”

他说话的速度很快，声音异常严厉。

“他们问了些什么？”我问道。然而，狄诺充耳不闻。

“想想看！要是医学院发现艾米娜牵涉一起关于凶杀案的调查，该怎么办？这样很不好的。”

“狄诺，你少来这一套！我女儿被指控谋杀，艾米娜还不是最可怜的。”

他暂停了一下。

“我知道，我知道。对不起……我只是希望，艾米娜不会因为……一件跟她无关的事情，遭到任何不测。”

当然，他并没有恶意。狄诺这个人，从来不以敏感或深思熟虑著称。在手球场上，我已经无数次不得不安抚他过度激动的反应以及出言不逊。不过，不管怎么说，这次我身上也背负着压力。

“那你觉得史黛拉跟这件事情有关系吗？”我问。

“我当然不这么觉得。不过，这事关艾米娜的医学学业。对于上礼拜五发生了什么事情，艾米娜什么都不知道。”

“史黛拉也不知道发生了什么事啊？”

“这种时间点，总是会发生这种事情。这已经不是第一次了，艾米娜老是被牵扯进来，就因为……”

他没能把这句话说完，他也不必把这句话说完。我颤抖着直接挂断了电话。

我在隆德市立体育馆前停车，最后一小段路选择步行。我在那片热带作物栽植园旁边的树篱后方找到了那座游乐园。警方最初的封锁区，现在只剩下一根路灯的灯柱上还没撕掉的一小块蓝白相间的胶带。一名笑容灿烂的小女孩，正在游乐园里荡秋千。秋千的速度很快，以至于她一只脚的鞋子掉了下来。不远处，小女孩的父亲站在回旋滑梯前面，伸出双臂，小女孩的弟弟则待在滑梯上，迟疑着，不敢往下溜。

人们在那片生长密集、位于他们后方的树篱旁边设置了一座纪念亭。烛光、玫瑰花束、百合花、照片，还有一些小卡片，卡片上写着对逝者最后的祝福。有人在其中一张黑色的卡片上，用大写字母写着“为什么？”

小女孩从还在摆荡的秋千上跳下来，捡起掉在地上的鞋子，将鞋子套上脚，然后直接冲向自己的父亲，雀跃地叫喊起来。

“嘘。”他一边低语，一边朝我一瞥。

我站在花束与烛光前，低着头，为克里斯多弗·奥尔森简短地祷告了一下。

过去，我仅仅在电脑和手机屏幕上看过他的面孔，一份报道和一份企业简介曾经刊出他的照片。现在，我第一次以其他方式、在私人化的情境下看着他。他成了一个有血有肉的人，一个被其他人思念、哀悼的人。在那张最大的照片里，他直视摄像机镜头，双眼闪闪发亮，面露夹杂着喜悦与惊讶的微笑，仿佛被摄影师吓了一大跳。当你看到一个人曾经如此生龙活虎的时候，你才会意识到：死亡，竟是如此真实。

我被一阵残酷的无助感击倒，这一切是如此令人厌恶，使人感到无比绝望。一名陌生的年轻男子，就在这片发出阵阵剐擦声的砾石地上被杀害了。你甚至还能想象他的血究竟流到了哪里。

你怎能相信史黛拉会和这件事情扯上关系。我凝视着克里斯多弗·奥尔森的相片。一名十分英俊的年轻男子，有着快乐的双眸，眼神中散发出对未来的憧憬。这是一场荒谬绝伦的悲剧。

我快步走上人行道，眼神转向飞箭街。

那个邻居为什么要指称，她上星期五看到史黛拉出现在这里。她究竟是谁，她又怎能如此确定。要是她蓄意撒谎，总得有人告诉她，她这种行为会导致什么样的后果。

那么，如果她没有说谎呢？如果史黛拉真的来过这里呢？

我在飞箭街的尽头，找到了那栋克里斯多弗·奥尔森住过、于十九世纪末至二十世纪初所兴建的黄色房屋。我抬头仰望那美丽的窗户与优雅的露台。然后，我碰了碰大门。门是开的。

我不知道自己想和证人谈话的意图是否合法。当然，从道德的角度来看，这是很可耻的（即使我曾向自己保证，不会企图影响那个女孩）。我只是想要了解，当时她究竟看到了什么。而且，必须有人告诉她，史黛拉是个活生生的人，她的至亲至爱忧心不已，即将崩溃。她得明白：这一切可不是儿戏。她得认清我的存在。

21

我步履蹒跚、缓慢地上楼。楼梯间弥漫着咖啡与现烤面包的香气。真令人毛骨悚然。怎么会有人待在这里烤面包呢?

我在二楼停下脚步，读着门板上的名牌。闪亮的金属板上，以潦草的字体印着“C. 奥尔森”。对面则是另两间公寓房。右边的公寓房，住着一位名叫安格丽的女子，左边的门上挂着一张手写的字条，上面写着“蜜・塞恩瓦尔”。我马上认出了这个名字。

在刺耳的门铃声中，我努力思考自己该如何开口。我得让她理解，我为什么会在这里。很快地，门的另一端传出拖曳的脚步声，地板嘎吱嘎吱作响。然而，一切又归于沉寂。我再按了一次门铃。

难不成她躲在门后偷听?

“你好，”我压低声音，“有人在家吗？”

我听见门锁被转开，门极为缓慢地被拉开，露出一条细缝。缝隙小到我必须往侧面靠，才能勉强瞥见门后方的人影。

“您好。实在不好意思，打扰您了。”

我所能看见的，只有一片黑暗中的一双眼睛。

“我叫亚当・桑德尔。”

“噢？”

“我可以进来吗？”

她把门再拉开一点点，探出鼻子。

“你是要推销什么吗？”

她的声音，听起来像个小孩。

“关于史黛拉，我有几个问题想请教。我是她的爸爸。”

“史黛拉？”她似乎陷入沉思，“哪个史黛拉？”

“求求你，我必须知道这些事情。”

她非常迟疑地松开安全链，将门拉开，让我能勉强钻进昏暗的玄关。一顶棒球帽悬挂在帽架上，挂钩上则是一把雨伞和一件风衣。除了这些东西，玄关里空空如也。

"你就是蜜，对吧？"我说，"蜜·塞恩瓦尔？"

那名女孩向后退，靠近墙壁，紧张地盯着我。她的个子很小，薄纱般的头发一直垂到腰间。我估计，她的年龄至多与史黛拉相仿。

"我不懂你想做什么，"她说，"我已经把该说的都跟警方说了。"

"我不会待太久。"我一边保证，一边探头望望公寓房里的摆设。

公寓房里，四面墙壁空空如也，一盏孤零零的落地灯散发出微弱的光线。除了这盏落地灯，整个房间一片昏暗。窗前摆着一张暗蓝色、感觉需要刷洗的沙发式躺椅。房间里有一个宜家家居出品的书架，书架上摆着几个从跳蚤市场买来的瓷质人偶。没有书桌、没有椅子、没有其他家具。其中一个角落，摆着一张凌乱的单人床。

"噢，那么请你告诉我你想怎样。"蜜·塞恩瓦尔说道。

而我并不确定，我到底想怎样。

"能不能请你直接告诉我，你是在哪里看见她的？我得弄清楚，这是怎么回事。"

蜜·塞恩瓦尔眨动双眼。

"我经常坐在窗边，"她一边说，一边指着那张沙发式躺椅，"我喜欢控制。"

"你喜欢控制什么？"

"一切。"

听起来真怪。这人到底是怎样的？

"你是在什么时候看到史黛拉的？"我问道，"你是否确定，那天是上星期五？"

她对我嗤之以鼻。

"第一次是晚上十一点半。"

"第一次？"

她点点头。

“史黛拉骑着自行车过来，速度很快。她把下方的门拉开，直冲进来。”

蜜·塞恩瓦尔缓缓地在房间里走了几步，停在那张手扶椅旁边，手指向窗边。她从那里就能将飞箭街上的一切尽收眼底。

“之后，我再次看见她。当时已经过了大约半小时。她就站在这条街斜对面的人行道上，就在那棵树下。”

半个小时以后？总之，蜜·塞恩瓦尔认为自己看到的就是史黛拉，而且她在同一天晚上见到她两次，而不仅仅是一次。

“你怎能如此确定你看到的人就是史黛拉？你认识她吗？”

她低下头去。

“我知道她在 H&M 时装店打工。这一点，我直接告诉警方了。”

她再次望着我。当然，蜜·塞恩瓦尔看起来是个怪人，不过她毫无说谎的迹象。她肯定在上周五看见一个人，而且很确定那人就是史黛拉。我努力纠正自己的想法：她看起来不像是那种会说谎的人。真是个光怪陆离的想法。

“你认得所有在H&M时装店打工的人，还是，你只认得史黛拉？”

她再度对我嗤之以鼻。

“我对其他人的面孔可是记得很清楚的。”她一边说，一边望向窗外，“总体上，我的记忆力非常好。别人会遗漏的事情，我可是会明察秋毫的。”

“我想也是。”我说。

“先前我去 H&M 时装店的时候，就曾经多次看见你女儿。当警方发布了一张图片的时候，我百分之百确定是她。他们还说：很少有这么确凿的证人和证词。”

我稍微缩起身子，设想自己是坐在那张手扶椅上，试图从窗边看见同样的景致。我承认，从这个位置，可以将对街、人行道上的一举一动尽收眼底。

“然后，有人发出尖叫声，或者应该说是号叫声，把我给吵醒了。总之，那听起来像是男人的声音。”

“当时是几点钟？”

“当时，我刚上床就寝。所以，应该是一点钟左右。”

正如布隆堡所说，是深夜一点。

“我总是在一点钟就寝。不管怎样，我就冲到窗边，观察了一下情况。我什么都没看到。不过，我十分确定，声音来自远处的游乐场。”

我努力想象，当时天色究竟有多么昏暗。当时人行道两旁，铁定还亮着几盏街灯，但是要想在深夜时分分辨出细节，绝非易事。

“你怎能如此确定就是她呢？”我说，“如果你认错人，你会毁掉一个人的人生，甚至好几个人的人生。你必须完全确定才行。”

“我已经说过了，我非常确定。”

这听起来实在太幼稚了，简直已经到了脱离现实的地步。史黛拉因为这个女人的指认被关押在拘留所，这真是太丧心病狂了。

我不得不控制自己的怒火。毕竟，我真正的目的是见到蜜·塞恩瓦尔，使她动摇。

“你并不认识史黛拉！你只是在她上班的单位见过她几次而已。你怎么能说你确信不移？”

蜜·塞恩瓦尔正视我的目光，她的眼中充满怜悯之情。

“史黛拉出现在这里也并不是第一次了。”

22

有一天，艾米娜到教会的行政办公室找我。当时，这帮小姑娘都还只有十四岁。她站在门口，那双经历一整个夏天晒成古铜色的美腿不住地颤抖。从她的表情来看，这个世界仿佛会随时将她一口吞噬。

“牧师有义务保持沉默，对不对？”

她一说出这几个字，我就知道：事情即将发生变化。她的眼神，如小鹿般惊惶失措。她的人生，仿佛已经撒落在一个秤盘里。

在史黛拉的成长过程中，艾米娜扮演了非常重要的角色。在某些时间段里，史黛拉待在贝西奇家的时间，几乎和待在我们家的时间一样长。而艾米娜也是独生女，我和尤丽卡都怀疑，狄诺和亚丽桑德拉刚好和我们一样，都已经无法再生育。不过，我们倒是没和他们本人谈论过这种猜测。

“发生什么事了？”我一边说，一边将手搭在艾米娜的肩膀上。

我在许多方面都认为自己对艾米娜而言，就像爸爸一样亲。

“你有义务保持沉默，对不对？”她重复了一次，“你不能把我告诉你的话告诉其他任何人！”

“那还要看你想说些什么。”

我请她坐下，用柳橙汁和巧克力夹心饼干招待她。在我们转入正题以前，我们花了一点时间闲话家常：学校生活、和朋友们的相处、手球，还有她的梦想。然后她表示要说的事情和史黛拉有关。

我足足等了两天，才不得不向尤丽卡提起这件事情。

“史黛拉？”

我太太只是瞪着我。她似乎在等着我把这句话收回去，或者告诉她这一切只是一场玩笑。

“艾米娜是这么说的。”

“那么，艾米娜为什么要告诉你这种事情？”

她实在不愿意相信这种说法。

“她想必感到很害怕吧。”我说。

接下来的这几天，尤丽卡想尽办法进行操作。她和校长、学校保健中心的护士谈话，而她们委托社区医院安排史黛拉进行药检。

“你们没有资格逼我这么做。”史黛拉站在社区医院外，企图摆脱我们。

“我们当然有权利这样做，”尤丽卡说，“你是未成年人。”

史黛拉在等候厅内仍持续地高声抗议，众人以好奇的眼神打量着我们。我努力想将自己藏起来，但到了最后，场面变得如此困窘，导致我不得不将史黛拉拖进化验室，向工作人员说明：我们没法再等下去了。尤丽卡牢牢抓住史黛拉的手，护士将针头插进她的胳膊。

几天后，他们打电话通知我们药检的结果。他们在史黛拉的血液中发现精神药物的残余物质。

“为什么？”尤丽卡一问再问，“为什么？”

我和史黛拉坐在餐桌旁，尤丽卡不断地来回踱步，绕着我们转。现在，我感觉自己像个辩护律师。

“我就是觉得无聊啊。”史黛拉说。

很快地，这就变成了她的标准答案。

“一切都那么无聊。无聊透了。”

尤丽卡颤抖着，紧紧盯着她看，一只手握拳，贴在臀边。

“史黛拉！那可是违禁品！”

“我只是试试看而已。”

“试试看？”

“这让生活比较有趣嘛。就像你的葡萄酒一样。”

尤丽卡用那只握拳的手狠狠地敲了一下桌子，杯子被震起来。史黛拉站起来，用波斯尼亚语骂了一长串脏话。她这些脏话，想必是从狄诺口中听来的。

那天晚上，我上床就寝时，尤丽卡的脸面向墙壁。

“亲爱的。”我一边说，一边小心地抚摸她的后背。

她只是不住地抽泣。

“一切都会没事的，”我说，“我们同心协力，一定可以渡过这个难关。”

她的眼神转向天花板。

“都是我的错。我太忙于工作了。”

“这不是任何人的错。”我说。

“我们必须寻求协助。我明天会打电话给儿童与青少年精神科的心理医生。”

精神科？心理医生？

“大家会怎么看待我们？”我说。

之后，同一个星期的另一天晚上，我在回家的路上看到艾米娜。我认出她那件领口上绘有白色斑点的粉红夹克。我松开自行车一边的把手，向她挥挥手。不过，艾米娜没有回应我。她逐渐放慢脚步，最后静止不动，停在一个大型变电箱旁边。我察觉到，事情不太对劲。

随着我逐渐接近，她脸上的阴影越来越明显。直到最后一刻，我都还希望是自己看错了。当我刹车，从自行车上跳下来时，她徒然地用一只手盖住脸颊，企图隐藏自己。

“艾米娜，到底发生了什么事？”

她把脸别开。

“没事，”她一边说，一边快步走开，“我本来还以为，牧师有义务保守秘密呢。”

两周后，我们获得了儿童与青少年精神科的看诊时间。当时我们已经和学校的校长、老师、心理辅导员、保健室的护士与心理学家开过会。我觉得自己真是天下最失败的家长。

儿童与青少年精神科的治疗师有着细长、纠结的胡须。他的胡须是如此长，以至于四处蔓生，很难不使人注意。

“我常说青少年问题就是家庭问题。”他一边说，一边趋身贴向那张低矮的圆桌，他的黑珠子项链垂了下来。

只要我或尤丽卡企图陈述我们对这件事情的看法，他就用手势制止我们。

“现在我们可不能忽略史黛拉的观点。你感觉怎样？”

史黛拉瞪着自己的脚尖。

“我才不在乎。”

“喂，史黛拉……”尤丽卡和我企图劝阻。

“别慌，别慌，别慌，”心理辅导员说，“她这样的感觉，属于她自身的权利。”

我的手指发痒。这个双手交叉抱胸、表情桀骜不驯的人，怎么可能会是我的小女儿。和爬到我胸口，满嘴欢笑、皮肤圆润的小婴孩相比，眼前这个少女对我而言，简直成了一个地道的陌生人。我真想抓住她的肩膀，狠狠地摇晃她。

“求求你，史黛拉。”尤丽卡说。

我的口吻总是比较强硬。

“史黛拉！”

但是，史黛拉继续在一次次会议上喃喃自语。

“你们什么都问不出来啦。反正我不在乎，你们这么做一点用都没有。”

我慢慢地接受了事实：我们的女儿服用精神药物，而在其他家庭中也铁定发生过这种事情。这并不完全意味着一开始我担心的那种全面性、无法挽回的灾难。不管怎么说，在青春期接触这类药物的人当中，大部分人成年后也没有上瘾的问题，还能成为善良、有所成就的好公民。

但是，这当然只是史黛拉的问题所反映出的其中一项症状。我们无法帮助她，心中当然觉得很受挫。我和尤丽卡在家里，总是如坐针毡，就算是鸡毛蒜皮般的事都能引起大爆炸。史黛拉眼神变得阴沉，高声尖叫，乱扔身边的东西。

“这可是我的人生！你们没权利管我！”

情况最糟糕的时候，我们不得不把她锁在自己的房间里，直到她冷静下来为止。

深秋入冬之际，儿童与青少年精神科那位胡须男离职，由一名个性温和、有着火红色头发的女子接任。她给了我们几道可以在家里训练的习题。*工具*。她说。我们需要工具。但是，当史黛拉觉得不称心如意，在家里搅得天下大乱的时候，不管我们拿出什么工具都没有用了。

某项调查指出，史黛拉对冲动缺乏自制能力。根据那名红发女所说，这项能力是可以通过练习养成的。

我向教会中的同事们倾诉，他们都相当和善，一直支持我。*青少年是很麻烦的*。同时，我也不可避免地观察到他们当中某些人某种幽微的满足感：他们感到某种解脱。原来，就算是我看似完美的门面也还是有裂缝的。

某个周六的晚上，当我和尤丽卡准备上床睡觉时，我们发现：史黛拉爬窗逃走了。我骑着自行车找她。幸运的是，我很快就找到她了。她和十来个少男少女坐在月台上，帽套盖住头，身穿破烂、裤管有洞的牛仔裤。空气中烟雾弥漫，充满威胁。

“你跟我回家。”我说。

史黛拉并没有抗议。我骑过市区时，她安静地坐在自行车后座用来放置包裹的架上，不作声。当我们来到家门口时，她伸出双手从后方抱住我，额头贴在我的后背上。

星期一，我们收到最新一次尿检结果。结果呈现阴性。

我瞥见黑暗中的一丝光明。

23

隔天夜里，我和尤丽卡各坐在沙发的一个角落。我们正在与时间以及在我们这个小家庭成员心头撕开的伤口搏斗。我们强忍住没有告诉彼此的那些话使我们之间的气氛变得沉闷无比。

关于蜜·塞恩瓦尔的那些念头，一再重重地压在我心头。她的言语，使我内心充满焦虑。她十分确定，她在上周五夜里看到的就是史黛拉。因为史黛拉到克里斯多弗·奥尔森家里，已经不是第一次了。

凌晨两点钟左右，尤丽卡再取来一瓶葡萄酒。她在走回来的路上绊了一下，靠在墙壁旁。

“也许我们不应该再多喝了。”我说。

“我们？”

我耸了耸肩。

我在讲道时曾多次提道：我们常要等到遭逢惨剧与灾难，才会正视彼此，团结一致。非得等到这种情况发生，我们才会真正停下脚步，为彼此赴汤蹈火。我们总在意外发生时重新发现彼此，从而意识到：能够生而为人并在人际关系中生活，究竟有着怎样的含义。唯有在悲痛中，我们对彼此的需求才会变得明显。

“求求你，亚当，别告诉我我该做什么、不该做什么，”尤丽卡说，“我女儿涉嫌谋杀呀。”

她再度步履蹒跚起来，然后跌坐进沙发的一角。我深吸了一口气。我们可是一家人，我们得团结一心。我们没有说谎、隐藏秘密的余地。

“你知道吗？我觉得，史黛拉可能认识那名男子。”

“克里斯多弗・奥尔森？”

我点点头。她啜饮着杯中的酒。

“你为什么这么觉得？”

“这很可能只是某种感觉而已。”

尤丽卡睁大眼睛，瞪着我。

我是否该说出一切？告诉她，我和蜜・塞恩瓦尔谈过了？我担心尤丽卡不能理解这一点。她会感到气急败坏，认为我试图影响蜜的证词。这对她来说，可是有关荣誉的大事。假如她知道了这件事情，她甚至可能觉得自己有义务向警方举报我的行径。

“亲爱的，我们到底做错了什么？”我说，“事情怎么会变成这样？”

尤丽卡的双眼闪动着泪光。

“我一直做得不够好，”她低声耳语着，“我真不是个好妈妈。”

我更靠近她一点。

“你是个非常好的妈妈。”

“唉，史黛拉一直都是爸爸的小女儿。大家都这么说。你和她比较合得来。”

“别再说了。”我试图抱住她，不过她却背对着我，将自己封闭起来，“你和史黛拉的关系一直都很好。尤其是最近……”

她摇摇头。

“我只是感觉，我们之间始终缺少什么。”

“也许，你们之间势必会缺少什么。”我这么说。但是，我并不确定自己到底在说什么。

当睡意终于降临到沙发上时，我反而睡得很不连贯。我时不时醒来，感到身体一阵疼痛，搞不清楚自己在哪里，并且努力区分哪些情节属于现实，哪些又只属于我高烧般梦境中的魅影。

尤丽卡半躺在我身边。她睡觉时发出鼾声，眼皮不停地跳动。早晨，我曾经更贴近她，只为了亲自感受她在我梦中出现的身影。

我再度醒来时，她已经不在我身边。我快步进入厨房。晨间的日光流入寂静的屋内。我直奔上楼，一把拉开卧室的门。床上空空如也。下一刻，我听见她从史黛拉房间里发出的叫声。

“化验结果已经寄来了。今天法院会针对是否继续收押进行审讯。”

她站在门口，双肩低垂，眼睛下方浮现出黑色的眼袋。

“这又意味着什么？”

“一个人，可能因为被视为有高度嫌疑或有可能涉案而被收押。我得说，这当中的差别是很明显的。在出于调查需要而进行收押时，不需要太多证据就可以持续收押一名具有高度嫌疑的犯人。但是，假如你想出于某人‘有可能涉案’就将他收押，就得提出更有力的证据。”

这些字眼在我脑海里发出刺耳的碰撞声。

“根据检察官的说法，史黛拉涉案的证据十分齐全。她想提高史黛拉涉嫌犯罪的程度。”

提高她涉嫌犯罪的程度？我的心中一片惊惶。

“他们又找到了什么？”

24

尤丽卡和我从未谈论过自己的女儿发生这种事情时，为人父母者内心的耻辱与内疚。我们在儿童与青少年精神科的会谈中一直保持沉默，针对未来一再做出承诺。我们对每一个人高谈阔论，告诉他们，我们子女的幸福是我们最重要的课题——而不管他们到底想不想听。

我们仿佛真的相信：这种高谈阔论就足以使我们与众不同，比其他父母来得优秀。

那年秋天，尤丽卡减少了工作时间，她更常待在家里。不过，她的工作量和以前相比并未减少。

一天夜里，我醒来时，听见她正在用键盘打字。我溜进她的书房。她坐在黑暗中，身上仅穿着内衣。过去这几个月以来，她的体重狂掉了好几千克。通过桌灯所散发出的微弱光线，我发现她胸罩下方出现几道红色条纹，上面还浮现出一些水疱。

隔天，医生认定这是带状疱疹。他拒绝开安眠药的处方，不过倒是愿意为她开病假证明。

“亲爱的，你得为自己着想。”我一边说，一边协助她用药膏涂抹疱疹。

“我得为史黛拉着想。”她答道。

然而，史黛拉的人生仿佛正全速前进。我想，对一个十四岁的少男或少女而言，情况就是如此，你是没有时间把生活固定在“待机”状态的。我们只能跟上，避免落后或被她整个甩出她的生活中。狄诺说过，史黛拉最大的敌人就是她自己。我时常想起他的话。她在这场比赛中，必须先战胜自己。不过，她看来完全漠视这场比赛。

“你们少来这一套！我才不在乎呢。”

春天，一名较年轻的心理辅导员接替了那名红发女的职务，两人的外形极其相似。直到史黛拉在一次谈话中情绪爆发，用一堆充满性器官字眼的脏话狂骂她以前，她都还相信：认知行为疗法能解决大部分问题。之后，她把我们交由一名家庭问题治疗师辅导。这位年轻的女治疗师来自北瑞典的诺尔兰省，留着刘海，脸上挂着忧心忡忡的微笑。她要求我们在史黛拉情绪爆发时，尽力使她情绪*平复下来*。

“停下来，谈谈你们心里的感觉，以及情况为什么变成这样。”

没过几天，我和尤丽卡向史黛拉说明，她不能参加一场在马尔默[1]举行的派对。史黛拉一听，就把一个三明治往冰箱上砸。

“你们把我杀了吧！”她尖叫道，“不可以做这个，不可以做那个，这样活着干吗？”

我站起身来，摊开双手，活像一场曲棍球比赛的裁判。

“现在我们让她情绪平复下来。”

“闭嘴！”

史黛拉冲向玄关。然而，我迅速挡住她的去路。

“我忍不住了。”史黛拉一边说，一边从尤丽卡身边跑过，直冲上楼。她“砰”的一声甩上房门。我失望地对妻子叹息。

“她*必须*忍住，”我靠在中岛式厨房中央的流理台旁边，说道，“我们三个都得忍住。”

“我根本搞不清楚发生了什么事。”尤丽卡说。

我们当中没有人能理解。五岁时的史黛拉，可以在超难的拼图前，一连玩上好几个小时。她读幼儿园时，园方从没见过比她更有耐心的小孩。而现在的她，连坐下来在十分钟内保持专注都做不到。

可是，只要那些心理学家一谈到注意力缺陷综合征或多动症时，尤丽卡便断然采取防卫的态度。她从未向他们提出任何理由。不过，她告诉我，她很担心一旦史黛拉被诊断出有这种症状，她将引以为耻，最后变成自我实现的预言。

“当我还小的时候，我身边的大人都告诉我：我是个聪明的小女孩。”

她说这番话时的表情，仿佛嘴里塞了某种无比难吃的东西。我不懂她的意思。

“他们一边告诉我，我是个*聪明的小女孩*，一边拍拍我的脑袋。

[1] Malmö，为斯科讷省境内最大城市及瑞典第三大城。

尤丽卡是个聪明的小女孩。到了最后，我没有其他选择，只能不负众望，成了一个聪明绝顶的小女孩。”

我之前从没有以这个角度思考过。

从小学四年级到六年级的某个时间开始，史黛拉就不再跟着我上教堂。我对此并未大惊小怪，把这件事当成一种自然的叛逆行为。现在的小孩，越来越早学会青少年的行径，他们甚至在青春期真正到来以前就挣脱自己的父母。史黛拉想要独立，其实一点都不奇怪。此外，我也不曾梦想要将自己对上帝的信仰强加在她身上。

随着时间一年一年过去，史黛拉越来越常将世界上的种种苦难归结于宗教。对那些抱持极端无神论以外生命观的人，她就嗤之以鼻、大肆嘲弄。我心知肚明：正面迎击她的看法不会带来任何好处，过去的我也曾经是这副德行。真正令我心疼的是，我深信，她种种作为的目的就是伤害我，这使我筋疲力尽。当你自己的孩子与你的期望全然背道而驰时，你会感到痛心疾首。

考虑到史黛拉对教会抱持的负面观感，我对于她想参加坚信礼[1]营队的事，感到惊讶不已。

当时我刚加入教会，一开始推行其中一个项目，就是让教会的坚信礼逐渐走上正轨。我们和邻近社区的另一个教会，一同在位于布莱金厄省边境上的英梅伦湖畔，找到一所非常适合举办营队教学活动的寄宿学校。偶然地，我们顺利地聘用年轻的执事罗宾，让他担任营队的领队。

---

[1] 坚信礼（Confirmation），是基督教的一种仪式。根据教义，孩子在一个月时受洗礼，在十三岁时受坚信礼。孩子只有被施坚信礼后，才能成为教会正式教徒。有些教会学校会直接帮助学生组织坚信礼。

这个营队因而一炮走红。这一年，来自全城各区的家长与青少年向我们咨询，想知道如何报名参加营队活动。我深知罗宾是营队活动获得成功的最主要因素：他既年轻，又有魅力，而且谈吐颇具深度。因此，这次我还是挪用教会大部分的预算，聘任他担任今年营队的领队。

当然，我察觉到坚信礼营队中女孩们望着罗宾的表情，我知道，他的魅力其实暗藏祸根。然而，当时我实在太天真，以至于对若干警告充耳不闻。

史黛拉每三周进行一次尿检，每次尿检结果都呈阴性反应，在儿童与青少年精神科的各次谈话也越来越常探讨一般青少年烦恼的问题：学校课业、朋友和服从师长的问题。

“我觉得，我们应该让她参加坚信礼营队。”我在四月的某天晚上这么说道。当时屋外风势很大，连墙壁都为之震动。

我们坐在晚餐桌前，全家人难得齐聚一堂。最近这一星期以来，没有爆发任何冲突。

“真的吗？”

史黛拉抱住我的脖子。

“爸爸，你人真好。”她满嘴食物、含混不清地说，“爸爸，我爱你！”

“我们先听妈妈怎么说。”

尤丽卡迅速咀嚼着食物。她刚获得委任，即将出任全瑞典最受公众瞩目的庭审中的辩护律师。她简直是被来了个“倒栽葱”，一头栽进这项任务里。过去的她已经超时工作。现在，她的工作量有增无减。

“我该说什么呢？”

她喝了几大口牛奶，望着我。

“你就让我去嘛。”史黛拉说话的同时，仍然抱着我。

“拜托啦。”我一边说，一边露出愚蠢的微笑。

我得承认：我在某种程度上，把坚信礼营队视为让史黛拉在基督教社群与团契[1]中发现新价值的机会，一个敞开心胸、找到自我的机会。我甚而希望：这会是她浪子回头的起点。对史黛拉而言，甚至对我而言，这都是一条回头之路——我想找回自己失落的女儿。

“你当然可以去啦。”尤丽卡最后说道。

感觉上，这很可能是个转折点。

八月的一个星期五，史黛拉走上停在教堂停车场的巴士。尤丽卡错过了从斯德哥尔摩起飞的班机。不过，我来到了停车场。当巴士开始倒车时，我对她挥了挥手。史黛拉的笑容简直占满了整个后车窗。她从未对我挥手过。

25

星期三下午，我们回到隆德地方法院。在安检区，尤丽卡在我之前通过金属探测器。轮到我的时候，圆弧形的金属探测器开始闪动、“哔哔”作响。所有人的目光集中到我身上。不过保安很快就指出，我只是忘记摘掉项链。

迈克·布隆堡在走廊上，连好好打个招呼的时间都没有。他前额的汗水闪闪发亮，领结打得松散又随便。他真的能替史黛拉辩护吗？

当我们走进地方法院审判庭时，我几乎感觉不到两脚的重量。史黛拉已经坐在审判庭里，从后方看起来，她似乎很正常——一个普普

[1] 团契（Fellowship），即伙伴关系，源自《圣经》中“相交”一词，意思是相互交往和建立关系，现在常用作基督教特定聚会的名称。

通通的少女，一个有着大好前程的年轻人。直到我看见那双槁木死灰般的眼睛，我才惊觉现实的严重性：她的眼神一点都不正常。

关于是否继续收押嫌疑犯的审讯开始了。这回双方均不再要求进行非公开会议。检察官珍妮·杨思多德发言。她的语速极快，毫不迟疑。

“根据在调查过程中取得的技术鉴定，我认为史黛拉·桑德尔涉及本案的嫌疑度已经提高。”

我的眼神完全无法离开史黛拉。她就坐在我前方几米处，我却不能跟她说话，这真是太恐怖了。我想做的，只是抱抱我亲爱的小女儿而已。

根据化验结果，调查人员在凶杀案现场取得的鞋印和史黛拉被捕时所穿的鞋子属于同一类型。不过他们仍然不能确定：那个鞋印就是史黛拉的鞋子所留下的。

分析结果也表明：被害人尸首上留有明显的辣椒素。这很可能意味着：克里斯多弗·奥尔森死前曾被人以所谓的胡椒喷雾喷洒。

“史黛拉的好几个同事在侦讯时都提到，史黛拉平常总会在手提包里放一罐胡椒喷雾。”检察官说。

这听来太荒谬了。史黛拉为什么要随身带着胡椒喷雾器？

另外，警方的技术人员也在克里斯多弗·奥尔森位于飞箭街的公寓内发现大量与史黛拉有关的证据，发丝、皮肤刮擦碎屑与衣料的纤维。

“对于这些发现，史黛拉一直未能做出解释。此外，她对于凶杀案当晚自己到底做了哪些事情，始终无法连贯地说明。”

尤丽卡抓住我的手，但我不敢看她。

检察官说明：现阶段调查人员还在等待来自法医部门的信息，以期能够描绘案发时的经过与细节。

这种感觉就像参加电视节目录像。我太太虽然是律师，但我只去过几次庭审，即使在那些场合，我还是觉得那不过就是表演，在一群观众面前、在一定时间内“展出”的表演。差不多就像婚礼或葬礼那样。直到我本人将受到庭审的影响，一切才不再是演戏。这事关你自己的人生、你的家庭。

“调查人员在克里斯多弗·奥尔森的电脑里找到了证据，”检察官一边说，一边翻出一沓文件，“这是克里斯多弗·奥尔森与史黛拉·桑德尔之间的大量网络聊天记录。这些聊天记录显示，史黛拉和克里斯多弗彼此认识，并很可能有亲密关系。”

我觉得很不舒服，一些恐怖的影像掠过我的脑海。

轮到布隆堡发言时，他几乎完全不做抗辩。随后法官表示庭上必须先达成内部协议。这一回，那些保安人员直接将史黛拉拖进地下室。审判庭内设有一条直达位于地下室的拘留间的通道。门被掩上时，史黛拉甚至没有回头。

“她为什么不抗议呢？”我对尤丽卡说，“她为什么任由他们这么做呢？”

史黛拉看来好像对这一切照单全收，仿佛她只是这出戏的一部分。

“她其实也无能为力。”尤丽卡说，“她也许就像我们一样，被吓到了。”

我甚至不愿去想其他可能的选项。

才过了十分钟，我们就被召回审判庭。法官宣布：地方法院裁定史黛拉有可能涉嫌谋杀案，因而必须继续收押。

我们直接走进迈克·布隆堡位于修院街的办公室。这位明星律师在嘎吱嘎吱作响的木质地板上走动，他的步伐沉重，眼神狂野。

“这场调查真是无耻之至，烂透了。杨思多德和警方好像把一切全赖到史黛拉身上。”

“你刚才在庭上怎么都不说话？”我问。

布隆堡猛然止步。

“你这是什么意思？”

他转身面向尤丽卡，仿佛有意见的人是她，而不是我。

“你为什么对这一切通通承受？”我说，“你总该抗议吧？她有不在场证明啊！你怎么都不提她的不在场证明？”

布隆堡比了一个让步的手势。

“现在提这一点，帮助不大。指向史黛拉的间接证据实在太多，而且法医还没鉴定出凶杀案发生的确切时间点。”

“可是，那个证人，”我说，“蜜·塞恩瓦尔，她是在深夜一点钟听到窗外传来争吵声的。”

布隆堡望着尤丽卡。

“这当然是真的。”她说，“迈克，关于这个塞恩瓦尔，你们找到了什么？”

布隆堡一屁股坐在自己的书桌前。

“她并不适合担任证人。蜜·塞恩瓦尔完全是贴在一扇窗户边过生活，我这么说一点都不夸张。只有在购物或见诊疗师时，她才会出门。其他时间里，她只管待在窗边，盯着邻居们的一举一动。她对那个街区的大小事，简直了如指掌。”

“听起来，她很适合当证人。”我说。

实际上我知道这并不是真的。

“不，这个女孩就是对精神疾病的最佳定义。你所听说过的每一种恐惧症与神经官能疾病，她全都具备。”

我事先就预测到这一点。

“可是，这两件事没有关系吧？”

布隆堡和尤丽卡坐立难安。

“也许吧，你可以这么想。”布隆堡说。

“奥尔森的前女友呢？”尤丽卡问道，“关于她，你们挖出了什么新的内容？”

挖出？这让人听来很不愉快。我联想到八卦、抹黑、劣质小报的新闻风格。我们好像正不惜一切代价，非得找个替罪羔羊不可。

“我想，我们要锁定他的前女友，”布隆堡说，“琳达·罗翰。”

“她叫这个名字吗？”

布隆堡从书桌上抓来一张纸。

“是的，琳达·罗翰，海关街十号。”

“你们跟她谈过话吗？”尤丽卡问道。

“她的口风比较紧。她说已经把一切都告诉了警方，不过没人相信她。我试图弄来初步调查报告书，不过没有成功。不过，我们会搞定的。我们可以通过庭上索取初步调查报告书。”

“这样需要多长时间？”我说。

布隆堡敲了敲自己的钢珠笔。

“你现在放轻松点。”尤丽卡拍拍我的胳膊。

“放轻松？凭什么要我放轻松？如果这个罗翰有动机犯案，审问她不就符合所有人的利益吗？警方办案难道不应该客观、全面吗？”

“警方已经审问过她了，”布隆堡一边说，一边将钢珠笔扔在书桌上，“目的是获取更多信息。”

“那显然还不够。”我说。布隆堡不安地望着尤丽卡。“我们什么时候才能见到史黛拉？我们得和我们的女儿谈谈！”

我几乎要从椅子上跳起来。

“史黛拉受到一些限制，”布隆堡说，“除了我以外，她不能和任何人谈话。”

“她才十九岁。”我说。

“对不起，她的年龄在这个案例里并不重要。”

“她只是个孩子！”

我本来无意大吼大叫，最后还是吼了出来。我紧握双拳，感到血脉偾张，尤丽卡紧紧抓住我的手腕。

“从法律意义上来说，她并不是个孩子。”布隆堡谨慎地说。

“我才不管法律。我要见我的孩子！”

一阵阵号叫声传进我的耳朵里。当我挣脱尤丽卡，从椅子上一跃而起时，就连身形像大熊一样粗壮的布隆堡也面露惊惶之色。

“请你确保，史黛拉从现在开始，把一切都告诉警方。不要再搞什么小秘密，不要再用讨厌的方式吓人。无辜的人是不会说谎的。”

26

我没有告诉史黛拉，我打算在坚信礼营队活动期间去看她。这样也许不太明智。当然，我本该打声招呼的，可是这对我来说，实在再自然不过了。我在举办活动的其中一个教会里担任教区牧师，我是营队的创始人，当然，我会想要探视这些青少年。

当我来到寄宿学校的校区时，坚信礼营队的成员刚烤过香肠。他们当中有好几个人已经换上泳装，其中几个在浅水区走动，水深及腰，打着哆嗦，其他人则刚从码头上跳下水，两名女领队站在一棵树下，乐不可支；而罗宾则在湖里玩水，头发湿淋淋的，神情愉悦。

我在那块覆着绿茵的高丘上多待了一会儿，仿佛置身于一幅画前。最鲜艳、美丽的色彩，将友谊与喜悦描绘出来。

这群青少年无暇顾及我。史黛拉的几个同班同学跟我打了招呼。但是，大多数人根本没有察觉我的到来。

我走到树下那两名领队面前，和她们握了握手。她们告诉我，一切非常顺利。她们和小组员的互动非常顺畅，而且已经进行过几次有趣、坦诚的谈话。

她们都没提到史黛拉，这就让我以为，她很守规矩。我本来就决定不再操心。但是，当事实变得明显、没有任何差错发生时，我全身上下感到一阵轻松。

当史黛拉发现我在这里时，情况就没那么美好了。

她一路拍打着湖面，从湖里走上来，一束束湿淋淋的头发纠结着。一走到沙滩上，她就取来一大块浴巾遮住身体。

她一看到我，眼神就阴沉下来。

“你在这里干吗？”

“我只是想来看看你们。”

我努力摆出温柔的微笑。

“不要来烦我！”

她踩着人字拖鞋“啪嗒啪嗒”地走上斜坡，消失无踪。

我从来没能和女儿谈论性的问题。我不想成为这样的父亲：一个一听到*避孕药*就惊惶失措、羞赧不已的父亲；一个宁愿闭上双眼，假装自己正处于豆蔻年华的女儿的性特征不存在，满心以为她生活在无菌室，对于我们其他所有人时常接触、性特征越发明显而张扬的外在社会全然无感的父亲。长期以来，我就希望自己能够成为另一种父亲：那种能让人倾诉内心秘密的父亲；那种不会在电视上出现床戏或做爱画面就切换频道，也不会顺势将保险套塞进提袋，一语不发的父亲。我不知道发生了什么事，也不知道情况为什么会变成这样。

其他男人让我理解到：在这一点上，我其实并不孤独。我们总是满心以为，这个时代已经很进步、开明了，两性平等的概念已经很普及，绝大多数现代社会的父亲可以处理与青春期女儿性特征有关的问题。不过，事实是很令人感到悲哀的：我认识的所有男性当中，没有人能够用自然的方式和青春期女儿讨论与性有关的问题。

某次，几杯啤酒下肚以后，我问起狄诺这件事情。他听到我的问题，就狂咳不止。

“要是有人敢动艾米娜，我一定把他的小鸡鸡割掉。”

我当然知道，他不是认真的。这些年来，艾米娜换过好几个男朋友。据我所知，他们当中没有任何人的身体部位曾被割掉。不过，我可不相信狄诺曾经和艾米娜促膝长谈，深切地讨论与性有关的问题。

在坚信礼营队活动以前，我和尤丽卡并不曾特别聊到史黛拉的性特征。我知道，史黛拉来月经时，尤丽卡会协助她处理。但除此之外，在所有我们能理解的范畴，史黛拉都还只是个孩子。她刚满十五岁。我不知道我是否太过天真了。

罗宾说服我留下来用晚餐。我们可以在一个单独的小房间用餐而不至于让史黛拉看到我。

营队厨师手艺真是一流，餐点美味极了。罗宾和我进行了一轮有趣的谈话。他告诉我，几乎所有参加坚信礼的学员都表示，他们相信世上真有一股神圣的力量，一股比人类还要强大的力量。罗宾问他们为什么这股力量不是上帝。然后，他再逐一探讨他们的答案，并为他们说明：他们说到的，很可能就是上帝。

其实，我并不想如此公私不分。不过，我还是忍不住提出下列问题。

“史黛拉怎么说？”

罗宾将散发出迷迭香味的土豆塞进嘴里，我等着他将食物咀嚼完毕。

“她很聪明，思路非常敏锐。”

“那么，她说了些什么？”

“她说：世界上肯定存在一个上帝，不过最理想的做法是假装他并不存在。因为所有宗教和教派，都会造成对立。”

我忍俊不禁，露出微笑。

“就像我说的，她是个很聪明的女孩。”罗宾说。

晚餐后，我问他可否让我多待一会儿，我很快就会回家。不过，我得先稍微准备一下明天讲道的内容。

“当然，没问题。”罗宾说。

他向我说明：坚信礼营队的学员会被分配为几个不同的小组，继续对话练习。

经过一两个小时的必要的交流，能够一个人使用电脑，厘清自己的思绪，让我感到很自在。我的社交能力不错，不过，在内心最深处，我还是觉得自己是个内向的人。对我来说，私人领域始终是至高无上的，即使当我面对自己的家人时，也是如此。对我来说，生活中拥有自己专属房间的权利，就和敞开心胸、无话不谈的机会一样重要。我觉得，能够沉淀下来、独处的机会已经多次帮助我和尤丽卡渡过难关。要求对方一直与彼此分享一切，很容易让人喘不过气。我们常说，人类是群体动物。但是，我们也不应该忘记，每个人其实在某种程度上，都是独行侠。

当我完成针对讲道内容的准备时，暮色已经悄然掩盖了湖面。时间过得很快，而我的作业比我原先所想象的还要费事。当时尤丽卡还在斯德哥尔摩上班，所以，实际上我没有必要赶着回家。现在，我只需和罗宾道别。我一心避免再遇见史黛拉，以免造成更多的不愉快。不可否认，今年的营队活动和去年一样顺利，大部分要归功于罗宾。一切顺利的感觉真是好极了，我心中除去一块大石头。走过操场时，我呼吸着户外清新的空气，觉得心旷神怡。

这个寄宿学校的校区由三排分散的建筑物所构成。餐厅、厨房和团体活动室，都位于最大的建筑物里。操场的对面则是宿舍建筑。面积最小的一排房屋则位于更远处，一部分外观被高大的山毛榉树干遮住。没有负责值夜的领队会在小屋就寝。

看样子，坚信礼营队的学员现在已经进入自由活动时间。少数几人坐在草坡上，不过，绝大多数人则已经躲进宿舍。

“你看到罗宾了吗？”我问其中一个女领队。

“我想他去领队宿舍了。”

我快步穿过那一小片树丛。青年男女的笑声在夜空中回响着。

我走到门前，敲了敲门。一点动静都没有。罗宾也许在卫生间吧，还是……他正在冲澡？我转了一下门的把手。但是，门是上锁的。他该不会在里面睡着了吧？

我绕过屋角，从窗外探头一望，除了一张空荡荡的床，什么也没看到。我心中不抱多大指望，走到下一扇窗前。窗帘被拉了下来，但透出一小道缝隙，房里透着微弱的光线。也许罗宾正在睡觉呢。我趋身向前，敲敲窗户。当我透过那一小道缝隙往里看的时候，吓得跳起来。黑暗中，两个人正坐在那里，惊恐地望着彼此。

这虽是惊鸿一瞥，却已经足够。事发至今，已经过了四年。然而，只要我有意愿，我仍能回想起那使人不快的一幕。也许，这将是永世难忘的一幕。

罗宾和史黛拉企图穿好衣服的画面。

27

直到星期四早上，史黛拉已经被关押了五个晚上。我眼前浮现出她躺在狭小、阴暗的拘留所囚室里一张肮脏小床上的身影，这让我感到心痛。用早餐时，我快步在厨房里来回走动，不安地叨念着。

“不要再啰唆啦，”尤丽卡说，“你再怎么坐立不安都不会让事情有所改善的。”

“那我该做什么？”

“我打算工作，”她说，“也许，工作也会让你心里好过一点？”

这至少能让我想点别的事情。我用手机向教会的网站汇报：我今天健康，可以去上班，而后步行前往教会的行政办公室。九月堪称这座城市的降临节[1]。历经了夏季的沉静以后，各条街道上满是略有醉意、眼神疑惑而迷蒙、一心想要向外界昭告自己身份的学生，到处都是摇摇晃晃、口袋里发出 GPS 导航语音的自行车骑士，以及带着皮质公事包或背着绣有北极狐图案的背包、包里装有人生所有疑难问题的答案的二十来岁的年轻人。通常，直到十月，直到最不要脸的风骚行径平息下来，直到人们在新生报到周的口沫横飞、高谈阔论告一段落，直到当地环境逐渐吸收、稀释掉这些最陌生的元素以后，隆德才算是恢复旧观。这是大学城的缺点，却也是其魅力所在。每年秋天，它都会被新到的梦想家、救世者攻陷，再经历几个犹如印第安人夏季般狂野的星期，直到枫叶开始飘落。你可以喜欢或是厌恶它。不过，你始终无法完全习惯它。

我的同事们待在教会办公楼的厨房里，当我在玄关脱去大衣时，他们的声音就一路飘进我的耳里。

“我一开始好惊讶。可是，当我之后一想到……”

“她那种脾气，一直很恐怖。”

要不想听见他们说些什么，简直是不可能的。

“他们没能设定管教的界限。像史黛拉那样的女孩子，只能理解

[1] 降临节是“圣灵降临节”的简称，时间在复活节后的第五十天，是整个基督教会的生日。

一种方式。”

“尤丽卡和亚当都太宽容了。”

我站在玄关，纹丝不动，仔细聆听他们的话。

“当然了，这并不是史黛拉的错，”莫妮卡是其中一名执事，她这么说，“她只是个孩子。或者，不管怎么说，她就只是个少女。”

他们沉默了一下。我闭上双眼，感到自己缓缓地离开地面，飘浮在空中。然后，议论声再起：

“儿童精神科早已在追踪史黛拉了。”

“我一点都不惊讶。”

“史黛拉的心理状态一直都不好。她从小就怪怪的。”

里面再度陷入沉默。有人咳嗽着。

我很喜欢我的同事们。我一直都信赖他们，也始终能感受到他们的信任与关爱。自从我开始在教会任职以来，大部分的业务都开始蓬勃发展。大部分人想必都会赞同，这在很大程度上算是我的功劳。我完全没有想到会听到这种流言，我的思绪因而麻痹了。我像一具僵尸般直接走进厨房，在茶水桌前坐定，加入他们。

“噢……亚当！”莫妮卡喊道。

五双沉默无语、瞪大的眼睛凝视着我。他们仿佛正在见证圣主的复活。

“你该不会是来上班的吧？”他们像合唱队一般异口同声地说。

“我下午要主持一场婚礼。”

“可是，我们已经让奥图顶替你了。”行政主管安妮塔说。

“我已经报备过，今天来上班，你都没看到吗？”

她的双颊一片通红。

“我们都以为，你不会……”

我逐一打量他们当中每一个人，等着看是否会有人表示抱歉。不过，除了戛然而止的想法与思绪以外，没人采取任何动作。

最后，莫妮卡站起身来，搭住我的手臂。自圣安斯加纪念日之后，莫妮卡就开始在教会任职了。她就是教会的黏合剂，是我们其他人在所有情境下都能够倚靠的后盾。

“跟我来。”她对我说道，缓步引着我穿过长廊。同时，我的大脑仍不断空转。

我们在她办公室里那对低矮的手扶椅上坐定，面对彼此。莫妮卡将她那双满布皱纹的手搭在我的膝盖上，趋身向前，那对温和的猫眼直盯着我。

“莫妮卡，你觉得我们犯了什么错？”

她将双手贴近我的胳膊肘，慢慢地摇摇头。

“你们没有犯什么错，”她说，“对此，上帝自有他的寓意。只不过，我们现在尚未察觉到他的寓意。”

我实在很想请莫妮卡和上帝一同下地狱去。不过，幸好我在这时冷静下来，对她的关怀表示了感谢。

“你现在就回家，好好休息吧。好好照顾尤丽卡，”莫妮卡一边说，一边拥抱我，“我会为你们祈祷，也会为史黛拉祈祷的。”

当下，这感觉多么微不足道，甚至几近虚假。

不过，我多么希望自己当初听从莫妮卡的建议。

对我来说，从四面八方而来的压力实在太沉重了。我的思绪似乎汇聚在一道浓密的雾气后方，而我的心脏则像一条小猎犬，撕抓着胸口。我的身体要我拔腿开溜，这样才不会陷进痛苦的当下。所以我一连跑了好几千米，或者说，至少一连走了好几千米，直到汗流浃背为止。

我一路走进城里。当我来到文化中心、离开城市公园的时候，心里想着：假如当初我们向警方举报罗宾，之后事态会怎么发展？他强奸了史黛拉，而我们就这样任由他溜之大吉。这对我们的女儿传递了什么样的信号？我们又算哪门子的父母？

我的脉搏愤怒地搏动着，我的肌肉抽搐着。我加速通过位于南滩步道旁边开放给市民遛狗的那座公园。

当我瞥见写着“海关街”的路牌时，胸口一阵刺痛。我停下脚步，望着路牌。

克里斯多弗·奥尔森的前同居女友就住这里。布隆堡曾经告诉我们她的地址，我无法不驻足。

28

不向警方举报罗宾的行径，在很大程度上是尤丽卡的决定。我绝对无意推卸责任，不过，要是尤丽卡当时没有反对，我应该就会毫不犹豫地向警方举报这个色情狂。

在营队的领队宿舍里，我将他拉向墙边，出拳出到一半。不过，我在最后关头还是让自己冷静下来。我只是拉着史黛拉穿越那片小树丛，将她塞进车内。对于那天开车回家路上的所见，我早已忘得一干二净。

尤丽卡认为我们应该马上带史黛拉到医院。但是，我认为我们得先打电话报警。

“就算是史黛拉跟着他进了领队的宿舍，”我说，“他已经强奸了她，不管当时是不是她采取主动的。”

尤丽卡在厨房里来回走动。

“我不知道怎样做才是最妥当的。”她说。

“你该不会说，这是史黛拉的责任吧？她只是个孩子。”

“她在法律上已经不是个孩子了。她已经满十五岁了。”

尤丽卡待在窗边，她的双肩颤抖不止。

“我很清楚，这种案件的庭审是怎么回事，”她说，“我就参与过好几次这种案件的庭审。”

有件事情几乎被我压了下来：大约一年以前，尤丽卡担任一名男子的辩护律师。那名男子和另外几名年轻男子涉嫌一起集体强奸案，被检察官起诉。结果所有被告均获判无罪开释，在社会上引起一阵轩然大波。

“他们会对她穷追猛打，”尤丽卡说，“每一个小细节都会被仔细检视：她说了些什么，她怎么做，她穿着什么样的衣服。”

“闭嘴，”我说，“她可是受害者。”

“这我当然知道。这一点大家都知道。不过，在法庭上关键的是谁做了什么，史黛拉采取了哪些主动措施，她在事发前及事发后的行为。辩护律师会针对最微小的疑点见缝插针。”

我走到窗边，用双臂搂住她的腰。

“事情不应该变成这样，也不能变成这样。”

尤丽卡压了压我的胳膊。

“我不知道事情是否能有别的发展。”

当天晚上，她详细地告诉我，在那起轮奸案的庭审过程中那个女孩被迫说出的可怕细节。这真令人震惊。我觉得自己并非特别天真，但当我听到针对这种案件的庭审原来以这种方式进行，我在生理上感到非常不舒服。我们当然听闻过也读到过律师群质问强奸案的受害者：她们当时穿的裙子到底有多短，又喝了多少酒。但是，我认为那场庭审是极端的特例。直到这时我才理解到：面对这种类型的案件，这或多或少就是判例。

过去，我从不相信我会建议某人——特别是自己的孩子，不要报警，不要相信司法体系，不要让正义获得伸张。但现在，当我开始了解报警对史黛拉构成的负担以及她为此被迫承受哪些事情，我不得不重新思考。

“哪一点才是最重要的？”在我们入睡以前，尤丽卡说道，“是至少确保史黛拉从这件事情里全身而退，还是让罗宾受惩罚？”

这两点，被她说得仿佛势不两立。为什么两者就不能并存呢？今天，我多么希望自己当初质疑尤丽卡所提出的黑白分明的说法。我希望自己当初坚持立场，让正义获得伸张。

我们对史黛拉的背叛是不可饶恕的。

29

我走到海关街上的第一道大门前。我只是来看看而已。

搞不好琳达·罗翰现在就坐在墙壁后面呢。克里斯多弗·奥尔森的前任同居女友，布隆堡似乎很确定，她和这起命案脱不了干系。

我看着内部通话机上面印的姓氏，心跳开始加快：杰布林、撒缪森、马凯。没有人姓罗翰。

我转而走向下一扇门。

就算这个琳达·罗翰没有其他作用，她至少能帮助我了解。她可以告诉我关于克里斯多弗·奥尔森的事情。也许她对他和史黛拉如何认识、两人之间的互动有些看法。

我在第三道门前找到了“罗翰”这个姓氏，在三楼。我凝视那个姓氏许久，心跳更快了。我到底在做什么？

我拉动一下门把，门是上锁的。我趋身向前，在楼梯间张望着。我该说什么呢？我该怎么自我介绍才不会把她吓到？我这样岂不像个疯子？如果她打电话报警呢？

我将对讲机上的名字再仔细看一遍，看到“I. 永森”这个名字，不知为什么，听来很友善。我按下对讲机的按钮，对讲机里传来一声乌鸦般的“喂？”。我说明：我替花店送花给一个邻居，但邻居不在。“I. 永森”立刻让我进入楼梯间。

电梯旁边有一道以色彩斑斓的大理石铺成的阶梯，我贴着绘有树枝与叶子拼花图案的墙壁上楼。我在三楼止步，按了门铃。

我记起那次拜访蜜·塞恩瓦尔，想着这次该怎样让谈话变得更顺利。当我拜访蜜·塞恩瓦尔的时候，其实就已经踩线了。但是，现在的情形意味着更严重的僭越：万一我寻访琳达·罗翰的事情传出去……也许她是个危险人物？最坏的情况下，她是个报仇心切的杀人犯。最理想的情况下，她也只是个不实指控前同居男友犯下种种劣迹、仿佛精神病患的撒谎者。我真得小心为妙。

当一名面露惊讶的女子打开门时，我退到一边。这真的是她吗？我面前的这名女子，看起来像是摄影展上的模特儿。

“琳达？”

“嗯？”

她狐疑地打量着我。

“我想跟你谈谈。”

“你是谁？”

我指指自己身上的罗马衫。

“我可以进来待一下吗？”

她喘息起来。

“出了什么事了？该不会是妈妈吧？”

“我想谈的是克里斯多弗·奥尔森。”

琳达·罗翰的表情顿时轻松下来。

“好吧，”她一边说，一边放我进来，“不过我已经说过，我不想被牵扯进来。”

她的公寓房既宽敞又明亮。面向卧室的墙壁覆盖着一幅刻画出地貌与轮廓的世界地图。下方的地板上则摆着一只一米高的玻璃花瓶。花瓶有着酒瓶的造型，里面只插着一朵百合花。书架上摆着颜色斑斓的小象雕塑。一两本与健身有关的书被塞在雕塑品中间。从一个硕大、造型现代化的水晶灯罩里透出的光线，映照在室内所有的物品上。

“我们可以坐一会儿吗？”我说着，指指摆在法式风格露台前的那张餐桌。

“为什么？你到底想怎样？”

她站在门槛上，双手叉腰。

“我是代表奥尔森家来的。”我一边说，一边给自己拉来一把椅子。

仿佛我的计划从一开始就已经存在，而我只需要将它付诸实行。

“我已经讲过了，我不想被牵扯进去。”

“你就稍微坐一下，”我拜托她，“我到这里来，是因为这家人应该获得一个比较有尊严的结局。”

“哪个家庭？你是说玛格丽特？”

“是的。”我迅速点点头，“克里斯多弗已经不在了，我们只希望真相能够水落石出。”

“你这是什么意思？”

当然，我并不指望她会承认自己犯下凶杀案。不过，能观察她的反应还是很有趣的。我向来很擅长揭穿撒谎者。

“你和克里斯多弗之间发生了什么事？”我问。

“玛格丽特知道所有事情。我已经告诉警方了。”

最后，她面露嫌恶地坐了下来。

“难道你不能再说一次吗？”我问。

“那个警察，亚格奈丝·席琳，她不相信我。我试图把她换掉，可是没有人听我的。”

琳达·罗翰的确是个很吸引人的女性，但从她平滑的肌肤与匀称有致的面孔底下，我看到了另外一面：一个害羞、模棱两可的女孩。她大概多大？二十二三岁吧。我很确定她并没有说出全部的真相，不过我也几乎同样确定，她不是个冷血杀手。

“我知道这对玛格丽特来说很难接受，不过她的儿子是个精神病患者。我是说，他*活着的时候是*精神病患者。克里斯[1]真是个精神病患者。”

我一语不发。多年的谈话经验告诉我：沉默，常常能够逼出答案。沉默，就是在要求回应。沉默使人心神不宁，进而想要打破这种沉默。我的经验是：人们都很喜欢讲话。许多人很期待讲话。你只需要表示你愿意聆听。

琳达表示在近两年的时间里，一切都很好。至少，她是保持着这样的想法在生活的。事后，她才意识到这段关系早已经乌云密布：秘密、背叛、不忠。但是，这种关系还是直到两年后才开始破裂的。

两人初次邂逅时，琳达感到内心小鹿乱撞。克里斯多弗·奥尔森英俊、有魅力、聪明，社交能力又强。一开始的意乱情迷，很快就发展成爱情与未来规划。她现在才意识到：一切进展得太快了。如果当初她没有一头栽进这段关系，也许就能及时发现警报。

“请你不要怪罪自己，”我说，“你的心和大脑都能够为你指路。事后要知道哪些路是当初不应该走的总是比较容易。”

她面露微笑。就算她不让我知道某些事情，我还是对她有好感，那种毫不掩饰的天真以及对获得他人理解的强烈心愿。

---

[1] 克里斯多弗的昵称。

“当他第一次打我的时候，我对自己说：这种事，绝对不会再发生了。我不是那种女人。我不知道自己这样想究竟有几次了。”

“想必没有人会认同那种女人。”

她点点头。她脸上的微笑已经消失，双眼浮现泪光。

“这种话听起来很蠢，不过当克里斯不动手打人的时候，他其实是很棒的。我每次都心想：这是最后一次了，这种事永远不会再发生了，我要离开他。可是，之后一切就翻转过来，我再次充满希望。也许就是这次，只要我再给他一次机会。真是白痴，对不对？”

“一点都不白痴。”

我相信她。我曾经从其他置身于相同处境的女人口中听过类似的故事。

“我没办法做到设身处地，但我在工作中见过很多有暴力倾向的男性。我能理解，这只是他们的其中一面。没有人是只具备某一种或另外一种特性的。”

“本来直接离开是很容易的。”琳达一边说，一边用小指按了按双眼下方，“对于这件事，我永远不会原谅自己。我再也无法以过去对自己抱有的看法与形象来看待自己。你不能理解的是，自我形象全面崩解是多么可怕的一件事。”

她说得对，我无法理解，至少当时还无法理解。

“但是，克里斯是个浑蛋，他真该在地狱里彻底烂掉。他对我做的事情……你在警方的问话记录中可以读到。我没有力气从头再说一次。反正这也无关紧要了。”

“为了玛格丽特……”

琳达直瞪着我。

“我不在乎。克里斯死掉，我一点都不难过。”

她的眼神冰冷。她这么说，显然是认真的。我第一次觉得，不管怎么说，她也许参与了这起凶杀案。也许，犯人不止一个？也许，她雇用别人来杀害他？

“我也一点都不惊讶。”她说。

我再次将沉默作为策略，等着她再次开口。

“他对她也做了一样的事。”

我继续压抑自己的好奇心，双手十指相扣，望着她。不过，这回她没有继续说下去。她闭口不言、一本正经，任由眼神飘向窗外。

“对谁？”最后，我说。

“干下这件事的人，也就是史黛拉。”

她这话是什么意思？她怎么知道史黛拉的名字。

“她只是个少女。我很早以前就该做的事情，想必她直接做了。”

我无法将那些画面从眼前移开。一把闪闪发亮的刀一刺再刺，克里斯多弗·奥尔森英俊的微笑被痛苦的尖叫给扭曲了。我迷迷糊糊，企图将史黛拉的面孔从这一幕幕中移开。这不是真的。

“为什么你会这么说？”我挤出一句。

“说什么？”

“为什么你会觉得这是史黛拉干的？”

琳达惊讶地望着我。

“她因为这件事情被逮捕了。”

“你认识她吗？”

她摇摇头。

“可是，我希望她能全身而退。”

我沉默无语。难不成是克里斯多弗·奥尔森攻击了史黛拉或将她置于某种险境之中？假如是这样，她为什么不告诉警方？想想看，如果史黛拉是这件烂事当中真正的受害者呢？

“玛格丽特心情怎么样？”琳达·罗翰问道。

我已经陷入自己的思绪，而来不及回答。

“一定很悲惨，”琳达说，“我其实蛮喜欢玛格丽特的。或者……不管怎么说，我不排斥她。她一直对我很好。克里斯是个精神病患者，但这不是她的错。”

“的确不是。”我这么说，但内心质疑着。

难道玛格丽特没有任何责任吗？她毕竟是他的妈妈啊。

“那史坦呢？他怎么说？”

我抓了抓脖子。她是在说谁？

“史坦尼斯劳？”琳达说。

她的目光变得既严厉，又紧绷。我感到走投无路。

“你说你是代表奥尔森家来的，而你不知道史坦尼斯劳是谁？”

“当然知道。”

琳达将椅子推开，激动地向后退了几步。

“你到底是谁？你从来没有说过自己的名字。”

“难道我没说吗？”

我立刻就瞎掰出一个名字。但是，说谎的感觉可是很难受的。你能容许自己说几次谎呢？不管谎言的目的如何冠冕堂皇，你迟早会越过那条象征体面与尊严的界线。

“请你现在马上离开。”琳达说。

她已经退向墙壁，站在那个大型玻璃花瓶旁边。她看来很害怕。不过，她的眼神里还闪动着某种狂野，接近疯狂。

“我马上走，”我一边说，一边快步从她身边走过，“谢谢你花时间与我交谈。”

她悄悄溜到门边，监视我的一举一动。她一手高举手机已经准备好按下拨号键报警。

我在狭小的门厅弯下腰来，准备穿鞋子。我把其中一只鞋的鞋带系好，正要换脚时，瞥见旁边的鞋架。那里肯定放了七八双鞋。但是，其中一双鞋立刻吸引了我的注意力。

我用颤抖的手指勉强将另一只脚的鞋带绑好，再次瞄向那个鞋架。

这一点毫无疑问。架上摆着一双和史黛拉那双鞋的款式一模一样的鞋子。也许，甚至连大小都一模一样。和在犯案现场的沙地上留下鞋印的那双鞋属于同一类型。和杀死克里斯多弗·奥尔森的凶手所穿的那双鞋属于同一类型。

30

我快步走过市区，各种想法像个旋转的马蜂窝混乱不已。琳达·罗翰居然有一双和史黛拉款式一模一样的鞋子。还有她退向墙壁时的眼神，那是一种心不在焉、迷乱，但同时充满盛怒的眼神。看来，她真的是那种会突然发狂的人。同时，她关于克里斯多弗·奥尔森曾对史黛拉施暴的理论，也在我后脑隐隐作痛。这其实是很可能的，我对此无法视而不见。那个小浑蛋，曾经打伤史黛拉吗？我加快脚步，用力踩踏着地面，连沥青路面都发出碰撞声。没有下次了，事情绝对不能变成这样。同时，我也不难想象史黛拉面对暴力的反应，她的怒火无来由地爆发，而近旁刚好又有一把刀。可是，为什么会在那里出事？那是在屋外，一座游乐场上。那把刀又是从哪里来的？而且，她为什么不把这些来龙去脉全告诉警方呢？

我考虑说服尤丽卡接受我的论点。不过，我担心她会将我的想法斥为胡言乱语、无稽之谈，还企图让我采取完全不同的行动。对于我们该如何才能为史黛拉提供最适当、最完善的帮助，她似乎有截然不同的看法。我实在不懂，她怎么能如此信任迈克·布隆堡。即使他的资历丰富，众人一致推崇他的能力与才智，我总感觉他没有全力以赴。史黛拉为什么仍然被收押呢？而我们甚至还不能与她见面？

我转而做了决定，跟警方谈谈。这件事，不应该变成这样。任谁都看得出来：琳达·罗翰可以提供调查行动所需要的信息。为什么史黛拉被关押起来，而她就没有被关押起来？

我加快了脚步。来到南大街上时，我几乎已经开始跑了。当我来到牛排餐厅与名为“染房工”的停车楼前方时，手机在我的裤袋里振动起来。是我妈妈打来的，她讲话时都不断句，我因而没听清楚一部分内容，不过，信息是再清楚不过的了。

大家都知道了。

八卦晚报已经在网络上提到史黛拉的事情。今天下午，广播电台还简短插播了这则新闻。他们都没有提到她的名字，显然他们对新闻采访道德规范的尊重并未完全消失。不过，这些媒体已经提到太多线索，这让想知道更多细节的人不需费多大功夫就能继续搜寻。

“达格妮婶婶刚打电话来问，这是不是真的。”妈妈说。

她的声音听起来颤抖不已。

“你就这么说吧！警方犯了一个错误。”

我们刚结束通话，我就闪进停车楼旁边的那条小巷，想找个不受干扰的地点。我径直穿过大楼，从另一边走了出去。随后，我坐在主教堂学校外的一张板凳上，自我毁灭般地用谷歌搜寻了半小时。我先查阅各大报的内容，再查看那些端不上台面、比较见不得人的网页。他们将连篇谎言与荒诞不经的臆测混在一起，写成了关于史黛拉和我们一家人的资讯：

史黛拉是手球界的未来之星，然而她无法控制自己的怒气。

也许她当时就在游乐场等他。奥尔森拥有至少数百万家产。这肯定是预谋。

我读了所有内容，只想放声尖叫。这完全偏离现实。而坐在屏幕前阅读甚至写这些文章的同一批人，完全有可能在大街上、在我工作时甚至是在法院审判庭里，和我相遇。

我得跟警方谈谈。我继续在渔人小街上行进，同时打电话给亚格奈丝·席琳，通知她我正在前往警局的路上。她表示欢迎我来警局坐坐。

路上，我不断被充满好奇心、想跟我说话的人们拦住。我不得不站着，任由自己被那些知道我身份的人包围，而我老早就将他们的名字忘得一干二净。自行车从两旁飞驰而过，那名在便利超市外搞杂耍的罗马尼亚男子则用小鼓演奏《教父》。

一名常参加教会活动的女子停下脚步。

“你还好吧？”她的眼神相当难过，“这当中一定有误会，警方又在乱搞了。”

一般情况下，我总能从容地站在座无虚席的教堂讲台上主持讲道或是和路上遇见的每个人打招呼。我喜欢停下来和别人交谈几句，听听别人说些什么，同时尽量给他们礼貌、睿智的答复。但现在情况不同，我简直就要窒息了。

最后，我感到一阵恐慌。我掩住面孔，快步走向铁道广场，由下方穿过天桥，朝警察局走去。

亚格奈丝·席琳警官在侦讯室与我见面。她请我喝了一杯咖啡。然而在我加了糖，准备搅拌时，我的手不住地颤抖，以至于茶匙掉到地板上。

“你还好吗？”她问道。

“昨天夜里我总算能小睡一会儿了。”

亚格奈丝·席琳面露和煦的微笑。

“亚当，我本希望你能和我们联系。”

她这话是什么意思？

“我本来以为是*你们*要跟我联系，”我有点僵硬地应道，“感觉上你们好像没得到任何资讯。”

亚格奈丝·席琳在咖啡里加了牛奶。

“调查行动正处于敏感的阶段。我们正努力不懈，想了解真相。”

“你们有这么做吗？”我一边说，一边双手抱胸，“你们真的有这么做吗？你们真的全方面、不预设立场地调查了吗？说穿了，人们很容易觉得你们已经有定见了。”

片刻间，我双眼的视线模糊起来。我趋身向前，用双手盖住前额。

“你还好吗？”席琳问道，“我能理解，这件事情对你的打击很大。”

我透过刘海打量着她，努力让自己镇定下来。我可不能表现得像个疯子一样。

“琳达·罗翰，”我说，“你们怎么不多调查她一下呢？”

席琳小口啜饮着咖啡。

“在这种情况下，我们当然会调查所有可能相关的人和事物。”她一边说，一边用一根手指按了按嘴唇。

“你们知不知道，琳达·罗翰有一双和史黛拉一模一样的鞋子？和在凶杀案现场留下鞋印的那双一模一样？”

警官嘴里的咖啡差点没吐出来。

“什么？你是怎么知道的？”

“我怎么知道的好像不是重点吧？这是某人告诉我的。问题在于：你们为什么不调查这一点，你们为什么不针对琳达·罗翰进行住宅搜索？”

亚格奈丝·席琳用纸巾擦了擦嘴角。

“我不能跟你讨论初步调查，可是我保证……”

“我现在才不管你们保证什么。我感觉，你们不知道自己在搞什么。”

“我很遗憾你有这种感觉，”亚格奈丝·席琳说，“但情况并非如此。”

我沉重地呼吸着。

“多年以来，琳达·罗翰一直受到克里斯多弗·奥尔森的虐待与侮辱。当她最后鼓起勇气报警的时候，你们根本不听她说什么就撤销了调查。她完全有理由私自治罪。她想对那名毁了她人生的男子进行报复。有比这还明显的动机吗？而且，她有一双和凶手一模一样的鞋子。她完全自由，而我女儿被收押，甚至不能跟自己的父母讲话。你能不能说明一下，这是为什么？”

亚格奈丝·席琳瞄了瞄门口。很显然，她难以为自己辩解。

“这件事越来越像是司法腐败了，”我说，“简直是司法谋杀。”

“我可以理解你的受挫感。但是，亚当，我们知道的比你多。你得相信，我们正在竭尽全力还原真相。”

“那你为什么不说说你们知道些什么？”

她搔了搔鼻子。

“我可以这么说，我们有理由对琳达·罗翰的话持保留态度。我们针对她对克里斯多弗·奥尔森的指控做过详尽的调查，而初步调查由于证据不足已经被撤销。没有证据能够显示，她所描述的事情确实发生过。”

“你的意思是，琳达·罗翰完全在撒谎咯？”

亚格奈丝·席琳抿抿下唇。

“我只能透露初步调查做出的结论。”

31

我用茶匙搅拌着咖啡，亚格奈丝·席琳则在一旁等待。

我该不会是被琳达·罗翰给耍了吧？难道是她丧心病狂，向警方举报克里斯多弗·奥尔森虐待并强奸她，作为报复？

“所以，家暴犯逍遥法外反而算是常态咯？”我说。

“通常很难找到有力的证据。”亚格奈丝·席琳说，“不过，在这起案件中，疑点实在太多。所以我给你的建议是：对罗翰的说辞必须持保留态度。我很遗憾，不过我不能再多说了。”

她也不必再多说了。她很确定：关于克里斯多弗·奥尔森的事，琳达·罗翰是在说谎。我也很确定：琳达在隐瞒某些事情。

“不过，这实际上并没有改变什么。如果琳达·罗翰准备对自己的前同居男友做出不实指控，那她也完全可以诉诸暴力。你总该知道这一点吧？”

亚格奈丝·席琳试图用手遮住自己的叹息。

“我听到你的话了，亚当。”

我咬牙切齿。她听到了我的话，却不准备有所行动。

“你最近一次和史黛拉通话，是什么时候的事？”她问。

这跟这件事有什么关系？

“其实，我记不得了。我们几乎从来不打电话的。她总是不接我电话，我已经不再打电话给她了。我们之间只用手机发文字短信，或是即时通信。”

“你说过，你们在那个周五晚上，曾用短信联系。”

“不，那不算是联系。我发了一条短信，但没收到回信。”

“你确定？”

我没有说出答案。难道警方已经还原了史黛拉手机的文字短信通信记录？或是……他们有必要查扣并且检查我的手机？如果从长远的角度来看，某个谎言到最后或许会变得无足轻重，那我实在没有理由冒险说谎甚而被揭穿。

“其实我记不得了。她也许回复了，也许没有。”

警官清了清喉咙。

“你最后一次看到史黛拉的手机是什么时候？”

什么？我把脸别开，不愿暴露我的惊讶。警方没找到史黛拉的手机吗？我还以为他们已经在住宅搜索时查扣了她的手机。

“对不起，我记不得了。”

亚格奈丝·席琳在纸上做了笔记。

“史黛拉被捕以后，你是否看到过那部手机？”

这是什么意思？要是警方没有找到史黛拉的手机，它又会在哪里？

“没有。”我答道。

亚格奈丝·席琳从鼻间发出一声叹息。

“这件事很重要，亚当。史黛拉上星期五夜里回到家时，你是否记得她穿的什么衣服？”

我感到双臂下有了汗水。

“这是在侦讯吗？我需要回答你的问题吗？”

席琳只是盯着我。

“对这种事，我的记性不好。我太太买了新衣服，我从来都发现不了。她常常为此生我的气。”

亚格奈丝·席琳做作地微笑了一下。

“但是，史黛拉回到家的时候，你跟她说话了吧？你总看到她穿的衣服了吧？”

“嗯，嗯。”

“你都没注意到什么异状？像是血迹，还是其他类似的？”

我汗如雨下。

“当时很暗。我实在记不清了……”

不记得跟说谎，两者当然是不一样的。我企图曲解每一个在我面前出现的缝隙。同时，亚格奈丝·席琳用紧绷的手指翻找着文件。

“你第一次听说克里斯多弗·奥尔森是什么时候？”

“上个星期六，”我坦白说，“当我获悉你们逮捕史黛拉以后。”

“所以，你在此前从没听说过他的名字？”

我擦了擦双眼。

“据我所知，没有。”

“亚当，这个问题很简单。你之前有没有听说过奥尔森？”

“没有，没有。”

“所以史黛拉从没提过他的名字。她是否提到过某个可能是奥尔森的人？男朋友？你知道她在跟别人约会吗？”

“史黛拉没有男朋友。关于这一点，你们可以询问任何人。据我的了解，她只和克里斯多弗·奥尔森见过几次面。她为什么会想伤害他呢？这不合逻辑。”

“人类的行为并不总是合乎逻辑的。”

“但它通常是合乎逻辑的。”

亚格奈丝·席琳举起桌上的一份文件。

“听听看，”她说着，高声朗读道，*随时随地想你！你知道我多想你吗？*还有，*全世界就数你最帅、最性感！遇见你，我超开心的！*

我如鲠在喉，只感到恶心不已。她真的有权这么做吗？感觉她这么做已经违规了，或至少是不太道德了。

“这是史黛拉写给克里斯多弗·奥尔森的信息。我们在他的电脑里找到好几条类似的信息。”

我在桌面下绞着双手，将它们重重地按在大腿上。

“你们怎么知道这是史黛拉写的？谁都可能盗用她的账号。”

席琳无视我的问题。

“亚当，我能理解这种感觉。不过，一切都会没事的。我们会一起度过这一切的。”

“你在说什么啊？你根本不需要经历什么。你今晚可以回家，抱抱你的孩子。被锁在囚室里的可是我女儿！”

“我知道，我知道。但是，勇于说出真相，是目前唯一可行的做法。史黛拉到家的时候，你真的是醒着的吗？”

“是。”

“当时是几点钟？”

我深吸一口气。

“差一刻钟就十二点了，”我努力把持住自己，“十一点四十五分。”

亚格奈丝·席琳简短地点点头，将自己的椅子从桌边推开。她在离桌面边缘一米远的地方坐定，靠着椅背，眼神转向天花板。

“亚当，亚当，”她说，“我理解你为什么这么做。换了我，或许也会这么做。”

我一言不发。坐在这种地方的感觉，不是她所能想象的。

“对我们来说，我们的子女就是一切，”她继续说，“史黛拉是你的女儿。当你发现不能保护自己的孩子时，那是很悲惨的。”

我再次想到约伯。

“我可不是要审判你，”亚格奈丝·席琳说，“但是，我不觉得这种方式是正确的。亚当，这是不对的。”

我闭上眼睛。保护自己的孩子，保护自己的家人，有什么不对？这样有错吗？

“我们没什么好谈的了。”我一边说，一边起身，准备离开。

亚格奈丝·席琳叹了一口气，凝视着我的背影。

我得找到艾米娜才行。

我从手机里找到她的号码，按下拨号键。电话只响了一声，就传来一个机械般的声音：这个手机号码已经停用。

32

我加速前往体育馆。女子手球队的训练现在很可能已经结束，我希望能在那里找到艾米娜。

平常我很喜欢来到体育馆。对我来说，里面的各个场馆仍像是我的第二个家，更衣室传出的汗味、鞋底的粘胶、哨音以及球的弹跳。我从这扇门走进时，也走进了另一种角色。我在那里并非牧师，而是领队和教练。不过，我在场馆里最重要的角色，也许是史黛拉的爸爸。

这次，当我拉开门，吸入属于夏季的沉闷汗味时，我只感到不舒服。几个身穿锻炼服装的青少年还坐在自助餐厅里，一名女子快步离开，朝停车场走去。突然，我感到一种莫名强烈的厌恶——那些眼光、那些问题。而且我知道，这件事已经尽人皆知。大家想必都知道这件事了吧？所有人都凭空相信许多说法，胡乱臆测，而且早已架构了自己的理论。我的脑海乌云密布，一颗心直冲向喉头。我无法承受必须和认识的人正面相遇的念头。

我跌跌撞撞地出来，走到自行车停车场上，躲在一棵树后面。我站在那棵树后方，背靠着凹凸不平的树干，与世隔绝，对于这一切居然会发生感到气急败坏。这种事情不该发生在瑞典。在这里，无辜的人不应该遭到未审先判的待遇。

我觉得自己受骗了。我怎么能容许自己被洗脑，以为我们可以盲目、毫不迟疑地相信瑞典的国家公权呢？

片刻之后，女孩们从门口蜂拥而出。她们是艾米娜的队友。我张望着，同时不暴露自己的藏身处。

最后，我见到艾米娜走向自行车停车架。她将锻炼服夹进自行车后座的置物架，弯下腰，正要开锁时，我上前问候她。

“你别吓人行不行！”

她向后倒退一小步。

“对不起，我不是故意的。我试着打电话给你，可是……”

“我的手机被偷了。”

她将自行车锁扔进车篮内，将车身向后退，从架上推出。

“我们可以谈谈吗？”我问道。

“我得回家，”她说话时并没有看着我，“我有一堆事情要做，而且我三天后就开学了。”

“我可以陪你走一小段路，”我提出建议，“你可以推着自行车。”

她一声叹息，推着自行车走着，双手搭在手把上。她的脚步极快，我得小跑步才能跟上。

“你为什么不想跟我说话？”我说。

“哪有？我们现在不是在说话吗？”

我跟着她走过横跨圆环路的人行桥。艾米娜将眼神固定在前方远处，继续全速前进。

“艾米娜，你知情吗？”

她一语不发。

“拜托，你一定得和盘托出才行。”我说。

“我什么都不知道！我已经把一切都告诉警方了。”

我迅速跨了几步，和她并肩而行。

“你知道史黛拉和克里斯多弗・奥尔森在交往，对不对？”

“是。”她简短应道。同时，我们走进城市公园。

“他们是情侣吗？史黛拉和这名男子之间有没有感情关系？”

我们通过咖啡馆时，她将车刹住，直盯着我。

“没有这回事。他们是某次在社交场所相遇的，是泛泛之交。不过如此。”

她的双眸在越来越昏暗的暮色中闪闪发亮。她一只手已经放开自行车的手把，车身颤动着。

“你也见过他吗？”我问。

她再次转身，毅然决然地抓住自行车的手把，将车身推到自己前面，走上砾石路面。

“艾米娜！”我严厉的口吻显得很不必要，“史黛拉现在被收押了，你去过拘留所吗？你知道那里的囚室是什么样子吗？”

我差点被一个戴着耳机、嘴里咕哝着“死老头”的慢跑者撞上。然后，我终于再次赶上她。艾米娜稍稍放缓脚步。她默默地流泪，泪水从脸颊上滚落，这让我心头一阵刺痛。我潜意识地想把她像个孩子一般紧紧抱住。在某种程度上，她其实也还是个孩子。不过，我反而请求她的谅解。

“艾米娜，我的心情很糟。这简直把我逼疯了。”

“我知道，”她抽泣着，“我的心情也糟透了。”

“你现在可以说给我听听。”我请求道。

33

我和艾米娜之间始终存在一种特殊的关系。之前有几次，艾米娜曾经选择向我而不是向自己的父母倾诉。其实，我相信：关于艾米娜，我知道一些其他人都不知道的事情。

从那件事情发生到现在，已经整整四年了。那是举行过坚信礼的暮秋时节，当时小女生们刚上九年级，而我们的手球队在女子组甲级联盟的区域巡回赛中高居第一。

一天早上，罗杰·亚维森站在教会办公室入口的阶梯上。他戴着毛皮帽，表情沮丧而困惑。

罗杰·亚维森的外貌看起来比他的实际年龄要老。他刚满五十岁。然而疏于盥洗、不良的基因与久坐不动的生活习惯、吸烟、持续饮用咖啡等因素使他变得其貌不扬。他看来相当肮脏，有着棕黄色的牙齿、双下巴和脏污的手指。我们街区的小孩都叫他“怪兽”。

罗杰跟他的母亲同住，而他也在每周日忠实地陪她上教堂。我很快就养成了每次见到他时和他闲聊片刻的习惯。原因在于，我猜想他不习惯被除了他母亲以外的人看到。很显然，罗杰不怎么聪明。不过他看来胆怯又善良，值得他人善待。

过去，罗杰从来不曾主动找我。我们交谈时，我通常得循循善诱，鼓励他说话。而现在，他没有母亲陪伴，站在台阶上。因此，我马上意识到有大麻烦了。

我问他，有什么是我可以帮上忙的。

下一刻，罗杰就坐进了我的房间，头上仍戴着毛皮帽，两排牙齿咯咯作响。他的叙述让我在生理上感到疼痛不已。

罗杰说明道：有一名年轻女生拜访过他两次。她都是在他母亲出门玩“宾果”游戏之后就到他家来。他知道这女生并非独自前来。他看到她的朋友坐在大门口把风。

那女生问他，能不能请她喝咖啡。罗杰照做了，而这也符合他所受过的教养。有人来拜访你的时候，你会请对方喝咖啡。第一次见面时，他们只是交谈片刻。之后，那个女生就消失了。但她第二次来的时候，就直接要求坐在罗杰腿上。当然，他拒绝了。他并不理解那个女生有什么意图，但他也没笨到以为她对他有意思。总之，在一阵游说以后，罗杰还是让那个女生坐在他的膝盖上。她用手机拍了两人相处的照片。

“然后，她向我要一千块钱。”罗杰说道，“如果我不给她一千块，她就会散播那些图片，并且报警。她说：‘大家都会认为你是恋童癖。’当时，已经有很多针对我的谣言了。”

因此，他给了她一千克朗。他到这个部分为止的行动也无可非议。遇到这种被诬赖、栽赃的情况，大多数人都会选择破财消灾。

现在，那个女孩又在他家信箱里塞了一张字条：她再度向他要一千块，否则就把照片交给警方。

“我不希望她惹上麻烦，”他说，“这件事情我同样也有错。”

我坚定地起身，向罗杰保证：我会尽快处理这件事情。

他不需要提到她的名字，我们谈论的当事人，身份不言而喻。

我告诉教会执事莫妮卡，我得了偏头痛。然后，我就回到家，猛敲史黛拉的房门，直到她放我进去为止。

“天杀的，瞧瞧你干的好事！”

我可是从来不骂脏话的。史黛拉很少显得这么乖顺。她没有拐弯抹角，直接就承认了。她非常慎重地承诺：会马上还钱，同时真诚地道歉。这只是一个不慎擦枪走火的馊主意罢了。类似的事情以后绝对不会再发生了。

我没告诉尤丽卡。一方面，我感觉自己背叛了她。遇到这种事情时，你应该要告诉自己的太太的。另一方面，根据“无知便是福”的座右铭，我其实是省去她的麻烦。事后，我想承认：我之所以这么做，主要是因为耻辱感。我不能认同史黛拉的所作所为，也不希望包括我太太在内的其他任何人知道这件事情。

下一个星期天，我在教堂遇见罗杰。在讲道结束后，我就将他拉到一边。我必须重新对他循循善诱，鼓励他开口。

“钱拿回来没有？”

“拿回来了。”

“所有的钱？”

“嗯。”

“史黛拉有没有道歉？她看起来有没有真心觉得难过？”

“有。”罗杰再次点点头，还不时动来动去，“不过不是她。”

“什么？”

他将头缩了起来。

“这件事情不是史黛拉做的，”他说，“是另外一个女的，小个子、黑黑的那个。”

34

艾米娜和我继续并肩穿过城市公园。现在，我们几乎已经抵达天鹅街，可以听到车流声。

“史黛拉和克里斯第一次见面的时候，我也在场，”艾米娜说，“他们是在‘帖格奈斯’小酒馆相遇的。他看起来就只是个寻常的男生。除了实在有点老以外，他没有什么可疑的地方。不过，我们一开始并不知道这一点。”

“那是什么时候的事情？”

她耸耸肩。

“几个月前。”

“可是，史黛拉在他家里做什么？警方找到证据，能证明她去过那里。”

“她应该只是跟他回家而已。”

我真后悔提出这个问题，我不想再多知道些什么了。

“也许是他们在派对结束以后还想小酌一杯？”艾米娜说，“我还真不知道。我从上周末起就没再见过史黛拉。”

那辆自行车稍微晃动着，我做好准备，如果她没能抓住手把，我会扶住自行车身。

“你那时也见到克里斯多弗·奥尔森了吗？”

艾米娜拧了拧把手。

“是，上星期五。”

“那天是史黛拉生日。”

“我们在那里只是简短地见到他一面。然后，我和史黛拉就到了大广场，喝了一杯葡萄酒。我星期六有比赛，所以没喝太多。”

“所以从那时起，你们就没再见面？不过，你们总讲话了吧？互发短信给彼此？”

“不完全是这样。不过，她在上周五发短信来了。实际上，我们打算在那天晚上见面。不过我那时要练球，而且觉得不太舒服。而我周六就发烧了。”

“所以，你对上周五发生的事一无所知咯？”

她迅速地摇摇头。我感到很犹豫。

“那么，你对警方说了些什么？当他们讯问你的时候。”

“我就把该说的都说了。我总不能撒谎吧？”

我没有答话。

多年以来，我已经学到：撒谎是一门艺术。有些人深谙此道，有些人对此则一窍不通。它就像其他类型的技能一样，你当然可以通过持续练习强化你的能力，精益求精。不过归根结底，某种基因倾向似乎才是最重要的。史黛拉对于撒谎始终得心应手。她上小学时，我已经难以看穿她的谎言。就连最陈腐、平庸的琐事，她都能撒谎。

史黛拉，你打扫完房间了吗？

是的，爸爸。

她前一次可能说了实话，后一次就当着我的面撒谎。要想辨别出她究竟有没有说谎简直是不可能的。

艾米娜的说谎术想必不怎么高明。经历过罗杰·亚维森的事情以后，她哭着向我道歉，也使我做出承诺：永远不把这件事情告诉狄诺和亚丽桑德拉。当然，我信守承诺。

这一次，她也没能圆谎。毫无疑问，她企图隐瞒某些事情。她是想保护谁呢？保护她自己，还是史黛拉呢？

还是……她想保护我，担心我承受不了真相？

我们在天鹅街上左转。一辆显然超速的车飞驰而过。

“艾米娜，你觉得史黛拉该不会……你觉得，这件事是史黛拉做的吗？”

她猛然停下脚步。

“没有！史黛拉什么也没做！你该不会以为……”

我不知道。艾米娜怎能如此肯定？

“拜托你，”当她跨上坐垫，准备骑完离家最后五十米的路程时，我再次求她，“我得知道才行。”

“你想知道什么？”

“一切。”

“我也不是什么都知道，”艾米娜的双脚踩在踏板上，踩了一圈，“我所知道的，不比你多。史黛拉所知道的，想必也不比你多。”

她回头挥了挥手，便骑车回家。

我知道她在说谎。

35

那天晚上，当我回到家时，尤丽卡正站在卧室里，望着窗外。我很疲倦，全身上下每一块肌肉都酸痛不已，仿佛我刚攀登完一座高山。

“你在看什么？”我问道。

她不搭腔。当我伸出双臂搂住她的腰时，才发现她脸上的阴影。她的泪水仿佛直接从双颊上涌出，她的双唇干涩不已。

“亲爱的。”我耳语道。

“你跑去哪里了？”

她的声音颤抖不止。

我对她解释：同事请我回家休息，我至少再请一个星期的病假。尤丽卡毫无反应，她的双眸似乎了无生气。窗外一片漆黑，可谓伸手不见五指。

“你听说过约伯吧？”我说。

“我知道这名字。”

我将下巴贴向她的肩膀。然而，她冷不防地缩了回去，而且转过身去。

“你该不会真的以为，这件事是来自上帝的考验吧？”

我真不知道自己还能相信什么。

“约伯是世界上最正直的人，”我解释道，“然而，检察官指出，约伯因为得到报偿，才会相信上帝。”

“检察官？”

“《圣经》里就是这么写的，这就是撒旦的代称。”

在万般苦难中，我瞥见妻子脸上的一丝微笑。

“作为辩护律师，我对这一点没有任何异议。”

我讲述约伯的故事，谈到上帝放任检察官夺走他曾拥有的一切，杀光他所有的牲口和十个孩子，还让他生重病。尤丽卡心领神会地点点头。

“所以，你就是约伯？”她说。

我很难判断她表现出的是戏谑还是轻蔑。

“当然不是。在约伯遭到这一切打击以后，他的妻子认为他应该远离上帝。你知道约伯怎么回答她吗？”

“不知道，约伯怎么说？”

“他说：‘难道我们从神手里得福，不也是受祸吗？’”

尤丽卡“哼”了一声作为回答。我不确定这是什么意思。

然后，她叹了一口气。

“我们不能住在这里了。”

“什么？”

尤丽卡的眼神掠过我，再次望向窗外。

“你今天有没有看到网上的新闻？”

“有，妈还打电话给我。”

“隆德可不是什么大城市。大多数人都知道我们的身份了。”

我们继续凝视着窗外的漆黑。

“你现在这样想，会不会太夸张了？”我说。

“你不明白。这种情况，我见过太多次了。人们被迫逃走，放弃自己的生活，换个地方重新来过。”

“所以，你觉得史黛拉会被定罪？”

她望着我的表情，仿佛我是个小孩，而她不得不让我感到失望：

“她也许不会被地方法院定罪，现在还言之过早。不过，这一点已经无足轻重了。我们周遭大众的观感和定论才是最关键的。一般人才不管法院判决的结果呢。”

我无法认同这一点。

“你的话太夸张了。”

“一点都不夸张。只要你在拘留所关押一个星期，你在大众的眼里就已经被定罪了。就算史黛拉的所有嫌疑最后都被撤销，那些认识她、知道她身份的人对她仍会心存疑虑。只要不是其他人因为这个罪行被定罪，他们对她的疑虑就会持续下去。”

这听来真是太愤世嫉俗了。也许这是她担任刑事案件辩护律师近二十年后得到的苦涩经验。她的论点当然有几分道理。我只能扪心自问，当一个嫌疑犯最后被法院宣判为无罪时，我真能相信他是清白的吗？要是史黛拉获得无罪开释，却没有其他任何人因为这起案子被定罪，许多人铁定会质疑她的清白。

“你是说真的？你希望我们搬离隆德？”

尤丽卡点点头。

“迈克为我在斯德哥尔摩提供了一个机会。”

“迈克？”

“布隆堡。”

我眨了几下眼。窗外的漆黑，仿佛变成了我眼中挥之不去的阴影。

“是什么样的机会？”

“他为我提供了一个工作机会，一个将会耗费大量时间甚至持续好几个月的大案子。我们可以先住在律师事务所提供的位于市区的暂时性公寓房，再自己找房子。”

“搬家？”

她用双手搂住我的脖子。

“待在这座城市让我们心情都很郁闷。”

她温暖的身体，使我全身上下变得酥软。

“那史黛拉怎么办？”

“史黛拉当然跟着我们一起走。在她准备到亚洲旅行以前。”

“可是，她现在明明还被收押啊？”

“在法院诉讼结束以后。”尤丽卡一边说，一边嗅了嗅我的喉咙。

“以后……”

“我们现在什么都做不了。这件事情绝对会进入诉讼流程的。”

“你这么觉得？”

我扭动上半身。但是，尤丽卡紧紧抱住我，将我的脸颊压在她的胸口上。

“我们都知道她是无辜的。”我说。

“亲爱的，我们一无所知。”

“你这话是什么意思？”

我从她的臂弯里挣脱。惊惶不已的她看起来是如此软弱无力。这件事情对我们造成的打击已经远超过我当初的想象。

“她有不在场证明！”我说，“史黛拉有不在场证明。”

尤丽卡伸出手来。

“亲爱的，史黛拉上星期五回到家时我也是醒着的。我完全知道当时几点钟。”

我感到方寸大乱。为什么她什么都没说呢？她一直都知道我对警方撒谎。

那她还知道些什么呢？我想到那件染血的女式衬衫，以及手机。

“史黛拉的手机到底怎么了？”

“你这是什么意思？”

“我本来以为警方查扣了她的手机，可是他们并没有这么做。你把它收到哪里了？”

“我……我……”

她望着我，然而，她的眼神仿佛已经飘到其他地方了。我感到孤立无援，不得不咬住舌头才能防止自己说出气话和蠢话。

“你是怎么处理那部手机的？”我又问了一次。

她的手按了按我的面颊，“那部手机不见了。”她说。

我喘息起来。她做了什么？她难不成把那部手机丢在某个地方了？这件事要是被揭发，她的职业生涯肯定会毁于一旦。

“那位约伯，最后的结局怎么样？”她静静地说。

“他的结局圆满。上帝赐给他十个新生的子女。”

我勉强挤出一抹微笑，尤丽卡吻了我一下。

“亲爱的，我们现在得团结起来，”她说，“你、我，还有史黛拉，我们得团结起来。”

我强烈地感觉到：即使她是我的妻子，她仿佛还是对我掩饰了某些事情。

36

星期一，布隆堡打电话来，问我们能不能今天下午就到他办公室来，他有消息要告诉我们。

“这种消息想必不会是好消息。”我对尤丽卡说。

从停车场到修院街的路程很短。步行途中，我紧紧握住她的手。当我们经过位于铁道街那家我们最喜欢的老比萨店的时候，一名身材瘦长、怀里抱着好几个纸箱盒的男子将店门拉开，那股令人垂涎欲滴的香味便飘散到街上，似乎在唤醒我们对过去美好时光的记忆：过去我们曾多次在店里用餐，深情地凝视彼此。一名站在窗边的比萨师傅似乎认出了我们，朝我们挥挥手。

也许尤丽卡说得对，我们真该离开隆德。我一直很喜欢斯德哥尔摩，那里有好几个环境清幽的郊区，而我和尤丽卡都能轻易地找到新工作。也许，这是个重新来过的机会。就像今年夏天在乌鲁斯特岛上度过的时光。一个远离日常生活所有琐碎常规、习惯的长假，一个我们能够全心全意陪伴彼此的时间段，这是我们所需要的。斯德哥尔摩，可以是我们的避风港。

不过，我们当然不能把史黛拉留在斯科讷省。只要她还待在拘留所，我们就会留在这里。这一点，我义无反顾。

我们拐个弯，走上修院街，来到大门前。当我亲吻尤丽卡时，我嗅到一股微弱的酒精味。在通往布隆堡办公室的电梯里，她从手提包里掏出粉盒和润唇膏，照着镜子，把自己打扮了一番。

“请坐。”布隆堡说。他今天就穿一件普通的 T 恤，这可不太寻常。

看到他衣着这么朴素，还真是不太习惯。这种感觉甚至有点困窘，仿佛他没穿衣服似的。

“我已经转述过你提供的工作机会了。”尤丽卡说。

布隆堡朝着我微笑。对于他和尤丽卡趁我不在场时进行的讨论，我感到不是滋味。

“你提到，你找到了新的资讯。”我说。

“没错。”布隆堡一边说，一边在我们对面坐定，双腿叉开，“就像我们之前说过的，克里斯多弗·奥尔森的简历上，有很多丰功伟绩。不过，他也干过很多见不得人、不能被写进简历的事情。”

“比方说？”我说。

“这小子从事过许多买卖，净是一些骗人的行当。”布隆堡点点头，对自己的表现显然感到相当满意，“我有提过那群开比萨店的波兰人吧？现在事实已经证明，奥尔森还开了一家能从罗马尼亚输入廉价劳动力的大型机构。他就把这些劳工安置在一处位于雷明比[1]的破烂谷仓里，这伙人只能没命地替奥尔森的公司装修房子。”

“太恶劣了。”

“奥尔森这种人专买破烂不堪的房产，稍微装修一下，再用天价卖出。”

“可是，这跟凶杀案又有什么关系？”我说。

布隆堡笑了。

---

[1] Revinge，位于隆德市境内的人口密集区。

“当然，其中几个罗马尼亚人对这种劳动条件有所怨言，认为奥尔森企图压榨他们，借此牟利。我们在雷明比和他们的几个同胞谈过话，他们都很确定：是这些工人杀掉了奥尔森。”

“什么？警方知道这回事吗？”

“我已经通知了亚格奈丝·席琳，不过主持初步调查的还是杨思多德。”

“亚格奈丝·席琳。”我“哼”了一声。

尤丽卡诧异地望着我。

“同时我们也继续调查那伙波兰人。”布隆堡说，“我们已经锁定其中两个人的名字，准备进一步调查。”

这种结局感觉真是虎头蛇尾。这就是他拿得出来的所有资讯？我对布隆堡的私人调查不抱多少指望。调查凶杀案，本来就是警方的工作。

“我们什么时候才能见到史黛拉？”我说。

布隆堡顿时面红耳赤。

“请你务必理解，我实在已经尽力而为了。我能力范围内允许的，我真的全都做了。但是，那该死的杨思多德拒绝让你们见史黛拉。”

“这根本就是司法谋杀。我们也许应该联系八卦晚报，《全民监督》[1]？”

布隆堡摇摇头。

“现在这么做，还太早了。只要没有人被定罪，他们对这件事不会感兴趣的。”

“你得跟艾米娜·贝西奇谈谈，”我说，“我确定她在隐瞒某些事实。”

布隆堡把玩着自己的项链。

“嗯，我不知道。”尤丽卡说。

---

[1] Uppdrag Granskning，由瑞典国家电视台制作播出的爆料新闻节目。

她想必是担心这样做会惹恼狄诺与亚丽桑德拉。

“我已经尝试过了，”布隆堡说，“警方也对她进行过讯问，可是她似乎没有掌握什么有意义的资讯。”

“她知道内情的。”我说。

尤丽卡从侧面推了我一把。

“我们现在是在讲艾米娜，她为什么要撒谎？”

“我知道她在撒谎！”

我不能多说了。因为，我不能让尤丽卡知道我曾经和艾米娜谈过。她永远不会理解我的用心，她只会气急败坏，觉得我的行为已经再次越界了。

“无论如何，现在对我们最有价值的还是奥尔森的前女友，琳达·罗翰。”布隆堡说。

他的双眉上闪动着汗珠。他问我们是否介意打开窗户。

“当然不介意。”我说。

布隆堡打开窗户，使自己的脸正对风的方向。我随即开始打起哆嗦。

“事实显示，琳达有焦虑症和抑郁症的病史，”布隆堡说，“她在青春期就已经联系过精神科。实际上，她在此之后或多或少都到精神科看诊，而且从未间断。”

这并不会让我感到特别惊讶。琳达·罗翰是一名自尊心残缺不全的年轻女子。她在许多方面都让我想起自己接触过、遭受过家暴的其他女性。我知道琳达对我说谎。不过，我不确定她说谎的程度。或许，她口中关于克里斯多弗·奥尔森施暴的整套说辞真的全是虚构的。她拒绝克里斯的分手要求，并且采取恐怖的报复行动？我质疑琳达·罗翰有能力做出这种事来。不过，若是如此，她想必还隐瞒了别的事情。

“警方都不彻底调查琳达·罗翰，这完全不合理，”我说，“你得对他们施压才行！”

“这种事情，已经越来越变成律师的工作了，”布隆堡说，“请你务必理解，我的部下都是很能干的。但是，我们必须找到某个针对琳达·罗翰的具体证据，才能有所突破。”

具体证据？

“鞋子。”我说。

尤丽卡和布隆堡望着我。

这个念头，很自然地从我脑海闪现。我们急需具体证据，而我知道，的确有具体证据。

“哪双鞋子？”布隆堡一边说，一边凑上前来。

我叹了一口气，感到坐在身旁的尤丽卡全身僵硬起来。除了把真相抖出来，我别无选择。

“琳达·罗翰有一双鞋子，和史黛拉的那双鞋一模一样。就是那双在凶杀案现场留下脚印的鞋子。”

布隆堡挑起双眉。

“你是怎么知道的？”

我望了望尤丽卡，她纹丝不动。

“我到过她家里。”

当我描述自己拜访琳达·罗翰位于海关路住所的事时，他俩似乎都屏息凝神。我从近距离观察了那双鞋，对于自己的亲眼所见，能百分之百确定。

他俩都沉默无语，我被这两名律师的目光夹在中间。

“你这样很不聪明。”尤丽卡说，“你真到了她家里？”

“我不得不采取行动。史黛拉被关在拘留所里！我们的人生土崩瓦解，我不能坐视不管！”

尤丽卡一言不发，布隆堡望着她。随后，两人的眼神一垂。当然，他们都能理解我。

37

我戴着棒球帽，又在街区里走了一圈，避免与任何人的目光交集，很怕被认出后不得不停下来说话。我快步绕过角落，走上私人车道，然后关上大门。

尤丽卡埋首于书桌前，翻着一大摞文件，手上抓着标记重点用的荧光笔，准备画重点。

“你在做什么？”我问道。

“迈克交给我那起斯德哥尔摩的大案子。这让我可以想点别的事情。”

我不知道这样是不是明智之举。史黛拉仍然被收押，我们为什么要想别的事情呢？

“请你行行好，把门关上，谢谢。”尤丽卡说。

我走进客厅，缩进沙发里，掏出手机。我听见尤丽卡从楼上传来的声音。她正在打电话。

我打开一小瓶威士忌，一饮而尽，又开了一瓶新的。我回到沙发上，用谷歌搜寻关于这起现在已经被媒体命名为*游乐场凶杀案*事件的新信息。

我首先搜寻八卦晚报的网站，不过，即使我知道搜寻某个像斗兽场一般残忍、毫无根据的网络论坛资讯并没有帮助，为了了解关于史黛拉的各种传言已经恶心到了何种程度，我还是浏览了这个网络论坛。某个声称和史黛拉短暂交往过的男子，煞有介事地向大众宣布：*史黛拉·桑德尔是个任性、恶心的变态，一定就是她杀死了那名*

三十二岁的男子。其他在同一个论坛留言的用户，的确都和史黛拉有私交，这让整件事情更加使人不快。一个化名为“小飞力”的作者，事无巨细地描述史黛拉在校期间发生的大小事。根据“小飞力”的说法：*史黛拉是个以为自己拥有全世界的多动儿*。不过，这个人还是认为史黛拉杀人的可能性微乎其微。

阅读这些文字，真是可怖的体验。然而，我竟然还欲罢不能地读下去。不管怎么说，这些内容还是会包含某些有价值的信息。我多次感觉到这种场景，仿佛我的双手被反绑，只能望着自己的小女儿被送进屠宰场。

关于死者的八卦，反倒不是那么多。有人简短地表示：他又帅又有钱。另一个人称他是*典型的精神病患者*，这让我想到琳达·罗翰。难不成她就是在这里找到史黛拉的名字的？

我将瓶中最后几滴威士忌一饮而尽，头靠在沙发椅的扶手上。其实，我真该睡一觉。我又眨了几下眼，努力想闭上，同时却又不停滑动手机的屏幕。

首先，我看到一条匿名的评论。

这件事情，一定是她那个牧师老爸干的。他女儿和克里斯多弗·奥尔森交往，他想必已经知道了。

我坐起身来，急切地用拇指滑动着手机的屏幕。

*我也这么觉得。是她老爸！*一名自称“喵七六”的用户写道。他的评论很快就获得好几名用户的赞同。

亚当·桑德尔是什么样的一个人，在隆德尽人皆知，“猪光小姐”写道，*他总是怪怪的。*

“喵七六”在下一条评论中，贴上我在恩尼罗[1]网站所显示的个

[1] Eniro，瑞典上市公司，主要业务为经营瑞典本地的门户网站。

人信息：完整姓名、地址、电话号码，还有年龄与出生日期。

我怒自心中起。这可是诽谤！

我取来电脑，匆忙地拟定一封要寄往该论坛联络信箱、威胁将采取法律途径解决的电子邮件。随后，我存取了论坛内容的档案截图，并开始草拟报警信。

尤丽卡走下楼来，我听见她打开酒柜的声音。

“亲爱的，你过来一下！”我喊道。

她读完我的电子邮件以后，我就让她看看那些截图。

“这很明显是诽谤吧？”

“这很难说。”尤丽卡说，“不管是不是诽谤，这件事应该不会导致公诉。”

“这是什么意思？”

“你报案以后，警方只会略作初步调查，然后撤案。就是这样。”

星期五早晨，我起得比平常要晚，只觉得头晕目眩，不确定自己起床时到底是几点钟，也不确定自己究竟是睡了一小时，还是一整晚。当我跌跌撞撞走下楼梯时，尤丽卡靠在中岛式厨房的流理台边。她刚洗过头发，身披一件留有绒穗的浴袍。她面前则是两只散发出热气的咖啡杯。

“法医的化验结果已经出炉，”她说，“他们已经确定：克里斯多弗·奥尔森的死亡时间，介于当天凌晨一点到三点之间。”

“这是指……”

尤丽卡点点头。

“死亡原因是外部出血，”她用客观的腔调说道，“两处割伤、四处穿刺伤。”

那个杀死克里斯多弗·奥尔森的人，可不只是用刀刺他而已。这已经不是必要的自我防卫了。有人一连捅了他好几刀，现场一定流了很多血。

我想起史黛拉那件染着血迹的女式衬衫。当史黛拉情绪失控的时候，是会陷入狂怒的，而且一发不可收拾。可是，这足以让她杀人吗？

“这种类型的暴力行径，通常涉及私人恩怨。”尤丽卡说，“也许，这名凶手对被害人怀有强烈的恨意。”

“比如说，复仇心切的前任女友？”

“之类的。”

尤丽卡对着自己的咖啡吹气。

“我和迈克也谈到了公寓。”

“哪一间公寓？”

“那间位于斯德哥尔摩的暂时性公寓房。我们下星期就可以入住了。我们只需要带上必要的个人物品。”

我的舌头被咖啡烫了一下。

“这么快？可是……难道我们不应该仔细考虑一下？”

“我已经决定了，”她断然说道，“我不能拒接这起案子。”

“你该不会是说，我们要丢下史黛拉不管吧？”

“反正我们现在又不能见她。在开庭以前，我们什么事都做不了。”

“你已经放弃了？”

“亚当，我完全没有放弃。我和刑事案件奋战一辈子了，你完全可以信任我。”

我向她走近。我和她的距离近到让我能直接感受到她温热的鼻息。

“放开我！”她说。

我低头一望，发现自己的双手已然掐住她的下臂。

“对不起，我不是故意的。”

尤丽卡向后退。

“你越来越……我已经认不得你了。”

“你这话是什么意思？”

“亲爱的，我们得团结一致才行。我们是一家人。”

我将双手贴在自己的大腿上。

“为了维护这个家，我已经用尽全力了。是你对我隐瞒一堆事情的。”

“迈克是个很厉害的辩护律师，”尤丽卡说，“他有一套策略。不过，他不能告诉我们所有的细节。我们必须信任他。他已经违反了他的保密义务了，这一点，你难道不懂吗？”

“我才不相信布隆堡。”

“亚当，我们必须相信他。”

现在，她已经泪眼汪汪。

“你想想看，如果这件事真是她做的呢？”我说，“如果真是史黛拉做的呢？”

尤丽卡把脸别开，我再一次贴近她。

“你把她的手机处理掉了。那件衬衫呢？你为什么要这么做？难道你相信，是史黛拉杀了那个男的？”

她将双手贴在我的胸口上，泪水夺眶而出，从双颊滚落。

“对不起。”我说。

尤丽卡摇了摇头。

“你实在很不聪明。你居然到那个琳达·罗翰的家里。亚当，你进了她的公寓。”

“警察什么事都不做。总得有人采取行动！”

“我也在采取行动。亚当，很多人都在‘采取行动’。可是，不是像这样。总有更好的方式。”

她将泪水擦干。我并不常见到她哭泣，罪恶感将我的内心撕碎。

“亚丽桑德拉昨天传信息给我。”她说，“你待在体育馆外等艾米娜出来。真的是这样吗？”

我无言以对。

“你是不是跟着艾米娜走，问了一大堆问题？”

“没有这回事啊。”

我没料想到，艾米娜居然会将这件事告诉自己的妈妈。这算是个好消息，不管她之前在隐瞒什么，她现在不得不将事情和盘托出。亚丽桑德拉不能再放任她保持沉默。艾米娜显然握有能够决定史黛拉将来命运的信息。

“你不能继续这样下去。”尤丽卡说。

“不然我该怎么办？我女儿被指控杀人啊！”

我大步走到玄关，将风衣一把抓来。然后转开门把，任由门板“砰”的一声合上。

38

我像一只会走动的汤锅，在街上绕来绕去。我回避任何人向我投来的目光，脚步异常沉重。我开始对自己感到害怕了。

傍晚时分，尤丽卡打电话来。我站在城市公园中心的一处砾石路面上，却不知道自己是怎么来到这里的，更不知道自己要往哪里去。

“对不起，亲爱的，”她说，“我们不能让这件事情毁了我们之间的关系。这件事情本身已经够麻烦了。”

她已经在一家名叫“拿手好菜”的餐厅订了位，问我今晚能否在那里见面。

当我迈着缓慢的步伐经过主教堂时，我感到脉搏放慢下来。这件事导致我俩之间的裂痕，并不奇怪。我再次想到《圣经》里的话：一个分裂的家庭，将不复存在。我向自己承诺，会保持坚强。

几小时以后，我在购物中心门外遇见珍妮·杨思多德，但这完全是巧合。她随后会指称，我当时以某种方式跟踪她，然而，这完全是无稽之谈。实际上，当我正在前往“拿手好菜”餐厅时，看到杨思多德走在我前面。那两条弯曲的细腿、矫健的步伐，她仿佛足蹬高跟鞋，不断地向前弹跳。她的身材相当娇小，如果不是因为那双高跟鞋、西装大衣和那只昂贵的肩挂式手提包，人们很可能会误认为她是个小孩子。

迈克·布隆堡的话在我脑海中回荡着：主导初步调查行动的，是珍妮·杨思多德。主导警方行动的人就是她，根据布隆堡的话，将史黛拉锁定为嫌犯的也正是她。当我看到她走在我前面时，我完全不能理解。为什么？难道她如此沉迷于自己的工作，以至于已经忘记，她做出的决定会影响到有血有肉、具有真实情感的人吗？她怎能拒绝让我们和自己的孩子见上一面呢？对于到底是什么样的人会做出这种事情，我真的非常好奇。当我看到她穿越伯特福斯广场[1]的时候，我再也忍不住了。我在购物中心西侧的入口外赶上了她。

“不好意思。不好意思！”

她迅速转过身来。我觉得她花了一秒钟左右才意识到我是谁。

“这种行为是非常不妥当的。”她说。

“我只想提出一个问题。”

她完全不搭话，迅速地拐了个弯，那只提包在她身体周边，像吊索一般甩来甩去。然后，她直接走向购物中心的玻璃门。

“你们为什么不调查琳达·罗翰？”我一边问，一边紧追在后，“你们知不知道，罗翰有一双鞋子，型号与样式和你们在找的那双完全一样？”

---

[1] Botulfsplatsen，隆德市中心紧邻市政厅的广场，为市内公交车重要站点。

她直奔进购物中心，我不得不拉高音量。

“我们为什么不能和孩子见面？”

这位检察官猛然停下脚步，用冰冷的眼神瞪着我。

“你正在干预司法。”

“完全没有。我只是想要了解，你为什么这样做。”

珍妮·杨思多德摇摇头，转过身去。她在事后撰写的报案书中指称，我在那一刻抓住她的手臂，企图阻止她离开。当然，事实并非如此。实际上，我只是伸出手，在绝望中做最后一次尝试，想让她听我说。当然，我不否认自己碰触到了她的手臂，但是，我可从没想过要抓住她不放。

“你毁了我们的人生！”我在她背后大吼。

我们周围的人都停下脚步。好奇的人们很快就会聚起来，现场充斥着嗡嗡的议论声，众人的眼神热切而好奇。我用一只手遮住自己的脸，匆忙离开购物中心，走上人行道，朝着电影院走去。

事后，警方至少讯问了十个人。他们当中，没有任何人能够证实珍妮·杨思多德对事件的说辞。

39

尤丽卡坐在“拿手好菜”餐厅靠窗的一张桌前等着我。我坐下来，紧紧地贴着她，她将头靠在我的肩膀上。

“亲爱的，对不起。亲爱的。”

“我们已经被搞得魂不附体了。”

“我爱你。”我说。

这种感觉在我的身上显得越来越强烈。我一想到未来可能会失去尤丽卡，就感到无比煎熬。

“跟我上斯德哥尔摩吧。”她说，“眼下，我们在这里可以说是束手无策。我这一辈子绝不会丢下史黛拉不管，这一点，你是知道的。可是，我们仍然见不到她。我们待在隆德或其他任何地方，对她并没有影响。而且，我们得为自己着想。我看过太多与我们处境相同的父母亲、太多因为这种事情弄得支离破碎的家庭。”

她是对的。只要史黛拉仍然被收押，面对一堆限制，我们就无能为力。最坏的情况，莫过于我和尤丽卡因为这件事情决裂。

“你觉得史黛拉会有什么样的遭遇？”

“我不知道，不过检察官似乎倾向于起诉。”

我刚刚才看到珍妮·杨思多德出现在我面前。我是否该告诉尤丽卡，我刚和她不期而遇呢？

“你觉得那天晚上，到底发生了什么事情？”我说。

尤丽卡变得僵硬起来。

“我不知道……我不能……”

“你一直都没有这种想法吗？”

“什么想法？”即使她很可能明白我的意思，她还是这么问。

“这个想法是……也许，还是……史黛拉真的……做……”

我发自内心希望她给的答案是否定的。她完全可以大发脾气，质疑我为什么容许自己有这种想法。我宁可自己逐渐失去理智，也不希望自己的狐疑心理其实是有根据的。

“当然有。我当然有过这种想法，只是我拒绝被这种想法掌握。”

她说得很轻松，甚至太轻松了。

“有很多的间接证据，”她说，“但是，这些证据本身很薄弱。”

仿佛这件事只是法学层面的问题而已。

她将手贴在我的膝盖上，我缓缓地爱抚她的手。共同生活多年后，我触碰到她的皮肤时，就和触碰自己皮肤时的感觉一模一样。

“我只是不懂，艾米娜到底在隐瞒什么。”我说，“她就是在隐瞒某些事情。”

尤丽卡的手抽动了一下。

“艾米娜为什么要说谎？她可是史黛拉最好的朋友。”

“我不知道。我真的不知道。我只知道，她没有和盘托出。”

“可是，说真的，你觉得艾米娜跟这件事情有关系吗？”

“我不知道。我不知道我还能相信什么。”

酒足饭饱以后，我们决定徒步到火车站。我们走过市区，没有多做交谈。路人望着我，几个人向我们打招呼，其他人则在我们经过时转过身去。我可以听见他们的耳语声。尤丽卡牢牢抓住我的手臂，步伐坚定，没有停下脚步。

我觉得，一开始是尤丽卡提议走到狄诺和亚丽桑德拉家的。毕竟我们当时就在他们家附近。她觉得，我们如果能和别人交流一下，心情会比较好。因此，她发了一条短信，告诉他们：我们正在路上。

亚丽桑德拉在位于魔山路的家门口，睁大双眼，盯着我们。

“是你们啊？”

她表面上看来很惊讶，实际上暗藏某种厌恶。尤丽卡也许没有注意到这一点，她毫不迟疑地走进公寓房，给对方一个深深的拥抱。

“我们觉得你们可能在家，所以想碰碰运气。我发了一条短信，不过你没有回信。”

亚丽桑德拉的视线掠过她的肩膀，盯着我看。

狄诺一摆一摆地从公寓房内走出来，他只穿着及膝短裤，手上抓着一瓶啤酒。他一看到我们，就笑容满面，狠狠地拥抱我们。

“你们好吗？”亚丽桑德拉说，“史黛拉好吗？”

我们先是说明了这段时间发生的事情（或者应该说，事态的停滞不前），随后，狄诺将我推进客厅。安装在客厅墙壁上的电视屏幕里，一名情绪激动的足球评论员喘着大气，而扬声器则流泻出一阵安详的音乐。通向露台的门敞开着，夜间的空气捎来属于秋老虎的暖热气息。

“二比一。”狄诺一边说，一边对屏幕比了个手势。

“OK。”

我一点都不在乎这个。

“你看起来很累。不过，也许这并不奇怪。”他说，“来，喝点酒吧。”

瓶塞被起开时，发出“砰”的一声。我接过那瓶冰冷的酒。

“艾米娜已经收到课表了。你知道吗？他们居然在礼拜六安排强制出席的会议和考试。他们真有权限这么做吗？”

我不知道，他到底是不是认真的。

“不管怎样，我还是打电话去抗议。”

“你真打了？”

“艾米娜在礼拜六有好几场重要的比赛。我想，他们会明白的。他们似乎懂这一点。”

我转过身去，查看还待在厨房里的尤丽卡和亚丽桑德拉。我根本就不想跟狄诺聊天。实际上，我完全没有余力讲话。我跟到这里来，只为了一个原因。

“你记不记得，我们总是说，艾米娜是个用功的书呆子，而史黛拉则很会随机应变？”狄诺说，“不管是在球场上，还是在现实中，她们真是天生的一对。”

“嗯。”

音乐声不断流泻出来，从电视机里传来的评论员的播报声紧咬着我不放。同时，我们的老婆还在厨房高谈阔论。这种情况下，我实在很难专心。

“史黛拉是个生存者，”狄诺说，“她是个战士。”

我咕哝着，算是回答了他的话，走到安装在扩充基座的扬声器前。

“我可以把音乐关掉吗？”

“当然。”狄诺说。我便将音乐关掉。

我们的老婆在厨房里聊到斯德哥尔摩。亚丽桑德拉说，离开一阵子，听起来是个好主意。

我瞄了瞄艾米娜的房间。

“她在家吗？”我问道。

狄诺摇摇头。

“她不在家？”

“不在家。”

他搔了搔脖子，喝了几大口啤酒。

“她在自己房间里吗？”我一边问，一边指着房门。

“没有，她不在家。”

我走上前，将手搭在门把上。

真相必须水落石出。

“你在干吗？住手！”

狄诺从沙发上跳将起来。

“艾米娜？”我一边说，一边将门推开。

房里光线很暗，她坐在位于房间最里面的书桌前，正在看书。她刚好转过身来。

狄诺扑上前，一把抓住我。他很快就用双臂抱住我的胸口，摁住我，将我拉出房间。

“住手！”亚丽桑德拉和尤丽卡尖叫着。

不过，狄诺可没有住手。他将我的双臂反捆在背后。他的力道很猛，简直要将我的手臂折断。他把我摁在自己面前，狠狠地推我。

“你们在干吗？”尤丽卡尖叫。

亚丽桑德拉冲上前，抓住狄诺。

“住手！”

“我要把他从这里赶出去。”狄诺一边说，一边将我推进玄关。他在玄关里用膝盖顶住我的尾椎，我的脸颊被牢牢地压在墙板上。

“你丧心病狂！”我说。

“你给我冷静点！”狄诺嘶吼着。

一片混乱中，我瞥见尤丽卡眼神中的恐惧。

“发生什么事了？”

我企图回答，但狄诺的高音压过我。

“他闯进艾米娜的房间。”

我所有的抗议都变得徒劳无功了。

“你在搞什么？”尤丽卡说。

狄诺下手非常粗暴，让我痛得哀叫起来。我等着他回答尤丽卡的问题，等着他为自己这种完全不必要的暴力行径提出某种说法。直到我勉力转过身来，我才意识到，尤丽卡是在问我，而不是在问狄诺。

“你闯进她的房间？没有征得对方同意？”

“门又没上锁。”我结结巴巴地说，“狄诺说她不在家。”

“亚当，这到底是怎么一回事？”

尤丽卡双手掩面，她的脸颊一片死白。

我真不懂。我所做的，就只是努力维系自己的家庭而已。我知道，发生的这一切已经改变了我。不过，这些改变是正面的。我和过去相比，已经成为一个更爱家的父亲、一个更称职的家长。我为了家庭，尽了一切努力。尤丽卡应该赞赏这一点的。

“亚当，”她说，“拜托你，亚当。”

狄诺用怜悯的眼神望着我。他一放开我，我就转过身来。不过，我旋即被一双摆在玄关地毯上的鞋子绊倒，向后一摔，撞上门板，跌坐在地上。

“她在说谎，”我挤出这么一句，“艾米娜在隐瞒事实。”

他们三人看着我的眼神，就像是在看着一个刚宣布自己得了绝症的人。

“我很同情你们，”狄诺一边说，一边转向尤丽卡，“可是，请不要让艾米娜为这件事情受折磨。”

尤丽卡缓缓地点头，亚丽桑德拉搂住她。

“我们当然已经跟艾米娜谈过了。关于究竟发生了什么事，她一无所知。”

“我了解。”尤丽卡说，“我希望，你们能够原谅我们。我们现在已经有点魂不守舍了。”

我套上鞋子，披上夹克，走到楼梯间。我的脑海处于混沌状态，各种念头像狂奔的野马一般疾驰而过，耳畔只听到一片轰鸣与嘈杂声，我感到一阵天旋地转。我不知道自己在走出公寓时，是否说过什么话。我记不得自己当时是尖叫，还是喃喃自语。当我回顾这件事时，它就像是记忆里的一处盲点，暂时性的精神错乱。我料想，一个精明干练的辩护律师，对此应该能够引述免责权。

40

在那个周末剩余的时间里，我发着高烧，头疼欲裂，只能在床上休养。从床上起身，走到沙发前，对我来说就已经是艰巨的挑战。我只能靠玫瑰果汤、霍诺尔面饼[1]和止痛药度日。

“你也许可以寻求帮助？”尤丽卡说。

我关掉电视。再怎么细微的声响一传入我的耳朵，就变成了高声

---

[1] 产于瑞典哥特堡北面群岛区霍诺尔（Hönö）岛的软质面皮饼。

咆哮。

“找医生管用吗？”

尤丽卡在沙发上坐定，抚摩着我的膝盖。

“我想的，不是去找医生。”

我将粗呢毛毯拉到下颌的高度。

“你也许该找人谈谈。”她说。

“我要说什么呢？说我违反了自己所坚信的一切、所有的道德原则吗？我对警方说谎，还到证人家里骚扰她们。我为了自己的家庭，尽了一切努力。而现在，我老婆却坚信，我正在丧失理智。”

“我从来没有这么说过。我们正深陷危机之中。假如说我们处在崩溃的边缘，那其实一点都不奇怪。”

“我们？”

尤丽卡的眼神已经从我身上移开。

“我们处理危机的方式并不一样。”

星期一一大早，她就飞到斯德哥尔摩，参加几场会议，同时领取公寓房的钥匙。我收到一条短信，短信内容包括一张自拍照片，以及我们一定会克服困难的承诺。她写道：我爱你，我们一定会携手共渡难关。

早晨，我打电话给狄诺与亚丽桑德拉，为自己的行为向他俩不停地道歉。他们是否能向艾米娜转达我的歉意？他们也很善解人意，表示他们希望这些乱七八糟的烂事情能够尽快结束。

我缓慢地从昏睡状态中醒转过来。我在街区里踉跄地走着，视线模糊，脑中的想法像果冻一样绵软。我遇到的每一个人都傲慢地瞪着我。一名头发灰白、身穿连帽粗呢大衣的男子发出咕哝声，摇摇头。然而当我问他说了些什么的时候，他受辱般地盯着我，仿佛完全不知道我在说什么。

尤丽卡已经将搬家用的纸箱堆在回廊上。她已经开始打包，收拾最重要的物品。我停下脚步，凝视着它们。我打开其中一个纸箱，稍微翻弄一下纸箱里的东西。我的一生，就这样被浓缩在原先用来装香蕉的八个纸箱里。我的胸口一阵空虚。

两个星期以前，我们可还是一个正常的家庭。

星期四，我在车站外等尤丽卡。她从机场接驳巴士走下，露出微笑，对着扑面而来的阳光眯了眯眼。

我们紧紧相拥，许久不放。我们仿佛站在时间的一道缺口上，紧紧拥抱着，两具躯体被爱情、时间、命运联结在一起，合二为一。这会是上帝的旨意吗？我们置身于拐弯的公交车和按铃的自行车骑士当中，置身于手持盛着咖啡、热气直冒的纸杯且已经迟到的学生之中，置身于穿着皱巴巴衬衫、赶时间的研究人员和中下层中产阶级人士当中。我并不相信我们是天生的一对，也不相信我和尤丽卡的人生早已命中注定，不过，我觉得——不，我知道——在将来，时间与爱情已经将我们紧密联结在一起，至死方休。

我们紧靠着彼此，穿越克莱门斯广场，然后走到交换器街上。保罗的话在我脑中回响：没有照顾好自己家庭的人，就是抛弃了对耶稣的信仰。

“你还好吗？”尤丽卡问道。

“很糟糕。”我实话实说。

“亚当，我爱你。现在，我们得坚强起来。”

“为了史黛拉。”我说。

之后，我们重新坐进迈克·布隆堡办公室的手扶椅上。他穿着一件淡蓝色衬衫，双臂下缘有着大片环状汗斑。

“我已经弄到了关于克里斯多弗·奥尔森的初步调查报告书，”他不无得意地宣布，“法庭采信了我的论点。不过，目前仍然有些细节处于保密状态。”

他挥了挥手上的一沓文件。

“仔细听好了，这是其中一次讯问琳达·罗翰的内容。”

我从手扶椅上起身，凑上前去。

FL：这些你所提到，关于克里斯多弗的信息……

“FL是谁？”我打断他的话。

“亚格奈丝·席琳警官，”布隆堡看都不看我一眼，回答道，“FL是指讯问人[1]。”

“OK，OK。”

布隆堡继续读下去。

琳达，你应该理解，你所提出的这些针对克里斯多弗的指控是非常严重的。如果你的说法有任何细节和真相不符，你现在就必须告诉我们。

“可是，说真的！”我两手一摊，说道，“她真的有权说这种话吗？她直接指称琳达在说谎！”

布隆堡长叹一声，继续读下去。

“*LL*，这里是指琳达·罗翰，”他一边说，一边瞄了我一眼，*LL：这也许是……我不知道。有时候我不是完全确定某些事情是否真的发生过，还是只是我的幻觉。我感觉这件事真的发生过。我真的这么感觉。*

布隆堡用严肃的表情望着我们，然后继续读下去：

FL：琳达，你的说法是否有什么地方与事实不符？我只想让真相水落石出。LL：我不知道。我记不得了。一切好像都混在一起，现实

---

[1] 瑞典语原文为förhörsledare。

和……和……梦境。

我不知道自己该相信什么。这听来真是太愚蠢了。琳达·罗翰难道分辨不出梦境与现实吗？

布隆堡合上侦讯记录，将它交给尤丽卡。

“接下来的内容，大致就是这样：琳达·罗翰不知道哪些事情真的发生过，哪些又只是梦境或幻觉。换句话说，她真是个怪人。初步调查报告最后被撤销，也就不足为奇了。”

尤丽卡翻阅着那堆文件。

“所以克里斯多弗·奥尔森从来没有虐待过琳达咯？”

不管怎么说，也许情况真是如此。可是，难道琳达真的分不清现实与梦境吗？我实在不相信。我反而坚信：她的谎言，完全是有意识的。她在隐瞒某些事情。对我、对警方、对所有人隐瞒某些事情。我不得不出手弄清楚，她到底在隐瞒什么。

41

我和尤丽卡离开布隆堡的办公室，在修院街狭窄的人行道上蜿蜒前行。一名身穿浅褐色大衣、有点年长的男子突然在我们面前止步，盯着我看，他的眼神，仿佛我只是一个鬼魂。我迅速绕开他，将自己的目光固定在橱窗玻璃上。

我们拐进一家名叫“法式糕点屋”的连锁咖啡屋，在店内最深处、位于隐蔽角落的一张小桌前坐定。我们喝着咖啡，吃着涂抹着奶油和杏仁蛋白糊的糕点。

“你看起来跟平常不太一样。”尤丽卡说。

“精神比较好？因为我昨晚总算睡着了。”

她打量我许久，非常仔细地审视我的面孔。她的目光温和，充满关爱，仿佛正在爱抚着我的脸颊。这让我感到很自在。

“我现在知道是怎么回事了。那件罗马衫，”她说，“你没穿那件罗马衫，我真不太习惯。”

我缩了缩下巴，垂下头，打量着自己的颈部。我并没有意识到，自己已经脱去了那件罗马衫。这并不是我刻意做的决定，最近这几天，我只是忘记将它穿上而已。

“你想看看吗？”尤丽卡说着，将包括初步调查报告书内容的那沓文件放在桌上。

我们平均分配调查报告书的内容，轮流读给对方听。我们不时叹息，凝视着彼此，然后摇摇头。

毫无疑问的是，琳达·罗翰看来是个非常困惑的人，总是给出自相矛盾的说法。根据初步调查报告书的内容，检察官撤销针对克里斯多弗·奥尔森的一切嫌疑，其实是无可厚非的。琳达·罗翰似乎只是个被欺骗、被抛弃的女朋友，她精神不稳定，急于报复，才编织了这些指控。但是，事情真有这么简单吗？

我们走上人行道时，尤丽卡表示她想迅速地在城里逛一圈。

“我得买一条新的围巾。顶多半小时。”

“我不喜欢这样。”我说。

“怎么了？”

“我不喜欢那些人的眼神。”

“我不会拖泥带水的。”她保证。

我咕哝着，跟着她走进欧瑞恩商场。我低着头挤进店里，一直紧贴在尤丽卡身边，汗水从胳臂不断流下。当我们总算从店内走出时，我把一张二十克朗纸钞塞给那个在店门口打着哆嗦的女乞丐。她祈求上帝保佑我。

“我们也去 H&M 时装店逛一圈吧？”尤丽卡说。

“H&M？我才不去那里。”

“他们爱看，就让他们看嘛。”

“可是，那些店员也许会问东问西。”

她望着我，将手伸向我的胳膊肘。

“很快就没事了。当我们从这里搬出的时候……”

我硬下心来，紧跟在妻子后面，走进 H&M 时装店。店内空气十分热，温暖到让人恶心想吐。我们直接上楼，当我看见一名女店员时，我马上闪进男装部，往店内最深处走去。我把自己的后背当成一堵高墙，把自己和外界隔开，翻动几件衬衫，紧紧贴在旋转式衣架旁边。新衣服的气味扑鼻而来。

好几分钟过去了，而我还紧贴在那堆有着粉白色条纹的衣饰旁边。尤丽卡应该快逛完了吧？我朝侧面跨出一步，想要看看情况。

“亚当？是你吗？”

我稍一不留神，就被她乘虚而入。我认得那个凄厉的声音，与贝蒂娃娃非常神似的腔调。当然了，如果我不得不和这些在 H&M 时装店上班的年轻女生讲话，我一定选择贝妮塔。

“嗨！”她一边说，一边望着我，她的表情夹杂着同情与兴奋，拿捏得恰到好处。

“嗨，是你啊。”我本想叹息，但还是忍了下来。

贝妮塔和史黛拉年龄相仿，两人进入时装店工作的时间点也相距不远。她到我们家做客过一两次，我很欣赏她。她是个聪明、开朗、快乐的女孩，梦想以后能成为歌手。我们半开玩笑半当真地讨论过：她真该参加《年度偶像》[1]。

---

[1] Idol，由瑞典国家电视台四频道播出的年度娱乐圈选秀节目。

贝妮塔张开双臂的同时，我却躲向一旁，她算是勉强抱了我一下。

“我一直都想着你们。”她说，“她还好吗？”

我环顾一下店内的空间，看来相当平静，没有人在偷听。

“简直是糟透了，”我说，“一切迹象都显示她是无辜的，但检察官仍然拒绝释放她。这已经几乎让我丧失对……司法的信心。”

“我了解。”贝妮塔说，“去年夏天，我表弟曾经被送进拘留所，就只是因为他认识一个对别人开枪的男生。”

我点点头，但不搭腔。我不理解，这跟史黛拉有什么关系。

“而且，她不能继续在这里工作，这真是太遗憾了。不过，我们当然也能理解老板的想法。很多客户一旦认出史黛拉，他们的观感会被影响，就有点像是……负面广告。”

“等一等。你说什么？她不能继续在这里工作了？”

贝妮塔捂住嘴。

“我以为她已经告诉你们了。莫琳几天前发短信给她。”

“史黛拉现在还在拘留所里，受到一堆限制。除了律师以外，她不能和其他任何人联系。”

贝妮塔回头一望。

“我……”她一边说，一边指了指收银台，“我的意思是，请代我问候史黛拉。我希望，这一切能够圆满结束。”

“没事的。”我安慰她。

在走回楼梯间的路上，我不曾抬起头来。尤丽卡完全不见人影。楼梯下到一半时，我不得不抓住扶手。空气变得凝重起来，我的视线里出现双重影像。我踉跄着走下最后几级阶梯。我听到周围的说话声，然而，所有声音已经混在一起，宛如一锅稀粥。一只手触碰到我的胳膊，但我将它一把甩开，我穿过一排排衣架，走到店门外，直接穿越马路，路上车辆的喇叭声四起。我在游客中心的橱窗外向前弯下腰来，做了几次深呼吸。我坚信，当时我随时都会呕吐出来。

42

我一路小跑，来到了南大街。我必须做点什么，而且不能再等了。

我不得不搞清楚，到底发生了什么事。琳达·罗翰是否针对虐待行为和克里斯多弗·奥尔森的残暴撒了谎？假如真是如此，现在奥尔森已经死了，她为什么还继续撒谎？她为什么在警方讯问时宣称，自己把现实、梦境和幻觉混在一起？这完全说不通。

自从上回登门拜访以后，我当然确定琳达隐瞒了某些事情。不过，在此同时，其他在亲密关系中遭到虐待的女性故事，也让我较能理解她叙述的许多情节。

我并不觉得琳达·罗翰的心理已经病态到使她分不清现实和幻觉。也许，这只是她发现警方不相信她所提出指控时，凭空捏造的说辞吧。反之……她是否决定私下解决和克里斯多弗·奥尔森的恩怨？经历他的所作所为以后，她实在不可能让他继续逍遥下去。

但是，她为什么要提到史黛拉的名字？她是否本来就听说过史黛拉，还是只是在网络上读到过一堆乱七八糟的内容？

问题越积越多。我不得不把事情弄清楚。而且，我不能再等了。

我只采取必要的行动，每个处境与我相同的一家之长，都会这么做的。

我来到位于海关街的大门外，将自行车停靠在墙边。我已经记不清楚自己是如何进门的。然而，当我踩着沉重的脚步上楼时，我还是念了一段单调的祈祷文：

我的上帝，是以正义、慈悲为怀的。

我知道自己做的事情是正确的。一个分裂的家庭是无法存续下去的。没有照顾自己家庭的人，已经背弃了自己的信仰。

琳达·罗翰转开门锁，从保险链所允许的那一小道缝隙间探出鼻子来。

“你又来了？”

她的眼神在阴暗的楼梯间颤抖着。

“我可以进来吗？我只想问几个问题，我必须得到答案。”

她皱起眉头，打量着我。

“你稍等。”她一边说，一边关上门。

我起先认为，她只是要解开保险锁，可是，时间一秒接一秒地过去，里面却毫无动静。我站在原地，凝视着那道沉默、关闭的门。如果她不放我进去呢？我很有耐心地等了一两分钟，再次按下门铃。

她轻巧的脚步声很快就传了出来，随之而来的是一片沉默。我说出她的名字，她最后才转开门锁，替我开门。

“抱歉，我刚才多花了点时间。我不得不……请进。”

我挂上大衣，弯下腰来，准备松开鞋带。我眼角的余光瞥见那只鞋柜。

不见了。其他所有鞋子都还在鞋柜里，但那双和史黛拉一模一样款式的鞋子已经消失了。

“我不会待太久的。”琳达示意要我坐下时，我这么回答。

她惊讶地望着我，然后指了指自己的脖子。

“你怎么没……”

“罗马衫。”我一边说，一边用手触碰一下，“我们总不能一直工作吧？有时候，就算是牧师也得有自己的私人空间。”

她迟疑地微笑一下，坐了下来。

“嗯，是这样的，”我一边说，一边思考应该如何启齿，“关于我上次来拜访时你所描述的一切，关于克里斯多弗如何虐待你，我都相信。我觉得，你告诉我的，都是真相。”

“很好。”她带着迟疑的表情说。

“可是，你为什么在警方侦讯时又收回所有的说辞呢？你说，你不知道哪些是现实，哪些又是幻觉。可是，你其实是知道的。不是吗？”

“反正又没人相信我。”

“所以，就因为没人相信你的话，你收回了所有的说法？”

“嗯。”

“你真的分不清现实和幻觉吗？”

琳达将眼神别开。

“警方不听你的话，”我说，“那么，你打算怎么办？”

此时，她更换坐姿。

“我不打算怎么办。或者说……”

“怎样？”

她伸手抓了抓自己的肩膀。没有任何迹象显示，这名女子已经丧心病狂，分不清幻觉与现实。警方问话时，她又为何要说这种话呢？

“我知道你是谁。”她突然说。

我的思绪顿时凝结。

“你这是什么意思？”

“你上回来过这里以后，我稍微调查了一下你的底细。”

我张开嘴巴，却说不出话来。

“我很想对克里斯进行报复，”琳达·罗翰说，“我不觉得自己有本事杀掉他，可是，我想过用各种不同的方式伤害他。而我也这么做了。”

她凝视着我。

“我很难过，”她说道，肩膀随之一沉，“是史黛拉杀了克里斯。我试着警告过她。我能理解，你完全不愿意相信这是真的。但是，警方是对的。这件事情是你女儿干的。”

我无法动弹。我的心防完全崩解，思绪全被淹没，黑暗像是一把老虎钳，将我牢牢夹住。

“你说谎。”

她摇摇头。

她小心地卷起自己身上女式衬衫的衣袖，看了看时钟。

此时敲门声传来。有人在门板上重重地敲了三下。

琳达站起身来，我紧跟在后，双腿差点瘫软下来，感觉天旋地转。

“我得出去。”我说。

琳达走在我前面，我在客厅正中央停下脚步，而她则继续朝玄关走去。我听见她转开门锁，一名男子的声音在楼梯间回荡，但我听不清他说了什么。同时，我迅速朝厨房移动。其实，我不知道自己到底该寻找逃生路径还是掩蔽处。

当琳达关上门时，我只望见她的后背。现在，她的动作散发出某种程度的迟疑。我本能地躲开，以免被任何人看见。

那名男子没有脱鞋，就大步走了进来。他的步伐坚定，皮靴踩踏在木质地板上。我不作他想，迅速向侧面跨出一步，抓起那只本来放在地板上的酒瓶形大花瓶的瓶颈。

我觉得，这种行为完完全全符合人性。如果你和你的家庭从来没有遭到过这么直接、严重的威胁，你是无法完全理解的。你得自卫，保护你的家人。你会做出非理性的决定，逾越你本来从不会逾越的界限。一旦走投无路，你只能战斗。

我稍微将那只花瓶从地板举起，以便评估它的重量。我察觉到，我得用双手抓住它。我一抬头，那名男子就穿过转角，冲到我眼前。我看见他那双锃亮的黑色踝靴，肾上腺素暴冲起来。

“警察！”

他朝我扑来。

一切纷至沓来。房间旋转着，碎玻璃像一阵突如其来的雪花，落在我们身边。下一刻，我就被制服在地，脸颊紧贴地板，无法呼吸。我感觉自己像是被一辆车碾过，我的背肯定折断了，肋骨仿佛被几把刀刺到，疼痛不已。

“亚当·桑德尔？”那名警员说。

我只能挤出一声呻吟。

“亚当·桑德尔？”他一而再、再而三地重复，直到我终于能确认这是我的名字为止。

直到我从地板上被拉起，我才意识到他们有两个人。另一名警员站在琳达身旁。当他亮出手铐时，用轻蔑的眼神瞪着我。

“你身上藏有武器吗？”他说。

“武器？你是白痴吗？”

“也没有藏尖锐物品？”

他们对我搜身，并告诉我：我得到警察局，接受侦讯。当我表示想知道自己是否涉嫌任何罪行时，他们只是模糊地带过。等我们到了警局再说。

我恳求他们解开手铐，而他们不予理会。警车拐进警局建筑的后方，那两名身材粗壮、魁梧的警员像押送犯人一样，领着我穿过停车场。

43

我足足等了三十分钟，亚格奈丝·席琳才走进那间狭小的侦讯室。她把我的钥匙和皮夹搁在桌面上。

“我们会保管你的手机，以便进行技术分析。”她一边说，一边挥了挥检察官的裁决书。

“技术分析？我被指控的罪名是什么？”

亚格奈丝·席琳摆出一副忧虑的表情，仿佛是真正在乎我。

“在你第一次到琳达·罗翰家里以后，她就已经联络过我们了，亚当。她感到害怕。你捏造身份，混进了她的家里。”

“当时我只是刚好穿着罗马衫。”

“你自称代表玛格丽特·奥尔森。”

即使我觉得这只是一个小过错，我还是无法否认这件事。这无法将那些警员的暴行合理化。

“我们当时决定：如果你回来，琳达就马上联系我们。”亚格奈丝·席琳继续说。

她当时花了很久才开门，这就是原因。

“可是，为什么我得待在这里？他们为什么抓我？我又没犯法。”

“你对我的同事挥舞一只花瓶。”

“挥舞？他是这么说的？”

“他什么都没说。当时房间里有四个人。”

“可是，你们得重新侦讯琳达·罗翰。她对我承认：她针对克里斯多弗·奥尔森的所有指控都是真实的。他一再虐待她，她想过用不同的方式报复。”

“亚当，我不能谈论调查的细节。你必须相信，我们正在执行任务。”

“我怎么能相信你们？我女儿在没有证据的情况下还被关押！”

“我们已经得到化验中心最新的结果。刑案技术鉴定人员在史黛拉的鞋底找到几个小角度的斜平面，这些斜面和凶杀案现场的鞋印吻合。我们已经很确定，那个脚印是史黛拉的鞋子所留下的。”

“这不是真的！”

“这当然是真的！”

“可是，那个鞋印可以是在任何时间点上印在那里的。史黛拉有不在场证明！”

亚格奈丝·席琳用双手撑出一个金字塔的形状，顶住下巴。她的双眼闪着微光，但眼神沉稳而坚决。我理解到，针对这件事，我已经走投无路。她和检察官杨思多德已经做了决定：史黛拉有罪，而我只是个愚昧的骗子。不管我说什么，都改变不了她们的态度。

“亚当，你还好吗？最近，你已经逾越好几次界线了。”

我用双手按住太阳穴，想让不断狂跳的脉搏稍微平息下来。

“检察官珍妮·杨思多德已经针对你的行为报了案。”席琳继续说着，同时从书桌上成堆的文件当中取来一纸文书，“你在大街上攻击她，高声喊叫，行为具有威胁性。”

“攻击？威胁性？”

我的眼睛转动起来。我的双手在桌面上摸索，想找点东西喝。我的嘴里满是尘埃，房里强烈的光线使我不得不眯着眼睛。

“亚当？”

“我要请律师过来。”

当迈克·布隆堡从门口硬挤进来，在我身边坐定时，我内心其实感到某种解脱。这真是令我意外。

“请相信我。”他说着，将厚实的手掌搭在我肩膀上。

是尤丽卡设法将他弄到这里的。

“我才没有攻击杨思多德。”我只能挤出这么一句。

“当然没有。”布隆堡说，“这种指控，实在荒唐之至。你不用担心。”

我深陷一场噩梦之中。

“我能理解这件事情很糟糕，”亚格奈丝·席琳说，“我也能理解，你心情很不好。”

布隆堡伸出手来。

“我越来越怀疑你们的工作方式。”他说。

我望着他。他终于有所作为了。

亚格奈丝·席琳装得若无其事，继续说下去：“亚当，你一开始会觉得，我现在即将告诉你的实情非常悲惨、惊人。但长远来看，我觉得这对你是一种解脱。”

我转向布隆堡，他用手指把玩着自己的领带。

“我知道你只是努力保护自己的女儿，”席琳警官说，“不过，现在这样做已经行不通了。”

某种沉静感在我的心口落下。我不知道这种感觉究竟是从哪里来的。前额骨后方的撞击声平息下来，唾液涌上嘴角。我的视线重新变得清晰。最后一刻仿佛已经到来，将我牢牢攫住。

“昨天，我在拘留所重新对史黛拉进行了审讯，”亚格奈丝·席琳说，“我们得到几项新的事证。”

即将在接下来几秒钟内发生的事情，已然呈现在我眼前，未来，就是一段视频。它在真正发生以前就已经在我的脑海里播放。

“史黛拉表示，她回到家的时间点并没有你所指称的那么早。”

“没有吗？”

“她认为当时已经过了一点钟，也许接近两点。”

“不，不是这样的。”我果决地摇摇头，“当时她已经喝醉了。她看错时间了。”

时间一秒接一秒地流逝。我望着布隆堡，布隆堡望着席琳，席琳望着我。我们三人都心里有数：这一切不过只是一场游戏，没有别的。一场表演。

“史黛拉所说的，还不止这些。”

我深吸几口气，感觉到空气直入肺部。

“她在现场。”亚格奈丝·席琳说，“当克里斯多弗·奥尔森死的时候，史黛拉就在位于飞箭街的游乐场。”

“不对。”我说，“不，不是这样的。”

我的眼睛再度转动起来，空气开始凝滞。

“不，”我不断地重复，“不，不，不。”

“她已经招了。”

女儿

难道你不认为，这小小的一桩罪行，将能被那数以千计的善举所抵消吗？

——费奥多尔·陀思妥耶夫斯基，《罪与罚》

（瑞典文译者：汉斯·比约格伦）

他知道，自此之后，他将日复一日过着单调的生活，他的每一天都将充满各种苦难。他已能望见眼前的每个星期、每个月、每一年。它们阴沉、冷酷无情地降临，笼罩了他，一步步将他窒死。

——艾米尔·左拉，《红杏出墙》

（瑞典文译者：安·波丽露）

44

这间囚室最糟糕的一点，并不是那张坚硬、使你无法翻身的床铺，也不是昏暗的光线，甚至不是厕所马桶座上那一层层恶心的尿垢，最糟糕的一点，是气味。

那种气味，简直无以名状。

当然，小熊不同意我的话。他说："一切都是可以形容的。"是啊，是啊，那当然了。

他说："你在形容的时候，不能使用形容词。"

*不用*形容词？

噢，我懂了。老师们最喜欢玩这一套。他们在教育学的会议课程上学的就是这些东西：强迫学生形容某个东西，但不使用形容词；强迫他们进行加法运算，而不使用加号；强迫他们用手将身体倒撑起来，而不使用双手。

语法大概就像大腿内侧的瘘管一样有趣。*形容词教导我们，使我们了解事物的本质。*它们形容了性质，描述某个东西的外观或特性。

或者气味。

形容词的存在，就只是为了形容其他事物。这就是形容词在世界上唯一的使命。而小熊希望，我能够形容这里面的气味，而*不*使用形容词。

他表示："我几乎什么味道都没闻到。"他说我太夸张，那种味道已经附着在我脑海里。我回答道："也许我的嗅觉敏锐度远远超过一般人。”

“是啊，我们都这么说。”

他笑了起来。

小熊很爱笑，这是一项良好的特质。绝大多数教过我的老师都宁愿大吼大叫，而不愿意笑。

“喂，说认真的，如果我们可以用特定的字来形容某个东西，为什么不用呢？”

“那样叫讲述。要展示，不要讲述！这句话在瑞典语里没有比较传神的说法。”

这句话所隐含的讽刺意味让我们笑了出来。

也难怪我从小学一年级开始，就不重视瑞典语课程。

不过，我总会听到一些正面评价，我的文笔很好，辞藻富丽，以及其他类似的评语。不过，我实在受不了语法和其他争执。某些规则必须遵守，而你一旦遵守这些规则，就一定会出现例外。而我从来就不是那种爱守规则的人。

这有点像是 OCD[1]，强迫症。假如某一条规则存在，我就非得打破它不可。

小熊可不像其他教过我的老师。我 17 岁读高中的时候，比姆是我们的瑞典语老师。比姆，这就是她的名字，一个活像猫头鹰、早该在上个世纪就退休的老太婆。

她也是我的导师。我常说，就是她毁了我的学术生涯。不过，我这种说法当然只是开玩笑。小熊明白我的意思，他只是咧嘴大笑。从这方面来说，他人很好，他对事情有所了解，而且有幽默感。

你从比姆的眼神里就可以直接看出她不喜欢我。当然，她不喜

[1] Obsessive-Compulsive Disorder 的缩写。

欢我们班上任何一个人。她只会说，选择社会科学专业的学生是多么优秀，她对我们这些就读贸易专业、无药可救的学生没什么要求，只求我们能把字拼对，能够读懂所有我们成年以后会收到的政府机关公文。其实，我并不在乎别人不喜欢我，那完全是他们的权利。但是，要是他们蠢到不加以掩饰，我就会被惹怒。比姆总是戴着方框眼镜，唇边的汗毛清晰可见，脸上挂着硬挤出来的微笑。她面露微笑，说道："各位小男生、小女生，早上好。"

喜欢我的老师，想必并不多。我们可以这么说：让他们在每周日晚上期待重新回到工作单位的原因，应该不是我。我不是个循规蹈矩的好学生。如果我是个男生，情况还可能好一点。他们总会说，男生就是男生，他们管不住自己之类的话。

不过，小熊可不一样。

或者说，我变了。

"呵，你怎么当得上老师啊？"我问道。

他笑了起来。笑得真诚，仿佛发自内心。

"你找不到别的工作吗？还是怎样？"

他念出一长串陈腐的理由。例如，这是个很重要的行业，很有趣，使人兴奋。而且在工作上和年轻人接触，实在获益良多。

"OK，你是说帮派分子咯？这么听来，当然很刺激。"

他叹了一口气，朝天翻了个白眼。

"而且你的薪水，想必和那些领取社会局救济金的人一样高咯？"我这么说，就是要激怒他。

但是，小熊不为所动，他不是那种会被轻易激怒的人。如果你在这种单位工作，这想必是一项很重要的优点。

所以，我还是尝试了。为了小熊，同时，这也是因为我没别的事可做。我尝试形容，但不使用形容词。

“这里有着……古老罪行的味道。”我一边提议，一边准备写下自己的话。

“古老……”

“……是形容词。是啊，没错！”

小熊的耐心令人赞叹。换成是我，绝对忍受不了他的工作。只要客人举棋不定，我就把持不住了。我得把自己包在塑胶袋里呼吸，才不会大叫：“拜托！一个才卖一百三十九克朗！而且你还可以退货！”

最后，我还是决定采用下列的叙述：

这里有着幽闭恐惧症的味道。焦虑与恐惧像烟一样，从塑胶地板上升起。在这里想到的每一个想法，爬上我的鼻子。这里弥漫着汗臭味、惊恐、精液和罪恶。

没有任何形容词。

小熊夸奖我，他总是会夸奖我，这仿佛就是他的技能之一。可是，这次的感觉还是不太一样，他仿佛真的心悦诚服。

“很有联想力，很诗情画意。”

当然，他也太低估我了。

他在离去以前，总是会和我握手。这是一种很奇怪的习惯，感觉很不自然。也许这个习惯比较适合监狱里那些硬汉。即便如此，我还是没说什么。我只是紧紧握住他的手。有时候，能够触碰另一个人的身体，还是很舒服的。

“那么，我们也许就明天见吧。”他说。

他总是会说*也许*。换句话说，我离开这里的可能性，确实是存在的。第一次，他就是这样向我说明的：你待在拘留所的每一天，都充满了不确定感。有些人会移监，有些人会被释放，有人会被定罪，还有些人会死掉。

最后这些话只是我自己得到的结论，可不是小熊说的。

“我们明天见。”我说。

因为我知道：短期之内，我哪里也去不了。

45

我得承认一件事情。我本来相信：瑞典各地的监狱完全就是连锁酒店。在这个国家坐牢简直不算是惩罚，我以为监狱就像孩童和青少年休闲娱乐中心一样。在那里，你可以放松，躺在床上看电视连续剧。伙食好吃，你什么事都不必在乎。

读高中时，我说过，我不明白，瑞典怎么会有无家可归的人。我还说，我宁可进监狱，也不要在街上生活。

现在，我并没有待在监狱里。但是，在拘留所被关押了六星期以后，我永远不会再说自己希望被拘禁起来，也不会再相信监狱和酒店没两样。

我的房间面积有九平方米。他们把这称为“房间”（因为“囚室”听起来更无趣）。九平方米的面积，差不多就和一个马槽一样大。它比瑞典绝大多数的后院温室要小。房里塞了一张床、一张书桌、一张椅子、一个架子、一个坐式马桶和水槽。

我不希望别人可怜我。我待在这里是有原因的，而我并不是受害者。我全身上下感到疼痛、体重下降，各种思绪像耳鸣一样困扰着我。但是，我没有什么好可怜的。去他的吧！读四到六年级的时候，我常说一句自己最喜欢的口头禅，用它来形容现状，真是再恰当不过了：既然要做，就做到底。

我们每天可以到户外放风一次，呼吸新鲜空气。如果我们走运的话，有时候，监狱的职员人手不够；有时候，他们没办法将所有人接送到各个区域的电梯；有时候，他们根本就不管这么多。

这简直就是在屋顶上遛狗。除了踏步、绕着小圈圈来回走动以外，你什么事都不能做。不过，那又怎样？这总是某种形式的暂停，可以做点别的事情。你暂时从臭味与封闭中解放出来。不过，你摆脱不了各种思绪，以及腹部的沉重负担。

一天晚上，天空下起暴雨，钉子般的雨点蜂拥而至。不过，我还是在屋顶上缓慢走动，来回走动。雨点在我的双颊上戳刺，我冷得要命。不过，除了坐着或倒躺在床上以外，所有能做的事情，在这里都像金子一样珍贵。

所以，我开始在这里学习瑞典语也就不足为奇了。当然，我也想学习英语和数学。不过，你不能重修你已经取得及格成绩的科目。说真的，我要感谢"猫头鹰"比姆，感谢她给我瑞典语这么低分！要是没有小熊，我在这里早就撑不下去了。

收音机？电视机？互联网？想都别想。我受到一堆限制。除了和我的案子有直接关系的文件（比方说：提请收押的文件、地方法院寄来的备忘录）以外，我不能看到、听到、阅读任何有趣的材料。没有播不完的电视剧，没有音乐，连一条手机短信都没有。我不能接电话，不能打电话。唯一能见我的，只有我的律师。

福利社的卖货推车一周会来三次，这时，我会趁机补充热量达到两千卡的可乐和代姆[1]牛奶巧克力。糖分是一种被低估的精神药物，在这里，你偏偏又只能拿到这种东西。

我非常期待两个我不认识的人转开门锁，带着一只装着食物的托盘进来。其实，这真是难以置信的。前几天，我几乎就要痛哭流涕了。只不过是看到其他人，就足以让我全身上下欢欣鼓舞。我从床上

---

[1] Daim，为亿滋国际（Mondelēz International）在瑞典生产的巧克力品牌。

弹跳起来，扑上前去，抱住他们的脖子。然后，我漫无目的地问了他们至少五十个问题，就是不放他们离开。

只要我孤单一人，各种思绪就开始旋转起来。我也重新闻到恶臭味。

当他们把我交给心理医生时，我来到这里也才两天。

“我又没有要求看心理医生。”我对保安说。

他恶狠狠地瞪着我，仿佛我是一块清洁工忘记清理掉的污垢。

“那又不会怎样！”

我觉得，他叫作吉米。他下巴蓄着像阴毛一样恶心、长长的山羊胡子，有着一双冰冷的蓝眼。我百分之百确定：我之前曾经在“楼层”夜店或其他酒吧见过他。

我们可以轻易地将保安分成两种。第一种人只把这个当成一般工作，只会想到每个月汇入户头的薪资。也许，拘留所只是他们追求更理想或更高薪职业过程中的一小站。第二种人则非常享受权力，他们主动追寻这份工作。也许警校拒收他们，他们想必被心理医生评定为不适合进入警校。这种人喜欢暴力，欺负别人，把受刑人当成害虫看待。

你很快就能学会判断他们之间的差异。许多人的眼神都同样冰冷。不过，冷漠与轻蔑之间的差别，还是很关键的。

吉米很明显属于权力狂。他看人的眼神就是不太对劲。他仿佛同时从下方与高处看人。他似乎认为自己比我好、比我优越，而在内心深处却又意识到实际情况恰恰相反。这可把他逼疯了。他花了太多时间在健身房。他的上臂比大腿还要粗，脖子的直径简直与一头公牛相仿。我真想将那两条肥滋滋的胳臂沿着他的侧身一把剁掉。

他用新的问题，来回应自己被问到的所有问题。

“你在开玩笑吗？你觉得呢？我看起来像你老妈吗？”

我只想对着他的脸狂吼：

“如果我们当中有人需要看心理医生，那才不会是我。”

关于心理医生，我有一套理论。我并不是说，这套理论适用于所有人，但无论如何，我在这些年来也遇过好几个心理医生，还没见过例外。

这么说吧。如果有人花了五六年的时间，被灌输了一大堆诠释模式与诊断，那我会认为这些人往后会不可避免地想要“学以致用”。在他们眼里，其他一切都是愚不可及的。他们出了社会，和别人接触——不管是客户、患者还是你所能想到的其他名称——然后认为，他们一定能够解释人们为什么是这样、为什么会做出这些事情。心理医生的工作，就是把我们这些其他人硬套进他们的格式里。

建议：你们真应该反其道而行！

原因：每个人都是独特的。

那些来了又去的心理医生开展各种自我评量与性格测试，人生是由这些构成的吗？当然，他们首先会尝试挖掘出一个不愉快的童年。每个心理医师梦寐以求的，仿佛就是找出一个破碎、压抑童年大量不愉快回忆的灵魂。

关于他们开出的所有诊断，最诡异的一点是：绝大多数内容，都让你感到似曾相识。要想找到完全没有套用这些理论的心理测试，根本是不可能的。

有一段时间，这简直让我走火入魔。大家都认为我有病，连我自己的家人也不例外——是的，也许我的家人反而更觉得我有病。所以，我尝试找出问题所在。我读到的所有材料都显示，当你能针对这些问题命名，贴上标签，同时知道其他许多人有着跟你类似的问题时，你会觉得好过一点。

首先我觉得自己患有注意力缺陷综合征或多动症，然后是边缘性人格障碍、类精神分裂型人格违常、情绪两极症。

我得到的结论是：这一切都是鬼扯。

我就是我。诊断人：史黛拉。

我身上是有一堆缺陷，这我不否认。我一点都不正常。我的大脑一天二十四小时都和我作对。可是，除了我自己的名字以外，我完全不需要其他的名称。我是史黛拉·桑德尔。如果有人觉得我有问题，那个人也许应该吃药。

心理医生有自己的心理问题，也已经不是什么秘密了。如果他们一开始没有心理问题，之后他们也会出现心理问题。读了太多弗洛伊德的人，保证会发疯的。

当我阅读这一切文献与材料时，我对精神病患者产生了兴趣。或许可以这么说：我对他们的处境感到着迷。作为一个嗜好，这应该是很健康的。所以，我把对手球的关注转移到精神病理学上。

我在进入拘留所以前遇到的心理医生，有一部分的相似之处。大部分是女性，许多人有着红头发，眼神通常格外忧虑，穿着常类似初中的音乐老师。更惊人的是，她们当中许多人还说斯莫兰省方言。

因此，当这位名叫吉米的保安将我交给拘留所的心理医生时，我难以掩饰自己的惊讶。

“你好，史黛拉！我叫西琳。”一名年轻女孩一边说，一边伸出手来。

她有着深色的皮肤，长相很甜美，头发扎成两根紧紧的辫子，简直就是中东版本的莉亚公主[1]。

“我不需要心理医生。”我说。

实际上，我本来准备用侵害个人尊严、滥用职权等华丽的字眼狠

[1] Princess Leia，乔治·卢卡斯导演的著名科幻电影《星球大战》主传三部曲中的主要角色。

狠地抨击她。对那些低估你、焦虑不已的公职人员来说，这些字眼是很伤人的。然而，西琳只是像约会时准备吃肉丸子的小姐[1]那样，坐在原地，纹丝不动，我甚至无法拉高音量。

“没关系的。”她说，“我可以理解你的抗拒感。我每周花一小时和被关押的青少年见面。而这并不是我决定的。”

她露出坦诚的微笑，你常会在伯母和小狗的脸上，看到她这种微笑。

“呃，我不是针对你个人，”我强调，“你一定非常优秀。可是，我已经见过太多心理医生了。”

“我了解，”西琳说，“我也没有觉得被冒犯。”

随之而来的是一阵沉默，那种使我无法忍受的沉默。西琳坐在我对面，面露微笑，用充满同情心的眼神望着我。

“所以，你打算逼迫我，我们每星期要花一小时坐在这里，四目相对？”

“那就看你的决定了，史黛拉。如果你想谈谈，我会很乐意和你谈。”

我朝天翻了个白眼。不管她的褐色双眸再怎么温柔，不管她的微笑和公主的有多么神似，我根本就不想谈。我要说什么，我永远无法对别人描述我经历过的事情。没人能够理解，就连我自己都不理解。

这场沉默的游戏，现在开始了。

我们坐在原地，四目相对。西琳时不时提出一些问题，而我不予理会：*你在这里感觉怎么样？你跟家人讲话了吗？有没有睡足？*一小时很快就过去了，快到甚至让我以为她在谎报时间。

---

[1] Lady，为迪士尼于1955年制作的动画片《小姐与流浪汉》主角，是美国富裕家庭所养的一只可卡犬。

“那么，我们也许下周见。”她一边说，一边起身，准备去叫保安。

“那当然。”我说。随后，吉米在门口接我，推着我穿越走廊，仿佛在推着一头该死的畜生。他把我扔回囚室的时候，用那双冰冷的眼睛瞪着我。

我对寂寞深恶痛绝，它使我感到惊恐。在囚室里，一切是如此接近，近到让你觉得不舒服。当吉米转开门锁，放我和墙壁及恶臭味独处时，我无法摆脱各种想法与感觉。我的脑海里弥漫着尖叫声，我简直快要爆炸了。

我不知道这样值不值得，不知道我能不能撑下去。我知道的是，许多人不曾活着离开这里。

46

当然，他们都穿着便服。不过即使没看过多少马丁·贝克[1]系列电影，也能察觉到他们是条子。两名肩膀厚实、眼神警醒、长相平淡无奇的男子，穿着牛仔裤和慢跑鞋，只差腰带上没绑着对讲机。

离打烊还有一小时左右，经过一个忙碌的周六，原本络绎不绝的客人开始陆续离开。我站在柜台边，接受一名身穿牛仔夹克的灰发大婶的付款。从这天早上开始，这位大婶就一直窝在店里，摆弄着一件紫色束腰外衣。现在，她总算决定埋单了。

“收据在袋子里。”我将那件可憎的束腰外衣递给她。这和她很搭配。

大婶还待在柜台前，透过那副粗框眼镜，检查着收据。两名警察直奔柜台，差点没将她撞翻。

---

[1] Martin Beck，瑞典著名的警匪电视剧。

“你就是史黛拉·桑德尔，没错吧？”

我望着他们的证件。那位刚买下束腰外衣的大婶，下巴简直要脱落了。

“发生什么事了吗？”我说。

许多灾难片一般的情节，掠过我的脑海。

“请不要说……”

“我们需要和你谈谈，”那名比较年长的警察一边说，一边搔了搔胡楂，“你得跟我们走。”

他有着一双和善的绿眼睛。他想必出生在五十年代。不过，他看起来像是那种喜欢开小火煮饭、谈论感情的人。他也许早婚，抛弃一段不稳定的婚姻，在子女都搬出家里以后开始网络约会，但仍然属于那种焦躁不安、知道“天涯何处无芳草”道理的人。也难怪他的每一段爱情故事总是撑不了几个月。

“有人能顶替你吗？”另一名警察问。

他比自己的同事年轻二十岁，眼神却疲惫得多。从他脸部几乎被晒伤的皮肤来看，他显然刚在土耳其度完两星期的假。他看起来属于“及时行乐”类型，度假就是要狂玩一阵。通宵达旦、埃菲斯[1]啤酒、拉克酒[2]、在露台上打牌。他至少得花一星期，才能彻底收心。

“这里没人能接手？”那个比较年长的警察似乎以为我没听到他同事的话，又问了一次。

“没事，”我说，“我们再过一小时就打烊了。”

莫琳和苏菲都主动接管我的柜台。当我跟着警察离开的时候，她俩惊恐莫名地盯着我。

---

[1] Efes，成立于1969年的土耳其啤酒品牌。

[2] Raki，一种畅销于土耳其与巴尔干地区的开胃酒。

“到底发生了什么事？”苏菲耳语着。

我始终没能听见，警员是否回答了她的问题。

那名讯问我的女子名叫亚格奈丝·席琳。要是在城里见到她，我绝对猜不到她是警察。她看起来更像视觉营销师或是创意总监。她绝对不会在 H&M 时装店购物。她铁定住在由建筑师设计、拥有开放式结构平面图与丹麦设计师规划的照明配置的别墅里。她是那种永远不会承认自己讨厌寿司的人。她是那种表示自己喜欢坦率但遭到别人直言批评时就会彻底崩溃的人。

我马上就喜欢上她。这也许是因为，我在某种程度上能够认同她。

“如果我谈到克里斯多弗·奥尔森，你会怎么说？”

我直视着她，然后耸耸肩。

“你认识他吗？”

“我不这么觉得。”

亚格奈丝·席琳歪着头。

“这个问题很简单吧。”

我表示我“认识”的人数以千计，从学校到手球队，在城里或酒吧里，网络上遇见的人、熟人甚至熟人的熟人。再者，我很不擅长记名字。当然，我知道一部分人的完整真实的姓名。但是，我只记得大多数人的名字或昵称。还有其他一些人，我连他们叫什么名字甚至怎么称呼，都一概不知。

“你是说克里斯多弗？”

“克里斯多弗·奥尔森，”亚格奈丝·席琳点点头，“大多数人都管他叫克里斯。”

我想了想。

“克里斯？嗯，不管怎么说，我认识至少一个名叫克里斯的男子。

他的年纪有点大，对吧？”

亚格奈丝·席琳点点头。然后，她趁我还没有防备心理时，将一张他的照片放在桌上，问我是不是就是这个人。

我的心跳越来越猛烈，仔细地打量那张照片许久。我拾起那张照片，近距离审视它。

“是的，”我最后说，“我认得他。”

“很不幸地，他已经死了。”亚格奈丝·席琳说。

我听见自己剧烈的喘息声。

亚格奈丝·席琳提到：一位可怜的、带着小孩的年轻母亲，在波尔恒学校的游乐场上发现了他的死尸。

“噢，天哪。”我说着，用手捂住嘴。

我真的觉得，自己就快要吐出来了。

“你是在波尔恒学校上学吗？”亚格奈丝·席琳问道。

“我是在维尔潘学校上学。”

“你高中刚毕业？”

我点点头，亚格奈丝·席琳稍稍向后仰，靠在椅背上。

“我的大儿子，夏天刚从主教堂学校毕业，他现在在伦敦。我的小儿子现在修读国际文凭课程，再有一年就毕业了。”

我努力摆出关切的表情。也许，这只是个想拉近距离的小招数。她努力营造出一个私密的情境。

“这一切跟我又有什么关系呢？”我说，“你们是为了这件事，不得不把我从上班单位找来的吗？”

“我很遗憾。不过，这样做其实是必要的。”

她非常仔细地打量我。我感觉到，不安像是一条蛇，在我的肚子里蜿蜒。恶心与不适感，已经转变成具有威胁性的警告，一种冰冷、紧咬不放的恐惧感。

“这两者有什么关系吗？”我说。

“可否请你描述，你昨天做了什么事情？”亚格奈丝·席琳问道。

“我一直上班，直到店里打烊为止。然后，我们一起走到大广场，吃了一点东西。我们还喝了一点酒，闲聊了一下。”

“*我们*是谁？”

“我和几个同事。”

她把笔尖按了出来，开始做笔记。

“那是什么时候？”

“我们是在晚上七点钟关店，实际的工作时间到七点十五分。”

亚格奈丝·席琳问，我们在大广场逗留了多久。

“我不知道其他人待了多久，但至少我在那里待了几小时。我觉得，当我离开的时候，时间是十点半左右。”

“那时候，你做了什么？”她搁下笔，问道。

“我……我骑上自行车。”我努力回想当时的情形，“首先，我骑到一家名叫‘帖格奈斯’的小酒馆。我记得自己在那里的吧台边喝了一杯苹果酒，可是没有在那里看到任何熟面孔。我又在‘炼狱’，还是一家叫别的什么名字的酒吧待了一阵子。它就在市立图书馆的斜对面。”

“‘炼狱’？那也是一家小酒馆？”

“是。”

“你喝了多少酒？”

亚格奈丝·席琳的口吻听来非常像我老爸。她也有那种典型的家长的眼神：他们表示自己“非常担心”，表情却恼火不已。

“不多。我还得早起上班。”

她看着我的表情，仿佛认定我撒谎。我觉得自己被冒犯了。

“这是真的。我不是那么喜欢喝酒。”

我想起老爸常说的一句话。他宣称：撒谎是很困难的，绝大多数人的撒谎功力都糟糕透顶。长期以来，我都认为他是错的。我一而再、再而三地证明他是错的。对我来说，撒谎易如反掌。我觉得，总体上，人们都非常容易上当。

直到我意识到事实可能正好相反为止。我老爸是对的。也许人们并不是什么都相信，关键在于，我的撒谎技术无人能出其右。

我现在知道：事实真的是如此。

47

小时候，爸爸就是我的英雄。比长袜子皮皮[1]还要强壮，比小乌龟[2]还要聪明，比隆妮雅[3]还要勇敢。

有一天，“圣诞老公公”在幼儿园对着我老爸狞笑。因为他一年到头都戴着毛线帽晃来晃去，我们管他叫“圣诞老公公”。他高声大笑，告诉其他人，有个牧师爸爸的人，真是太奇怪了。

我狠狠推了“圣诞老公公”一把，他向后跌进架子里，头皮被划开一道伤口。我爸听到这件事情时，对我破口大骂。当然，没人谈到事情的原因，他们只说，我情绪失控，用力推了“圣诞老公公”一把，害他被送进急诊室。我也没说什么。

我一直都希望爸爸能够理解我。我觉得，能够不用解释自己很重要。也许我有些缺陷，某种别人无法以同样方式理解的特质。可是，

---

[1] Boken om Pippi Långstrump，瑞典女作家阿斯特丽德 · 林格伦（Astrid Lindgren）小说《长袜子皮皮》中的角色。

[2] Skalman，瑞典知名儿童节目《巴姆赛》（*Bamse*）的角色，以博学、饱读诗书见长。

[3] Ronja rövardotter，瑞典女作家阿斯特丽德 · 林格伦（Astrid Lindgren）小说《强盗的女儿》中的女主角。

对于总是必须为自己的本性辩解，我始终感到很可耻。

每次爸爸无法理解时，我就觉得很沮丧，这也使我俩渐行渐远。

我身上最让我爸感到困扰的特质，恰好是我从他身上传承到的特质。这真是太讽刺了！

西琳！你大显身手的机会来了。

我的理论是：这些心理医生很喜爱我们的家庭，一个牧师、一个律师、一个适应不良的小鬼。我们简直为他们的手册提供了现成的范例。

读高中时的某一天，班主任比姆曾经因为我们意见太多，把全班同学狠狠骂了一顿。她破口大骂：“*你们这个年代的人就是这副德行。你们总是要求一大堆东西，什么东西都喜欢！*”

我猜想，以前的青少年都只是闭上嘴、被动服从，很多事情在过去简单得多。我从来就不是这种人，以后也绝对不会变成这种人。不管我是八十年代的年轻人，还是当下的年轻人，我觉得差异不会太大。

当我回想起儿童与青少年精神科开过的所有会议时，一部分在我脑海里乱挖的心理医生，仍然心怀某种自我满足式的幸灾乐祸。能够一窥所谓成功家庭隐藏在帷幕后的真相——一个偶尔会上电视的律师，还有一个牧师。老天爷，牧师——一定是很特别的体验吧？想想看，能够一窥我们完美家庭背后那些最肮脏、龌龊的烂事情。他们自己在破烂的由省议会出资经营的精神科的生活是多么悲惨，这也许就是他们唯一的慰藉吧。

不过，我对西琳感到好奇……她和我所记得的那些人相比，不太一样。

在过去的某一段时期，我曾经立志要成为心理医生。我自认为很能够看破人心，了解到连他们本人都没有意识到的阴暗面。老实说，我并不是在自吹自擂。人们总是这么告诉我。人们总是找上我，诉说各种疑虑：家庭问题，以及懒散的男朋友。我善于洞悉人性，善于分析人心。

初三的时候，我们曾在对外开放日到主教堂学校、波尔恒学校和史匹克学校参观，我只会考虑在这几所高中里做出选择。在主教堂学校，由两个梳着油头发型、衬衫扣子松开的男生负责说明社会科学专业。当我告诉他们我想当心理医生的时候，他们便取笑我。

“要当心理医生简直是不可能的，你知道吗？”

这真是当头棒喝。

下一个星期，学习与咨询的辅导员证实：你必须所有科目都取得高分，才能成为心理医生。这可是最受欢迎的大学专业之一。难道我不能转而考虑人力资源管理学吗？这两者还不都一样。

我觉得，我应该就是在那一刻决定不认真读高中的。不值得。

我已经见过太多浪费三年时光、拼命苦读，最后成绩仍然平庸的人了。他们的社交生活停顿下来，他们当中有些人甚至服用药物、割腕自杀，最后英语也只拿到 C。那又有什么用呢？就只为了在日常生活中穿着女式西装大衣？

实际上，比姆比大家想象的还要敏锐。她在家长座谈会上告诉我老爸：只要我愿意，我可以在绝大多数科目拿到 A 或 B 的成绩。

她的话一针见血。可我就是不愿意。

在应用营销学作业缴交期限的前一天晚上，我宁可和一群年龄二十五岁以上的人到夜店鬼混、享用免费招待的含酒精饮料，我宁可和球队里的女生们一起到哥本哈根玩，也不理会数学全国会考。与其参加历史考试，我选择在连锁咖啡馆和男生亲热、拥吻，仿佛这才是人生的精华。

这是有意识的选择。

我们读高三时，关于全国会考的各种议论甚嚣尘上。我们受邀参观各大学联想日的活动时，我正忙着规划到亚洲的长途旅行。我对隆德与瑞典感到厌倦不已。我在 Youtube 网站上看了大量来自马来西亚与印尼的视频，很快地，这次旅行就成了我唯一的人生目标。我渴望探险、绵长无尽的夜晚、新认识的人、派对和天堂似的自然美景。

学校的心理辅导员翻阅着根据经验累积的数据和档案库，想针对我糟糕透顶的在校成绩找到合理的解释。使用精神药物？厌食症？父母离异？她恐怕已经找不到能用来测试我的动机的东西了。

“你爸爸是牧师？”心理辅导员一边说，一边盯着我，仿佛她自己的世界已经分崩离析。

“牧师？”每次一谈到我老爸，“猫头鹰”比姆就会这样问。

她的记性或许不是全世界最好的，但这并不足以说明她震惊的神情。

“牧师？瑞典信义会的牧师？”

一切都和控制有关。

人们不相信这一点。人们把控制狂和那种看到书桌上一份文件放错就暴跳如雷、根据色调摆放衣柜中衣物的老学究联想在一起。人们会想到那些日程表详细、热爱严整结构的法西斯分子，或是那些没有马上清空电子邮件信箱、看到沙发上有少许饼干碎屑或水槽里有少量待洗的盘子就发狂的神经病。这种人会在提袋里放一瓶杀菌洗手液。

但是，这是另一种类型的控制。关键在于保住颜面，别让任何人太接近你。

直到青春期，我才弄懂：每个家庭都有自己的秘密，不只是我们家而已。对我爸来说，向外界展现体面、光鲜的外观，一直都十分重要。

“这件事情，回家以后再说。”这些话，我都不知听过多少遍了，

“别人跟这件事一点关系都没有。”

我逐渐相信：我们家的情况很独特，只有我们背负着一堆乱七八糟、必须被彻底隐藏起来的烂事情。这也许跟我爸的职业有关。一个牧师，想必注定要对自己的部分私生活彻底保密。

这听起来完全匪夷所思，不过我爸爸在获得救赎以前，是死硬的无神论者。多年前，我找到一份老旧的学生报，他为那份报纸撰写年代史。我觉得，他那时刚上高中。当时他真的恨透了宗教，写道：基督教是一块给人虚假安全感的小绒毛毯，把全世界撕成碎片。基督教的浸信礼，真该被视为对无辜孩童的一种侵犯。他把牧师称为“黑衣人”和“流氓”。

有时候，我会想：假如我爸从事另一种行业，一切就会有所不同。假如他是办公室白领阶层、中级主管或是某种类型的学者，就像其他正常家长一样。

老实说，我觉得我爸跟我实在很像。在内心最深处，我也很容易陷入一头热，对某件当下觉得至关重要的事情异常投入。在念五年级的时候，我成了“哈利·波特”的书迷。我把那套小说的英语版与瑞典语版读了一轮，所有电影至少看了二十遍，在网络上长篇大论描述书中的剧情，直到我的社交生活彻底消失为止。大概一年以后，我更加疯狂地迷上丹尼尔兄弟[1]，我将自己化装成熊猫，将大量时间耗在一个名叫“圣者”[2]的约会网站上。我们的家族肯定有自闭症的基因。幸好我很早就决定避免所有类型的宗教，这和我父亲所走的路完全相反。

---

[1] Broder Daniel，简称 BD，成立于 1989 年的瑞典摇滚乐团。

[2] Helgon，于 2002 年成立的瑞典网络社群，主要使用群体为在衣着与音乐品味上异于主流社会的网友。

"你可别太早下定论啊。"他经常戏弄我，"我也是直到十八岁，才明白这是我的志业。"

"我宁可去刷马桶，"我回答道，"我是说，我宁可像那些信奉新纪元运动[1]的大婶一样，到加纳享受天体营假期，嚼巧茶[2]。"

"那我们就看着办吧。"我爸笑着说，却不无紧张。

就像其他所有十九岁青少年男女一样，我花了无数时间思考未来、学业和不同的职业。当然，某些职业可不仅仅是职业而已。那跟站在 H&M 时装店柜台边是不一样的。每天早上九点五十五分，你就得摆出销售员必备的笑容，打烊后五分钟，你就将这种笑容扔得一干二净。这跟我的认同没有什么关系。要是卡佩尔[3]每个月愿意多付我一千克朗，我会毫不犹疑地跳槽。我也很乐意到克莱斯·奥尔松[4]或西尔巴[5]担任收银员。谁在乎呢？要是我没了工作，钱是我唯一会思念的东西。而我确实可能丢掉工作。

不，我觉得我老爸成为牧师时，并没有意识到自己的决定意味着什么。现在，他十分努力，想要成为某种模范：完美的牧师、完美的父亲甚至成为完人。所有人总是说，我们这些年轻女生一味追求这些东西。在这一点上，我们显然并不孤独。

当然了，如果你其实没能成为这种模范，你会感到格格不入，甚至隐隐作痛。最后，这个模板甚至会开始裂解。

你看，西琳，这种心理分析很不错吧？在心理学系读了五年书，

---

[1] New Age Movement，起源于 1970—1980 年的西方社会与宗教运动，包括灵性、神秘学与替代疗法。

[2] Khat，为巧茶属植物，叶含兴奋物质，可嚼碎食用。

[3] Kappahl，以西瑞典蒙代尔（Mölndal）市为基地的全球连锁时装店。

[4] Clas Ohlson，总部位于瑞典的零售量贩店，于瑞典、挪威、英国、芬兰等国境内设有销售点。

[5] SIBA，成立于 1951 年的北欧家电用品连锁店。

所有的高中科目都拿到最高分。这真的值得吗?

我就是自己最好的心理医生。

我永远也无法理解：居然有人一看到别人把头一偏，摆出倾听的姿态，就像一瓶瓶被摇了又摇的香槟酒，直接吐露自己的心声。在博客或社群媒体网站上，这些人表达自己的外在与内心想法，写着自己的下臂有多么疼痛，用病态的自我分析来折磨自己所遇到的每一个人。

我只有一个朋友。地球上，只有这个人知道关于我的一切，了解我所有的感受、想法和行动。我好希望现在能跟她说话。我需要她。没有了艾米娜，我根本不知该何去何从。我不知道，自己能不能挺下去。这天夜里，我认真地用额头狠狠撞了墙壁、高声尖叫，震得自己耳朵疼。唯一能比这还要糟糕的事情，就是艾米娜被强制收押。某天下午，当那群保安带我来到电梯门前时，我觉得我看见了她。我转过身，高声尖叫，喊着她的名字。不过，那头黑发后方只是一张陌生的脸。这间牢房，正在逼我走入疯狂。

48

亚格奈丝·席琳向我说明我是嫌犯的时候，表情简直像是在道歉。各种想法像风暴一般旋转。嫌犯？我跌坐在椅子上，力图保持冷静。

过了一会儿，当律师大踏步走进房间，要求和我单独谈话时，我的心绪仍然紊乱不已。

“我们会摆平这件事的，”他一边将左手搭在我的肩膀上，一边握着我的右手，“别担心。”

他的大手掌湿湿黏黏的。他看起来简直就是东尼·索波诺[1]和拉

[1] Tony Soprano，HBO 犯罪电视剧《黑道家族》中的犯罪头领。

斯·柏格豪根[1]的综合体：他像大熊般粗壮，有着被晒成古铜色的皮肤，颈间和手腕上都戴着金链。他穿着鸽蓝色的衬衫，最上面的三颗纽扣是松开的。他很像那种会在禁行汽车的区域开着 SUV 一路直达自家别墅门口的男人。是那种会在后方拖上一个和活动房车一样大的烤肉架，觉得年轻时生活中的一切比较美好，却又认为自己永远只有二十三岁的男人。那些刚离婚还得带婴幼儿的少妇，一定都很想跟他交往。

“所以，原来你就是长这个样子啊？”我说。

“你这话是什么意思？”

“我真的记不清了。”

“我们以前难道见过面？”这位律师问道。

“我想有吧。”

他的眼神一亮。

“史黛拉·*桑德尔*，我早该了解的，尤丽卡的女儿？”

我点点头。

“这件事很快就会结束的，”他说，“他们提不出针对你的证据。现在，某些条子真的是吃饱了没事干。针对凶杀案，他们必须遵守一堆指导守则。他们以为案发后的最初几小时是最关键的，哪怕是乱枪打鸟，也一定要先把他们认为最有嫌疑的人抓来。”

他坐了下来，双腿叉开，将一双大手放在膝关节上。

“可是，他们总得有证据吧。”我说，“他们宣称，有个证人根据照片指认我。”

“你根本不能称她是证人。一个宣称从自己家窗户里看见你的疯女人。在黑暗中看见你！而且就算她不认识你，她还是斩钉截铁，一

[1] Lasse Berghagen（1945—），瑞典歌手与作曲家。

口咬定就是你。不对，那不能算是有力证人。”

她的身影浮现在我的面前：三楼窗边的一道阴影。这真的就是他们持有的唯一证据吗？这就是我待在这里的唯一原因吗？

“他们希望尽快继续进行侦讯。”他说，“算你走运，亚格奈丝·席琳是整个警局里最明事理的人。她很好说话的。”

他站起身来，将手机举到离鼻尖只有半厘米的地方，稍微把玩了一下。也许他一想到自己该戴眼镜，就自觉衰老、丑陋——甚至又老又丑。

“我忘记戴隐形眼镜了。”他喃喃自语。

当我站起身时，我的双腿软得就像煮得熟烂的通心粉。这位律师引着我走向门口。

“我该说些什么呢？”

布隆堡转身的速度是如此之快，以至于刘海垂落下来，盖住一只眼睛。

“你这话是什么意思？”

“我该对警方说些什么？”

“说事实就好。”

他将我由下至上缓缓地审视一遍，直到我用羊毛衫盖住胸口为止。我感觉自己像一只被摆在展场的猫咪。律师将手伸向前额，把汗水和浸湿的刘海拨开。

我凑上前。

“你来这里，就只是要告诉我这个？*说事实就好*。这是你的策略吗？”

布隆堡缩了一下。

“你说什么？”

“你可是人家口中的明星律师啊，”我说，“之前你不是打赢过一堆官司吗？难道你当时也没有更好的策略？”

布隆堡两手一摊。

“有什么问题吗？”

我已成功唤起他内心的不确定感。某位哲学家说过：知识就是力量。的确如此，别人的无知，能够强化你的权力。

“你想想看，要是这件事真是我干的呢？”我说。

布隆堡脸色大变。他大踏步走进房间时，是个皮肤晒成古铜色的老大哥，现在他则像极了一个闷闷不乐的小鬼头。

我想起老爸的座右铭：撒谎，是一门鲜有人能够掌握的艺术。布隆堡是否也有这种想法呢？

“你为什么要做这种事情？”他问道。

当然咯，这是个好问题。

49

小熊带来的那本书，总共有三百一十七页。文本印得很密集，没有多少剩余空间。我急切、满心期待地翻阅着，读到全书第一段：*这是一个诡异、闷热的夏天。这一年夏天，他们将罗森堡夫妇*[1]*送上电椅，而我不知道自己在纽约做了什么。*

要是在半年前，我肯定会笑出来。如果有位老师拿来一本已经出版五十年、使用长句和我无法理解的典故的书，我会认定这只是个很难令人笑的笑话。就算这个老师人称小熊，留着酷似丁丁[2]的刘海，

[1] Julius Rosenberg 与 Ethel Rosenberg，1953 年成为仅有的于冷战期间因参加间谍活动而被判死刑并遭处死的美国公民。

[2] Tin tin，欧洲漫画《丁丁历险记》的主人公。

有着男孩乐团主唱般的面孔。

如今，大概也只有我还称他“小熊”。不过，管他呢。

我已经记不得自己最近一次读完一整本书是什么时候的事情了。我一直静不下心来。短短几分钟后，我就开始神游，完全忘记自己刚刚读了什么，必须从头再读一次。不过，这里的情况不一样。我需要某些能暂时“绑架”我思绪的东西。我对自己感到无比厌倦。

“你是怎么说服检察官接受这一点的？”

“其实非常困难。她必须知道这是哪一本书、阅读的目的、和课程目标的关联性，以及其他一切信息。不过，她最后还是让步了。”

“谢咯，小熊。”

他面露微笑，看起来心满意足。他不介意我称他“小熊”。当他一开始自我介绍，提到自己名叫毕昂时，我就问他，他是否有任何绰号。

“没有，我就叫毕昂[1]。”他说。

“就叫毕昂？”

我决心替他取个绰号。我喜欢绰号。我读小学一到三年级的时候，人们在知道我名字的意思以后，就常叫我“小星星”。不过，过了一阵子以后，这种称呼听来真是荒唐、可笑。我常用“米妮”称呼艾米娜，直到爸爸告诉我狄诺不喜欢这个绰号为止。这个男人对任何事情总是会有意见。他则把艾米娜称为自己的“比特犬”。

可是，小熊的外貌就真的很像小熊，他的双颊圆嘟嘟的，身形既柔软又可爱。我很好奇，要是我在不同的情境下遇到他，我是否还会这么想念他。假如我们待在别的地方的话，假如没有牢房里的恶臭味，以及正在将我头脑炸成无数小碎片的那些想法的话，要是我在初夏时节傍晚小广场上的露天咖啡座看到小熊，我想必根本不会理他。

[1] 毕昂（Björn）在瑞典语中意指“熊”。

现在，我非常接近他的身子。他完全不以为忤，更没有开口大喊性骚扰。

“这本书的主题是什么啊？”我一边问，一边审视封底的介绍文字。

“这是一本女性主义的经典著作。”

我扬了扬一边眉毛。

“给它一个机会嘛。我相信你会喜欢它的。”

我从贩卖推车买了一大瓶可乐以及两块代姆牛奶巧克力。一名新的保安将我锁进囚室，她想必属于那种来来去去的临时雇员。就在我不情愿地回到恶臭弥漫、只有九平方米的囚室时，她不胜惊恐地望着我。这名新到的保安呆站在门口，我察觉到，她的眼神就像一条惊恐的毛毛虫，在我身上绕来绕去。

“干吗？”我说。

她的头缩了回去，双眼睁得老大。

她看起来就只是个稀松平常的女孩。是那种以优秀成绩从社会科学专业毕业的人。是那种会在耐丽时装[1]和威罗时尚[2]买衣服，因为霍康·贺思壮[3]无所不知就喜欢他歌词的人。如果不在这样的生活情境里，我肯定能跟她成为朋友。

“没事，”她一边说，一边用一只手遮住自己的脸，“没事。”

她摇晃着钥匙，看起来压力很大。门锁扣上时，我躺到床上，伸展身体，鼻尖轻触书本，嘴里塞满代姆牛奶巧克力与可乐。我总算可以暂时摆脱自己了。这本书在我的意识层里开启了一个全新的世界，

---

[1] Nelly，瑞典知名的女装购物网站。

[2] Vero Moda，1987 年于丹麦成立，并于 1989 年进入瑞典市场的女装品牌。

[3] Håkan Hellström（1974—），瑞典歌手与音乐家。

我一头栽进这个全新世界里。我永远不想再出来，不想回到这间天杀的、该死的囚室。

当我阅读时，我甚至感受不到那股恶臭味。

隔天早晨，小熊回来了。

“我看完了。我是不是应该写书评啊？”

我将书扔在床上。小熊的表情，似乎觉得那本书砸中了他的脚趾。

“什么？你已经看完啦？”

我耸了耸肩。

“书中写了些什么？你喜欢吗？”

“非常忧郁。”

“是这样没错。”

小熊脸上满是罪恶感。

我不知道自己为什么不实话实说。我很喜爱这本书，它让我既生气又难过，但我并不排斥气愤与难过的感觉。我需要情绪。要是小熊带来一本该死的，描写人生光明面、超级阳光的书，我将永远不会原谅他。

“嗯，我是不是应该写书评啊？”

小熊笑了起来，他的笑声很像骆驼叫。

“写书评？你觉得瑞典语课程的内容是这样的吗？”

我不是很懂他的意思。写书评有错吗？

“你能不能多弄几本书来？”我问道，“假如我要及格，只看一本书应该是不够的吧？”

他露出大大的微笑。当他不再像骆驼叫那样咧嘴大笑，转而露出这种微笑时，他简直是所有丈母娘梦寐以求的女婿。如果他再年轻个十岁左右，我妈妈肯定会爱死他的。

“当然，我会多弄几本书给你。”

“很好。”

他在书桌前坐定，把文件夹放在桌面上，拉开自己铅笔袋的拉链。那只笔袋上画着彩虹颜色的不同动物，很没有男性气息。

他散发的气味相当悦人。不是那种浓烈的男性气息，甚至不是香水味。我甚至不觉得那是肥皂的味道。这也许是他衣服所散发出的微弱的织物柔软剂的气味，他散发的味道，是属于人的味道。

我泪如雨下。我无法解释这是为什么。也许，某个想法刚好触及烈焰般燃烧的情绪，我用双手用力掩住自己灼热、刺痛的面孔。我想到书中的艾斯纳，想到精神病院。

“你还好吗？”小熊用轻柔的声音问道。

我无法回答。不管我说些什么，我的话听来都将会荒谬无比、不可理喻、非常自我。我的人生已经毁了。克里斯死了，我把一切都搞砸了。我怎能再度正视爸爸和妈妈呢？现在已经没有解决方案了，只剩下逃避一条路可走。

“现在，请你离开。”我对小熊说。

我只配与黑暗为伍。

50

我和艾米娜总是听别人说：你们是个很不搭的组合。她是如此冷酷、内向、有条不紊，而我总是出风头、高声说话，总是会找到某些愚蠢的规定，并且违反这些规定。

不过，在这些表面特质之下，我们非常相像。我总能在艾米娜身上发现自己的身影。就内在而言，我们同是血肉之躯。我们只是选择向外界展现不同的特质而已。事情就是这样。我们大家都有各自的秘密，那可是阴暗、绝少能让他人触及而且深不可测的秘密。你只要稍微挖深一点，就会发现：我们每个人身上都藏了一堆惊人、乱七八糟的事情。艾米娜也不例外。

我真的希望她当初一起参加坚信礼营队。我认真地相信：如果她来参加，情况会很不一样。不只是营队的结果会不一样，一切都会截然不同。

这就叫蝴蝶效应。只要一只蝴蝶轻轻振翅，就会导致巨大的后果，影响所发生的一切。

但是，艾米娜甚至不敢问自己的父母能不能让她参加。她老妈肯定不会有意见。但她老爸是伊斯兰教徒。不过，这并不是重点，艾米娜其实根本不想问，她能否一起参加坚信礼营队。

艾米娜肯定会制止我。要是她当初来参加那个在小湖边举办的营队活动，她将会告诉我：那是个馊主意。她能唤醒我的理智，展现出大姐的风范，说服我留在房间里，和其他参加坚信礼营队的团员玩纸牌游戏。

要是艾米娜在场，我当初绝不会跟着罗宾走。

也许我现在就不会待在这里。

蝴蝶效应。

七年级升八年级的那个暑假，我们到位于丹麦的某个小镇参加手球杯赛。我们一如往常夺得金牌，我荣获得分王。夜里，我们睡在一间教室里的充气床垫上，空间里弥漫浓重的汗味，鼾声四起。其中两天晚上，杯赛的主办单位将操场上的一座帐篷作为舞池使用，供参赛球员交流。

从第一天起，我和艾米娜就被一群克罗地亚男生跟踪，他们比我们大几岁，有着诱人的棕色眼睛、让人口水直流的胸肌和上臂。一开始，我们努力摆出高傲的姿态，忽视他们，激怒他们。最主要的原因是，我们就是被期待要这样做，所有女生总是被期待要这样做。但是，在最后一场小组赛中，他们坐在看台上，每当我或艾米娜持球，他们就欢快地狂吹口哨。那天晚上，我们就跟着这群克罗地亚人离开舞池。我们在下方的沙滩上围坐成一个圆圈，海鸥在树冠上盘旋，波浪冲击着沙滩，留下一阵阵白色的泡沫。那群男生互传着一根香烟，直到我拿到那根香烟，我才意识到，那可不是普通的香烟。

“劲儿不大啦。”卢卡说。

他那对绿色的猫眼在黑暗中闪动。第一眼见到他时，我就相当饥渴了。不过，艾米娜看上的是克罗地亚队的守门员。

我吸了几口。我咳嗽着，笑了起来，我周围的说话声变得迟缓、松软。不过，除此之外，并没有多大的变化。

那根烟传到艾米娜手上时，她开始抗拒。

“她不想抽。”我说。

卢卡和其他人面露不解之色，望着我。

“你们得尊重她的意志。”我一边说，一边趋身向前，接过那根烟。

一个小时以后，我仰躺在一处偏僻、隐蔽的洼地上，卢卡亲吻我的脖子，留下无数吸吮的咬痕。

一个暑假，现在，当我回想起过去时，这一切感觉就像永恒。可是，那其实就只是某一年的夏天而已。我们的人生持续展开，全世界仿佛随之开启。

对当时十四岁的我来说，一切都像是冒险。在我自己的眼中，我跟大人没有两样，完全不需要父母插手管事。我越来越难控制自己的情绪爆发，每天都过得像战争一样紧绷。

妈妈主要选择了逃避。她躲起来，加班工作，闹头痛。而爸爸就不一样了，当我没有准时回家时，他会在大半个城市里追着我跑。我察觉到，他翻遍我所有的口袋，每天晚上，他就像个该死的保安一样，站在玄关。

“对着我呼吸。”他一边说，一边趋身向前，这样一来，我才能对着他的面孔呼吸。

“再一次。”

他像一条狗一样嗅闻着空气，然后狐疑地瞪着我。

“你没抽烟吧？嗯？”

有趣的是，假如你在我爸的鼻子正下方点上一根，想必他分辨不出这种气味。

当然，他的忧心并非空穴来风。我在丹麦之行后已经尝到其中的滋味。不久之后，我每天都会来上一根。它将所有思绪抹去，让我无忧无虑、逍遥又轻松。

很讽刺的是，最让我感到紧张的对象，还是妈妈。

“请你保证，别告诉我妈。”我一边说，一边紧抱着艾米娜。

“我发誓。”

艾米娜和我妈之间始终存在某种特殊的关系，那年夏天，她们仿佛更加亲近了。我回到家时，常能看见她俩坐在院子里，针对某件她们始终没能真正向我说明的事笑得停不下来。也正因为如此，她们的笑声听来更加好笑。

我认识了一票来自兰斯克罗那[1]的男生，他们弄来了酒精和烟草。他们请我抽烟、喝酒，而我感觉越来越快活。某天晚上，我从

[1] Landskrona，位于瑞典南部斯科讷省的城市，是一天然良港。

家里溜出来，登上韦恩岛[1]，在野外席地而睡。我在一处多刺的树丛里失去童贞，我和一个名叫马凯的丹麦男生谈恋爱，但只维持了两个星期。

只要我一将烟吸入肺部，我周围的一切仿佛就开始舞动，露出微笑。

“你养成了这种习惯，我不喜欢这样。”艾米娜说。

“我没有养成习惯啊，”我回答道，“就只是好玩而已。反正现在是暑假嘛。”

艾米娜完全避免正面接触那群来自兰斯克罗那的男生，所以，我们在某一段时间里，可以说是与彼此擦肩而过。尽管如此，我从未质疑过我们的友谊。艾米娜始终对我不离不弃。

暑假最后一周的某天晚上，她在我们家屋外等着我。

“你爸爸在练球后来找我。”

“什么？怎么搞的？”

我打了个哆嗦，拉紧夹克，盖住身子。手球队又开始集训了，但我缺席了最初的几次练球时间。我提不起兴致。

“他做了什么？”

艾米娜的眼中泛着泪光。

“他强逼我，想要知道一堆事情——你都跟谁在一块儿，你有没有交男朋友，你们有没有性交。”

“性交？”我真不敢相信自己的耳朵，“他问，我有没有跟人性交？”

艾米娜点点头。

“问你有没有喝酒、抽烟之类的。”

“他脑袋有病。我老实说，这样很不健康。”

---

[1] Ven，位于瑞典与丹麦之间海峡的小岛，距离斯科讷省西岸约 4 千米。

艾米娜间歇地摇晃着身体，将发丝从双颊上拨开。她很害怕。就算艾米娜没抽烟、没喝酒，甚至没有做其他乱七八糟的事情，我爸爸还是威胁她，要跟狄诺打小报告。她几乎就没见过那票男生。她宁可窝在家里看电视，打打手球或篮球，跟同班那些男生一起玩。她每次去兰斯克罗那，都只是因为我。

我爸爸这样欺负她，真是不公平。

几天后，我们在车站外相遇。艾米娜一脸疲倦，而且没有化妆。她看起来就像一具尸体。

“对不起，对不起，对不起。”她说。

我抓住她的手臂，将她拉上空荡荡的月台。我将覆在她脸上的头发拨开，拍打她的双颊。

“发生了什么事？跟我说。”

她断断续续地呼吸着。

“你爸。”她静静地说，“我说了，我是被逼的。”

“你说了什么？”

她把头一缩，开始哭起来。我在绝望之中忍无可忍，狠狠揍了她的肩膀一下。

“你对我爸说了什么？”

她语不成句地说：

“我是被逼的……他死死……抓住……我的……手臂……”

“杀千刀的！”我说，“你对他说了什么？”

她绝望地搔着头皮。

“药，”她哭着说，“药的事，我说了。”

我瞪着她。我永远的、最要好的朋友，我们的灵魂是相通的，世界上唯一真正懂我的人。

这样的背叛是无法承受的重，太不可理喻了。

“你怎么能……这样！”

艾米娜揉着双眼。

我瞪着她，同时握紧了拳头。我的肌肉绷紧，然后狠狠出拳。我无法克制自己。我握紧的拳头划破空气，而我几乎能够站在一段距离之外观看这一切——就像在看电影一样。

艾米娜一点机会都没有。我的指关节正中她的颊骨，她的颧骨碎裂，这是一种无与伦比的感觉。比药物还要有效。这是我从来不曾体验的感觉。

51

保安们并没有敲门，钥匙在锁孔里转动。下一秒钟，他们就站在我房里。

来的人是留着山羊胡的吉米和那个刚开始上班的女生。那天，她就站在贩卖部的手推车旁边，死盯着我。他们是来收拾我的餐盘的。

“今天的饭菜不好吃吗？”吉米说着，露出微笑。

我的餐盘上留着一大堆褐色的豆子。我并不挑食，我把大部分的食物都吃了。但是，那些褐色豆子是无法下咽的。

“手推车今天晚上会过来吧？”我说。

吉米仍然面露微笑。他在各处走动的时候，脸上似乎总是挂着这副微笑。这可完全不是什么友善的微笑。那是一种自我感觉良好的微笑，他认为自己太优秀了，因此而微笑。

“到时再说吧。我们很容易就忘记要替大家开锁。爱莎，你说对不对？”

那个新上工的女孩没有答话。她几乎没有抬头，想必是要避免陷入窘境。

“爱莎，你听到他的话啦，”我用异常清晰的声音说，“你是我的证人。要是我今晚不能买东西的话……”

我说漏嘴了。这可不值得，对付像吉米这种人，你一点胜算也没有。

“你不会是在开玩笑吧，啊？”他说着，咧嘴大笑。

他把我的餐盘交给爱莎，脸上的微笑消逝无踪，转而以恶心、不屑的眼神看着我。

“你在他胸口连捅了好几刀？真的吗？”

我正在和自己奋战。我完全知道他想搞什么，我也不准备让他得手。

吉米转向爱莎。

“这个小妞是泯灭人性的杀人犯，你能想象吗？”

爱莎用恳求似的眼神望着他，她仿佛只想离开这里，离开这股恶臭味，回到那个一切都充满粉红色调、正常又可爱的世界。

但是吉米并不善罢甘休。

“你不相信，对不对？”他说，“爱莎，对不对？”

爱莎盯着自己的双脚。

“你光看一个人，怎能断定他或她杀过人呢？”

我很赞赏她的勇气。

“他或她？我们可不是在讲某只该死的老母鸡呀！”吉米说着，笑得停不下来，“你听着，爱莎。当我刚开始在这里工作的时候，我也很天真。你会学到这一点的。在这里待了五年以后，我已经体认到这根本是胡说八道。完全相反，你从外表其实就能看出哪些人是垃圾。绝大多数的杀人犯，长相其实就如同我们想象的一样：黑黝黝的无赖汉、脏得要死的吉卜赛乞丐。他们很少让你感到惊讶。”

爱莎睁大双眼。她看来很想从自己的表皮下钻出来。

“你现在给我闭嘴！”我对吉米说。

我就是无法保持沉默。这一直是我的问题。人们时不时告诉我：要忍耐，退让一步，你不必把自己心里所想的全说出来。那些心理医生把这一点称为“缺乏控制冲动的能力”。我在一次测试中，得到最不理想的测验结果。我是那种一有机会就狂吃果汁软糖的少女。

“小婊子，你毛长齐了吗？”

吉米揪着山羊胡须，直接对着我的脸吹气。

“你放轻松点吧。”爱莎在他背后说。

不过吉米可不想“放轻松点”。

他站在我面前约半米处，眼神中燃烧着恨意。

“你这个肮脏龌龊、杀人的小婊子，说话前小心点！”

他不知道，我没有控制冲动的能力。他当时要是知道这一点，就不会这么做。

“这样已经够了。”爱莎成熟地说。我甚至觉得，她从后方拉住他的手臂，“这样已经超越界线了。”

我真喜欢她。

“超越界限？”吉米猛然一扑，爱莎跳起来，“什么该死的界限？”

“你不能这样对待……”

“你在说什么浑话？你竟然替这个杀人的小婊子辩护？”

他对她挥舞手臂。

“你现在先冷静点。”爱莎说。

“要我冷静点？你最好先想清楚，你是不是来错地方了。”

我真为她感到不值，很明显，她和这个地方格格不入。她来自那个凡事讲求恰到好处、所有的故事都有个完美结局的世界，她应该继续在那里生活才对。

“这里是非黑即白的，”吉米说，“你要么跟我们同一国，要么跟他们同一国。”

然后，他缓缓地转过身，面向我。

他不应该这么蠢的。他应该要更了解当时情况的。他不是菜鸟，而我又不是这里唯一无法控制冲动的人。

我已经瞄准了好一会儿，准备来个一击毙命。就在他转身的同时，我在他胯部重重踢了一脚。

他喘息着，痛到弯下腰来。

我和爱莎四目相对，同时，吉米倒在我俩中间的地板上，痛苦地扭曲着身体。就算我已经表明自己打算不做抵抗、束手就擒，她还是用某种类似柔道的招式将我撂倒在地。我的脸颊紧贴着肮脏的地板，她的膝盖抵住我的后背。

这或许称得上是姐妹之情吧。但是，一个精明的女生，是永远不会对自己的能力妥协的。

另外两名同事，很快就赶来支援爱莎。短短几秒的讨论以后，他们决定将我移送到禁闭室。

他们将我拖出囚室。在通往电梯的路上，我放弃一切抵抗。抵抗已经毫无意义。

禁闭室真正的目的，其实在于保护受刑人免于受到其他受刑人的攻击。它又小又暗，地板上只摆着一张床垫。他们会通过门上的一个小窗口监视你的一举一动。

我只能整夜躺在那里了。不管我怎么猛敲墙壁、喊破嗓子、威胁要报案，都无济于事了。

我彻夜未眠。隔天早上，他们打开门，要将我送回原先的囚室。

“欢迎回家。”保安转开我囚室的门锁，说道。

恶臭味猛烈攻击我的大脑。

我直接倒在床上，一觉睡到午餐时间。

52

对于动手殴打艾米娜，我至今仍然没有原谅自己。事发已经五年，每星期，我仍多次被关于这件事的记忆困扰。如果你动手打了自己最要好的朋友，你还算是个人吗?

这件事发生后的下一秒钟，我就断线了。我像个发狂的疯子般到处乱跑，高声尖叫，猛挥着双臂。我难以承受自己所做的事。我只想把最近这几分钟的事删除，像个正常人一样，重新处理事情。

最悲惨的是我甚至乐在其中。当我的指关节命中她脸颊时，那是一种粉碎一切的快感。

艾米娜坐在一旁的板凳上，双手掩面。我拨开她的双臂，审视着那只半闭着的眼睛，以及脸颊上那个紫红色、开始浮肿的伤口。

“对不起！亲爱的，对不起！”

这是永远无法弥补的，在这件事以后，一切再也无法“一如往常”了。我把这一切全毁了。我人生中唯一能倚靠的支柱，唯一无条件关怀我、真正对我有意义的关系，就这样被我毁了。

我跪在地上，握着她的双手。路过的人瞪着我们看。几个人停下脚步，询问我们是否还好。

一点都不好。去他的，这一切真是糟透、烂透了。

“没事，”她说，“我活该。”

“胡说八道，这一切全是我爸的错！”

“我本不该告诉他的。你能原谅我吗？”

“你别闹了！该道歉的人不是你！”

不管她说什么，都已经无济于事了。我理解到：这种事情是不能被原谅的。你嘴上可以表示原谅，但在内心最深处，你永远不会忘记这种事的。

我们紧贴着彼此的额头，放声痛哭。

那一年的冬天，我比往常更需要艾米娜。妈妈的精神状态跌到谷底，大半时间都窝在自己的书房里。有时候，她仿佛更喜欢和艾米娜说话，而不愿和我沟通。我深切地感受到：她非常想用我来换艾米娜。我只意味着接二连三的失望与挫折，而我觉得，妈妈在精明能干、永不犯错的小女孩艾米娜身上，看见了自己的许多特质。

同时，我爸的偏执狂倾向越发严重。他翻遍我的所有口袋、我的提包甚至房间。他向手机公司调阅通话记录，想确定我跟谁打电话。他查遍电脑的使用与浏览记录，同时要求取得我所有的密码。

这是为了我好。听起来很简单。他对我关怀备至。

爸爸曾在监狱担任过多年的牧师职务，他很爱提这一点。他知道精神药物会造成哪些后果，他见过其中大部分的后果。

我很快就发展出不同策略，以便满足我爸的需求，同时继续在某种程度上过着不受限制的生活。我的确收敛了很多，不过，还有很多事情可以做，和男生接吻，通宵达旦参加派对。我让老爸检查我的衣服，感受我的鼻息，查看我双眼的瞳孔，让他相信：他对我的所有行为了若指掌。当你给人坦诚、率真的印象时，要隐瞒某些事情就会变得容易许多。

当大家开始谈论坚信礼营队时，我便竖起耳朵聆听。去年营队活动结束以后，流传着许多诱人的传言：酒精、香烟——一堆罪孽深重的活动。而且更重要也更令人垂涎的是：所有消息来源都异口同声地指出，一个名叫罗宾的营队领队，是你所能想象的最性感的男人。

对坚信礼当中属于基督教的元素，我完全不予理会。当然，我并不相信上帝，不过，其他准备参加营队的青少年也都不相信上帝。只要有礼物可拿，还能在营队里爽爽地过上一星期，大多数人根本就不在乎。也许，某种超自然的力量确实是存在的，但在青少年的日常生活中，这一点差不多只和火星上是否存在生命一样重要。在学校里，班上同学讨论信仰问题的次数寥寥无几。在那些场合，我都是唯一主动表态的人。当然，我对教会和宗教的敌视态度主要还是跟我爸有关。

我完全知道自己该怎么提出说辞。假如我爸见到一丝希望，我可能会重拾对《圣经》的兴趣，他就有可能被说服。

“你觉得呢？”他在晚餐桌前问我妈。当时距离报名期限只剩短短数天，“我们就让她参加吧？”

我妈答话时，眼神空洞。

“不知道。也许吧。”

这是她最近半年来的标准答案。她夜里睡得很糟，食量像个零号模特一样少，总像个僵尸一样在屋里走来走去。我多少感觉到，我对她的这种冷漠态度是有一些责任的。因此，我难以应付这种冷漠。我非但没有夹着尾巴往前冲，试图接近我妈，反而还继续疏远她。就算我的行为启动了我妈的堕落，我还是指称她有义务解决这种局面。

“我是你生的。我从来没有要求属于这个家庭。”

很幼稚吗？当然幼稚。不过，我只是个少女啊。

当我爸提到我妈变得憔悴、走投无路、真是应该请病假的时候，我提出反对。

“她总是在工作，当然容易累嘛。”

我妈手上的叉子掉在地板上，她拖了很久才将它捡起来。我爸咬紧下唇。

“她说她会减少工作量，可是，她每天夜里都窝在书房工作。你没搞懂吗？”

我爸一言不发。这也许是一种策略，让我来说这种话，总是比较好。

不管怎样，他们很快就决定让我参加坚信礼营队。我爸和我妈宣称，他们达成了共识，我马上就开始规划。

我们用各种形式与手段夹带酒精和烟草。要是你刚满十五岁，你就不能太挑剔。有人从他老爸的酒柜里偷来威士忌与利口酒，倒在本来装洗发精的瓶子里。另一人从自己外祖母的地窖里偷了半瓶高酒精浓度的香料酒。几个女生成功唆使一个无家可归的酒鬼买光一小瓶酒精浓度为百分之三十七点五的伏特加。香烟被藏在我们的提包里，被银箔纸包住，装在塑胶罐或小铁盒里。

我仍然记得巴士从停车场上驶出的那一刻，我胸口所感受到的自由。

营队活动的最初几天一晃而过。我们还没时间想到那些藏在背包底层的瓶罐。一天深夜，我和几个男生溜进森林，一连抽了三根香烟，直到我开始咳嗽，差点呕吐为止。有些人甚至在第一天晚上就做爱了，他们躲在我们卧室的毯子下，亲热着，爱抚着。

我们每天都在一个湖边泡澡。某天上午，罗宾就站在湖边，水深及膝，他眯眼望着更远处的湖水良久。日光照在他湿淋淋的胸膛上。

其他女生咯咯笑着，奔向沙滩边缘。湖水仍然太冷，你最多只能在水里待上一刻钟。

我则涉水而行，经过罗宾身旁，直视他的眼睛，露出微笑。当我缓缓走上沙滩时，我很清楚：他继续注视着我的背影。我慢条斯理地弯下腰来，捡起自己的浴巾。

其中两名领队站在偏上方的草地上，微笑着。我甩了甩湿淋淋的头发，用浴巾盖住身体，然后轻手轻脚地走向营地。

当我看到我爸时，当然，我应该要感到惊讶才对。但是，我只感到痛苦与悲伤。

他若无其事地站在那里，有点迟疑地对着我微笑。连这么一点小事，他都不让我享受一下。连这样都不行。

我告诉他："下地狱去。"然后，我一路直奔宿舍。

那一刻，我做了决定。

我爸算是自证预言？如果他等待着混乱发生，我就带给他混乱。

53

"你今天好吗？"小熊谨慎地问道。

我没搭话。

他将一本新书放在桌面上。

"这一本不像《瓶中美人》那么忧郁。"

我读着封底的文字，饶有兴致地翻了翻。

"我在你这个年纪的时候，很爱这本书。"小熊说。

这本书讲的是十七岁、认为绝大多数人都是白痴的霍尔顿。和瑞典文书名相比，我更喜欢英文书名：*The Catcher in the Rye*（《麦田里的守望者》）。

"昨天发生了什么事？"小熊说。

他显然已经听说我昨晚被关在禁闭室里。

"没事。"

我不想谈这件事。老实说，我不认为小熊真正了解这里的工作模式是怎么回事。我不是说他是笨蛋，他甚至也不天真。我只是认为如果你非常努力地视而不见，你就能继续否认事实，继续过日子。小熊有他自己的想法。他知道自己想要什么，对于其他一切违背他的理解的事物，他会选择迅速背对或视而不见。你在这里等候庭审，享受你的权益，生活有人照料。在小熊的世界里，霸凌、滥权和殴打，都只是看电影时才会出现的情节。

“也许你该跟西琳谈谈这件事？”他说。

我承受不了。

“你在这里是教瑞典语的。其他的一切事情，你都不应该多管！”

小熊的表情，活像一只在地板上尿尿的小狗。

“我需要针对这本书写书评吗？”我问道，同时挥了挥那本新书。

他用手臂挡住脸，仿佛我准备把书朝他扔去。

“好的，好的，你可以写书评。”

“谢谢。”

隔天早上我醒来时，那本书就搁在枕头上。夜里模糊的影像，仍呈现在我的眼前，我难以区分哪些是我在书中读到的情景，哪些又属于梦境。我的感受和在老师家里沙发上醒来的霍尔顿非常类似，当时那个老头就坐在他身旁，抚摩着他的头发。我在水槽前方站了许久，用冷水冲着脸。

早餐送来时，感觉真是好极了。保安们看起来都很开心，而且非常难得的是，这次的咖啡喝起来不像是山羊尿。

我一边吃一边翻着书。正当我努力回想自己在睡着以前读到哪里时，我背后的门再度开启。

那是一名比较年长的保安，一位看起来比较适合在幼儿园工作的女士。她探头进来，相当清醒，脸上挂着调皮的微笑。

“史黛拉，你的律师来了。”

“让他先等一下。我在喝咖啡。”

她困惑地打量着我，没多说什么。最后我站起身来，重重地叹了一口气，将三明治对折并塞进嘴里，随后饮尽最后几滴咖啡。

我拖着脚步，被保安们包围住，走向迈克·布隆堡等候的房间。

“有好消息要告诉你，”他说着，握了握我的手，“检察官已经同意让你的父母来探视。”

我抽搐了一下。

“同意探视？什么意思，是谁申请的？”

布隆堡面露微笑，指着自己的胸口。

“是本人申请的。”

“可是……”

不安的情绪宛如一条蛇，在我的胃里扭动，妈妈和爸爸。

“谢谢你，但我不需要这个。”我说。

布隆堡担忧地凑上前，他的面孔变得模糊起来。我感到一阵眩晕。

“你这是什么意思？”

我深吸一口气，闭上双眼。

“我承受不了。”我一边说，一边感受到夺眶而出的泪水，“我不想见他们。”

54

我知道我爸对罗宾非常赞赏，我曾多次听到我爸对他的夸奖。

要想把罗宾骗进森林里，并非难事。当我得手以后，他将无法抗拒我的诱惑。然后，那群男生就会偷偷跟过来，将我们当场逮个正着。之后，全世界会大乱。

我老爸肯定会气疯的。我知道他还待在这里，他的车还停在食堂外。

我计划的第一部分进行得相当顺利。然而，当我将罗宾引进树丛，离开营队其他所有人的视线时，我开始动摇。当罗宾举起手臂，准备触碰我的时候，他用一种和过去有所不同的眼神盯着我。他的眼神散发出某种关爱，他仿佛真的喜欢我。

“我们不能做这种事。”他耳语着，用敏感的指尖触碰我。

他是对的，我正在毁掉他的一切。他会再也当不成营队领队，也许永远无法在瑞典信义会任职。而且情况还有可能更糟。

我想报复的对象是我爸，不是罗宾。

“再过几年，”我一边说，一边缓缓地挪开他的手，“再过两年又十一个月，我就满十八岁了。”

他露出微笑。

“你能等这么久吗？”我问道。

在那群男生偷偷溜进树丛以前，我们还有几分钟。我望着罗宾充满渴望的双唇。我多么想亲吻他。一次就好。这又有什么关系呢？

“你爸爸，”他说着，扭了扭头，“亚当是你爸爸。”

“怎么了？你怕我爸吗？”

“怕？”他笑了，“有谁会害怕亚当呢？”

“所以呢？有什么问题吗？”

“没事。我只是想，你们真的很不一样。”

他捉住我的手，引着我走向树丛的深处。

“跟我来。”

他的牙齿在暮色中闪闪发亮。

他想带我看看某个东西。某个放在他领队宿舍房间里的东西。我指出，我们作为坚信礼营队的队员，是严禁闯入属于领队的空间的。他听到这番话，笑了起来。

“没有人知道的事情，就不会伤害任何人。”

无知就是力量。

“那我爸呢？”我说道，紧张地环顾四周。

罗宾没听到我的话。

“进来吧。”他一边说，一边转开门锁。

领队宿舍里总共有四个房间。玄关相当狭窄，墙上挂着一面镜子，还有四道门。罗宾住在最深处、位于左侧的房间。

他走到窗前，拉上窗帘。

“请坐。”他说着，指了指床铺。

房间里相当凌乱：地板上、床上和小桌上，到处堆着衣服和各种杂物。罗宾半开的提包，就摆在床边。我坐到床上，好奇地低头望着那些衣裤、防臭剂和无袖内衣。

“马上就来。”他说着，同时再次闪进玄关。

我坐在床上，感觉自己心脏的跳动。我很快就听见罗宾冲马桶的声音。

我不是笨蛋。的确，我才十五岁，不过，我对情况一清二楚。在房间里，罗宾并没有什么要让我看的东西。我本来可以直接起身，逃离那里。我想过这么做，但是，我还是留在那里。我想保住紧张、悬疑的氛围。

现在，那群男生也不能当场把我们逮个正着或是趁机捣乱。最糟糕的剧情是：他们开始找寻我们，然后……

我发了一条短信。

停！我后悔了。

我收到的答复，是一根大拇指的图案。

下一秒钟，罗宾就破门而入。他脸上的表情变了，显得坚决、毫不迟疑。当他将我一把拥入怀中时，他的上唇抽搐着。我们的嘴唇相触，他的舌头伸进我的嘴里，我们舌吻着。

我陶醉其中。

他压向我，这让我感到兴奋、刺激。我希望他继续。

过了一秒钟，他将我掀翻在床上。我仰躺在床上，他将全身的重量压在我身上，用双唇盖住我的嘴，将舌头一直伸进我的咽喉。

美妙的感觉已经消失了，我无法呼吸。

我被他压在下面，像一条挣扎的鱼，尝试尖叫。难道他没有察觉到，他把我弄痛了吗？

我无法呼吸，但罗宾只顾一路挺进。所有的关怀、爱情，都已经不见踪影。他的动作充满力量，展示权力与精力。我就是一头被他制服的猎物。

最后我了解到：我的抵抗毫无意义。我唯一能做的就是闭上双眼，等着丑恶的那一幕消失，希望这一切很快就结束。

罗宾拽下我的内裤，我的臀部赤裸。然后，他将我的双腿分开。我身体内部的某个东西仿佛裂开了。

我被他牢牢掌握，完全无能为力。

突然间，一切都停止了。

当时我甚至不知道：自己是活着，或是已经死了。

罗宾站起身来，猛跺着脚。

“那里有人！”他嘶吼着，长裤才褪到膝盖。

我一再地将气体吸入肺部，最后，我总算能再度自由地呼吸了。

“是亚当！”

罗宾惊慌地望着窗户，到处乱跑，寻找自己的上衣。他拉住我的双臂，企图将我从床铺上拽起。

“是你老爸！”

我合上双眼，呼吸着。

爸爸。

仁慈的上帝啊，感谢你。

爸爸。

55

我非常想念妈妈和爸爸，但是，我不知道自己该如何再次正眼看他们。我想念艾米娜。我好思念光线。

在这里关久了，是会闷出病的。回忆始终不放过我，而我走投无路。

夜半时分，我梦见自己快死了，正在溺毙。我猛然惊醒。

我在床上翻来覆去，我对着墙壁猛敲猛打，企图将门把拽开。我用力猛踢门板，直到脚拇指麻痹，失去知觉为止。我的尖叫声将自己的鼓膜震碎。

最后，保安吉米将门打开。他们一共来了四个人，直接冲进房间。我甚至来不及多想。他们扑上前将我撂倒。

吉米粗糙的手将我的脸压在地板上。我的尖叫声被他散发出恶臭、像爬虫般的皮肤掩盖。

关于强奸的记忆就像刀刃一样锋利，那些情景，就像玻璃一般清晰。我将难以完全走出那张位于领队宿舍的床铺，我将会不住地喘息。

他们将我的双手反绑在背后，并把我抬起。我试图尖叫，但嘴巴已经被堵了起来。

四名强壮的男子将我扛出房间。我奋力挣脱，他们不得不在走廊上放下我。我“咚”的一声被摔在地板上。其中一人在我脸上揍了一拳。我不知道这是不是故意的。

他们花了一刻钟才将我拖到电梯前。到了下方的禁闭室，另几名保安前来支援他们，将我抬上附有绑带的床位。他们用带子牢牢绑住我的手脚。我仰躺着，哭泣着，颤抖着。我回到了坚信礼营队的领队宿舍。我被罗宾的喘气与鼻息所淹没。泪水与汗水混在一起。另一个人对我的身体握有生杀大权，真是不可理喻、恶心至极。另一个人强行进入我身体的最深处，剥夺了我的尊严以及过去被我视为理所当然的自我决定的权利。

那些宣称自己永远不会考虑报复，坚定表示血腥、暴力的复仇行为永远不具正当性的人，绝对都没被强奸过。就连《圣经》里都写道：以眼还眼、以牙还牙。直到耶稣把这一切全都搞砸，教导世人：有人打你的右脸，连左脸也转过来让他打。

56

两天后，那位新上工的女孩——爱莎，负责带我去见心理医生。

爱莎身上散发出香草味。她脑海里似乎有一堆问题。不过，她相当尽忠职守而没有说些什么。

“史黛拉。”

西琳用手势示意，要我坐下。

那双酷似小鹿斑比的小眼睛，充满怜悯和信任。我试着讨厌西琳，但这实在太困难了。她是那种任凭谁都很难不喜欢的人。我就很乐于讨厌这种人。

“你这星期过得怎么样啊？”

“就像特内里费岛[1]的全包式假期。”

她压制住自己的笑意。

“我想过一件事情。你说过，你之前多次见过心理医生。你不喜欢的，是什么事情？”

我知道：她企图诱骗我。这只是让我说话的一种方式。而我还是上钩了。

“你们对诊断简直如痴如醉。你们总喜欢把人们放到现成的模组里。我才不信这一套。”

“你知道吗？”西琳说，“我也不信。我保证不会给你下任何诊断。”

她听起来是真诚的。

“有段时间，我其实想当心理医生的。”我说着，“哼”了一声，“很荒谬吧？”

“一点都不会。”

我靠回椅背上，双手抱胸。

“你啊。”西琳说，“你总可以给我一个机会吧？我常常这么说，我们要给所有人一个机会。我觉得，这是一件相当好的事情。”

“就好比你想给我一个机会？”

她露出微笑。

“你不应该根据其他心理医生所做的事，就直接判断我。我不是他们，我就是我。”

“所以，你对我不会有先入为主的意见？即使你知道我为什么待在这里？”

西琳动摇了一下。她过于重视自己的真诚而不愿随意把话说出口。

---

[1] Tenerife，位于非洲外海、大西洋上的加那利群岛中的最大岛屿，为西班牙领土，西欧及北欧游客爱好的度假圣地。

“当然，每个人都有偏见，但我会努力，尽量使自己不受影响。这是我所能保证的。史黛拉，我对你感到好奇。我想认识你。”

“因为我是个杀人犯？”

“这我就不知道了。你现在还在等法院开庭。”

西琳可真是老奸巨猾。她通过某种方式，居然开启了一段对话。

“形形色色的人，在拘留所里来来去去。”她说，“有些人可能有罪，有些人可能无罪，还要考虑司法与道德上的意义。我在这里，可不是要审判的。”

“听到啦，听到啦。”

她的话真动听。不过，这也可能只是因为我非常不善于社交。

“史黛拉，你有兄弟姐妹吗？”

我变得狐疑起来。我们要聊童年？她想要展开某种形式的调查吗？

“你为什么问这个？”

“我们总得从某个地方开始啊，”她说，“如果我想要认识你的话。”

我双手仍然抱胸，而且抱得更紧了。

“我是独女。”

“我也是。”西琳说，“不过在心理学上，我们会说‘独生女’，而不是独女。有些研究显示，和其他人相比，独生子女是更优秀的领导者。通常，我们能功成名就，只要我们有心。这一点可以衍生出和双亲和谐相处以及随着年龄增长仍然让父母感动的意愿。”

我皱了皱鼻子。

“那我应该是证实这条规则的例外。”

“你这么觉得？”西琳说。

“嘿……功成名就？”我比了个意味深长的手势，两手一摊，“我这样没有很成功吧，嗯？”

我瞄了瞄西琳背后的时钟。时间才过了一刻钟。还剩四十五分钟。我得善加利用。每星期只能在高墙外度过这么一小时远离封闭和恶臭味。我可不能只是坐着，任由时间消逝。

“你怎么会成为心理医生的？”我问道。

西琳轻轻指指耳垂上的一颗银色扣子。

“因为我爸妈。”

“他们希望你成为心理医生？”

“不不不，完全相反。”她低下头，手指拂过发间，“他们希望我当医生。我的外祖父是医生，而我爸妈也都是医生。他们认定：人类基本上就只是生物学上的存在。他们不相信：人们可以通过谈论情感和其他抽象的事物治疗疾病。”

即使她的声音相当低落，双眼泛着泪光，她仍然面露微笑。

“所以，你因此成为心理医生？这算是一种反叛吗？”

“不完全是这样。要不是我害怕细菌，我铁定会当医生。作为独生女，我始终想要顺应父母的意思。”

“你害怕细菌？”

西琳点点头。

“我接受过认知行为疗法。”

“管用吗？”

她暧昧地一笑。

“你也许应该试试药物。”

隔天早上，小熊回来了。他带着警醒的眼神待在门边，爱莎站在原地和他谈了一会儿然后他才走进来，将自己的文件夹和那只可爱的铅笔袋放在小桌上。

“我小学低年级时用的笔袋跟这个一样。”我嘲讽地说。

他用老师般的严厉眼神瞪了我一眼。

“这是我女儿选的。”

这对他来说显然很敏感。

“你觉得这本书怎么样？”他问起《麦田里的守望者》。

“那你就看我的书评吧。”

小熊露出微笑。

“可是你说过，这一本没那么忧郁的。”

“这本很忧郁吗？我读这本书，已经是很多年前的事情了。我只记得，我很爱这本书。”

“他最后进了精神病院。”我说，“我有时候很纳闷：在这个超级病态的世界上，有没有别的结局。除了自杀和精神病院以外好像没有别的出路。”

小熊脸颊发红。

“事情不一定要变成这样。”他说，“人生也可以很单纯。你不用把它弄得那么困难。”

我盯着他。难道他是说，我该怪自己？艾斯纳·格林伍德[1]和霍尔顿·考尔菲尔德[2]当初假如做了其他人生选择，不要把该死的一切搞得那么复杂，他们的人生就会比较单纯，活得就会比较好？

“怎么了？”小熊问。

我摇摇头，不知该如何用言语来形容自己的恼怒。

“好吧。”他说，“现在我们开始写书评吧。”

我凝视着他。

“小熊，你觉得我这个人怎么样？”

他的双颊仍然泛着粉红色的光晕。现在，他的嘴唇颤抖着，仿佛身上某处感到疼痛。

---

[1] 西尔维娅·普拉斯的小说《瓶中美人》的主角。

[2] J.D. 塞林格的小说《麦田里的守望者》的主角。

“我不了解。”

“你就跟其他所有人一样。”我说，“你也觉得这是我的错。”

他将眼神别开。

我应该说出来的。试着说明过去到底发生了什么事。小熊永远不会理解，不过他也不应该批判。他必须倾听，同时尽力跳脱自己的道德观与预设观念。

“你想知道吗？”我问道。

他仍然没有望着我。

“小熊，你想知道发生了什么事吗？”

他沉重地呼吸着。

我给了他所需要的时间。最后他转身面向我，摇摇头。

“不，史黛拉，我不想知道。”

57

其实，我并不想到外面喝酒。作为工作日的星期五已经很漫长了。一想到要脱掉棉质软运动裤，用吹风机把头发吹干并理出发型，一想到还要化妆，我就感到有气无力。

“来嘛！”艾米娜说。她把一杯杯烈酒整齐地摆在书桌上：“我难得明天没比赛。”

她最想去“帖格奈斯”，不过对所有建议都持开放的态度。

“你知道你需要什么吗？”她递给我一小杯充满表面张力的烈酒，“一场艳遇。”

“噢，真的吗？我现在需要的男生，名叫班和杰利[1]。”

[1] Ben & Jerry's，生产冰淇淋的全球化企业。此处为双关语。

我犹豫地接过酒杯，将它在手中稍微转了转。

“干杯。”艾米娜说。我们将杯中物一饮而尽。

我是为了友情才跟去的，为了艾米娜和酒精。喝了两杯苹果酒以及好几小杯或多或少被强灌下的烈酒以后，我的脉搏加速，体内只感到一片暖热。平常我是不喝这么多酒的。艾米娜用 Sportify 播放我们的《像动物一样开派对》的曲目，最后我们还是跳上一辆出租车，前往“帖格奈斯”。

不断闪动的灯光，简直淹没了舞厅的地板。缤纷而斑斓的光线从四面八方朝我们涌来。贝斯演奏的和声散发出一波波震动，宛如当胸袭来的炮弹。我和艾米娜玩得非常尽兴，手提包全扔在地板上，双手伸向天花板。

我们以前初中几个同班的男生也到了舞厅。令人惊讶的是，他们非常有趣。就在我跟他们胡乱聊天的时候，艾米娜闪进吧台区。

“我得去弄杯水来。”她说。

过了好一阵子，那伙男生就到别处游荡。但是，她仍然没有回来。

我在酒吧里找到了她。

她踮脚站着。她总是希望自己能再增高个一厘米。她的双眼闪闪发亮，同时，她双唇间含着一根插入一杯柠檬绿饮料里的长长的吸管。她身旁站着一名身穿苏格兰佩斯利旋涡纹衬衫的男子。他聒噪不休，仿佛很怕房间里的氧气耗尽。

“哟，原来你躲在这里啊？”

艾米娜跳将起来。那名男子猛然安静下来，凝视着我，好像是我毁了他美好的夜晚。他是那种典型的帅哥，厚实的头发向后梳理着，有着浅蓝色的眸子。这时我也察觉到：他年纪不小了。至少比我们年长十岁。

“这位爷爷是谁啊？”我说着，同时审慎地打量着他。

艾米娜沉吟着。但是，身着佩斯利旋涡纹衬衫的男子轻松地笑了起来。

“喂，我有那么老吗？”

“一切都是相对的。阿尔·帕西诺[1]大概七十五岁。而亚伯拉罕活到大约一百七十五岁。”

“亚伯拉罕？”身穿佩斯利旋涡纹衬衫的男子一边说一边挥手将酒保招来。

“《圣经》里的人物。”我说，“他算是所有宗教的始祖。”

他点了一杯饮料，盯着我看。

“所以你是基督徒？”

“才不是呢。这些都是常识。”

他又笑了。他的牙齿直挺、洁白，看起来甚至有点不自然。

“对不起。”艾米娜说，“她不习惯喝酒。”

“一切全怪酒精咯。”我说。

“她也有优点。如果你跟她玩得够久、够深入的话。”

“那你几岁啊？”我说，“你看起来太老了。”

他稍微摆了个姿势：一手叉腰，挺胸，脸上再度展现微笑。

“你们觉得呢？”

“三十五。”我说。

他装出一副遭到冒犯的表情。

“二十九？”艾米娜猜道。

“猜得漂亮。而且是一猜就中。”他一边说，一边来回抚摸她的手臂，“恭喜你赢得吧台供应的任选饮料一杯。”

艾米娜转身面向我。

---

[1] Al Pacino（1940—），美国电影及舞台剧演员。

“他叫克里斯多弗。”

他伸出手来。我假装犹疑了一秒钟，才握住他的手。

“克里斯，”他说着，眨巴了下眼睛，“叫我克里斯就好。”

我想继续跳舞，艾米娜答应，她很快就会来找我。事实证明她只是敷衍了事。

我高举双臂，跟着节奏与乐声摇摆。我的胸口仿佛灌满了氦气，我仿佛长出了翅膀。

时间飞逝，而艾米娜仍然不见踪影。当我舞得汗水淋漓，不成人形，重新寻找她时，她就坐在一张桌子前，双眼深情地凝视着克里斯。

“我们正在喝气泡酒。”克里斯说着，把自己的杯子递给我。

我尝试和艾米娜保持目光接触。这是怎么回事？她对这男人有兴趣吗？艾米娜不是那种善于调情的人。她从不会从酒馆里被带出场跟着男生回家。她最后一次真心爱上某人的时候，我们才五年级。而这名男子还比我们年长十岁，快三十了。

我的嘴里灌满了气泡。我感觉这整件事必有隐情，某些细节不太对劲。

“那你在哪里上班啊？”我问道。

克里斯露出灿烂的微笑，仿佛很赏识这个问题。

“其实，我什么都做一点。做点生意，主要是房地产。我有一两家不同的公司。”

在我听来，这些话疑点重重。

“艾米娜说，她想当医生，”克里斯说，“那你有哪些打算呢？”

我努力唤醒艾米娜的警觉心。但是，她对克里斯如痴如醉。

“过去有段时间，我曾经想要当心理医生，”我说，“但是，我觉得自己会受不了。人们的问题太多了。”

克里斯又笑了起来。我一直很受不了那些看似完美的人。在他们所展示的完美外表背后，肯定存在很严重的缺陷。

“我也许会进入司法界就业。”我说，“我妈妈就是律师，可是我只想当法官。我喜欢做决定。”

“我妈也是律师。”克里斯说，“她现在是教授。”

“真有意思。”

这听来比我想象的还要讽刺。

“一点都不。”他笑着说，“法学只是咬文嚼字和狡辩而已。”

“我才不信。”

“你到时候就知道了。”

“哎呀。”我一边说着，一边趋身向前，“我大概不会去读法学，我想去亚洲玩。我想到柬埔寨、老挝和越南长途旅行，已经想好几年了。”

“她对这趟旅行可是如痴如醉。”艾米娜说，“你只要随便提几个问题，她就会说个不停，直到你的耳朵流血为止。”

“太好了。我也喜欢旅行。”克里斯说。

地图上，还真不太能找到他没有探索过的地方。除了蒙古国以外，他已经去过整个亚洲。他在纽约、洛杉矶、伦敦和巴黎住过。但是，隆德是他的家乡，他在此地度过童年。他说出于某种原因，总是会回到这里。

我思考着，他到底做哪种类型的生意。他的举手投足与外貌，都不像个需要为了钱财担忧的人。这让我既好奇又狐疑。

“假如你开公司，经营商务，如果你的家人是法学教授，肯定算是个优势吧？”

克里斯点点头。

“其实最近这段时间，我妈让我获益良多。不过，她可不插手商务。”

“发生什么事了吗？”

他第一次沉默下来，低头望着桌面。

“那不关我们的事。”艾米娜故作伶俐地说。

“没事。”克里斯说，“我碰到一堆乱七八糟的事情。可是……这说来话长。”

“他们三点才打烊。”我说。

他盯着我。他现在的微笑和刚才相比，已经不太一样，双唇轻柔地颤动着。

“我碰上了一个跟踪狂。”他说。

“跟踪狂？”

“真的吗？”

艾米娜扬起眉毛。

“一个病得无药可救的人。”克里斯说。

58

克里斯不喜欢跳舞。因此，当我和艾米娜回到五光十色、缤纷灿烂的舞厅里时，他只是坐在桌前，微笑着，喝着香槟酒。

“给我老实说，艾米娜，”我尖叫着，“你喜欢他？”

“少来！你觉得呢？”

我们搭着彼此的双手，扭动身躯。贝斯音乐声的颤动和我们扭摆的韵律搭配无间。

“他长得还不错哟。”我说。

“我遇到过更糟的。”

我笑了起来，不断扭腰摆臀。

在那之后，我不确定当时到底出了什么事。就像我提过的：平常我不会喝那么多酒的。随着时间流逝，我意识到：我不需要酒精。我有其他办法能够保持精力。酒精只是让我当下心跳加速，使我在隔天变得病恹恹的、有气无力。就像隔夜失效的魔法一样。

总之，有个男生将我带走。我们跳着舞，离彼此越来越近，他的嘴很快就贴上我的喉咙，我们感受到对方的心跳、脉搏。我们是今年春天认识的。他的床上功夫还行，但我记不起他的名字，他做什么工作，我们到底聊了些什么。

“我得去找我的朋友。”过了一会儿，我说。

“什么？”

他的表情仿佛我刚刚才通知他他得了绝症。

我从舞厅的人群里挤出一条路，寻找艾米娜。已经快两点半了，难不成她又跟那个克里斯坐在一起，等着跳充满性暗示的双人慢舞？我在各张桌间踉跄地游走，也到吧台前找过，但她就是不见踪影。当我抓起手机正要给她发短信时，才发现我已经收到一条短信。

对不起！！！我吐在厕所里，又找不到你。就先回家了。

我回她：没有关系，我了解，我也要回家了。我得到的答复是一个绿色、正在呕吐的表情图标。

我在酒吧区将一大杯水一扫而空以后，踏着踉跄不稳的脚步，走上人行道。夜空中充斥着鸟鸣声，空气里散发出酒精夹杂着汗臭的香水味和花粉味，空中繁星点点。

“出租车？”一名男子的声音从我后方传来。

我对他充耳不闻，我绝对不搭黑车。

“我们可以平分。”他又说。这时，我转过身来。

是克里斯。

“没有要勉强你。一起搭比较便宜。”

他再次露出那种温文尔雅、谦卑的微笑。一盏路灯的光线，从他明亮的眼里映射出来。

“我又不知道你要去哪里。”我说着，同时察觉到自己站不太稳。

我真的想和他共乘出租车吗？

“飞箭街，”他说，“就在波尔恒学校旁边。”

不管怎么说，我们是要去同一个方向。

克里斯走到最近的一辆出租车前，向我招手，示意要我跟来。这样会很危险吗？我们共乘的时间，大概也才五分钟吧。

我们各从一侧车门钻进后座，我将双膝并拢。

车子发动时还震颤了一下，我的胃部感到一阵翻腾。我的嘴巴像火烧一样干燥。我闭上眼睛，努力压制自己的眩晕感。

“你还好吗？”克里斯问道。

我努力望着他。然而，我周边的一切闪动着、摇曳着。

“你感觉怎样？”他说着，将手搭在我的胳膊上。

“像个公主一样。”我说着，用手遮掩住自己打的嗝，“一定是我在中餐馆吃的东西。该死的烤鸭。”

“我了解，我也经历过。那可不好玩啊。”

我望向窗外，掏出手机，发短信给艾米娜。

我和克里斯爷爷一起搭出租车！

她没有答复。她也许正在吃醋。

*你不会介意吧？*我又写道。

这次她回得挺快。

哈哈，你就慢慢享用爷爷吧！没事的。

她发来一个戴着墨镜的笑脸图案。

“你常来这里吗？”克里斯说。

他又露出那种完美到恶心的微笑。

"'帖格奈斯'？嘿，当你年纪还小的时候，可没那么多地方好选。"

"年纪太大也没什么地方好选。"他说。

其实这挺酷的，我很欣赏他保持自我距离的能力。

"以你的年龄，应该去格罗利亚[1]餐厅咯？"我说。

"你是说，*恩斯洛夫学生社团*？"

出租车猛然刹车，我的胃部再度不安地翻腾起来。

"你还好吧？"克里斯说。

我深吸了一口气，喃喃自语："他竟然能选到全城开车技术最差的出租车司机，真是不可思议。"

"你试过 Tinder[2] 没有？"之后，我问道，"还是欢乐松饼[3]？那边有很多跟你同年龄层的人。"

"欢乐什么？"

"那是新玩意儿，互联网，全球性的网络。也许，我们年轻人比较喜欢这种东西。"

他笑了起来，不过，嘴角随即掠过一抹严肃。

"我有过一些很糟糕的经验。"

"跟互联网有关吗？"

"跟女生有关。"

我笑了，不过，克里斯很像是在强颜欢笑，显得有点哀伤。出租车向左拐，开始刹车。这次刹车的力道比较柔顺，也许司机听到了我的奚落。然而，我的胃已经被搅得天翻地覆。我很怕自己随时都会吐出来。

---

[1] Glorias，靠近隆德市中央车站的美式餐厅。

[2] 国外的一款手机交友 APP。

[3] Happy Pancake，瑞典颇受欢迎、免会员费的约会网站。

“我就住这里。”克里斯说。直到此时，我才意识到车身是静止的。“我会支付全程的车费，你只需要告诉司机在哪里放你下车就行。”

他趋身向前，挤进前座的两个座椅之间，把自己的美国运通卡插进读卡机里。

我的手机嘟嘟响起。艾米娜刚发来一条短信。

你应该带防狼喷雾器了吧？？？以防万一！

她到底在想什么？我刚开始输入答复，不适和呕吐感就向前推进涌上喉头。我的口腔里塞满唾液。我无法再等了。我打开车门，踉跄地下了车。

我低着头，跌跌撞撞走进树丛，将手提包扔在地面上，直接吐了出来。

我吐了很长一段时间。我清着喉咙，不断咳嗽，越来越多的呕吐物涌出。吐到最后，只剩下胆汁。我怎么会喝得这么醉呢？我那时应该没喝这么多的呀。

这就是我痛恨饮酒的原因。

该不会有人在我的杯子里下药了吧？

等我确定自己已经吐完，我从手提包里拿出一张湿纸巾，努力把自己弄得体面一点。之后，我羞惭不已地转过身，发现出租车已经开走了。克里斯站在不远处的人行道上，眼神凌厉。

“跟我来吧，”他说，“你跟我上楼，好好盥洗一下。”

我想到艾米娜的短信，把手伸进提包，寻找着防狼胡椒喷雾器。我的手在包里又翻又搅。老天，我把大半只手臂都伸进包里不断翻找着，就是找不到。我平常可是随身携带那罐胡椒喷雾的，一直都带着的。

现在，它不见了。

59

克里斯住在非常接近波尔恒学校的一栋黄色房屋的二楼。门上写着 C. 奥尔森。

我在这里做了什么？又醉又晕，把大半个胃都给吐出来了。

当我趋身走进门厅准备把鞋子脱掉时，差点就倒栽葱向前跌在地上。克里斯抓住我，双手抵住我的臀部，让我不至于摔倒。

“你先在沙发上躺一下吧。”他说道，小心地将我扶进客厅。

我瘫倒在沙发上。我像一片残骸般躺在沙发上，凝视着高悬的天花板，以及它壮观的灰墁。同时，克里斯在厨房里忙着准备某个东西，杯盘发出碰撞声。我的眼皮沉重不已，陷入半昏睡的状态。

“你睡着啦？”克里斯说。

他将一大杯水放在茶几上。

“把这喝了吧。”

当我坐起身时，两眼直冒金星，我大口将水喝下。

克里斯用充满期待的眼神打量着我。

当我放下杯子时，才惊觉自己真是笨透了、天真极了。我非常清楚：有些强奸犯使用的迷幻药，是无臭无味的。我为什么这么不小心呢？可是，好吧，我现在在他家里，眼下的我又是全北欧味道最难闻的女生。想必没什么好担心的吧。

“你刚才说到关于女生的事。是什么意思？”

“我说女生什么？”

“你说，你有过一些不好的经验。”

“哦，是啊。”

他抿了抿下嘴唇。他的表情，看起来很后悔自己提到这件事。

“没关系啦。”我说，“我们不必谈这一点。”

克里斯靠回沙发上，双手放在膝盖上。

“你知道我说的那个跟踪狂吧？”

“没错，那个跟踪狂。”

我逐渐回想起来。

“那可不是随机出现的跟踪狂，那是我前女友。”

“噢。”

他点点头，搔了搔下巴。

女生，而且爱上了他。这可一点都不美好。不过，我们是控制不了自己的内心的。不是吗？

“你对她不忠吗？”

“这跟看事情的角度有关。我们之间什么也没做，没有肉体关系，连亲吻都没有。不过我在情感上完全出轨了。我对此并不感到多骄傲。”

我理解他。我对不忠的行为深恶痛绝，可是，没有人能驾驭自己的感情。

“我当然意识到，我会伤害琳达。这也许是我断得不干不净的原因。但是，我做梦也没想到她会为此精神错乱。”

“她做了什么？”

他更频繁地搔抓着下巴。毫无疑问，这很难谈论。我喝了水，感觉更清醒了一点。

“长期以来，琳达一直有心理不健康的问题。”克里斯说。

“什么叫心理不健康？”

我从来就没能弄懂这个概念，我们本来就很少听别人聊到“心理不健康”。

“我知道她的精神不稳定。她过去就有抑郁症，当她还是少女的时候，就有过厌食症和其他类似的问题。她有一颗脆弱的灵魂。”

这听起来真是愚蠢。一个被自己所爱男人抛弃的人，她的灵魂能不脆弱吗？

“我告诉她实情时，她就发狂了。她的暴躁情绪一发不可收拾，乱扔东西，威胁我。这是我的公寓，在琳达进入我的人生以前，我在这里已经住三年了。然而，她拒绝搬出去。我不得不在我妈家里一连住了几星期，威胁要报警，还要采取其他行动，她最后才作罢。”

“你提到你妈让你获益良多，就是这件事？”

“不，那是另一回事了。情况变得更糟：琳达开始跟踪我的新女友。她一天发几百条短信。然后，她又出现在那个女生的工作地点，跟踪她。”

“听起来真是恶心。”

就像电影情节。

“我一直都相信，能跟她好好讲道理。毕竟我们在一起三年。那个女生想报警，可是我劝她别这么做。毕竟，我认识琳达嘛。”

“这件事太诡异了。我能理解你对女生心怀戒备。”

克里斯点点头。

“还有比这更诡异的。琳达到警察局，针对我的事报案。她提出一大堆恶心至极的指控。我连想都不敢想。她指称：我虐待她、强奸她。太荒谬了。”

“噢，天哪。”我脱口而出。

“我不得不接受警方问话，听着她所指称我做过一堆乱七八糟的事情。这是我所经历过最糟糕的事情。有段时间，我很害怕她会得逞。调查人员好像相信她的说法。我恐怕会进监狱，还被贴上强奸犯和虐待女性的标签。我的人生可能会就此完蛋。”

“该死。”

我说不出别的话来。克里斯看起来相当害怕，仿佛担心一切噩梦会重回眼前。我回顾自己关于迷药的想法，感到羞耻不已。其实，我完全没做错什么。人生历练已经教我把每个男人视为潜在的强奸犯。安全至上。我不应该感到可耻的。然而当我看到克里斯的恐惧时，我还是摆脱不了羞愧感。

"过了一阵子，我和新女友也吹了。她口头上说支持我，可是，我能察觉到她的犹豫。也许这不能怪她，她怎么能够确定呢？但是，假如一个女生认为我会伤害她，我是无法跟她在一起的。"

他浅蓝色的眸子闪闪发亮，各种想法宛如振翅的飞鸟，掠过我的脑海。

"正因为如此，我现在还单身，对女生有点心怀恐惧。"克里斯说着，露出一个不胜悲戚的微笑，"我可能要花上一点时间，才能重新信任某人。"

"我了解。"

他重重地叹了一口气，低下头去。我纯粹出于反射动作，将一只手搭在他膝盖上想要安慰他。他身体散发出的暖热，逐渐传导到我的身上。他的眼角闪烁着微小的泪珠。

现在，我真不知道自己当时在想什么。我觉得，我很同情他。酒精早已将我的大脑搅成一团水果泥。

"你啊。"我一边说，一边用手臂搭住他的脖子。

他抬起头时，我将双唇贴向他的嘴，亲吻了他。

"住手。"他一边说，一边将我推开。

我放开他。天啊，我在搞什么啊？

"不要这样做。"他说，"现在不行。"

我真想钻进沙发底下消失不见。

"我觉得啊，你真该回家了。"克里斯说着，同时拨弄着自己的手机，"我帮你叫出租车。你住哪儿？"

这真是太窘了。我不想看他。

我把自己的地址给他，然后踉跄着走进门厅。同时，他拨打着电话。当我揽镜自照时，我不得不眯起双眼。我看起来一副彷徨无助的样子。

艾米娜已经发了一条新短信到我的手机。

发生什么事了？你在哪儿？？

*我在回家路上。*我回答道。

克里斯跟着我走到街上，抱了我一下。这是个很生硬的拥抱。我很确定自己往后不会再见到他了。当我坐进出租车里时，我才后悔把我真正的住址给他。

60

迈克·布隆堡穿着一件海豚蓝，有着白色纽扣、袖扣松开的新衬衫。一条皱巴巴的手帕凌乱地塞在胸口的口袋里。他趋身向前，贴在桌面上，露出夸张的微笑。

“我希望你能跟你妈见个面。我们三个得好好谈谈。”

“这行不通的。”我说。

光是这个念头，就足以将我吓得屁滚尿流。

“这样的话，你觉得我该跟她说什么呢？”布隆堡问道，“说你不想见你的亲生母亲？”

我当然想见她，这对我来说再好不过了。可是，布隆堡永远无法理解。

“你就说实话。我承受不了。”

他重重地叹了一口气。

“不然你可以说谎啊。”我提议，“你这么有才，一定能想出某个动听的谎话。”

这位身材魁梧的律师摇摇头。

“我认识尤丽卡已经这么多年……”

“我知道。你跟妈妈很熟，对不对？”

布隆堡全身变得僵直。我已经不是第一次用这种隐晦、别有所指的方式说话。而且，我往后肯定还会这样说话。我很乐意让他瞎猜。无知就是力量。

“你也认识玛格丽特·奥尔森吗？”我问道。

“认识，当然认识。她是……”

“教授。”

他抽搐了一下，露出恼怒的表情。

“隆德是个很小的……”

“池塘。”

“城镇。”他说，“隆德是个小镇。”

“她也觉得我有罪吗？”

“什么？谁？”

“玛格丽特·奥尔森，她觉得我有罪吗？”

“这我就完全不知道了。”布隆堡说，“这不重要吧？你别管人们怎么想。重点在于，我们必须在庭上提出合理的质疑。”

“这真的是重点吗？为什么大家都好像已经决定，当时到底发生了什么事？”

“*大家*是谁？”

“警察啊，检察官啊，全世界都这样。”

布隆堡抓耳挠腮，不过说话的声音仍一如往常地坚定。

“这个就叫确认偏误。某人可能已经有了一套理论，无视其他和这个理论抵触的一切事证。这太常见了。这甚至不需要蓄意，他们应该也不是刻意要这么想的。”

“可是，调查不就应该要客观吗？”

他耸耸肩。

“我们在谈的可是人的问题。我们大家都只是人。”

随后，他用手指把玩着挂在脖子上的金项链。然后，他仿佛做出了准备，将一枚小型炸弹扔出。

“琳达·罗翰。”

他不断地盯着我看。

“她怎么了？”我问道。

“你认识她吗？”

“认识，当然认识。隆德是一个小……”

“池塘。”

布隆堡向后靠回椅背上，眨着眼睛。

“现在，史黛拉，请告诉我实情。你曾经联络过琳达·罗翰，对不对？”

“联络？”这听起来太正式了，“我是说，我知道她是谁。”

“你知道？”

布隆堡缓缓地点点头。问题是：*他*到底知道多少。

“我只见过她一两次，仅止于此。”

“可是，你知道她和克里斯·奥尔森同居过好几年，他们是同居情侣。”

我努力装出惊讶的表情。不过，布隆堡看来完全没上当。

“我准备把琳达·罗翰推出来。她也是潜在的嫌疑犯。”

“你要对谁提出这一点？警方吗？”

他点点头。

“你不能这样做！”

我感到一阵眩晕与暖热，各种思绪天旋地转。

“可是，这样做可能让你重获自由。”布隆堡说。

他觉得是琳达杀了克里斯吗？我抓来一只水杯，正要给自己倒水时，却不慎洒在桌上。布隆堡饶有兴致地打量着我的每一个动作。

“今年春天，在两人的恋情告吹以后，琳达·罗翰就针对克里斯多弗·奥尔森报警。根据她的说法，奥尔森是个暴君。但是她没有任何证据。所以，调查很快就撤销了。她有合理的报仇动机，不是吗？不管这到底是真是假。在罗翰的脑子里，奥尔森是个强奸犯，用最恐怖的方式侵害她。”

“在罗翰的脑子里？你觉得她在说谎？”

布隆堡挥挥手。

“那都无关紧要。反正还有很多事证能指出，罗翰就是犯人。我们已经挖掘出一堆跟她有关的资料。”

“挖掘什么？你又不是警察。”我说，“你只要维护我的权益，不是充当调查人员。”

他用那种“你真是不懂事”的眼神望着我。

“现状就是这样。当警察不务正业的时候，我们就代劳。关键并不在于我要把罗翰送进牢里。我只要确保，他们合理质疑你的犯罪嫌疑就行了。”

现在，我不断地冒汗。房间里的空气并没有那么沉闷。

“不行。”我说，“这样是不对的，不要把琳达扯进来。”

他面露惊讶之色。

“你可能因此而得救啊，史黛拉。我得跟你老妈谈谈。”

“你有义务保密。我有权利把你给换掉。”

布隆堡将双手搁在肚皮上，他看起来很同情我。

“你都不知道，尤丽卡为了你付出了多少代价。”

“你这是什么意思？”

他推开椅子，站起身来。

“你在说什么啊？”

我妈基本上只在乎自己，以及她自己的职业生涯。她会为了我付出代价？

“我等一下就回来。”布隆堡说。

他转过身，敲了敲玻璃窗。

“你也这么觉得，嗯？”我说。

“觉得什么？”

“你也觉得这件事情就是我干的？”

61

星期天，我跟艾米娜在城里的汉堡店见面。店内弥漫着炸油脂和回锅油的味道。人们在桌旁低声谈话，他们的双眼红肿、头发凌乱。

艾米娜抓住我的胳膊。

“发生什么事了吗？”

我“砰”的一声将餐盘撂在桌上。

“我已经说了，什么都没发生。”

“拜托，一定有事情吧？”她喋喋不休，“有点混乱？”

她听起来非常好奇，但一点都不热忱。

“你嫉妒啦？”

“闭嘴。”

在我认识的人当中，只有艾米娜会用刀叉吃汉堡。她把叉子叉在汉堡上，然后用刀切开。

“对不起。我不是故意要跟他上楼的。我们只是要平分出租车的费用而已。”

“不要闹啦。我才不嫉妒呢。”

“我保证，什么事都没发生。”

艾米娜用力地切开汉堡肉，餐盘发出“咔嚓”声。

“你应该知道他提过的那个跟踪狂，”我说，“那是他的前女友。”

“什么？”

我一五一十地讲出关于克里斯前女友的事：她拒绝接受他爱上别人的事实，她如何跟踪并骚扰克里斯的新女友，又到警察局指控克里斯虐待她、强奸她。

“真是神经病。”艾米娜说道，摆出一副恶心的嘴脸，“说真的，你真的应该远离这种人。”

“这种人？克里斯的前女友是个怪人，他又能怎么办呢？”

艾米娜看来并不同意。

“你还打算再跟他见面吗？”

“为什么要再跟他见面？”

我的声音听起来相当确定，但内心并非如此。

周一，我工作了一整天。我在夹克口袋里找到了防狼胡椒喷雾器，将它放回手提包里。我很晚才回家，换上柔软的棉质裤，弄了两个花生酱三明治，缩进沙发一角，浏览自己的手机和社群网站。这时，我发现克里斯传来的脸书好友邀请。

他想和我怎样？一名身材结实、帅气、经营好几家企业、周游世界各地的二十九岁男子。当然，我知道他的目的。我真该听从艾米娜的忠告。我没有理由和这名男子多说什么。

我犹豫片刻，然后还是接受了他的邀请。不管怎么说，这只是脸书，我又不打算跟他结婚。

才过了半分钟，第一封信息就发过来了。

他写道：*我在想你。*

这是很诡异的措辞。当时我不知该怎么形容，但我现在已经知道了。这是时态的问题，他使用现在进行时。对不对，小熊？他仿佛一直在想着我，在当下不断地想着我。

史黛拉？当我没有马上回答时，他接着写道：*这是个非常美的名字。*

我打了一封简短的回信，删掉重写，又删掉一次。最后，我传出去的内容是：

这个词在意大利语中是星星的意思。

他传了个星星的表情图标。

我爸爸超爱意大利的，我写道：*他其实有点走火入魔。*

克里斯传来一根大拇指的图标。

意大利很棒，五渔村、托斯卡尼、利古里亚。

我传去一个打着呵欠的表情图标。

脸书对话框里飘动的三个小点显示他正在回答。但是，对话框里没有显示文字。我将手机紧紧攥住。最后，他的回答传了过来：

你知道吗？当我们问临死的人，他们一生当中对哪些事情感到最后悔的时候，他们都不后悔自己曾经做过的事，反而总是后悔自己当初没做某件事情。

什么？二十九岁的人，就是用这种招数调情？

我才不后悔。我写道。

他传来一个笑脸的表情图标。

我觉得我们很相像。他写道，*我们就是那种永远无法平静的人。像我们这样的人，必须找到彼此，才能生存下去。*

他尝试分析我。我对这样做的人相当痛恨。

你对我一无所知。我写道。

他回答道：

我想，我知道的比你想象的还多。

这男人真让人难以消受。

我甚至觉得：你有裸睡的习惯。

老天。我将这一句读了三次。

我实在很想暴跳如雷，但心头又不停地小鹿乱撞。这完全出乎我的意料。

我得睡觉了。我写道。

他回答道：

小星星晚安。

我马上打给艾米娜，她的声音听起来很沉闷。

"你想怎样就怎样。"她说。

"算了，我又不感兴趣。"

连我自己都听得出来，这是个谎言。

"我只是对这里很厌倦，从来都没有什么有趣的事情。"我说，"这里真是无聊死了。"

"你很快就要去旅行啦。"

"很快？"艾米娜和我对时间的理解从来就不一致，"那离现在还有好几个月，而且前提是我去得成的话。"

"你当然去得成，"艾米娜说，"光阴似箭哪。"

我抓着电脑，躺在床上。前几天，我搜寻到一个研究精神病患者的美国网站，上面所写的内容简直就是金科玉律。许多研究人员和精神病学家在网站上发表了有趣的文章。我读道：有时候，精神病患者被形容为披着人皮的禽兽，凭着自己超凡的个人魅力掌控自己周边的人。受到精神病患者谄媚、诱惑的人，绝少发现自己被掌控，等到他发现自己被掌控时，一切为时已晚。精神病患者时常说谎，而且不会感到良心不安。精神病患者为了自己的私利撒谎，就为了使自我形象更加良好，同时在人生中一路亨通。

一直以来，我都是撒谎的高手。这算是精神病患者的特质吗？

精神病患者知道自己在撒谎，而我知道自己在撒谎。当然，我也曾为了私利撒谎。我也并不确定每次撒谎时是否都觉得良心不安。这反映出我的哪些特质呢？

我读到一名女子的故事：她和一名男子邂逅，而他一步步将她的家产骗到手，最后毁了她的人生。当然，我觉得她很可怜，但同时，我不禁有些不屑。

周五，我在工作单位收到克里斯传来的短信。我之前从不会将手机带进店里，当店长莫琳坐镇的时候，我更是不会携带手机。只要被她看到你在上班时间玩手机，她就会解雇你。

我只是领时薪的临时雇员，也许不会被解雇。不过，规定就是规定。莫琳就是这种人。据说，她获知某个女生在柜台值班时嚼口香糖，便不再分配给她任何工作。

然而当我读到克里斯的短信时，正处于休息时间。当时我独自在职员休息室，而我的反应活像个兴高采烈的十四岁少女。也许，当时我真是走运。

你今晚六点钟能下班吗？我会开加长型礼车来接你。我建议你穿套装。也许穿件睡衣。哦，不对，你有裸睡的习惯。

我读着短信，全身上下兴奋不已。

一方面，克里斯令人难以消受；另一方面，我的生活也太不体面。我从来没搭过加长型礼车。而我必须承认，我喜欢物质享受，而且很容易被取悦。

这样会有多危险？一场约会。谁不想精心打扮，坐着加长型礼车，上豪华又优雅的餐厅，享受名称难以发音的美食与佳肴呢？

我等了一会儿才回答，但其实真相是我从来没有犹豫。这个邀约实在太过理想，我不能拒绝。

六点整，我身穿自己最新、最性感的套装站到人行道上时，加长型礼车就拐了过来。那是一辆附着白色沙发、有着装满各式酒类的酒柜的车。当驶过跨海大桥进入哥本哈根时，我们开了一瓶法国酩悦香槟酒，彼此干杯。

“你愿意来，我很高兴。”克里斯说。

他的双眼闪闪发亮。

我们到达目的地时，他绕着车身跑动，替我打开车门。然后，他就站到我面前，轻轻地将一只手伸向我的臀部。

这显然是一家通过米其林星等评荐、享誉全世界的餐厅。我忘了餐厅的名字。餐点非常怪异，即使他们一共上了四道菜，当我们再度坐进加长型礼车内时，我却一点都不觉得自己吃饱了。

“可以在这里停车吗？”当我们经过卖冰淇淋的一家小店时，我对司机喊道。

我买了一大球顶端撒着奶油和果酱的软冰淇淋。然后我们坐在一张露营桌前，几只海鸥驻足在我们脚边。我忙不迭地将果酱舔干净，而且还将手指尖上沾到的果酱吸得干净。克里斯睁大双眼，望着我。

“我爱死你的风格了。”他说。

我不知道这种风格有什么好喜欢的。不过，我当然觉得自己备受宠爱。

我们在一家设有酒吧、能够眺望松德海峡与瑞典境内景观的夜店，为这一夜画上句点。一名染着鲜红色头发的男子坐在平台式钢琴前，弹奏着悲伤的曲调，克里斯用炙热如火的眼神打量我许久，使我几乎脸红。

“你梦见了什么？”他问道。

“对不起，我只是在想……”

“不是。”他打断我的话，双颊浮现出形状有点像花生的小酒窝，“我的意思是，你有什么梦想吗？你对自己的人生，有什么打算？”

“啊哈，原来你是这个意思。”

那条熟识的蛇，再度在我的胃里扭转。

“我痛恨这个问题。”

“为什么呢？”

“因为我回答不出来。”

克里斯扬了扬眉毛。

“这是真的。”我说，“我所有的朋友都完全知道自己要做什么，他们好像已经为这辈子规划好了。旅行、教育、工作、建立家庭。可是我不是这种人。我只是感到无聊。”

“我也是，这听起来真是恐怖。这可不是我的意思。”

“我觉得光是规划下个周末要做什么就已经很麻烦了。我喜欢惊喜。”

克里斯笑了起来，他的双眼闪闪发亮，仿佛两颗钻石。

“我也是这种人。”

我朝他微笑。就算我们之间有年龄差距，我们还是有许多相似之处。

“绝大多数跟我同龄的人生活都一成不变。”他说话的同时，钢琴演奏者正在弹奏电影《狮子王》里那首由艾尔顿·约翰[1]主唱的歌曲。“在二十五岁左右，他们就定型了。人们变得无聊透顶。每天的生活都一模一样。他们做同样的事情，看同样的电视剧，听同样的播客，吃同样的东西，上同样的健身房锻炼，在Instagram[2]关注同样的账号，从天气到政治，他们的想法完全一模一样。”

“真是恶心。我永远不想变成这种人。”

“放心啦。你和我都不是这种人。”

他跟着琴声一起哼着副歌的旋律：*今晚，你能感受到爱情吗？*

“也正是因为这样，我才不再打手球。其实我的球技非常好，参加国家队训练营，还有其他所有形式的集训。可是，一切突然显得一成不变。我们每一次发动进攻以前，都得事先计划。如果你临场发挥，就会被教练们骂得要死。这已经不再有趣了。”

“他们扼杀了创意。”克里斯叹息道。

“还有刺激感。一切事先都已经决定，还有什么好玩的？”

“听起来，你真的很聪明。”

“因为我的年龄吗？”

他笑了起来。

“年龄都是被高估的。年龄对绝大部分的人来说，就像空虚的卡路里一样。时间年复一年地过去，他们的个人发展还在原地踏步。”

一小时以后，我们的司机将加长型礼车开到街道上，替我拉开车门。我从眼角瞥见许多人嫉妒的目光。

克里斯在跨海大桥的中央处打开轿车的车顶，站起身来。我们紧紧依偎着彼此，任由微风掠过发际。感觉上我们好像在飘浮。当我们

---

[1] Elton John（1947—），英国作曲家与歌手。

[2] 图片分享社交网站。

再次坐回白色沙发上时，我感觉疲倦不已。我们凝视着彼此，那种感觉仿佛我们刚刚才性交过。克里斯就在我身旁笑了开来。最后，我们的嘴唇再也克制不住，轻轻地贴上彼此。这是迅速的一吻，而后，他就放开我。

“对不起，”他说，“我太急了。”

我向后躺回椅背上，双臂抱着后颈，伸展双腿。

“不要再说对不起了，你就直接吻我吧。”

然而，克里斯的肩膀缩了回去，眼神也收紧起来。

“其实我也是求之不得。”他说。

“所以呢？”

我在沙发上坐挺，将双膝并拢，用手握住头发。

“直到现在，我还是没能克服前女友对我造成的影响。我保证，这跟你一点关系都没有。我只是需要多一点时间。”

“我了解。”

我想起艾米娜。这么多年以来，作为最要好的闺密，我们从来没有喜欢上同一个男生。但是，我们已经预见到这样的风险，并且对彼此承诺：永远不让男生影响我们之间的情谊。这次，感觉真的很怪。首先在酒吧里见到克里斯的人是艾米娜。当然，她看起来对他很感兴趣。我本来应该后退，把克里斯忘掉，继续过自己的生活的。

“谢谢你这么善解人意。”克里斯一边说一边将双手放在我的膝盖上，“属于我们的时刻即将来临。”

62

“我读不了这本书。”我对小熊说，同时把他刚才给我的书还给他。

书名叫作《暴力》，是他给我的所有书籍中最薄、年代最新的。

但是，封底的文字让我觉得很不舒服。

“你这是什么意思？”小熊说。

“它似乎不适合我。”

小熊面露不满，把那本书塞回自己的皮质公文包里。

“你看过的书也没几本。可是你对自己喜欢或讨厌的书，意见似乎很坚定。”

他很难摆出尖酸刻薄的样子。

“我倒是很乐于挑战自己的意见。”我说，“原因不是这个。”

“好啦，所以原因是什么？”

他应该得到一个解释。小熊是我在拘留所里唯一信得过的人，我不能毁掉我们好不容易才建立起来的信赖感。

“我没办法看和强奸有关的书。”我说着，同时将眼神别开。

我感觉到小熊正紧盯着我。

“不会吧？”他说。

“就是这样。”

我的声音细若蚊呐。

“对不起，我之前都不知道。”

“你又怎么会知道？”

我缓慢地转过身来，看见小熊的脸变得扭曲。他那双闪亮、犹如小男孩一般的眼睛，已经被一层层乌云覆盖。

“没有人知道，”我说，“我们从来没报警。”

“我们？”

我深深地吸了一口气，低头望着桌面，同时说出关于坚信礼营队的事、关于罗宾和我爸爸的事、我白痴至极的复仇计划，以及之后所发生的一切。

小熊小心地将一只手搭在我的后背上。

“史黛拉，我真的很难过。”

我的声音已经失控。

我不理解自己为什么做。许多障碍砸在我身上，对我高声尖叫，要我住口。而我还是说出来了。这不符合我所受的家教。有些事情，是跟外人完全无关的，有些事情是绝对不能告诉外人的。

即使是面对艾米娜，我也不是无话不说的。几年前，在我十四岁左右，我曾经想：这取决于我，我就是与众不同的异类。所有的想法和情感都导致耻辱。要是我对某人吐露自己最深层的想法，他们想必会把我关进精神病院，对我猛灌药效最强的药水吧。

是的。我知道。陈词滥调。哪个十四岁少女不认为自己很独特，没有人能理解她呢？

但是，这并不是我等了很久才把强奸事件告诉艾米娜的原因。那是出于别的原因。我非常渴望成为大家所认定的那个坚强的女生，我无法认同受害者的角色。我能算是受害者吗？妈妈和爸爸说：要是我们当初报了警，下场最惨的人将会是我。在大约一星期的时间里，我到处乱晃，心里想着：我并没有遭到侵害，我是自愿跟到领队宿舍的，这件事情是有我一份的。一开始，这甚至还是我的计划。我对我爸的刺探行为感到怒不可遏。

“可是，天啊！”小熊的音量提高了，“你遭到了性侵害，而你的爸妈竟然这样随便处理。”

“可是我理解他们，”我说，“*现在*，我算是理解他们了。”

“什么？你不是在开玩笑吧？”

“我们没有检举他，我觉得很高兴。”

小熊差点没断气。

“难道我得出庭，说明自己当初为什么亲吻他、跟他进房间里吗？他们将会质疑：为什么我没有抵抗、没有高声尖叫求助？就算我是受害者，大众还是会先入为主，认定是我的问题。”

小熊摇摇头。

“我们必须信任司法体系啊。”

“不，我们不一定要这么做。我衷心希望我能信任司法，我也非常乐于信任司法，可是我不需要信任司法。我得保护自己。”

小熊的眼神中闪过一道光线，仿佛是某个物体在他眼前升起。恐怕我已经说太多了。

63

星期六晚上，我们坐在艾米娜家的阳台上，讨论要不要到城里喝杯酒，玩乐一下。前一刻，艾米娜兴高采烈，而我犹豫不决；下一刻换成我跃跃欲试，而艾米娜则想打退堂鼓。

“我明天有比赛。”她说，“你不用上班吗？”

我是要上班没错。原则上，这一整个夏天，我要天天上班。

“这不应该称为工作，因为我的工作其实并不麻烦。它很好玩。学习超级累的。可是，在 H&M 上班一点都不累。”

艾米娜笑了起来。

“你在学校真的这么累啊？”

“我也许没那么累，不过对那些真正苦读的人来说是很累的。”

当然了，艾米娜属于这种人。我凭着基础知识、常识和自己在文字上胡扯的功力，取得还可以的成绩。相对地，艾米娜有着某种我所欠缺的特质。我觉得，这种特质可以称为责任感。这是一种坦然接受某些事情、一本正经地执行任务、既不抗议也不质疑的能力。她说，南斯拉夫人的天性就是这样，但我不知道这种说法是不是真的。不管怎么说，情况总是如此：艾米娜会顺从地点点头，遵照指示行动，再把所有情绪全吐出来。而我会坐在十字路口上，大吵大闹，在当下的盛怒中疯狂抵抗。

“好啦，那我们就待在家里吧。”我说，“我们就待在这里，在毫无意义中逐渐憔悴，老去吧。”

一群小妞在下面的街道上开心地大喊大叫。艾米娜在我们的杯子里倒进更多的酒。

“克里斯今晚做什么？”

“不晓得。”我说，“就是那些三十岁的人常做的事吧？夫妻一起外出吃晚餐？银行开会？每周例行性采购？”

艾米娜在脸书上输入他的名字。

“个人资料不对外开放。”

“这也难怪，他碰上了一个跟踪狂嘛。”

“一个共同朋友，”艾米娜说，“史黛拉·桑德尔。请你上他的页面看看。”

“为什么？”

“那还用说？探听情报啊。”

我抓来手机，找到他的脸书页面。在脸书的大头照中，他直接冲着镜头微笑，发型很淘气，眼神闪亮。

他的页面几乎空无一物。零星的几条状态更新、几张在不同旅游景点拍摄的照片、一条推荐餐厅的帖文，他只有一百八十七个好友。

“你去翻翻封面照片。”艾米娜说，“一般人总是会忘记删掉封面照。”

我点击了那张显示出橘红色落日与一片无垠的白色沙滩的封面照。除此以外，还有另外两张旧的封面照。其中一张是利物浦足球俱乐部的徽标。在最后一张封面照里，克里斯站在一堵高耸的石墙前方。他的皮肤晒成古铜色，双眼泛红，搂着一名女子。

“就是她啊？前女友？”

艾米娜一把将手机抓来。

“我不知道。”

不过，感觉上我其实心知肚明。肯定就是她：琳达。

照片上的那名女子看起来就像是最性感的超模。金色卷发、闪亮的蓝色眼睛、明显的颧骨、平滑如蜜桃般的肌肤。

“她看起来也不怎么像精神病患者啊。”艾米娜说。

我没有回答。我不喜欢自己所见到的。

“看这边。”她一边说，一边指着自己手机的屏幕。

她已经搜到一个注明个人信息的网页。最上方是人名：克里斯多弗·奥尔森。地址也没错：位于隆德的飞箭街。下方的信息显示，他曾经经营过四家不同的企业。他目前未婚，生日是在十二月。他即将满三十三岁。

“三十三？他不是说……”

“他对自己的年龄说谎了。”

艾米娜忧心地望着我。

我并没有怀疑什么。克里斯多弗·奥尔森显然非常善于撒谎。

我吸着夜间温暖的空气，骑着自行车回家。手提包在自行车手把上摇晃着。沿街的窗户全无灯火，隆德已经陷入沉睡。

当克里斯打来电话时，我最初的想法是不接听。我将自行车停靠在魔山路上、铺设铁轨的隧道入口旁，跨在自行车车身上，抓着那部振动的手机。他的名字闪现在屏幕上，吸引了我。最后，好奇心还是取得了胜利。

“你能不能到这里来？”他说。

“现在？”

我看了看时间：十二点半。

“是的，现在。”

他刚在赫尔辛堡[1]吃过一顿丰盛、高级的晚餐，声音听起来微醺。

“我想你。”他说。

他听起来是认真的。

当时我仍然相当清醒、精神抖擞，对艾米娜不愿到外面喝一杯感到有点失落。

“OK。我就来。”

就算是最坏的情况，也不会怎样吧？

那座黄色砖墙房屋的大门敞开着，我迅速踏上阶梯。克里斯穿着方格纹衬衫，打着领带。他散发出男性的气息，那股气味在我俩之间颤动着。

“我这一整天都很忧虑。”他说着，同时接过我的夹克，“我所不了解的是，我没有……史黛拉，我真想亲吻你。”

他握住我的双手，直视我的双眼。

我心生犹豫。关于他的年龄，他为何要说谎？

“你之前说过你几岁？”我问道。

他不以为忤，旋即就回答了。

“之前我说自己二十九岁。其实，我三十二岁。”

“所以你撒谎？”

他露出羞耻的表情。

“我很怕把你吓跑。当艾米娜猜二十九岁的时候，我就顺势而为，说她猜对了。”

---

[1] Helsingborg，与丹麦隔海相望的瑞典南部城市。

这是一个微小的、无害的谎言。如果是我，面对不同场合，会谎报自己年长几岁。

“反正年龄只是一个数字而已。”我说。

克里斯露出微笑。

“我事先不知道，原来你也是这么想的。可是，对不起，我应该早说的。”

“没关系的。”

我踮起脚，亲吻了他。他的舌尖谨慎地滑进我的嘴里，我闭上双眼，一切变得虚幻不实。

很快地，我就仰躺在沙发上。克里斯时而用手指尖怜惜地、缓慢地抚摸着我，时而用关怀的眼神凝视我。我仿佛进入了天堂。

64

我再次坐回西琳的办公室。一如往常，她看起来是如此温柔、可爱，那双小鹿斑比似的眼睛，也比往常更像斑比了。就像影片中那头母鹿刚被射杀时一样。

“你感觉如何？”她问道。

我甚至懒得耸肩。

“这个是给你的。”

她将一本标题为《职业：心理医生》的手册递给我。我接过它，索然无味地翻动着。

“谢谢。”我说，“不过，我并不觉得自己能够成为心理医生。”

西琳惊讶地扮了个鬼脸。

“你是不*能*，还是不*想*？我觉得，你会成为非常杰出的心理医生。”

“不是吗？”

我放下那本手册，狠狠瞪着桌面。

“这是为什么呢？”西琳问道。

“什么为什么？”

“无奈感啊。你好像对自己一点信心都没有。”

“你是在开玩笑吗？我因为涉嫌谋杀，待在这里。就算在庭上判定我无罪开释，我的人生也玩完了。在众人眼里，我已经被定罪了。你还真觉得我能当心理医生？嘿，少来了。”

西琳趋身向前。

“史黛拉，你并没有玩完。你很聪明、有趣、反应很快……而且，很美丽。”

她让我感到害羞不已。

“你是在跟我调情吗？”我说。

西琳开怀大笑。

“今天，你想谈什么？”她问道。

“除了我以外，谈什么都好。”

“我们可以谈谈别人。你来决定。”

我想到我老爸。最近这几天以来，我时常想到他。

“什么都可以谈吗？”我问。

“当然。”

“控制欲。对于这一点，你有什么高见吗？”

“控制欲？”

“这跟强迫症是不是一样的？”

“不，不尽然。”西琳一边说，一边将装着水杯的托盘推到我面前，“控制欲的行为可以具有强迫性，但不一定要具有强迫性。许多人把控制欲和迂腐的洁癖联结在一起。但我会说，这当中的关键在于一种预测未来的需求。”

我把水倒进自己的杯子里。

“为了避免惊喜？”

“许多人害怕现实是会改变的。人们在生活中寻求安全感。因此，人们的体验是：当你有机会预见将来会发生什么事情，而且有良好的基础做出优质的决定时，你就能掌握局面。”

我来不及一口将水全喝下，几滴水从嘴角渗出。

“什么是优质的决定？”

西琳递给我一张纸巾。

“嘿，那就是你自认为最理想、对你自己和你的家人有利的决定。”

这听起来挺合理。做出客观上最优质的决定和你自认为最理想的决定，两者之间当然还是有差别的。

“现代社会里的人已经被转换成了品牌。一切都必须在社群媒体网站上留下记录。许多人因而感到自己非常需要以某一种方式呈现在他人的眼前。这种心理当然会导致不健康的控制行为。”

爸爸的话在我脑海里回响：*不要告诉外人*。他痛恨社群媒体网站。*有些事是私事*。

“这当中的矛盾在于：你越努力控制一切，你就越觉得自己失去控制。这就像一个恶性循环。你失去控制，感受到压力，然后试图通过更有力的控制获取平衡。”

西琳搔了搔耳朵，而后注视我良久。她看起来是真的感到忧心，她仿佛真的在乎，这仿佛不只是一份工作而已。

而后，她的眼神变得明朗。她将双手搁在桌面上，声音变得严厉起来。

“我们现在是在聊克里斯多弗·奥尔森吗？”

“什么？”

我过了一会儿才反应过来。

“史黛拉，他是否尝试控制你？他是否感到嫉妒？”

我努力抑制轮番重击、猛烈撞击前额骨内侧，拉扯我身上每一寸肌肤的那股冲动。克里斯多弗·奥尔森？难道西琳从一开始就打算把对话引到这个方向？她企图调查我？一切都只是一场游戏。

“去你的！”

我用双手敲了下桌面，狠狠瞪着她。西琳往后靠向椅背，一只手伸向桌面下。我知道桌面下设有警铃按钮。

“见鬼去吧！”我说，“你跟其他人一模一样。”

就在我起身的同时，两名保安冲了进来，将我的双臂反扣在背部。

65

在接下来的两个星期，一切妙不可言。我和克里斯在比亚瑞德长长的码头上吃冰淇淋，克里斯将手摸进我裙下，亲吻我的双唇，把沾在我嘴唇上的焦糖屑舔净。

“我们去宇斯塔[1]海水浴场。”隔天晚上，我们在我下班后约会。我们各执一瓶冰啤酒，坐在大广场上。他这么对我说。

“我整个周末都上班。”我说着，露出失望的微笑。

“我不是说周末。我说现在！”

那当然了。事不宜迟。

我打电话给莫琳，向她请病假。

“我现在来月经，痛得厉害，”我对着话筒哭哭啼啼，“连站都站不起来了。”

然后，我们一整天穿着泳装晃来晃去。我们每小时做一次。夜幕

[1] Ystad，位于瑞典南部斯科讷省南岸的自治市，境内人口约三万。

降临时，我们的身体紧紧交缠在一起，坐在一张柳条椅上，配着香槟酒和草莓，凝视着夕阳洒落在波罗的海海面上的余晖。

周日，我们正在海滩上散步，此时艾米娜打电话来。

“我很担心。”她说，“你都不回短信。”

“对不起！”

我察觉到自己已经将时空抛诸脑后。克里斯已经占据我的世界，我感觉自己像是被施了魔法。

“星期五，”我对艾米娜说，“我们上‘帖格奈斯’。”

克里斯眨巴着一只眼睛，握紧我的手。

我连续翘班。我们在星期一坐火车到趣伏里公园[1]，在云霄飞车上喊破嗓子。天色已晚时，我们在一家酒店入住。早上，我们一直做爱，直到酒店前台人员打电话来，告诉我们，我们早在一小时以前就应该办妥退房手续。

星期五，艾米娜带着比萨来到我家。

我们用手来抓维苏威比萨吃，看着《菲尔博士》[2]，讨论几个重大的人生问题。比方说：在我的简历中提到自己曾经参加真人实境节目，有加分的作用（还要看是哪一个节目，以及我要申请哪一种工作）。我们刺青时该刺哪一句引语，以及要在身上哪个部位刺青（该在脖子上用英文刺*我无惧邪恶*，还是在下臂用瑞典文刺*知情更痛，但是不知情一样痛*）。当然还有：菲尔博士的夫人真的又动了一次整形手术，以及她在一整期节目中都坐在观众席，节目结束后又和菲尔手牵手走出录音室，是多么病态。

---

[1] Tivoli，丹麦哥本哈根的主题乐园，正对中央车站。

[2] Dr. Phil，由美国心理学家菲尔·迈高洛（Phil McGraw，1950—）主持的谈话性节目。

没过多久，我就开始发短信给克里斯。

“我可以看吗？”艾米娜一边说，一边拉扯我的手机，“他写的什么？要一夜情啦？”

“一夜情？”

“对啊，做爱啊。”

“做爱？有谁这么说过吗？”

她笑了。

“拜托，你也行行好，干吗这么神秘兮兮的？”

我不知道为什么。通常我一旦跟某个男人发生关系，事后也都不介意拿这事来说。我非常喜欢对自己行为中最小的细节再加以分析。艾米娜对我全身上下散发出的色情狂相可以说知之甚详。可是，克里斯这件事情有点不太一样。我觉得：对他深入分析是不对的。不只是跟他做爱的事，跟他有关的一切都是如此。

“什么？你们在一起啦？”艾米娜说。

“我们当然没在一起。”

“可是你喜欢他？”

“喜欢？喜欢他？我不知道。”

我全力避免在事后自作多情、想入非非。这样做永远不会有好下场。我没有打算为了爱作践自己，尤其不会为了一名三十二岁的男子作践自己。

“也许，我想在暑假养一只猫咪。”

艾米娜打了我的手臂一下。

“你有病啊。在暑假养猫？”

“是的，我把他当成我在暑假养的小猫咪。你可以在暑假时和猫咪玩耍，然后遗弃它，把它忘记。”

艾米娜笑得前仰后合。

其实，这只是我随口说说。这样听起来很酷。在我这样说的同时，我知道：实情并非如此。感觉上并非如此。问题就出在，我开始在自己心中发现的这些情感，足以将我吓得屁滚尿流。

“你这个该死的玩咖！”艾米娜说。

“你真的也该弄一只小猫咪来玩玩。”我笑着说，“真的很温馨啊。”

离开“帖格奈斯”小酒馆以后，我就睡在克里斯家里。我醒来时，自助式早餐、刚烤好的三明治和点燃的蜡烛就陈列在眼前。克里斯将柳橙塞进果汁机里，我喝着果汁的同时，他按摩着我的肩膀。

“难道你今天就不能不去上班吗？”

“不行，”我说，“现在我得去上班。”

我需要这份工作。为了能够到亚洲旅行，我亟须赚到每一分钱。但是，我对此只字未提。我担心克里斯对此会非常失望，甚至开始对我进行游说，想让我放弃旅行的念头。或者在最坏的情况下，他想跟着一起旅行。我还没准备讨论这些事情。

“反正我今天很早就下班。”我说着，抚摩着他的手臂，“我们一会儿见。”

他摇摇头。

“我不懂你对我做了什么。只要你一走，我就觉得自己很寂寞。”

我们在门口互吻了好几下。然后我冲下阶梯，像个疯子一样狂踩着自行车。当我喘息着跌跌撞撞冲进店里时，已经迟到了五分钟。莫琳眨巴着眼睛，望着我。

“你是刚从客场比赛回来吗？”

当贝妮塔终于来替换我的时候，我已经在结账柜台后面站了好一阵子。最近几星期以来的睡眠不足开始让我有点失去平衡。

“您要这个吗？”我对一名已经试穿过四件相同色调、不同款式女式衬衫的客人说。

她恼火地瞪了我一眼。

为了暂时离开现场一阵子，我溜进男装部，打开装着新衬衫的箱子。我陷入各种思绪之中。当我听见背后传来一个声音时，我跳将起来。

“嗨，史黛拉。”

一名留着金色卷发、二十五岁左右的女孩就站在我身旁，绞着手。

“我们认识吗？”

她似曾相识，但我实在想不起在哪里见过她的面孔。

“我们素不相识。”她说，“但是你认识克里斯。”

就在那一刻，我知道她是谁了，那个我看过的脸书照片上的女孩。

“你想怎样？”

我倒退一步。

“我叫琳达。”她说，“克里斯想必谈过我的事情，所以你看起来才会这么害怕，是吗？”

我的心怦怦直跳。我四下张望，但周边一个人也没有。

“现在，请你离开这里。”

“我会离开这里。史黛拉，你不必怕我。”

她的身材单薄、长相非常甜美，完全没有情绪不稳定或具有攻击性的迹象。

“我只是希望你能够谨慎一点，”她说，“克里斯并不像你所想象的那样。”

我伸出胳膊肘将她从我身边挤开。

“拜托，你得听我说。克里斯努力想骗你上钩。”

我迅速走向楼梯，但感觉到她在后方亦步亦趋。

“检查一下他房间里的那个大柜子。那个被他称为书房的房间。”

当我走下楼梯时，她这么说，“右上角那个被锁起来的抽屉，你在左下角可以找到那个抽屉的钥匙。”

我迅速拐向结账柜台区，直到自己和排队等待结账的人群并行才转过身来。我直到这时才觉得比较安全一点。

我只看到琳达的背影，她正从玻璃门走出。

“发生什么事了？”贝妮塔从我后方问道，“你看起来好紧张。”

我努力让呼吸声变得平缓。

“没事。”我说，“什么事也没有。”

我真不知道自己还能相信什么。

66

“不会吧？”当小熊带着几本新书进来的时候，我说道，“那些书看起来够厚的。”

“这是一个项目。”他说着，然后告诉我，“你得写一篇小论文。”

“什么是小论文？”

我不喜欢人们对我使用一堆我不懂的词。

“你放心吧，我们等一下会说明。”

我斜眼看他，努力摆出自己对这个主意深恶痛绝的样子。不过，我当然只是做做样子。他想必也知道我只是摆个样子，所以才若无其事，继续说下去。

《罪与罚》：十九世纪的俄国文学，六百四十六页。

“老实说，在一般情况下，”我一边说，一边用拇指翻动那本书，“假如我得选择读这本书或是接受连续十四天的痛经……”

“你会喜欢它的。”

“我会读它的。因为我不想老是闻到恶臭味，因为在这里真的没有别的事可以做。”

小熊对我露出微笑。

“还有这一本。”他一边说，一边用手指指着另一本说。

这一本叫《红杏出墙》，也是十九世纪的小说，不过只有一百九十五页。不比 **H&M** 时装店的产品目录册厚多少。

“我想先从那一本看起。”我说。

当我阅读序言和第一章的时候，小熊就坐在我身边，一边哼着小调一边埋头翻阅自己的文件夹。他把自己大半辈子人生都奉献给了这些文件夹。

这本书相当乏味，描述巴黎的许多人和事物。很快地，我就开始神游。我瞄了小熊一眼，他正在拉开那只绣着色彩鲜艳动物图案的笔袋。我猛然想到我对他所知甚少。

“你有几个小孩？”我问道。

“就一个，”他说道，有点惊讶地微微一笑，“路易莎。”

“为什么？”

他看起来困惑不解。

“因为这个名字很美啊。我太太的舅母就叫路易莎。”

“不不，我不是这个意思。我是说，你为什么要有小孩？”

“什么？”他脱口而出，露出一个十分夸张的微笑。这种微笑背后必然隐藏着某种焦虑。

“还是说，这是一场错误？保险套弄破了？”

小熊的微笑顿时消失。

“那才不是错误。”他咕哝着，“我一直都想要生小孩。感觉上，这个时间点很好。我……我不知道。”

我朝天翻了个白眼。

“小熊，我有个理论。”

“被我猜对了。”他叹了一口气。

“我觉得，很多人是为了自己才生小孩。差不多就像在一切既灰暗又无趣的时候，赶快冲进城里，买一管口红，让自己心情好过一阵子。”

“你把生下一个孩子和买口红做比较？”

“当然，这个比喻是有点说不通，不过你应该了解我的意思。人们生小孩就只是让自己好过些，强化自己的认同，让生活不要那么无趣。嘿，我也不知道了。”

“或者说，这是你所能经历过最伟大的事情，爱情最美好的结晶、人生的意义。”

“拜托，小熊。人生的意义？你真能说。”

他微笑着摇了摇头，再度埋首于文件之中。

“你们有想要更多吗？”我问道。

“更多什么？”

小熊假装忙着阅读文件。

“更多小孩。你跟你女朋友……同居人或者太太……你们想生更多小孩吗？”

“我想是的。我觉得，有兄弟姐妹总是比较好的。”

他仍然没有看着我。

“我爸妈也这么觉得。有好几年的时间，他们像兔子一样做爱，就是想再生一个孩子。他们没有成功。我不知道，也许上帝对于他们照顾身边这个现有孩子的方式不怎么满意，不管怎么样，有时我觉得：我童年的一半光阴都耗在这个始终未能出世的弟弟或妹妹身上。”

小熊从文件堆里抬起头来。

“这真是悲剧。”

“我只是希望我们能够好好过生活。我们已经是一家人了啊。”

“我了解。”

“别对你女儿做出一样的事，别对小路易莎做出这种事。”我说，“请你向我保证。”

“我保证。”

小熊向我说明：小论文是一种以事实为根据，抒发个人意见的文本。

“你必须根据这两本十九世纪的小说写下自己的想法。《红杏出墙》和《罪与罚》。小论文的主题是谋杀。是什么因素让一个人变成凶手？所有的谋杀都一样可恶吗？”

我低头望着空白的笔记本。我在第一页用粗体字写下几个大写字母：E S S Ä。这个词真是丑陋。我知道这个词在英文里是*essay*，可是一换成瑞典语，这个词听起来就像是老头胸前口袋里会塞的东西。*卡尔－古斯塔夫？你有没有带你的小论文？*

我敷衍了事，稍微翻了翻那两本书。但是，我其实无法专心阅读。

“加油。”小熊临走前这么说。

我微笑着点点头。然后，我就将书放下。

我反而想起迈克·布隆堡的主意：把罪责推给琳达。他说：她是另一个潜在的犯人。他已经跟我妈谈过这一点了。他铁定已经这么做了。我妈也显然已经和艾米娜谈过了。

我知道这种事情在瑞典是怎么运作的。要是出现两名可能的嫌犯，你就得事无巨细地证明谁做了什么或是两人的嫌疑同等重大。否则，两人都不会被定罪。我一直都觉得这种做法很愚蠢。有些事情必须被改变。

我一想到艾米娜，心中就一阵抽痛。该死的，我真想念她。艾米娜、妈妈、爸爸。

我想起自己年纪还小而我爸是全世界最棒的爸爸的那段时光。我们能回到这种相处模式吗？有可能吗？还是，一切都毁了？

也许，我最好还是将这一切都告诉警方，为这些烂事情画上句号。

我环顾四周，恶臭味、墙壁，沉闷无趣。始终停滞不前的时间、足以杀死我的夜晚，我将会承受不住，很快地，我就会受不了。我用头撞击着枕头，尖叫着。我得离开这里！

67

“这真是够变态的，”当我描述事情的经过以后，艾米娜这么说，“你想想，如果她说的是真的呢？你怎么能这么确定：琳达才是精神病患者，而克里斯不是。”

“拜托。如果这里有人能认出谁是精神病患者，这人就是我。”

我和艾米娜推着自行车穿过城市公园。同时，一大群穿着紧身衣、色彩鲜艳的运动鞋的中年妇女在旁边的草坪上用手掌与膝盖撑住地面，做着伸展操。

“她看起来……是不是有病？”

艾米娜望着我，我不知道该怎么回答她。

“来找一个跟自己前男友约会的女生，这样不算是有病吗？”

“也许。”艾米娜说，“但是，她说她想要警告你。如果你仍然一点感觉都没有，也许还是……”

我恼怒地瞪了她一眼。

“我认识克里斯。”

“你认识他才多久啊……三个星期？”

“这样就足以判断他不是精神病患者了。”

当然，对于琳达所提到的那个抽屉里究竟放着什么东西，我很好奇。不管怎样，我决定不把这个细节告诉艾米娜，那样只会助长她的好奇心。

“你打算告诉克里斯吗？”她问道，“关于琳达到 H&M 的事？”

“我不确定。”

我当然应该告诉他。但在此同时，无知就是力量。

“请答应我，你会小心。”当我们在体育馆前道别时，艾米娜说，“你带胡椒防狼喷雾器了吧？”

我摸了摸手提包，点了点头。

我骑自行车到克里斯家里，冲了个澡，换好衣服。他缓慢地深吻了我，从他脖子所散发出的味道，让我的膝盖颤抖不已。

“你扭曲了我的大脑。”他说，“我本来对任何东西都不会这么狂热。”

我很纳闷他说的*东西*是什么。不过我想还是不知道比较好。

我们喝着葡萄酒，玩着“平凡的追求”游戏。当我猜出和莎朗·蒂[1]（查尔斯·曼森[2]连环杀人案的死者之一）结婚的导演名字时，克里斯吹起口哨。对于他的赞赏，我沾沾自喜。然而，谈到精神病患者，我觉得现在告诉他我有轻微的亚斯伯格症，还不太合适。

最后，我还是让克里斯赢了。

不对，他的赢法其实很公正。比方说，他对从公元前开始的国王名字、年份都倒背如流。我从来就不喜欢历史。我宁愿选择未来。

“我觉得有点累了。”他说着，摇了摇酒瓶，把瓶中最后几滴酒倒

---

[1] Sharon Tate（1943—1969），美国女演员与模特。

[2] Charles Manson（1934—2017），美国罪犯、前音乐人与邪教领袖。

了出来。

我俩同时起身，他将手伸向我。他的眼神变得冷酷无情。他将我带进寝室，动作十分坚决。

“这样有错吗？”他靠在我耳边低语。

我摇摇头。

我们还没睡着，克里斯的电话铃声就将我们唤醒了。他从自己所睡的半边翻滚下床，背对着我讲电话，关于开会、谈判、喊价。

“你可以轻松地再多躺一会儿。”他一面说，一面亲吻我的脖子，“我现在得马上去开会。”

“现在？现在几点了？”

“差五分钟就七点了。”

“老天！”

我眼睛半睁着，望见他对着附在衣柜上的镜子套好领带，披上那件很贵的西装大衣。

“我也许就躺在这里，直到你回来为止。”

他转过身来，拧了我的大脚趾一下。

“现在的年轻人就是这副德行。”

“我其实是少女呀。我需要大量的睡眠。”

他露出微笑，双眼如钻石般闪耀。

“所以你今天不上班啊？”

“很不幸，我得上班。”我叹了口气，“不过，我十点十五分才开始上班。”

他趋身向前，亲吻了我。同时，他的领带在我的乳沟上摇晃着。

“门是自动上锁的。你离开时，只需要关上门就行。”

他离开以后，我试着再次入睡。然而，即使我昨晚几乎没睡，还是感到非常清醒。我的皮肤紧缩、双腿抽搐。我给自己一刻钟时间，在床上翻来覆去，不知推了枕头多少下。最后我选择放弃，用毯子裹着身体，溜进了厨房。

冰箱里塞满了各式美食和甜点。我把各种食物在桌上摆开，简直能和酒店的自助式早餐媲美。然后我把双脚跷在一张椅子上，一边吃一边听着从露台半开的门外传进来的、属于隆德市早晨的各种声音。

琳达的话在我脑海里回响。*那个大柜子，右上角的抽屉，左下角可以找到那个抽屉的钥匙。*

我走进门厅，站在镜子前面，揽镜自照了一会儿。

我得上卫生间。我在浴室里略显匆忙地察看了各种药物：鼻喷药、抗过敏的药片、双氯芬酸钠[1]。没什么有趣的。

我简单洗漱，然后走进那个被克里斯称为书房的房间。

窗边摆着一张书桌，墙上悬挂着一幅宽约两米、相当富丽壮观的图画。我没法看出它上面画的是些什么，不过我很确定，它的价值肯定超过在 H&M 上班的年薪。

对面的墙壁则被一座大型档案柜所占领。这就是琳达所说的柜子。

我望向窗外。这是对克里斯的背叛行为。可是，如果我不检查一下抽屉里装些什么，又仿佛愚不可及。我至少得把心中那些小疑点驱散吧？反正克里斯是不会知道的。

我蹲了下来，拉动那个位于左下角的抽屉。里面装着两只附盖子的塑胶盒。第一只塑胶盒里装满各种杂物：钥匙圈、表带、游泳比赛获得的标徽。大概都是一些他不忍心扔掉的玩意儿。

---

[1] Diclofenac sodium，通过抑制前列腺素生成而起作用的消炎药。

另一只塑胶盒则比较小。它的盖子有点紧，不过我最后还是将它转开。盒子底部是十来把不同的钥匙。

我打量着那个位于档案柜右上角的抽屉。其中有两把钥匙，看起来最有可能打开那只抽屉。我将第一把塞进锁孔，转了转。它纹丝不动。我下定决心，也试试第二把钥匙。当我转动钥匙的时候，锁孔传来“咔嗒”的一声。

我打开抽屉，朝里面一望。

我本以为自己会看到什么呢?

我仿佛变成化石，瞪着眼前的一切，各种思绪乱成一团。

68

我用力合上《红杏出墙》，力道之猛烈使小熊狠狠瞪着我。首先，我在很大程度上，从书中的特蕾丝的身上发现了自己。她对无趣的生活以及无所事事感到挫折。特蕾丝的家人不顾她的意愿，把她嫁给她的表兄卡密（我一开始以为这是女生的名字，然而，他是男的）。当然了，特蕾丝喜欢勾引男生，我们在谈的可是十九世纪的社会。不管怎样，特蕾丝很快就开始跟丈夫的朋友勒宏做爱。他们三人租了一条小船，然后，身为情夫的勒宏就把这女人的法定配偶卡密从舷边扔进水里，使他活活淹死。

命案发生以后，特蕾丝和勒宏为了责任归属问题大吵起来。两人的情绪都失去控制，被焦虑感所撕裂，想要把对方打死。最后，他们索性一同自杀了。

“我不喜欢这本书。”我这么说，主要还是想激怒小熊。

“那无关痛痒。”小熊说，“任何人都可以*喜欢*一大堆东西。你得学会*分析*才行。”

他这么说，仿佛我真需要学会这种技能。十九年来，人们一直企图分析我，甚至到了事无巨细的地步。同时，我也在分析他们。要说我真有什么特长，那想必就是分析吧。

小熊针对“文学分析”唠叨个不停。他表示，我们要分析的是这些书。但我和他在内心最深处都知道，实情并非如此。我们真正要仔细分析、研究的是我——史黛拉·桑德尔以及我病态的心理。

午餐后，我可以在健身房待上一个小时。我将健身用自行车调整到比较低的挡速，踩着踏板，感受到大腿的乳酸。我任由汗水从前额滚落，直到汗珠在我下方汇流成一个小池子为止。

然后，我又用单杠提膝器操作了几轮。我属于那种力量比较弱的人。在手球场上，我喜欢被一到两名防守员跟住，然后接住球。当她们像背包一样挂在那里、竭尽全力想把我固定在六米线上的时候，我的表现最好。一连五年，我可都是联盟内部的得分王。

有时候，我挺怀念这一切的。我对队友情谊和竞争感到怀念，我们设定目标，然后一起努力奋斗，力求实现目标。但到了最后，我无法忍受他们的领导：教练们决定我们要采取的每一个小步骤、每一次传球、每一个射门动作。我感觉自己只是别人编导游戏中的一枚小棋子。我对手球的兴致完全灰飞烟灭。

锻炼完以后，我在淋浴间里站了许久，像一条直线般站得挺直，任由洗澡水淋湿我的身体，仿佛将我卷进一条震耳欲聋的隧道里。我真的能感到牢房的那股恶臭味从我身上剥离。

我像一串刚点燃的焰火般走出淋浴间，擦干身体，穿衣服。然后，那些保安才抓住我。

“你身上的味道可真香啊。”吉米一边说，一边露出恶心的狞笑。

另一名保安高声大笑。他的绿色眼睛闪闪发亮，眉毛正上方有一道“S”形的疤痕。我觉得他是阿尔巴尼亚人，他发大舌音“r”的方式和美国人极其相似，而且不太会发元音“u”。

他们领着我穿过地下室，将我硬挤进电梯里。他们的目光就像不安分、到处乱摸的手，意淫着我的身体。

我努力使呼吸保持无声，而且顺利地用冲动来抑制冲动。我其实办得到的。我闭嘴，没说什么话。

这时吉米趋身向前按下红色按钮。电梯紧急刹车，我的身体失去平衡，踉跄地向后退，跌在阿尔巴尼亚人身上。阿尔巴尼亚人伸出双臂，搂住我的腰。

吉米瞪着我。他淫秽、模糊的眼神中，同时散发出不屑与兴奋。他毫无预警地伸出手来，像是要揍我。但在最后一刻，那只大拳头停在我脸颊正前方。他的口鼻处露出一抹惹人嫌恶的微笑。

我的脸颊感受到他的鼻息。我又拍又打，想要脱身。但由于阿尔巴尼亚人将我的双臂反扣在背后，我无路可走。

吉米喘息着，接近我的耳边。他下巴上丛生的毛发刮擦着我的面颊。

“你这小婊子，现在狠不起来了吧？”

我重重地吞了一口口水，咬紧牙根，咬到上下两排牙齿发疼。

“在这里，你是永无宁日啦。”吉米说，“只要我想，我随时都可以把你带走。我有钥匙。”

他向后退了一步，唇边仍挂着那一抹丑陋的狞笑。同时他伸出手捏了下我的胸部。我铁了心肠，不能让一丝一毫的情绪流露出来。吉米用那双充满轻蔑、怨恨的眼睛瞪着我，同时用手强摸我，一直摸到我的肚子上。

阿尔巴尼亚人在我背后，笑得声嘶力竭。

随后，吉米按下按钮。电梯先是震颤了一下，然后才启动。

我一回到囚室，就写下小论文的最初几句话。

不管是谁，都有能力杀人。

要是一个人被侵犯、侮辱到了极点，他会不顾任何界限。

我什么都不相信了。我知道。

69

艾米娜不愧是我最好的朋友，她果然挺身而出。

“史黛拉，这不正常。这样很不健康。”

我们坐在客厅里，双脚垂在沙发边上。我刚才告诉艾米娜，我在克里斯那个上锁的抽屉里看到的东西。我爸妈去参观一场关于意大利食品的博览会，会在一栋位于厄斯特连恩、由城堡改建的民宿过夜。

“很多人喜欢这种玩意儿啊。”我说，“这比你所想象的还要常见。”

“可是，说真的，你能做这种事吗？”

“我做不来。”

“琳达为什么希望你看见那些东西？”艾米娜说。

我不知道。我在那个上锁的抽屉里找到一只用黑色皮革制成的口衔，口衔上还绑着一个球，是用来塞进对方嘴里的，还有一只装着透明液体的塑胶瓶、一块暗绿色抹布以及一副坚固的金属手铐，抽屉最下方放着一把无比尖锐的瑞士刀。

“琳达就是想要把我吓跑。这些东西不能直接证明克里斯是精神病患者。”

“可是，那把刀，他为什么要带刀？”

“你来告诉我为什么啊。”

对此，我甚至不敢多想。

“你要不要问问他？”

“我该说什么？说我只是*不小心*找到他那个上锁的抽屉的钥匙？”

他已经发来三条短信，而我还没有回信。我现在六神无主。

“他对自己的年龄撒谎了。”艾米娜说。

“那只是个无伤大雅的小谎话。”

艾米娜叹了一口气。

“我们难道不能做点别的？”我说，“上某个地方玩玩？”

我脑海里各种想法不断地盘旋着。

“耶克尔·林德贝里家在举办派对。”艾米娜说着，拇指滑过手机的屏幕。

“林德贝里，他不是住在比亚瑞德[1]吗？”

“他住在巴什贝克。”

这样更糟，这意味着15千米左右的距离。

“我们当然可以借用我爸的车，”我说，“他们搭几个朋友的便车。”

艾米娜皱了皱鼻子。

“不要在那里待太久。要是那里无聊透顶，我们就闪人。”

我借用我爸的车，已经不是第一次了。如果你问我，我会说：那辆车真是够大，大到不像话，感觉就像在开货车。如果要练习开车，我宁愿开驾训班的小型菲亚特。

我驾车穿过市区，经过诺瓦尔购物中心，朝海岸线驶去。艾米娜将自己的手机接上汽车音响，把音量转到最大值。当汽车音响播放到某个舞团由萨克斯风伴奏的歌声，唱到关于高山和深谷的段落时，我们跟着哼唱起来。这时，一辆体积超小，但贵得要命的奥迪TT跑车不知从哪里冲了出来，在我面前拐弯。

我狠狠撞上那辆小型德国车靠乘客座一边的车门，一把将它撞进道路旁的草莓园里。那名驾驶员是个满脸皱纹、戴着假发的糟老头。

---

[1] Bjärred，位于隆德市中心以西约10千米的人口密集区。

他先将长裤的裤管拉高，避免沾到草莓园里的泥，然后对我破口大骂。他告诉我，他始终坚信女人是最不牢靠的汽车驾驶员。如今，天哪，他的说法终于得到验证了。

我爸妈不得不提早离开城堡和派对，到警察局接我们。我爸眼里杀气腾腾，我则哭个不停。

不幸中的万幸是：这件事情并没有进行庭审。我签署了一份针对罚金的即刻处罚令，然后就回家，咒骂着自己多么愚蠢、多么该死。

我爸将这件事情称为*汽车事件*。

警方把这件事称为非法驾驶和过失导致的交通事故。提高自费金额，加上日科罚金，三万克朗就这样没了。

我对自己生气至极，把自己反锁在房间里。三万块！那可是我辛苦攒来的旅费的一半。我在秋天出游的计划再也没机会实现了。

我再一次坐困愁城。

我躺在床上，用耳机听着音乐，同时阅读关于精神病患者和性行为的文字。我知道自己以前读过类似的文字，但不得不强化自己的记忆。

对精神病患者来说，性行为的关键在于权威。

交往初期，精神病患者常会在性交时把全部注意力都集中在其伴侣身上。但是，精神病患者喜欢刺激、多变。他很快就会想为性生活增添乐趣，而且常会诉诸让其伴侣感到不舒服的活动。精神病患者会缓慢地打破其伴侣的界限，并借此取得宰制她的权威。假如其伴侣拒绝按照其建议行动，他会归罪于她，或威胁要将她换掉作为回应。

我嘴里感到一股恶心的味道。

我想到我们在沙滩上散步，当我依偎在克里斯胸口时，他身上所散发的气味。他在夕阳西下时喂我吃草莓。当我们坐在云霄飞车上时，他的手紧紧抓住我的膝盖。

这不是真的。

克里斯打电话来的时候，我打了个寒战，盯着手机，仿佛那是一块灼热的煤炭。

“发生什么事了？”他问道。

当我描述意外事故的时候，我把手机放在离脸颊一小段距离处。

“我得缴罚金，”我说，“而且保险公司要求我提高自费金额。”

“史黛拉，没事的。那只是钱。最重要的是，你和艾米娜都没有受伤。”

“可是，你不懂的。我梦想这趟亚洲之行，已经想好几年了。这是我的重大目标啊。我多么努力地攒钱哪。”

另一边的听筒传来一阵刮擦声，克里斯沉默下来。

“现在我付不起了。”我呜咽着。

“没事的，史黛拉。你当然可以到亚洲旅行。”

70

“我觉得，自己已经没有什么可以期待的了。”

当然，艾米娜认为我夸大其词。她皱了皱鼻子，隔着桌面盯着我。

“不要再小题大做啦。”

她刚锻炼完毕。我们就坐在体育馆的咖啡厅里，周围满是汗臭味和咖啡的味道。

“你说得可容易。你好像一直都知道自己该做什么。学医，结婚，生两个小孩，在史腾比[1]买别墅，还有波斯尼亚[2]的夏季度假小屋。”

“这听起来很无聊。”

---

[1] Stångby，位于隆德市中心以北 5 千米的人口密集区。

[2] Bosnia，波斯尼亚和黑塞哥维那的北部地区。

我俩都笑了起来，艾米娜啜吸着自己的蛋白质饮料。

“我一直都梦想着能够远走高飞。”

“我知道。”艾米娜说，“你当然可以去旅行。最坏的情况下，你只不过晚几个月出发而已。”

我沉重地叹了一口气。几个月？她说这种话，仿佛这该死的人生是永恒不灭的。

“什么好玩的事情都没有，我已经厌倦了！现在难道还要这样下去吗？无聊地活上五十年，然后死掉？”

“五十？”艾米娜摇摇头，“你最好是估计六十或七十年吧。”

“该死。”我一边说，一边朝天翻了个白眼，“不过，虽然我爸妈年纪大了，但看起来其实过得还挺好的。家里完全是另外一种气氛。”

“我一直都很喜欢你父母。”

她以为自己无所不知。艾米娜是否察觉到，她从来没能接近我们家最深处的秘密。

“他们下个星期要去度假，好好恩爱一下。他们在乌鲁斯特岛上租了一栋小屋。”

“哎呀，真是太浪漫啦。”

“你得来我家陪我。”

“你的小猫咪呢？”

艾米娜将最后一点饮料一口饮尽。

“小猫咪？”

“克里斯！”

“噢，我不知道，”我一边说，一边用双手抚弄着头发，“其实我只想赶快出去玩。”

“你一定去得了的。”艾米娜微笑着，说道，“迟早。”

她漫不经心地向一名经过的队友打招呼。随后她站起身来，用手腕瞄准，将空空如也的塑料瓶扔进最近的垃圾桶里。

“看起来，你的生活过得真轻松啊。”我说。

她望着我，仿佛想朝我的胯部踢上一脚。

相当不寻常的是：我爸今晚并没有煮意大利菜。我妈从桌子的另一边用关爱的眼神望着我，我爸则面露微笑。吃完饭后，他想用电脑让我看看某个东西。

“你的生日快到了。”

他找到了一辆韦士柏摩托车。它非常酷，可是贵得要命。

“这样一来，你就不必*借用*我的汽车了。”他说。

“可是，爸，三万块啊！你知道吗？这可不是小数目啊。我之前已经提过，假如你们愿意赞助我的旅费，我就很高兴了。”

他望着屏幕。

“那就再说吧。我喜欢这辆车。”

“可是你又不是寿星。”我说。

这一晚剩余的时间里，我就在爸爸和妈妈之间度过。他俩之间存在着某种柔和的能量，一种非比寻常的沉静。我们并没有聊太多。不过，我们也不必多话。我感到安全、自在。

我靠回沙发的椅背上，让双眼休息一下。当我醒来时，时间已经超过半夜十二点。爸爸张嘴打鼾，脸颊贴在一本书上。妈妈则坐在沙发的另一角，双膝叉开，泪水流满了面颊。

“发生什么事了？”我半睡半醒地问道。

“小狗……”她一边说，一边指着电视，“小狗死了。”

我拍拍她的肩膀。

“妈，好莱坞电影里的小狗一定会死。你都没学到这一点吗？”

我从枕头下方翻出手机。

四通克里斯打来的未接来电和一封新短信。

我打开那条短信。我发现，发送这条短信的电话号码并不在我的联系人名单上。

他现在肯定对你宠爱有加。一开始，他也是这样对我的。我花了两年才了解他的真本性。我可不希望你重蹈我的覆辙。请小心。

见她的鬼去吧。琳达难道已经病到无法抛开克里斯了吗？她是否企图控制他和那些女生见面？她想摧毁能使他感到快乐的一切？

我再读了一次那条短信，然后将它删除，同时拉黑琳达·罗翰的电话号码。

我一边上楼，一边打电话给克里斯。

“你总算接了。”他说，“我都有点担心了。”

背景传来一阵嗡嗡声。那是引擎声，还有喇叭声。

“对不起，我在沙发上睡着了。”

“你得出来。”他说，“我在车上。我在大酒店预订了一间套房。”

71

爱莎替小熊转开门锁。小熊停留在门外，犹豫不决。

“你还好吗？”他试探性地问道。

“嗯？”

我当然是躺在床铺上，但服装整齐。

“他们说你昨天生病了。”小熊解释道。

这件事，我还差点忘了。

“噢，我只是没力气和心理医生见面而已。”

小熊看来并不完全相信这个说法。他摸索着，翻出自己的文件夹和铅笔袋。

“我不能理解，他们怎么能强迫别人到那里去。”我说。

小熊饶有兴致地翻阅着《罪与罚》。

“我能理解，这种事情是会让人很心烦的。我多次想过接受治疗，但实在提不起劲。”

我拿着笔记本，坐到他身旁。

“你的小论文写得如何了？”

“没有什么进展。”

整篇文本，仍然只有贫乏无力的四句话。

“我们稍微聊聊。聊完以后，你肯定能开始写作。”他一边说，一边继续翻着那本由陀思妥耶夫斯基所写的小说，“你对这本书，有什么想法？”

我沉思了一会儿。

“它很长。”

想想看：我自愿地看完这一整本漫长的、于十九世纪所写成的俄国小说，而且没有心怀怨恨。

拉斯柯尔尼科夫刚满二十岁，自认为比其他人聪明。由于缺钱，他决定抢劫一名掌管当铺的老太婆，并杀掉她。他自己形容：这老太婆邪恶、惹人厌恶，不配活下去。

你不需要在师范学院读上十年书，就能知道小熊想得到哪些结论。

“你的出发点是什么？”小熊一边问，一边指着我笔记本上的标题：ESSÄ（小论文）。“你会需要提出一个问题。比方说：所有的杀人行为，都是一样可恶的吗？或者说，有时是否可能出现让人从宽考量的背景？”

我若有所思地望着他。

“你对这些事情有多了解？”

“了解？这些事情？”

他努力摆出不解的表情。不过，小熊的骗术连念幼儿园的小孩都唬不过。

“我们现在探讨的就是这两本小说，”他说，“没有别的。”

我点点头，露出讽刺的微笑。

“让人从宽考量的背景，当然可能存在。”

“你这么确定？”

“这些书里或许没有写到，但是让人从宽考量的背景当然可能存在——完全从假设性来说。”

“假设性。”小熊说着，仿佛自己之前从来没听过这个词，“比方说呢？有什么因素能让人合理、正当地杀掉另一个人？”

“我不是在讨论*正当性*。那是另一回事了。我们现在是在讨论让人从宽考量的背景。”

“请举例。”小熊两手一摊，说道。

“自卫。”

“那是另一回事。如果是那样的话，我们就不是在讨论谋杀了。人们有权利保护自己。请给我另外一个例子。”

我搔了搔脸颊。

“有些人不配活下去。”

小熊的双眼眯成一条缝。

“我并不是说：谁都可以到处乱晃，把别人杀掉，但有些人滥用自己的生存权。当然，解决问题的一个方法就是运作正常的法治系统。如果强奸犯和杀人犯受到严惩的话……”

“你的意思是，你赞成死刑咯？”

“我觉得，大部分人是赞成死刑的。你没有身受其害，反对死刑倒是非常容易的事。你去问问谋杀案中死者的家属，答案就很清楚。”

小熊惊骇地动了动嘴角。

“你不认为，人们都应该获得改过自新的机会吗？”他说。

“在他们强奸，杀完人以后？”

我不知道他是否有意识地诱导我。不过，他还是成功了。

“那个强奸我的男人，”我说，“你的意思是，要给他机会？”

“我……是……”

“那时我十五岁。十五岁啊！他抓住我，将我压在下面，让我根本没法呼吸。我为了自己的性命搏斗，而他把自己恶心的小鸡鸡插进我身体里面。”

小熊的表情定型成一个丑陋、难看的鬼脸。

“这里没有什么让人从宽考量的背景。”我一口咬定，“我真希望看到那个下流坯子死掉。”

小熊也算识时务，他并没有回嘴。他眨了几下眼睛，然后低头望着自己的双手。

“我真想亲手杀了他。”我说。

72

我在大酒店的套房里醒来。克里斯深陷在我正对面的手扶椅上，手上拿着一杯咖啡，双脚交叉，跷在自己面前的板凳上。

“小美人，早安。”

我露出微笑，蹑手蹑脚地经过他身旁，走进浴室。我在水槽将脸洗干净，然后坐在浴缸的边缘处。昨天深夜，我们就在浴缸里做爱。后悔之情就像一团厚重的硬块，在肚子里逐渐发酵。

“你几点钟上班？”克里斯从手扶椅上喊道。

“九点四十五分。”

时间已经很紧迫了。

我穿上衣服。当我拥抱克里斯的时候，我努力摆出一副快乐、感激的表情。

“别忘了这个。”他一边说，一边把那张地图递给我。

那是一份礼物。当我们还在床上喝香槟酒时，他给了我这份礼物。它像羊皮纸文件一样被卷起来，用一条精美的缎带绑好。克里斯在这张亚洲地图上，用小型黄色星星标示出特别的景点。那是他希望我们能够一同体验的景点。我其实已经有一张内容一模一样而且更大的地图，上面已经插满别针。

当我坐电梯下楼，闪进渔人小街的时候，我本该心怀感激的。然而，这种种情绪就是问题。我无心探究这些情绪。这趟亚洲之旅是我人生当中的重点，我不能跟一名三十二岁的男子同行。这是不可能的。然而，某种事物又在我胸口灼烧着，对我说：不要再做那么多分析了，一切顺其自然就好。

当我横穿大广场、距离上班地点最多还剩两分钟的路程时，天空突然降下滂沱大雨。这是数个星期以来，第一次下雨。

晚上当我离开店面时，天空仍在下雨。我的打算是：闪进转角处，然后在伯特福斯广场搭公交车。我把时间和地点都算得很准，就是要避免被大雨淋成落汤鸡。

不过我才走了几米，就看到两个共撑一把伞的人。

“史黛拉！”

艾米娜捉住我的胳膊。

“来吧，你得听听这个。”

她的头发湿漉漉的，双眼狂野。

“发生什么事了？”

“我们先找地方躲雨。”她一边说，一边试着拉着我走。

琳达·罗翰在她身旁打着哆嗦。她一只手撑着雨伞，另一只手努力抓住女式衬衫的领口。

“去你的，艾米娜！”

难道她私底下和琳达·罗翰密谋？难不成她俩私通？我甩开她，同时瞪着她。

“行行好，你真得听听琳达的话。”

雨滴从她的脸上滑落。所有人似乎都陷入了绝望。

“OK。”我一边说，一边望着琳达，“不要拖太久。”

我们在遮雨棚下找到一块与外界隔绝的空间，艾米娜拨开贴在脸颊上湿漉漉的发丝。她要琳达描述那些发生过的真实事件，艾米娜显然已经听过这些事情了。

“我和克里斯在一起三年。”琳达·罗翰说，“当时我觉得，我的生活真是完美无缺。情况发生变化的时候，我甚至浑然不觉。”

她用逡巡不定的眼神望着我。

“继续。”艾米娜说。

“这是个渐进的过程，每一个阶段都发生一些小事情。我说服自己：这些事情都不会再发生，情况不会恶化。我多么希望，一切能够保持美好。”

雨点敲击着遮雨棚。几个男孩子追上一辆公交车，赖在车门边，直到司机放他们上车为止。

“我首先察觉到他是多么善妒。”琳达说，“一开始，我觉得这样很可爱。这仿佛能证明，他是真心爱我。可是，情况越来越严重。有一回，他一口咬定我在跟一个男生调情。他就动手打了那男生的下巴。”

我直视她的双眼，没有任何迹象显示琳达在撒谎。

“我们刚认识的时候，我还在上学。不过，他说服我中止学业。他说，我在他的公司上班比较理想。我就不需要学历了。那时我的父母就已经很担心，他迫使我中断和父母的联系。过了一段时间以后，我们也不再与我的朋友们往来。他总能找出理由。当我告诉他有人邀请我们去做客的时候，克里斯刚好就想给我一个惊喜，到布拉格玩上一个周末。这种事一而再、再而三地发生。到最后，我身边几乎什么亲朋好友都不剩了，只剩下克里斯。”

我想到他脸书页面上的那张照片。她和克里斯看起来好快乐。这一切难道是事后编造出来的吗？一场残忍、精心策划的复仇行动？

“我将自己生活中的一切局限在克里斯身上，”她继续说道，“而这正中他的下怀。他缓缓地迫使我屈服。”

一辆公交车开上街道，车胎将水花溅得老高。我转向艾米娜。我了解她这么做是出于关怀，但是，这仍让我难以接受。她在想什么？没来由地从暗处杀出，还拖着琳达·罗翰一起来。艾米娜信任这个女人吗？

“他将会对你做出一样的事情。”琳达一边说，一边摇了摇手中的伞，“他的猜忌心理，简直无可救药。我一开始没弄懂这一点，不过，他在几个月以后就展现了自己的善妒。他想知道我所做的一切，以及跟谁做，在哪里做。到了最后，真正不忠的人还是他。”

我想起克里斯所说的话：*情感上出轨，可是什么事都没发生。*

“我在他的手机里找到一条短信。一个我俩都认识的女生。我把那女生视为我的朋友。他们之间的事已经非常明显。但是，当我正面向克里斯质疑这件事情的时候，他就把我压向墙边。”

她把伞折叠起来，望着街道。

“他撞裂了我的脾脏。我们在医院瞎编出一整套谎言，说我是骑自行车摔倒的。”

不。克里斯并不暴力。

“这是什么时候的事？”我问道。

“去年冬天。就在圣诞节之前。”

克里斯说过，他是在今年春天新认识一个女生，然后才与她分手的。

“你怎么不离开他呢？”我问道。

“那没这么简单。我没办法解释，可是他好像牢牢掌控了我。我一直都很害怕。他第一次打我以后，情况就越来越糟了。我每次都对自己保证，这种事永远不会再发生了。可是他……我永远不会原谅自己选择留下。”

她合上双眼，从她眼里流出的究竟是雨水，还是泪水？艾米娜小心地触碰我的手臂，仿佛在表达某种歉意。

我有选择吗？不管这是不是真的。我不能继续和克里斯见面。我任由事态发展到这个程度，真是愚不可及。当然，他很有趣、性感而且家财万贯。可是，现在这已经足够了。我承受不了更多的肥皂剧了。

“你打开那个抽屉没有？”琳达问道。

我点点头。

“克里斯逼我做出实际上我不想做的事情。他说：要是我真心爱他，就应该表现出来。当我鼓起勇气制止他时，他气疯了。他把我的双手反绑在背后，将一个球塞进我嘴里。我根本没法呼吸。”

我自动地屏住呼吸。那些回忆像从天而降的雷电，劈打在我身上。

“他强奸了我。实际上，他想必很期待看到我做出抵抗。他就是喜欢这样。我那时才了解。”

我想到在大酒店的浴缸里，克里斯充满柔情蜜意的双手，规律地喷向我们身体的水柱。琳达所说的话，完全不符合我对克里斯的认识。

“你怎么不报警呢？”

“我找过，可是他们撤销了调查。克里斯的妈妈是法学教授，她认识全国所有的法官和检察官。克里斯是功成名就的企业家和百万富翁。他们凭什么相信我呢？”

“你是什么时候报警的？”

琳达跺了跺脚。

“四月。”

“在*你*离开*他*以后？”艾米娜说。

琳达点点头。

“在你离开他以后，”我说，“还是在他离开你以后？”

她非常短暂地闭上双眼，擦干面颊。

“在他离开我以后。”她静静地说。

我对人行道吐了一口唾沫。在我面前，又一辆公交车开过来。车轮激起的水花喷溅到人行道上，一名拖着旅行用登机箱的女子连忙跳开。

“这是我要搭的车。”我说着，同时追向那辆公交车。

73

“我们上次见面的时候，你为什么反应那么激烈？”

西琳的脖子上套着一条色彩斑斓的围巾。她将围巾拉到下巴，然后望着我。我顽强地保持沉默，而她则扔出一个又一个问题。

“你想起这件事的时候，是否很难受？你觉得，谈谈这件事，对你是否会有帮助？”

我一声叹息。我不知道自己为什么又到了这里。我本来大可继续装病，疯狂地抗议，做出抵抗。

“找寻刺激者，你听过这个概念吗？”

我双手抱胸，瞪着西琳背后墙壁上的一个定点。她最好不要以为现在什么事也没有，可以随便用无关痛痒的话来忽悠我。她答应过我：不会用一堆偏见来看待我。然而，当我问到控制欲的时候，她直接就认定我是在讲克里斯的事。

“研究人员提到过，某些人需要额外的刺激才能体验到乐趣。我们通常称这些人为找寻刺激者。”她说，“比方说，这可以用来定义从事登山、高空弹跳等极限运动的人。不过，这一点也可以形容追求高风险感情关系、对冲突十分享受的人。”

我努力摆出极端厌倦的表情，而实际上，我全神贯注地聆听。

“克里斯多弗·奥尔森，他是否喜欢刺激？”西琳说。

她这回提到他名字的时候，显然谨慎多了。她挺直了后背，手指想必还摆在警铃按钮上。

“别再闹啦。”我一声叹息。

“你应该很喜欢找刺激吧？不是这样吗？”

我高声“哼”了一声。

“我很喜欢你的分析，真的是很喜欢。以后我要是需要治疗，肯定会打电话给你。”

此时，我直视她的双眼。

“你的幽默感……”她说。

“一种防卫机制？嗯？”

她没有回答。

总算，我想，她总算放弃了。

我回到自己的囚室，躺在床铺上，伸展身体，望着天花板上的一个斑点，直到它开始扩大，具备生命，向外移动到一种由模糊的色彩与模式所构成的幻觉里。

我想着克里斯。西琳关于大脑的化学机制、情感与对刺激要求的闲聊，也许有点道理。可是，这是否意味着我不必怪罪自己？归根结底，每个人不都应该为自己的行为负起责任吗？多巴胺、血清素和肾上腺素是负不了什么责任的。什么是能让人从宽考量的背景？我不知道。

我知道克里斯多弗·奥尔森是谁。我早就该理解。

冲动和感情，都是倏忽即逝的存在。我始终以为：爱情是另一回事，是一个由人所做出的选择。迷恋会像火焰一样燃烧，然后死灭。呵呵，十月的某个星期二，我在一天当中大概会迷恋自己达十次之多。但是，我选择不爱上克里斯，还是我选择爱上他，这种事真能选择吗？

当我想到这些事时，为什么腹部隐隐作痛？

一切都回来了：困惑与恶心感。

背叛。

当我想起艾米娜时，皮肤好像开始炸裂。悲痛与罪恶感席卷而来，使我感到头晕。

我想起了霍尔顿·考尔菲尔德和艾斯纳·格林伍德，要想保全理智度过这一生，真有可能吗？

当小熊走进来时，我猝不及防。我飞快地缩回床边，用双手遮挡住泪水。

“发生什么事了？”他一边说，一边把皮革制公文包放到桌面上。

“没事。”我呢喃着，“只是觉得很累。”

他趋身向前，将稳健的手掌搭在我的肩膀上。

我缓缓地抬起头来，面向他，任由泪水滑落。

74

即使我之前才答应过爸妈不在厨房或餐桌以外的地方吃东西，我和艾米娜还是在周五，坐在沙发上，共享一盘中东式烤肉。

“别让你爸爸失望。”这是我爸妈离开以前，我妈留下的最后一句话。

从各种角度来看，我的人生还真是个悲剧。

“我真不理解，你竟然让我正面接触这个精神病患者。”我一边说，一边恶狠狠地瞪着艾米娜。

“可是我又该怎么办呢？我摆脱不了她。”

“艾米娜，我们打开天窗说亮话。琳达·罗翰调查了你的身份，并且寻找你。她铁定跟踪你了，就像她以前跟踪过克里斯一样。”

艾米娜抿抿嘴唇。她显然想抗议，不过意识到时机不对。

我们上网搜寻更多关于琳达的信息，寻找某种能证明她是个怪人的证据。可是，网上几乎找不到关于琳达·罗翰的资料。

“你脸上有东西。”艾米娜一面说，一面用塑料叉子比着，“不对，是那边……再上去一点。”

我用手指摸索到脸颊上缘，将沾到的一点酱料抹掉。

艾米娜叹了一口气。当我懒得用餐具，弄得到处脏兮兮的时候，她就觉得丢脸。她本人可是把刀叉当成手术仪器一样使用的，把食物切碎，将极少量的餐点送进嘴里，让自己几乎不用张开嘴巴。你从来不会看见她咀嚼。

“今晚一起去‘帖格奈斯’？”她说，“拜托，拜托，拜托啦。”

“我才不要。”

我整个下午一直感到头疼，只想直接躺进沙发一睡十个小时。用这样的方式，替一个平凡无趣、在家里度过的夜晚画上句号。而我并不需要担心克里斯。他发短信告诉我，他今晚会和一个老友见面，我们改天再联系。出于某种原因，我在必须与他决裂之际，内心感到一阵动摇。我不知道自己是否有胆量硬碰硬，直接告诉他真相，还是让这一切随风而逝。

“算我求你嘛，”艾米娜说，“拜托。”

她想要跳舞、狂欢、和人交际。她此时的精神比往常都来得好。身为她最要好的朋友，我当然也奉陪到底。我们闲晃着，顺着前几年瑞典旋律节[1]优胜歌曲的节拍翩然起舞，在门厅的镜子前挤来挤去，来回不停地换装。午夜前不久，我们就跨上自行车，顺着下坡，一路飙向“帖格奈斯”。

我们甩动头发、汗流浃背，同时五颜六色的光束扫向舞池，而后爆裂开来。在人满为患的夜店里挤出一条路，就像是一场障碍滑雪赛，而艾米娜始终抓着我的手。气喘吁吁的我们很快就来到吧台前，各自向那名大胡子酒保点了一杯苹果酒。

我汗流浃背，头疼得厉害。

“你瞧！”艾米娜一面说，一面指着吧台区的另一边，“他不是应该要跟老朋友见面吗？”

克里斯背对着吧台桌，身体微微向前弯，面对一名裸露肩膀、戴着一对银色耳环的女生。他们一同笑着，她的手温柔地轻触他的胳膊肘。

“她是谁？”艾米娜说。

我抓着酒杯，绕着吧台桌走动。克里斯发现我的时候，正准备转身。当时他仍笑个不停。

“史黛拉！你们也在这里啊？”

他拥抱我的时候，我全身紧绷，作为抗议。那个戴着耳环的女生惊讶地望着我。

“这位是我的朋友，比缇丝。”克里斯说。

我俩握手时，我十分仔细地打量她。她大约二十五岁，也许有三十岁。浓妆艳抹，有着宽大的双唇、紧实的身材。

---

[1] Melodifestivalen，由瑞典国家电视台主办的年度音乐大赛。

“对不起，”我说，“当你提到老朋友的时候，我就想……”

“老？”比缇丝说着，笑了起来。

克里斯露出害臊的表情。

“你们又是怎么认识的？”我问道。

“一开始是通过克里斯的前女友。”比缇丝说。

克里斯假装没听到，说他十分喜欢我的紧身背心。他对这段对话看来一点都不热衷。不过，我可不准备放过这个机会。

“你是说琳达？”我问道。

比缇丝望着克里斯，他无可奈何地耸了耸肩。

“高中时，我和琳达就成了朋友。”比缇丝说，“其实，她和克里斯第一次相遇的时候，我也在场。他俩刚成为一对的时候，我经常跟她交流，直到她……生病为止。”

她微微低下头。

“生病？”我说。

比缇丝点点头，没有详细说明。

“琳达来找过我。”我说着，同时转向克里斯。他一拍前额。

“真的？”

“她甚至还查出了艾米娜的身份。她想针对你的事情警告我们。她说了一些你做过的乱七八糟的事情。”

“见鬼去吧！”克里斯说，“现在这样，真是够了。她想不计一切代价毁掉我的人生。”

“这真是太悲惨了。”比缇丝一边说，一边拍拍克里斯的手臂，“我刚认识琳达的时候，她可是全世界最可爱的女孩。她是那么美丽、体贴。当时她确实已经有点疑心病、善妒，可是又有谁能料到事情会变成这样？”

“她没获得任何帮助吗？”我说，“比方说，精神科之类的？”

“琳达从青春期开始，就一直接受心理医生的治疗。”克里斯说。

“不幸的是，这么多年过去了，情况每况愈下。”比缇丝说，“当克里斯提出分手的时候，一切就天下大乱了。”

大概就像我所想的一样。我望着艾米娜，意味深长地比了个手势。

她把一只手搭在我的肩膀上。

“去卫生间。”她说。

“可是……”

“现在就去，谢谢。赶在我尿裤子以前。”

我们将自己关进厕所的一个隔间里，轮流尿尿。我感觉全身暖热，疲累不已。可能是某种病毒的关系？也许是我的工作量太大了？

“你怎么啦？”艾米娜问道。

“我不知道。快累死了。”

我只想赶快回家，躺到床上。

“现在你总该相信我了吧？”我问道，“你有没有搞懂，琳达·罗翰这个人有一大堆问题？”

艾米娜用手托着前额，借此表示她有多么愚蠢。

“我事先又怎能知道呢？我不敢碰运气。”

“没事啦。”我保证。

“他可真是帅翻了。”艾米娜说着，露出狡猾的微笑。

“谁啊？”

“你暑假养的小猫咪。”

我笑了起来，但就在下一刻，我无法克制自己的不舒服感。我不知道这种不舒服感究竟从何而来，也不知道它意味着什么。然而，它让我全身紧缩。

“来嘛，”艾米娜一边说，一边打开隔间的门，“我还没玩够咧！”

整个舞池活像一口冒着气的炖锅，我们迂回前进，挤到舞池的正中央。我努力压制疲累感，而艾米娜则狂歌纵舞。她的双臂舞动着，笑声就像肥皂泡沫从她嘴边涌出。

克里斯很快就加入我们，紧贴着我跳舞，双手摸向我的臀部。他暖热的鼻息散发出浓厚的酒味，触碰着我的脖子。我的胃部感到一阵沉重的撞击，双腿越来越虚弱。

我抓住克里斯的胳膊。

“比缇丝上哪儿去了？”

“回她男友家了。”

“我现在不怎么舒服，我应该很快也得走了。”

克里斯和艾米娜用忧虑的眼神望着我。

“需要我跟你回去吗？”克里斯说。

“不，你就跟艾米娜待在这里。我骑自行车回家，直接就睡。”

我迅速地亲了他一下，然后拥抱艾米娜。

“你确定？”她说。

“对不起咯。”我回答。

户外清新的空气，立刻让我觉得舒服多了。我的头脑不再觉得那么沉重，而当我骑车经过市区的时候，双腿也感觉有力多了。吞下两粒扑热息痛退烧药，喝了一杯雀巢营养补给饮品以后，我拿着手机钻到被子里，像一根被吹熄的蜡烛，倒头就睡。

我被枕头的振动唤醒。手机掉在床板与床垫之间。我坐起身来，摸到手机，将它拿起。

“喂？”

艾米娜在话筒的另一端喘着气。

“有件事情，我得告诉你。”

“发生什么事了？”

“我跟克里斯回家了。”

我的胸口像是被刺了一刀。她这是什么意思？

“我也无能为力。我们共乘一辆出租车。我忘记自己的自行车还停在‘帖格奈斯’。”

她屏息凝神。我的心脏怦怦直跳。

“有发生什么事吗？”我问道。

“没有，没有。什么事也没有。”

“什么事也没有？”

我又缩回枕头上。

“那当然，什么事也没有。不然你觉得怎样？”

“没事，那当然。”

“我只是要告诉你，我跟他回家了。”

我只说：“一切都好，一切都很正常，什么事也没发生。”

其实我本来已经决定要跟克里斯分手。现在，我不那么确定了。

“你感觉好点没有？”艾米娜问道。

“我觉得好一点了。”

我看了看时间：凌晨四点半。

“赶快回家睡觉啦，不然，狄诺会担心的。”

艾米娜紧张地笑了。

“他已经打过两次电话了。”

“明天再说吧。晚安。”

电池的电量剩下百分之五。我找到搁在地板上的充电器，正要将它插进插座时，发现收到一条新的短信，是从一个陌生的号码发来的。

史黛拉，请你们离克里斯远一点。他是个危险人物。

75

我在一身冷汗中醒来，不知道现在几点钟了。时间可能接近午夜，也可能即将破晓。在拘留所里，时间的流逝已经失去意义。

某个东西正在追杀我。我从床上摔下，在房里滚来滚去。那股味道就像我刚进囚室时一样浓烈、刺鼻。

我歇斯底里地敲打着上锁的门。同时，恐怖的影像强行钻入我的脑海。这些影像是如此真实，以至于梦境与现实之间的界限都被打破了。

“放我出去！”我对着门大声吼叫。就算我握紧的双手隐隐作痛，我还是继续猛敲猛打。

克里斯全身染血倒在地上的样子在我脑中闪现。这个形象就像波浪一样，闪动着、翻滚着，同时，血还不断从肚子上的刀孔里冒出。

“开门哪！”

我用前额撞击着坚硬的金属板，然后跪了下来。同时，我用手指甲绝望地撕抓着门板。

门被推开，一双受惊吓的眼睛探了进来，望着我。那是爱莎。

“救命啊。”我哇哇叫着。

我正在溺毙。就算我已经在地板上缩成一团，我的身体还是继续下沉。我逼迫自己起身，伸展双臂，但空气实在太窒闷了。这就像是尝试在水泥里游泳一样。

“妈妈！妈妈！”

爱莎要我从门前退开，我顺利地、迟缓地从门前爬开。同时，我听见爱莎的呼救声。

我仰躺着，凝视着天花板。在此同时，他们对我进行检查。他们的声音仿佛从远方传来，就像从远处发出的微弱低语。

克里斯垂死的模样一直纠缠着我，那具不断颤动、倒在地面上、血淋淋的躯体。

一名医护人员拍打着我的脸颊。我向他说明：我难以呼吸，喉咙感觉很不舒服。他将一杯水塞向我的唇边，不过，大部分的水都滴在下巴和脸颊上。一名保安和他一起将我从地上搀起。

好几只陌生的手摸上我的面颊。戴着塑料手套的手指在我嘴里摸索着。有人将两粒药片塞进我嘴里，告诉我："现在，好好睡吧。"

"不要！"我咆哮着，又拍又打。

梦境太危险了，我才不要回去。

"停！"我尖叫着。

他们从后方牢牢地抓住我。

我深深吸了一口气，然后屏住呼吸。我简直可以感觉到氧气流进血液里，心跳也逐渐放慢。

爱莎站在我面前的角落，她全身颤抖，眼神宛如迷路的小孩。

"警察。"我挤出这么一句，"我要跟警方谈谈。"

我不知道自己要说什么：所有的真相、一部分的真相，还是某件与真相完全无关的事情？我只知道：我得说话。在我爆炸以前，我得说话。

76

克里斯想要到我家来。

*我想看看你住的地方，*他写道，*我也很想见见你的父母。不过，这件事也许还不用这么急。他们现在去度假，所以这再合适不过了。*

我环顾四周。到处都是衣服、袋子和各种杂物。厨房散发出动物死尸般的味道，我的内衣裤和衬裙像小山一样叠在洗衣房里。

“OK,”我回答道，“*不过你得给我两小时。*”

我得跟他谈谈，我们不能继续这样下去了。就算我很赞赏他从容的态度与活在当下的意愿，我也必须知道：我们对事情的经过看法是否一致。我很怕最后有人会受伤。

在汽车事件之后，在我爸妈周五回家以前，把家里弄干净是最万无一失的。我从客厅开始打扫。把东西收拾干净，吸尘，将桌子刷洗干净。然后，我开始打扫厨房。我将碗盘架清空，重新排列整齐，把杯盘放进橱柜，将流理台刷得铿亮。

到了最后，我将一大堆垃圾放到玄关。恶臭味扑鼻且难闻，我将满满的垃圾袋拖出门外。

像这样温暖的夏季傍晚，夕阳虽已西下，却仍在天空中留下一抹余晖，我真心喜爱这样的傍晚。空气显得沉静，而群鸟则唱起摇篮曲。

我将垃圾袋扔进垃圾箱以后，站在车道上，享受内心深处某种罕见的安宁与自适。

树丛里的某个东西扑动着，动作很迅速。也许是一只鸟？

当我走上前检查时，拍击声再起。

我的心脏直冲上喉头。

“有人吗？”我大声说。

距离五米以外的树丛里，又有新的动作出现。树叶沙沙作响，一根树枝被折断了。

“是谁？”

我在裤袋里翻找着手机。真是该死，它一定被我留在屋子里了。

我快步跑了回去，关上门，将两把锁全锁上，听见自己剧烈的喘息声。

我刚才是产生幻觉了吗？我该不会正在变成偏执狂吧？

那也许只是一只鸟。一只大鸟或是其他某种动物，一只猫？

还是，有人躲在那里，偷偷摸摸？

克里斯带了一束玫瑰花过来。我回过神来，没把刚才发生的事告诉他。

他像博物馆的访客一样，在屋内走动着。他走进我的房间时，首先坐在我的床上，摇晃着，仿佛想检查这张床是否耐用。然后，他望向墙壁，墙上挂着我的亚洲地图，上面插着许多别针。

“你已经有地图啦？”

这是非常困窘的。当时我从他手上接过这份礼物，我就无话可说，而现在，我仍然不知道自己该说什么。

“你知道吗？”克里斯说，“我已经做了安排，明年二月和三月，我是有空的。在这个时间段到亚洲玩再好不过了。”

我只是微笑着。我该说什么呢？说我宁愿自己去旅行？说他绝对不能跟着我一起旅行？

克里斯压向我。他轻巧地拨开我的头发，亲吻了我。他的手在我胸罩的花边上来回摸着，我闭上双眼，感到眼冒金星。从来没人能让我感到这么好色、这么饥渴。

“你父母睡哪里？”

他向后退出门边，但没有放开我。

“那边？”他一边说，一边指。

他带着我穿过门厅，仿佛在跳一支不情愿的双人舞。我当然不想在我爸妈的床上和人做爱。我将他挤了回去，而他马上又挤回来。门打开了，我们跌进卧室里。我全身紧绷，抓住门框，努力抗拒着。

“不要在这里。”

克里斯笑了起来，将我放开。他仿佛变成了一座石雕，站在我父母的床前。

“所以，原来牧师老爸就睡在这里啊？”

当他望着我的时候，我注意到他脸上灿烂的微笑。

“来吧。”他一边说，一边用双臂搂住我，“我要在你爸妈的床上跟你做。”

“不要，住手。”

我拒绝他的挑逗。他尝试把我撂倒在床上，但显然低估了我的力气。我在双脚上使力，使它们像吸盘一样牢牢固定在地板上。然后，我用上半身将他给顶了回去。我在手球场的六米线上经历过比这个还要险峻得多的摔跤赛。

“OK，OK。”克里斯说着，露出笑容，想要缓解一触即发的冲突，“这只是一个想法而已，一个实验。你不喜欢做实验吗？”

我想到他档案柜那个上锁的抽屉里的各种用具。

“总之我不喜欢这样。”我说。

“你不要？”

我的兴致完全消失了。

“我们去沙发区坐一下。”

克里斯露出受伤、痛苦的表情，观察片刻才跟着我下楼。我打开电视，将头靠在他的肩膀上，各种思绪飞驰而过。

为什么我还留在克里斯身边？之前，我因为生活无聊至极而感到无比厌倦。因此，当克里斯一出现，我就一头栽进了未知的领域里。可是，现在呢？我可不想要男朋友，更不想让一名三十二岁的男子当我的男友。我不想在我爸妈的床上做实验。我全心全意，只想赶快出发，开启这场我已经等候多时的旅行。我不想被任何男生拦路。

我望着克里斯。在我所接近过的人里，他属于那种最俊秀的。可是，这又有什么关系呢？我甚至还不到十九岁，大好前程正待我探寻。

克里斯凝视我许久。他的微笑再次变得如此善良、如此圣洁，之前他脸上的所有强硬都被磨灭殆尽。

我不知道自己该说什么。我不知道自己应该如何启齿。我只知道有些话是箭在弦上，不得不发。

77

第二天早上，克里斯必须赶去开会。迅速吃完早饭以后，我在屋内仔细地用喷雾器和抹布做了一番清洁，以确保家里不会留下关于他的蛛丝马迹。

我给艾米娜发短信：

我觉得，我得把克里斯给甩了。

*为什么？？？*她回答道。

我斟酌着各种措辞，不断修改草稿，删除，重新打字。最后，我发出去的内容是：

我觉得他爱上我了。

在几乎一小时的时间里，艾米娜都没回信。然后，她回答道：

也许，这样做是最好的。

傍晚时分，我爸妈度假回来了。

“你整理得可真干净。”妈妈说。

我问他们度假玩得开不开心，他俩都点点头。

“你真应该一起来。”妈妈说。

才不要呢。

他们的情绪可说是兴高采烈。我爸开着玩笑、胡闹着。就在我妈准备把东西从旅行箱里拿出来的时候，我爸在她的腹部搔痒，从后面将她拦腰抱起，亲吻了她的脖子。

“你到底是把他怎么了？”我问道。

“什么怎么了？”我妈咯咯笑着。

“是啊，什么怎么了？”我爸一边说，一边也用手指在我侧身搔痒，害我必须逃进厨房。

“他现在是用了快乐丸，还是怎样？”

“你老爸就只需要我这颗快乐丸啦。”妈妈笑了起来。

我骑着自行车到体育馆，和刚练完球的艾米娜见面。天色已经开始昏暗下来，然而，城市公园里仍聚着许多正在享受夏季温暖天气的人。有人弹奏着吉他，唱着歌；一小撮人踢着足球；还有几个人看起来在约会。

在浴场外，一只母鸭摇摇摆摆地走来，后方还跟着一排小鸭。我踩了刹车，从自行车上跳下，让它们先行。

当我站在原地、对着摇晃着走过砾石路的小鸭微笑时，我听见一阵脚步声从后方接近。我把自行车推到一边，动作谨慎，不想吓到那群小鸭。

“拜托你，现在听我说。”

就在我转过身时，琳达·罗翰站在我后方两米处。

“去你的。”我说，“你放过我吧。反正我和克里斯之间没有什么真感情。你可以高枕无忧了。”

她望着我，仿佛我正在说一种她听不懂的语言。

“你的一切，我全知道了。”我说，“你需要协助，像是吃药之类的。如果你现在还不放过我，我不保证自己会做出什么事来。”

我拉高音量，让旁人听到这些话已经没有关系。

“那当然，”琳达说，“克里斯说我有病。是精神病患者，是吗？”

“不只是克里斯，连警方都不相信你。我也见过你的老朋友比缇丝了。”

琳达的手挥动着，最后落在裤袋上。她转过身，让我无法完全看清她。她裤袋里装着东西吗？我把自行车推到自己面前。

“我跟你提过他出轨的那个女生。”琳达说，“我在他的手机里找到一封她发的短信。”

我大步前进，然而琳达紧随其后。

“她就是比缇丝，我最要好的朋友。他跟我最要好的朋友上床。然后，他又对她洗脑。她到现在仍然认为这一切全是我的错，认为我有某种精神病。”

我停了下来，掉转自行车的方向，使它在我们之间形成一堵墙。

“你撒谎。”

我再也受不了了。克里斯、琳达和比缇丝全都可以下地狱了。

“这是真的，我可以保证。”

“我才不在乎。”我说。

在我们面前的草地上，几个家庭已经在印着碎花图案的毯子上摆好了野餐的餐具与食材。两个五岁左右的小女孩骑在木马头玩具上像赛马一样在周围跑来跑去，同时咂着嘴。其中一个小女孩看起来和五岁时的我简直一模一样。

“去年冬天，我本来想在卧室挂一幅画。”琳达说，“之前，当克里斯把一只酒瓶往墙上扔的时候，那幅画掉了下来。在我将它钉好以后，他走到那幅画前面，打量着它。*呸，它挂歪了。钉子已经弯了。*我说了声抱歉，保证会马上把它扶正。”

她的话就像从一道新伤口冒出的鲜血，我无法将视线从那些笑容灿烂的小女孩身上移开。

“当我伸手取铁锤时，克里斯已经抢先一步。他把我甩到床上，挥动着铁锤。*你连一幅画都挂不好！*”

我的皮肤一阵紧绷。琳达就站在我面前，同时，草地上的小女孩快乐地大呼小叫着。

“他用铁锤强奸了我。”

恶心感从我身上爆发出来。

“够了！”

琳达将手插进裤袋里。

“我真想伤害他。我希望他承受跟我一样的痛苦。”

她的双颊变得通红，脖子伸长，双眉低垂。她把我吓到了。

“我要杀了他。”

我坐上自行车，飙向体育馆。在艾米娜练球完毕，走出体育馆以前，我就已经从手机上按出克里斯脸书的页面，将他从朋友名单里删除了。

78

迈克·布隆堡坐在我面前，身穿天蓝色衬衫，衣扣几乎一直解开到肚脐眼上方。他把自己那只熊掌般的大手搁在桌面上，用老爸一般的表情望着我。

“你为什么想见亚格奈丝·席琳？”

“我想说出来。”

“把什么说出来？”

我耸耸肩。

“什么都好。”

他挥了挥大手，表示反对。

“你现在给我听好了，我已经和尤丽卡谈过了，我们的决定是：

你得继续尽可能保持沉默。"

我在桌面下绞着双手。

"你们还在约会吗？"

布隆堡的表情仿佛自己的阴囊刚刚被人踹了一脚。

"你不用回答。我根本不想知道。"

他用手挡住嘴巴。

"那是很久以前的事了。"他静静地说，"在这件事发生以前，我已经好几年没见到尤丽卡了。"

他的汗水一直流到脖子上和双耳后方，他擦了擦汗。然后，他把自己的电脑放到桌上，盯着屏幕，用力敲打键盘，最后才又望着我。

"检察官的假说是：艾米娜和克里斯多弗·奥尔森背着你偷情。"

"什么？真的吗？"

"检察官相信奥尔森和艾米娜偷情，而你刚好逮到他们。"布隆堡说。

他冷酷无情地挤出这些话。我知道，这些话跟我有关，但这听来又是如此陌生，仿佛是你在Reddit[1]网站论坛上才会读到的东西。

"偷情？"

他点点头。

"他们相信：你发现了这件事情，才决心杀掉奥尔森。"

"等一等。检察官认为是我杀了克里斯，因为他和艾米娜……怎么说……上床？"

"是的。"

"因为我嫉妒？"

"嫉妒或者觉得自己遭到背叛，我又怎么知道？"他说。

[1] 国外一个娱乐、社交及新闻网站，注册用户可以将文字或链接在网站上发布。

“这根本就是胡说八道！”

我感到急怒攻心。我得说出来，让所有人都知道究竟发生了什么事。

“你在乎艾米娜吗？”布隆堡说。

“你在胡说些什么？我爱她！”

“既然这样，请你好好听我说。”

她的样子浮现在我面前——她眼中的害怕、那些被粉碎的梦想，我仿佛暴怒起来，全身碎裂。没有艾米娜，我就不知道自己今天会在哪里。我永远对她不离不弃。

“检察官很有可能指称：你来到奥尔森所居住的公寓里，意图杀害他。然而，目前的证据只构成一条微弱的间接证据链。”布隆堡说，“当然，他们可以采用邻居的证词，她说曾看见你在屋外。但是，这个女生的话微不足道，她称不上是理想的证人。”

他直视电脑屏幕。

“然后，他们还掌握了鞋印以及使用过胡椒防狼喷雾器的痕迹，还有头发、皮肤刮擦的碎屑，以及织料纤维。但是，并没有任何直接证据能指出就是你杀了奥尔森。”

“OK。”

他把屏幕转向我，然而上面的字母太小，我没法阅读。

“他们也从奥尔森的电脑里找到一些东西，信息和聊天记录。他们从几个不同的来源找到一些通话记录。”

布隆堡的声音平稳而安适，让我感到更加镇定。

“史黛拉，现在最重要的是你的不在场证明。”

“嗯？”我回应道，不知道他在说什么。

他再次望向我。

“针对法医鉴定的凶杀案发生的时间点，你有不在场证明。所以，检察官所主张的时间线不成立。”

这些话在我脑海里转圈圈。

“我有不在场证明？”

这听来真是不可思议。

“根据法医开出的鉴定报告书，奥尔森死于凌晨一点钟到三点钟之间。”

我仍然搞不清楚状况。

“而当时你在家，史黛拉。”

“什么？我在家？”

“你爸爸看了时间。他百分之百确定：那天晚上，你是在十一点四十五分到家的。”

我爸？十一点四十五分？

我对时间的最基本理解已经乱了套。我无法理出头绪来。

“这不可能是真的。”

“这当然是真的。如果你爸说他很确定，那当然就是真的。”

我再也听不见布隆堡说些什么了。

我开始弄懂情况了。

“你总不会以为你爸在撒谎吧？”

79

我生日那天，由我爸挑选晚餐的餐厅。当然，他挑了一家意大利餐厅。由于他对意式料理和其他与这个该死的、生产意大利面的国家有那么一丁点关联的所有事物是如此着迷，他就认定我妈和我也都是这么想的。

想想那些到意大利度假的时光。老实说，我一想到普切塔前菜、通心粉、大杯啤酒、红酒，还有所有流里流气的侍者用意大利文和调情的口吻所说的“嗨，美女！”就呕吐不止。

换句话说，我对庆生会没有什么期望。但是，我爸妈为此唠叨了大半个夏天。想到汽车事件，我并不想让他们太过失望。

这天晚上的序幕并不怎么平顺。餐厅服务生居然记错我们定位的日期，不过也有可能是我爸说错了。反正，我不知道。然后，他还不允许我点酒。

“我已经满十九岁了。”我说，“法律是站在我这边的。”

“法律总是有漏洞的。”我爸说。

现在，他至少还面露微笑。

“不然，我们来问问律师怎么说？”

我的运气很好，妈妈也站在我这边。

“她当然可以点酒。”

这倒不是我的配餐饮料有多么重要，这事关原则。

我们用餐完毕时，我收到一张附有小地图的卡片。根据说明，我得先从餐厅出去，然后在角落拐弯。那辆粉红色的韦士柏摩托车就摆在那儿，把手上还绑着一条又大又丑的缎带。我真不敢相信自己的眼睛！我爸完全忽略我想得到旅费赞助的愿望，反而砸了三万块，买了一辆韦士柏。

“我不都说了……”

“别客气啦。”我爸爸说。

我非常厌恶自己。当然，我应该心怀感激，搂住爸爸的脖子。而我反而站在原地，身上充斥着各种相左的情绪。我到底有什么问题？

吃完甜点以后，我们酒足饭饱，安静地坐着，隔着桌面瞪着彼此。我时不时地查看电话。脸书上，恭贺我生日快乐的留言蜂拥而至，艾米娜却还没有任何表示。

“我得走了。”我说。

我爸当然觉得很恼火。他们替我在这里安排了生日晚宴，而我一心就想要赶快脱身。

“我跟艾米娜有约会。”我一边说，一边穿上夹克，“非常感谢你们送的礼物，还有晚餐。”

“那韦士柏摩托车呢？”爸爸说。

我望着自己的酒杯。这就是原因啊？如果我要骑韦士柏摩托车回家，他必定知道我是不能喝酒的。

“你就别担心啦。”我妈说，“我们会把它弄回家的。”

她带着不胜悲戚的微笑，站起身来。当我们拥抱时，我闭上眼睛。突然间，我没来由地感到极端不快乐。一股思念、一种欠缺、一种深沉的痛苦在我内心灼烧着。我和妈妈抱紧彼此，久久不放。

我爸并没有从桌前起身，我们的拥抱既生硬又笨拙。当我离开时，他抑郁地望着我的背影。

暮夏时分的暖热蕴含着某种特殊的气味。炎热的天气持续一段够长的时间以后，热能就会以某种方式渗入空气中，唯有持续不断的大雨才能排解。

我穿越菲利路，经过运动场。空气中弥漫着苹果与蒸汽浴的味道。一旁的跑道上，有人正将一个球往水泥墙上扔。快乐的声音与无忧无虑的欢笑声从圆环路单调的“嗖嗖”声里传了出来。

其实，我一点计划都没有。当我星期四晚上和艾米娜谈话时，我已经说过：我没力气多做别的事了。我得跟我爸妈吃饭，然后回家，轻松地度过这个晚上。

现在我感觉，虚掷这一夜的时光将会是个错误。葡萄酒使我精神饱满，而我已经将周六的班推掉。只要我愿意，明天一大早我可以睡到自然醒。我发短信给艾米娜。然而，当她在一分钟内没有回信时，我就打过去了。

“你在干吗？”我问道。

对面传来一阵刮擦声，还有轻轻的“砰”的一声。

艾米娜消失片刻，但很快就回到通话中，声音变得尖锐起来。她喘息着，听起来有点紧张。

“我跟克里斯在一块儿。”她说。

“跟克里斯？”

我的胸口遭到重重一击。

“你跟克里斯做什么？”

她拖泥带水。

“没有，我们就只是……聚一聚。”

随之而来的是片刻沉默。这有什么问题吗？艾米娜和克里斯背着我偷偷交往吗？

“我们想给你一个惊喜。”

这听来像个善意的谎言。

“你们在克里斯的公寓吗？我五分钟内可以到那里。”

“五分钟？”艾米娜说。

下一刻，她就滔滔不绝地说了一大串。在我搞清楚她到底说了什么话以前，她就挂电话了。

我知道，艾米娜不会背着我偷情。她在跟我谈过以前永远不会跟克里斯做出任何事情，这是不可能的。但我从她的声音里听出情况不太对劲。

我想着琳达在城市公园里所说的疯狂故事，加快脚步，经过波尔恒学校，朝前方的热带作物栽植园走去。当我念初中三年级的时候，我曾经跟一个在波尔恒学校毕业班的男生有过短暂的情侣关系。有好几次，我和艾米娜在午餐后逃学，坐在转角处那个隐蔽的游乐场聊天，排遣青春期的焦虑心理，同时等待着那些有驾照、能开自己爸爸的车、在与我们同年龄的学生当中享有崇高地位的男生出现。

当我拐进克里斯所住的那条街时，电话响起。

“你听着。”艾米娜上气不接下气地说，“你在外面等着。我现在下楼。”

“为什么？”

我向那栋位于街尾的黄色房屋窥探。我看到楼梯间的灯光首先亮起，而后一片灯火通明。

“我现在在路上了。”艾米娜的喘气声从听筒里传出。

“出什么事了？”

她挂断我的电话。下一秒钟，她就撞开大门，狂奔到街上。

我敏捷地向前走上几步，和她在半道上相会。

她的双眼睁得老大，鼻息震动着，仿佛被小而强烈的风暴吹袭着。

“我们现在别理他了。”

她低头瞪着沥青路面。她的睫毛膏脱落了，鞋带也没绑好。

“你说什么？”我说。

“我们别管那个该死的克里斯多弗·奥尔森了。”

80

我醒来时感觉精神饱满多了。这可真是难得。这让我能以全新、比较健康的视野看待一切。当你无法不间断地睡眠时，你才会理解睡眠有多么重要。

警方已经要求在早餐后直接进行新一轮的侦讯。我一边缓慢地咀嚼着干燥的法国面包，一边思考该对亚格奈丝·席琳说些什么。

爱莎和吉米押着我坐电梯下楼，来到侦讯室。迈克·布隆堡就等在那里。

“史黛拉，早上好。”

他看起来很紧张。他是否对我即将说出口的话感到害怕？他喘息着，低声呻吟着，同时甩掉那件过紧的西装外套。他穿着一件海军蓝衬衫。

亚格奈丝·席琳先说了一些无关痛痒的废话，然后才在我正对面就座，按下录音按钮。

“打从我们上回谈过话以后，史黛拉，你已经获得一些充分思考的时间。你有什么想要说明的，或是澄清的？”

“没……”

亚格奈丝·席琳很有耐心地微笑着。

“我不这么觉得。”我一边说，一边瞧了瞧布隆堡。他用手拨弄着自己的领结。

“这跟你在命案当天的行动有关。”亚格奈丝·席琳说，“我们无法理出头绪来。”

“的确如此。”

她一语不发，打量我许久。其实，她盯着我的时间有点过久。到了最后，我不得不说些什么，才能使自己摆脱她的掌控。说些什么都好。

“布隆堡说，我爸为我提供了不在场证明。”

律师的双眼睁大了。他搔着鼻子。

“嗯，不。”亚格奈丝·席琳一边说，一边望着布隆堡，“事情也许并没有这么简单。”

“噢，那又是怎么样的呢？”我问道。

“要真正确定一个人断气的时间点，是有难度的。”

“可是，那个邻居呢？她是在凌晨一点钟左右听到尖叫声的。”

亚格奈丝·席琳没有回答。我仍然不知道，自己应该要对她说出多少真相。

“史黛拉，你能否努力想清楚，你在那天晚上离开大广场以后，究竟做了什么事情？”

我的呼吸声深沉而浓浊。

我的记性没有问题，我完全记得自己做了什么。

“我爸说了些什么？”我问道。

亚格奈丝·席琳索然无味地望着我的双眼。

“你爸爸说，那个星期五晚上，你是正好在十一点四十五分回到家的。他表示他完全确定这一点。”

我真不懂。我爸难道打算在庭上说谎吗？为什么？

“他说，他曾跟你讲话。是这样吗？”

我扭扭身子，但什么都没说。

亚格奈丝的下一个眼神，带着一丝恳求的意味。

“史黛拉，那天夜里你究竟是几点钟回到家的？”

她趋身向前，靠向我。但是，我的视线掠过亚格奈丝·席琳，掠过这一切，聚焦在她背后那片光秃秃的墙上。我想着艾米娜。我仍然能听见她惊恐万分的呼吸声。我看见她紊乱、已然被摧毁的眼神。

“史黛拉，你爸爸所提出的说法是否属实？那天夜里，你是在十一点四十五分到家的吗？”

“嗯……”

“不好意思。”

房里鸦雀无声，所有的人似乎都屏气凝神。

“我直到两点钟才到家。”

我的内心感到舒坦。

布隆堡的两颗眼珠仿佛就要掉出来了。亚格奈丝·席琳却喘了一口大气。

“史黛拉，那天夜里发生了什么事？”

“我骑自行车到克里斯家里。”

我想着艾米娜，她身穿医师白袍的样子呈现在我眼前。一如往常地，她的身影散发出光辉。到了这个节骨眼上，她肯定已经开始上课了。我想起我们共享的那些个年头，我们共同经历过的一切。我没有感受到忧虑，那股恶臭味已然消失，一切感觉良好。

“然后，发生了什么事情？”亚格奈丝·席琳问道。

布隆堡擦着额头上的汗水。

我想起他针对艾米娜所说的话：*你要是在乎艾米娜，你就什么都别说。*

我想起小熊和西琳，我想起我的旅行。我想起我的爸爸和妈妈。

我想起那个强奸犯。

我不能再保持沉默了。

81

艾米娜犹疑地将玻璃杯送到唇边。

“我们是打算给你个惊喜，”她说，“我们要一起准备点什么。他希望我能到他家去。”

我的眼神牢牢盯住她。她迅速地喝了一口。

“他亲了我。”随后，她迅雷不及掩耳地说。

“什么？克里斯亲了你？”

我灌了一大口桃红葡萄酒。

“我发誓，我一点准备都没有。他突然就站在那里，紧贴着我，他的嘴唇就……我努力想把他推开。你一定要相信我。”

我盯着她，将杯中剩余的酒一饮而尽。我们坐在大广场旁边的户外座位区，这是周五晚上，酒吧内外高朋满座。即便如此，我仍感觉我们待在属于自己的泡泡里，无比孤独，就只有我和艾米娜。全世界不过就是滔滔不绝的罐头音乐。

“你总该相信我吧？你应该明白，我永远不会私下跟他做任何事情。”艾米娜说。

她的瞳孔放大，前后移动着。当然，这事关个人荣誉。我们是最要好的朋友。

“他是个垃圾、渣男。”她说，“做人不是这样做的。他知道我们是最要好的朋友。这都无关紧要，就算你……”

她一时语塞。

“就算我怎样？”

她垂下头，拨弄着项链，以及我在她十八岁生日时送她的那颗银色弹珠。

“就算你打算甩掉他。”

“可是他又不知道这个。”我说。

“他的确不知道。”

她继续拨弄着那颗银珠。

“你把这件事情告诉他了？”

她的说谎技术真的很烂。

“对不起。他一直纠缠我，唠叨个没完。他说他已经发了不知多少条短信给你了，可是你就是不回应。他知道事情不太对劲。”

我无言以对，甚至不想看她。

“如果他就是你暑假养的猫咪，他可真是差劲。”艾米娜一边说，一边硬挤出微笑，“既然已经变成这样，大概也就只能这样了。反正我们现在已经知道他是个渣男了。”

我笑不出来。对于已经发生的事情，我也看不到任何正面意义。我仍然难以真正理解。

我非常想大发雷霆。我想打电话给克里斯，告诉他，他是个没用的色坯，他可以放心下地狱了。然而，这种愤怒被其他我所不熟悉的情绪逼退。

最主要的是，我觉得自己遭到了背叛。

隔天，他又从脸书和 Snapchat[1] 发出新的信息。我忍住冲动，不予回应，反而在各种聊天软件与社群媒体网站里拉黑他。我再也不想跟克里斯多弗·奥尔森扯上关系。

在这星期，我已不再想到他。或者说，是的，至少我在几段较长的时间内，思绪免于受到他的干扰、渗透。我可以一连数小时没有心痛感。我做了决定：一切只是时间问题，我得挺住。这就像戒烟一样。

当我星期三下班回到家时，我意识到：从这天大清早开始，克里斯根本不存在于我的脑海里。我已经重新开始，就算我有过感情，我仍将它们埋到了最深处，再也不愿挖出这些乱七八糟的情感。这其实比我所想象的还要快。

克里斯多弗·奥尔森和琳达·罗翰都与我的未来完全无关。就像其他数以千计在我生活周围与我擦肩而过的人一样，这只是萍水相逢，我很快就会将他们彻底忘记。十年或二十年以后，我忆起这段疯狂的过往，将会露出既害怕又沉醉的微笑。我还会告诉自己的新朋友：那名比我大十四岁的男子用加长型礼车送我到哥本哈根，在大酒

[1] 一款由斯坦福大学学生开发的图片分享软件应用。

店为我们开房间，而他那个患了精神病、心智不稳定的前女友则跟踪我。对于他们以及当时实际发生过的事情，我只会留下模糊的印象。面对这些悲惨故事，我当然只能一笑置之，我的听众们则会质疑这段故事的真实性。

如果不是因为艾米娜的话。

82

星期五，晴空万里。今年夏天的尾声很有魔幻色彩，同时也没有任何迹象显示，这些魔法将会告一段落。

我想着我的亚洲行。就在黑暗长驱直入，笼罩斯科讷省的平原时，我的裤袋里总算能迎来一张通往阳光、温暖与冒险的单程机票。即使我必须一周七天从商店开门到打烊持续不断工作才能凑足旅费，我还是会义无反顾的。星期四晚上，我将那辆韦士柏摩托车放上拍卖网站。我为自己的不知感恩感到羞耻。但是，我其实已经在事前明确表态了。我不想要一辆韦士柏摩托车，我需要的是旅费。

上午，我发了短信给艾米娜，问她晚上是否有空出来小聚一下。我们需要谈一谈。我对已经发生的事情感到沮丧，但也仍然感觉到自己有点太夸张了。艾米娜告诉克里斯我不想继续跟他见面。实际上，这有那么严重吗？从各方面来看，她算是帮了我一个忙。

艾米娜回信，表示她得练球，但她在练完球以后很乐意跟我喝杯酒。

我完全不去想克里斯。我感觉到：胸口越来越轻快。我能面露微笑，到处走动，整个下午都在哼唱着迪士尼电影的主题曲。

我们的店面在晚上七点打烊后，我跟着同事们来到大广场旁，吃点东西。反正艾米娜练完球，也是八点钟以后的事。

她在八点半时，发了一条短信。

我好累，不能进城，明天还有比赛

没事的，我回答道，*亲亲*

对不起。你应该不会生气吧

当然不会，我回信道。

我们可以明天再联系，爱你哟。亲亲

我自己明早也得起床工作，而且并没有计划在城里待太久。除此之外，经历过这一切以后，我也已经回归，而且把这些视为正面的迹象。我没心情和别人“促膝长谈”，讨论信赖与其他各种狗屎蛋。

我点了一杯气泡酒，戴上太阳眼镜，靠回椅背上，享受着余晖。

我的同事们一如往常地聊起婴儿尿布、小宝宝拉屎、婴幼儿食物和玩具熊。就算我非常故意地大声打呵欠，她们好像就是无法理解这样明显的暗示。我们需要更好、更犀利的谈话主题，能够发人深省的主题。

莫琳提到，她家小孩就读的幼儿园的教学重点是*每个人的平等价值*。其他人一致地赞同，表示这个观念真是太重要了，太完善了。

我见缝插针。

“喂，老实说吧，”我说，“你们真的觉得每个人的价值都是平等的？”

她们望着我。她们的眼神，仿佛不太确定我只是尝试开玩笑，还是刚好说了一句愚蠢至极的鬼话。

“我可是认真的。”这伙人当中，店长莫琳最容易和别人对话。所以，我转向她：“假如五十个叙利亚小孩和你们家的婷德拉都得死，你只能救一个，你会救谁？”

“不要闹啦。”苏菲抱怨道，“哪有人这样说话的。”

但是，莫琳有意回答。

“这个例子跟每个人的平等价值一点关系都没有。婷德拉是我的孩子，她对我而言当然更有价值。但是，从纯客观的角度来看，我觉得她和任何一个人相比都是等值的。”

我早预料到莫琳会这么回答，她可不笨。

“你是否会这么说，婷德拉和一个恋童癖患者相比是等值的？”

莫琳扮了个鬼脸。

“恋童癖甚至不能被称为人。”

我露出胜利般的微笑。

“那杀人犯呢？强奸犯呢？”

“喂，那是极端的特例。”苏菲说，“百分之九十九的人既不是恋童癖，也不是杀人犯。”

“但是，那些动手殴打自己妻子、小孩的人，那些种族主义者、那些霸凌别人、在互联网上散布仇恨言论的人，这些人跟一个无辜的小孩相比，真的都是等值的吗？”

苏菲才开始回答，就被莫琳打断。莫琳裁定“这种讨论没有意义”。我努力激发她的进一步回答，却徒劳无功。没多久，关于照顾小婴儿吃喝拉撒睡的话题再次炒热起来。从道德上的两难困境到给小婴儿的维生素 D 补充液与学走路之间的距离，可不像你所想象的那么遥远。

我再也受不了了。

“我们明天见。”我说着，逐一拥抱了她们。然后，我从容地穿过广场，去推自行车。

周遭的氛围显示，这个周末是发薪日。即使时间已是晚上十点半，人们仍在城里到处乱逛，为了能够多点上一杯酒感到兴奋莫名，对夏天在初秋时分的回光返照感到快乐，都想抢在秋天真正降临以前吸收属于夏季的最后一丝气息。

我在伯特福斯广场上，公交车站旁边的自行车架前，推出自己的车。就在我将右腿跨过车架时，我的眼神定住了。

她并不特别突出，看起来跟其他任何一个享受夕阳的隆德居民完全没有两样。她就站在对街，背靠着一栋房屋的砖墙，目光投向公交车站所在的广场，身穿黄色夏季碎花洋装、长靴、米色女式外衣，肩上背着一只斜背包。

我不得不多看一眼。

我的双臂变得酥软，自行车车身颤抖着，我失去了平衡感。

83

小熊的眼角仍有些许泪痕。

“你要坚强一点。”我说。

我很不擅长用多愁善感的方式道别。当然，我会选择直接离开。

“你回来的时候，我一定还在这里。”

“我可不这么觉得。”小熊说着，抿了抿下嘴唇。

他明天出发，三个星期后才会回来。

“是庭审吧？”他说。

“看来是这样。”

我完全不想提这件事。

“加那利群岛？”我转而以狐疑的表情问道，“你当然还是可以反悔的。你订的票，有取消定位的保障吧？”

小熊原本难过的面孔，裂成一片灿烂的微笑。

“你简直就像短信通知！阴影下的温度是二十七摄氏度。”

“别忘了防晒乳液，”我笑道，“是全包式度假行程吧？啊？”

他皱了皱鼻子，点点头。

“小熊，你真是够无趣的。”

“是的，真是太不幸了。有时候，我希望自己能更像你一点。”

“你又不像我。”

他再度微笑。

“的确，我不像你。”

“小熊，我可以问你一个问题吗？”

“你不是一直都在问我问题吗？”

“可是我这次是认真的，很严肃的问题。”

他收住笑意，点点头。我努力寻找合适的措辞，但这可真不容易。

我彻夜未眠，脑中只想着我爸。那天晚上，我回到家的时间明明就比他所指称的时间晚得多。他为什么要这样？

“你为了保护女儿，会做出哪些事情来？”

“现在我可就不太懂了。”小熊说，“为了路易莎，什么都能做。我觉得只要是为人父母者，都该这么做。”

“伪证？”

“什么？”

小熊狐疑地望着我。

“这个词的意思是在庭上说谎。”

“我知道这个词的意思，但我不觉得你可以被迫宣誓，做出对你子女不利的证词。”

“不，不过别管细节了。你是否会为了保护路易莎，在庭上撒谎？”

“难说。”他说，“这要看……”

“喂，小熊，说认真的！”

“OK，”他坚定地说，“我会做出在我能力范围以内的所有事情。哪怕是在庭上说谎。”

“很好。”

“可是，这到底是怎么回事？该不会跟我想的一样吧？”

我把眼神别开，很后悔自己说了这些话。这一切是小熊永远难以理解的。他和我爸之间的差距，简直必须以光年来计算。

“为了救自己的小孩，一个家长当然可能做出最让人意想不到的事。”他说。

“可是我爸跟你不一样。他的所作所为，全是为了自己。或者说，他的目的是，他不希望被其他人发现他本人和他的家庭并不像他所希望的那样完美。”

小熊的前额浮现出一道宽阔的皱纹，过了好一阵子，他才重新开口。

“你知道吗？我觉得，这其实很平常。我们大家或许都希望自己的家庭比实际情况还要和谐、完美无缺。”

我摇了摇头。小熊不懂的，他甚至无法想象这该是什么样的情景。

“我爸并不想教养我。他想打造我，仿佛他就是天父。他希望我就像他一样。哦不，他希望我能符合他对自己女儿应有表现所抱持的想象。当他没能如愿的时候……”

我说不下去了。声音越来越细微，最后完全消失。

“其实我认为，你爸不会为了保护自己或家庭的名声，针对任何事情撒谎。”

我转过身，背对着他。去他的，关于我爸，小熊懂什么？

“那他为什么要这样做？”

“因为为人父者都会这样做。因为他爱你。”

我并没有望着他。我想说些狠话，说些伤人的话、能够穿透这种伤感气氛的狠话。但是，我连一个字都说不出口。

“史黛拉，一切都会好转的。”

我感觉到他体贴的手搭在我的胳膊上，我只希望他离开。

“你啊。”他耳语道。

我热泪盈眶。现在，下地狱去吧！

他的手缓慢地抚过我的后背。这使我感到安适，更带给我希望。不过，同时我也知道，他即将离开我了。他很快就会坐在位于加那利群岛中某个小岛的太阳椅上，待在游泳池边，给小路易莎搔痒，直到她笑得不可开交为止。

我没有正眼看他，将手伸出。

“小论文，”我一边说一边吞着口水，将脸颊上的泪水擦干，“我没写太多。”

小熊的声音沉静、深长。

“别管小论文了。”他说。

我用僵硬的手掌揉揉眼睛。

“现在我得走了。”小熊一面说，一面起身。

我仍然背对着他。

“史黛拉，我现在真的得走了。”

“OK。”

我转过身，望见他站在门前的身影。他转过头窥探一下，双脚缓慢地前后移动。

“OK。”我又说了一次。

然后，我向前跨了两步，用双臂搭住他的脖子。

我又哭了起来，让所有情绪宣泄出来。

小熊紧抱我许久。

“祝你好运。”他耳语道。

我没有答话，我已经泣不成声。

84

我在便利商店旁边的小路上，跨坐在自行车上。真是天杀的，太过分了。就算我已经和克里斯决裂，琳达·罗翰还是继续跟踪我。我谨慎地向公交车站所在的广场窥探，然而，她已不见踪影。

我将战栗甩掉，掏出手机，打给艾米娜。她没有接听。我便改发手机短信，在即时通和 Snapchat 上留信息。但是，她完全没有回应。

每一个声音、动作，都让我转过身来。我的心脏剧烈搏动着。我感到自己正在被追杀，我不想独自一人。

当我迅速地推着自行车走向主教堂的时候，我评估自己手边的选项。我当然可以回到大广场上，找我那群同事。我不需要告诉她们我为什么回来，不过跟她们再聚一会儿，仍会让我觉得安心。

或者我也可以骑车回家。缺点在于，这至少会花上一刻钟。天空一片漆黑，路上杳无人迹。我需要有人陪伴。

我再次查看手机，不管是在哪一种渠道或软件上，艾米娜都显示为离线。她想必已经睡着了。

该找别人吗？

在即时通页面最上方的小头像中，我看到他的面孔，灿烂的微笑、钻石般的双眼。他的名字前方亮着绿点——*在线*。我忘记从即时通删除克里斯了。

我早已决定要彻底忘记他，把他从我的人生中删除。但我现在一想，不管怎样，克里斯还是最好的选项。他认识琳达。他也许可以解释，我跟他之间已经船过水无痕了？他也许能够说服她，不要再打扰我？要说有人能让我平静下来的话，那人非克里斯莫属。

我又看了一次他的相片。就在这一刻，我意识到自己多么想念他。就在我继续走进城市公园时，泪水在眼球后方灼烧着。

时不时有自行车从砾石路面上驶过，一名大婶在“帖格奈斯”雕像旁边，牵着一条瘦弱的腊肠狗。但是，除此以外，一切鸦雀无声。

我正让自己深陷什么样的处境呢？

我再度打给艾米娜。她仍然没有接听。

我迅速决定：发信息给克里斯。

你在线上吗？

我盯着屏幕，但什么事也没发生。我多次环顾四周，回头张望，觉得自己听见了脚步声，看见了灌木丛后方闪烁的眼睛。

即时通上仍然没有任何回信。

我找出克里斯的电话号码，发了一条短信。我等了五分钟，然后一连打了几次电话，无人接听。

我该怎么办呢？

我将自行车停在“帖格奈斯”外面，又向克里斯和艾米娜发了好几条短信。我用大写字母写，让他们必须尽快跟我联系，这件事情很重要。

我拐进“帖格奈斯”小酒馆里，想将自己隐藏在人群中。我漫无目的地在酒馆里逛着，希望能找到熟面孔，让我把思绪从琳达·罗翰身上移开，但是徒劳无功。最后，我站在吧台区，啜饮着一杯酪梨口味的苹果酒，每分钟至少检查手机十次，仍然无人回应。

人们用奇怪的眼神打量着我。一名留着罗纳尔多发型的男子用了无新意的调情辞令搭讪我。然而，我挥手将他斥退，就像在赶蚊子一样。我转而将视线固定在手机屏幕上，尽力假装自己在等人。我随便浏览几个网站，又发短信给艾米娜。

当我走出小酒馆时，黑暗已经深不见底。我跨上自行车，穿过公园。我闪过一个水洼，差点撞上两个呆站在原地、问我有没有带打火机的年轻男子。我没有答话。我在黑暗中环顾四周，决定骑回家。就在我沿着教堂街向右转的时候，我回头一望，颤抖了一下，差点没摔下坡。

琳达·罗翰就站在十字路口的另一边，路灯昏黄的光线宛如一把撑开的伞，她就像鬼魅一般站在灯光下。她将双手插进风衣的口袋里，凝视前方，眼神一片虚无。

我毫不犹疑地拐上人行道，下了车。我记得在沙街的尽头，有一家名叫“炼狱”的酒吧。酒吧的大门敞开着，音乐声与笑声源源不绝地流出。所以，我便挤过几名有着刺青、留着胡须的男子，继续走进昏暗的酒馆。

那个身影肯定就是琳达。

不然呢？难道我看错了？

我端着一杯酒，全身软弱无力，躲进酒馆最深处的角落。我的心脏怦怦直跳。那人真的是琳达吗？当我回想时，我那时并没有看清楚她的脸。

我还记得她在城市公园里说过的话。她放话威胁要伤害克里斯。想想看，要是他有危险呢？情况甚至可能更糟。她很可能已经伤害他了。而现在……她会不会已经盯上我了？

艾米娜在哪儿？她怎么完全不回应？

我瞥向光线昏暗不明的吧台桌，那里并没有琳达的身影。人们喝着啤酒，瞎扯一堆狗屎蛋，若无其事地高声谈笑。我将杯中的酒饮尽，随之打起嗝来。手机终于振动起来。

一切 OK。在睡。明天见。<3

那是从艾米娜的手机上发过来的。

我反复读了好几遍。

这是怎么回事？

自从幼儿园以来，艾米娜和我就一直用信息联络。我完全不会将自己最要好朋友的声音认错。同理，我对她的文字风格更是了如指掌。

艾米娜不会用句号结束一条短信。

艾米娜不会使用“OK”的简写[1]。

这条短信是别人写的。

85

我迅速地踩着踏板，已经感觉不到双腿的存在。除了我和我的自行车以外，其他的一切都不存在。路上的交通、车辆、行人都从边缘一闪而过。我听而不闻、视而不见。各种意念飞驰着，无法固定下来。

我眼前只有艾米娜的身影。现在，我必须将她的影像排除，我得找到克里斯。

我从魔山路上的隧道出口骑出时，望见警察局就在眼前，我想要与警方联系。这件事非同小可。有人想让我误以为艾米娜安然无恙。而且，那个人不是艾米娜本人。

当我骑过警察局前方时，我下定决心，继续向前骑。再过几分钟，我就能抵达飞箭街了。

琳达·罗翰的话在我脑海里回响。克里斯的形象在我面前浮现。艾米娜到底出了什么事？

在最后一小段路程中，自行车在沥青路面上狂飙着。往我脸上刮的风宛如耳光，我眼冒金星。

我骑到那栋楼房前，将自行车甩在楼房的墙面上，抬头张望。克

---

[1] 瑞典文作 okej。

里斯家所有的窗口都被低垂的帘幕盖住，一片漆黑。

我拖着麻木的双腿踏上阶梯。我的脉搏像铁锤般重击，尖叫声一直在大脑中回旋着。

我猛力敲门，猛按门铃，完全没有回应。

我将耳朵贴向门板，聆听着。我打开门板上的投信孔，朝着屋子里喊叫。

“克里斯！艾米娜！”

屋内鸦雀无声。

我知道，已经出事了。

对于即将发生的一切，我还一无所知。

母亲

“无论在法庭上还是庭外，正义都是不存在的。”

——克拉伦斯·丹诺

86

庭审将在二号审判庭进行。

地方法院法官约兰·雷翁正视着我。当我在旁听席上坐定时，他坚毅地点了点头。多年以来，我们在许多不同的场合相遇，我从来没理由对他感到不满。雷翁可不只是一名优秀的法律人。除此之外，他善于聆听、与时俱进，是个温和、非常正直的人。

经年累月下来，从许多方面来看，地方法院的审判庭简直成了我的第二个家。但这一次，我一点都没有在家的感觉。严肃而隆重的氛围、空气中的紧张与凝重，通常会非常吸引我，但这一次，它们只让我感到不安。场地、氛围、墙壁、人们的面孔，这一切都带给我威胁感，使我眩晕不已。

最近这几天堪称一气呵成：我的脑海里充斥着微小的纹路，时间与空间交错其上。各种影像如闪电般掠过，在时间或空间上都毫无顺序可言。这就像在一场迷蒙、没有尽头的梦中游走。

最近，我在斯德哥尔摩与客户们开会。关于会议中提到哪些事情，以及我为什么会参加那场会议，我都已经毫无印象。我知道：我在回家的飞机上迷糊地睡着了。一名空姐问我，身体是否不太舒服。她不安的面孔，仍然浮现在我眼前。

就在不久之前，我的职业生涯如日中天，而且仍处于上升期。杜嘉班纳[1]公司从上到下对我直来直往的作风、专业能力与勇往直前，都赞赏不已。如今，我坐在地方法院的审判庭里，等待着即将决定我的未来、我女儿的未来甚至我们全家未来的庭审。

就在不久以前，我们还是个非常普通的家庭。如今，无情的探照灯投射在我们身上。

在我前方，审判长约兰·雷翁向参审员们耳语。其中两名参审员，是七十来岁的女性。一名是社会民主党党员，另一名是绿色环境党党员。她们属于那种典型的参审员。根据各种迹象推论：她们是那种非常有同理心、格外了解社会经济因素对犯罪行为影响力的妇女。在我经手过数以百计的不同案件中，我经常接触到这种参审员。在百分之九十的案例中，这种参审员的出现对我和我的客户而言都是好消息。然而，在这起案件中，我不确定这样的参审员能带来多少正面的影响。我已经向迈克提过这一点了。一方面，史黛拉是女性，另一方面，她的外貌对她不利。此外，从各种角度来看，她肯定会被视为属于白人中产阶级上层。她有一种相当明显的特征：在任何情况下，都达不到大众对一名出身良好年轻女性行为举止的期待。我希望迈克已经让她理解，她在庭上的行为举止将至关重要。

我对第三名参审员感到比较安心。一名四十来岁的男子、瑞典民主党党员，因长期患病办理提前退休。根据迈克的说法，这个人对司法程序始终不感兴趣。

通常，过度担心参审员的意见是没有意义的。事实上，他们在审判庭里的角色主要应被视为具有玩票性质。没人会太关注他们的意见。要是他们真的很没品位，跟法官唱反调，法官将会毫不眨眼地将他们一一驳倒。从这个层面来看，我百分之百信任约兰·雷翁。

---

[1] Dolce & Gabbana，成立于1985年的意大利时装品牌。

位于审判庭最下排的一道门开启，旁听席上的每个人都转过头去。一切戛然而止。那道开启的门就像一张嘴，在我面前张开。我仿佛坐在一条拥挤的隧道里。我扭动一下，摇晃身体，努力让呼吸保持正常。

首先，一名身穿制服的男性保安在门口出现。他转过身去，说了一些话。我的视线既狭窄又模糊，那条隧道持续在我周围封闭起来。

我总算见到史黛拉了。我泪如泉涌，视线变得更加模糊。

她是如此渺小，这一切使我感到锥心之痛。她能坐在我膝盖上像个布偶般地被我轻拍，仿佛都还是昨天的事——她的奶嘴、蓝色毛毯，她第一次站起身来跑动的情景。史黛拉没有爬动，也没有学走路，她直接跑起来。我记得她长水痘、膝盖擦伤的情景，夏季洋装上的草莓图案，雀斑，以及我在那些夜晚直接睡在她床上，脸上还盖着一本书的情景。

我想起她所有的梦想。她想改变世界。如果不能这么做，人生还值得吗？一开始，她想像她爸爸一样成为牧师。之后，她也想当警察、消防队员。她对于*消防队员*这个称呼感到很生气。她想成为第一个女消防员。

她心中还怀有梦想吗？当我看着她被带进审判庭时，一切再明显不过了。我像是迎面挨上一拳。我的失败真是无比彻底、不可饶恕。史黛拉才十九岁，而她的梦想已经完全破灭。

她一直都想要帮助别人。她多么想见识大千世界，和鲨鱼一起游泳、爬山、学潜水、开飞机、学跳伞，骑着摩托车横越整个美国。有一阵子，她梦想着能成为演员或心理医生。

没有了梦想，一个人还剩下什么？

我们的目光短暂接触，随后，她就在迈克旁边坐定。她的双眼疲倦而空虚，头发凌乱，皮肤上满是伤痕。她仍然是个害怕的小女孩，我担惊受怕的小女儿。我稍微从椅子上起身，踮起脚，伸出手臂。没有为自己的子女挺身而出，这是最不可原谅的背叛行为。

87

我坐在旁听席上，仍陷在自己的隧道里。只要我的目光一有偏离，我就可能被指控、责骂、痛恨，这都是我无力承受的。

亚当会出庭做证，因此，他在审判庭外的走廊上等着。我意识到，我很想念他。此刻，我需要他的程度比过去任何时刻都要强烈。

由于我的位置极为接近检察官座位所在的一侧，我视线的边缘不可避免地接触到玛格丽特·奥尔森。二十世纪九十年代，我在隆德大学法学院就读时，修过一两门由她开授的课程。现在，她已经成为刑法学教授。不过，她今天是以一名被害者母亲的身份到场。她身旁坐着原告律师，一名五十来岁的红发女子，我觉得自己似乎见过她，却想不起她是谁。还有一名戴着圆框眼镜、头发向后梳的男性助理检察官。最后，当然不能漏掉检察官本人：珍妮·杨思多德。

我知道，杨思多德和我同龄。但是，她看起来年轻许多，这也许是因为她个头非常矮小。她的头发扎成一个紧绷的结，当她戴上眼镜时，眼神显得狭隘而专注。我想起自己过去置身于同样处境的每一个场合：当你走进审判庭，一场新的庭审即将开始前的紧张氛围与期待感。

旁听席上的感觉则截然不同。我扭了扭身子，努力克制泪水，想找个地方把自己笨拙的双手藏起来。专注感被困惑与不安取代。胳膊下侧不断地冒汗，舌头刮擦着上颚。

我望着迈克，暗中希望他的眼神会转向我。但是，他忙着进行准备工作。我们一起多次研究过起诉申请书。

这起案件完全建立在间接证据链上。检察官对犯罪行为的描述完全是建立在各种情境之上。这些情境单独存在时，不能证明任何罪行，但若将它们串联在一起，它们会构成一条证据链，排除其他所有的解释。

被引述的证据包括证明史黛拉于凶杀案当天夜里出现在现场的鞋印、史黛拉与克里斯多弗·奥尔森之间的通话记录表与聊天记录、从奥尔森公寓里及衣物上进行技术鉴定所搜集到的证据，包括刮落的皮肤组织、头发与织料纤维。

除了调查人员与技术鉴定人员以外，检察官还传唤了多名证人：住在飞箭街上的蜜·塞恩瓦尔会证明史黛拉在案发时间点出现在命案现场。史黛拉在 H&M 时装店的同事，莫琳·约翰逊与苏菲·西弗贝里会证明史黛拉在手提包里藏着防狼胡椒喷雾器。拘留所的职员吉米·巴克会证明史黛拉在过去几星期以来展现出暴力倾向。

辩护律师传唤了两名证人：亚当与艾米娜。

珍妮·杨思多德清了清喉咙，直瞪着史黛拉。我真想对她尖叫，要她把目光收回去，饶过我的孩子。她针对案情进行陈词时，眼睛都不眨一下，没有屏住呼吸，更不曾出现片刻犹豫。

“史黛拉·桑德尔于今年六月，结识克里斯多弗·奥尔森。两人在‘帖格奈斯’小酒馆初次见面时，就一拍即合。经过一段时间以后，两人发生了性关系。”

史黛拉看起来心不在焉。她直盯着杨思多德，我从她的眼神中，无法看出她对检察官这种说法表达出丝毫的抗议。

“不久之后，史黛拉的女性友人艾米娜·贝西奇开始背着史黛拉，暗中与克里斯多弗·奥尔森见面。庭上稍后将传唤艾米娜。史黛拉很快就发现：克里斯多弗也与艾米娜发生了性关系。”

我觉得自己察觉到，审判长约兰·雷翁非常轻微地点了点头。他身旁的参审员们饶有兴致、聚精会神地聆听着检察官的说辞。到目前为止，还没有别的说法被提出。到目前为止，这种被提出的说法就是真相。

“克里斯多弗·奥尔森选择结束与史黛拉·桑德尔的关系，两人在一周的时间内未与彼此联系。然而，在命案当天，史黛拉企图重新联络他，并来到他位于飞箭街的住所。证人蜜·塞恩瓦尔是奥尔森的邻居，当天夜里十一时三十分，她见到史黛拉骑自行车抵达那栋楼房前，奔向克里斯多弗·奥尔森的公寓。三十分钟以后，蜜·塞恩瓦尔再一次看到史黛拉。当时她站在人行道上，仿佛在等人。”

毫无疑问，庭审的结构对检察官有利。先发制人，先描述事发过程，在心理学上占有优势。你会乐于把最先听到的说法当成是真相，因此，后续的说辞必须达到更高的要求，才能改变对案发过程的初步认知。很不幸，不管法官和参审员们多么努力摆出大公无私的姿态，摒弃偏见与其他所有影响并掌控我们的心理学机制，他们终究只是人。

旁听席上传出打字声。一部分人用纸笔做笔记。当然，特派员们与记者们对事情已经有了清晰、完整的认知，他们已经准备好，要和所有在家装有电视天线或互联网设备的人分享这些认知。我将手伸向一名胡须浓密、坐在我身边的男子。*其实还有另一种真相，你还没听到那个真相。双方的发言权都必须获得保障。*那名正在打字的胡须男讶异地望着我，竖起眉毛，仿佛在问我，我到底想把他怎样。我重新缩回自己的隧道，我可以感受到自己的汗味扑面而来。

“克里斯多弗·奥尔森在午夜与凌晨一时之间回到自己的住所，”检察官说，“他放正在街上等候的史黛拉进门。两人在公寓里爆发争吵，很可能与奥尔森和艾米娜·贝西奇的性关系有关。争吵过程中，史黛拉从克里斯多弗·奥尔森家厨房的墙上抓来一把刀。奥尔森从住处逃出，跑上街。他奔向位于法官街与飞箭街交叉路口的游乐场。与此同时，史黛拉·桑德尔追上了他，在游乐场里残暴地发动攻击，刺杀手无寸铁的克里斯多弗·奥尔森，其中刀的部位为胸口、喉咙与腹部，然而这几处刀伤均非直接致命伤，克里斯多弗也并未立刻死亡。史黛拉·桑德尔任由他倒在现场，流血过多而死。”

这一切就像一段视频，在我的内心放映。我看见手里持刀的史黛拉，看见她将刀举过肩膀，插刺着。

我非得从椅子上起身不可。人们望着我，所有人当然都知道我是谁。老早以前，新闻记者们就已经认出我了。若非他们内心还有最后一丝职业道德与对其他人的尊重，他们早就已经对我连番提问，甚至责难。我环顾四周，向右跨上几步，再向左跨上几步，又坐回椅子上。一切旋转起来。

“你还好吗？”胡须男问道。

我摇摇头，将双手压在肚子上，以颤抖的双唇呼吸着。

我知道亚当就在门外，即便如此，我仍感到自己被遗弃。这是一种全面的、深不可测的感觉。我不理解，当大家说“人类是群体动物，是一整块大陆，永远不会变成孤岛”时，我一直难以理解这种话。这一辈子，我始终能感到自己与其他人之间的裂痕、隔阂。我对此并不感到特别悲伤，原因当然可能是，你不可能会思念自己不认识的人。但是，连接其他人的强烈关系，不管是以同学关系、亲属关系，还是以其他形式表现出来，总让我觉得自己比其他人更单薄、更微不足道，也更无足轻重。

直到几年前，我才初次意识到这一点。当时，我回顾着史黛拉与艾米娜的友情，察觉到某种被我深切渴望的事物。这是一种非常不自然的感觉：我对自己亲生女儿的友情关系感到嫉妒。经历了无止境的泪水、大量时间、强烈的妒忌心，以及一场箭在弦上、一触即发的大灾难以后，我才理解：就算我对艾米娜有强烈的情感，就算我在她身上看见自己的身影，对她感受到强烈的认同，我最思念的，其实还是自己的家人。

我好想史黛拉。我真想找回自己可爱的小女儿。

而我也想念亚当。

88

我觉得，一开始使我倾倒的，是亚当谦卑的形象。先前，我曾经看见他在韦姆兰省学生会会馆的走廊上一闪而过，但实际上，我并未真正注意到他。十二月的一天深夜里，我们各坐在走道厨房里的一张藤椅上，不期而遇，几年后，我们就一同建立了家庭。

这种话事后听来很荒谬，但是，以前我不知道亚当这种男人的存在。当我还在故乡时，我交过许多男朋友，但他们当中绝少有人值得深入交往一两个月。那些让我感兴趣的，是俊美、外向、充满自信的男生，然而，只要你一划破他们坚强的表面，他们所极力遮掩的、脆弱的小男孩本质就会显现出来。

在我高三最后一学期跟我在一起几个星期的男生名叫克拉伯。每星期他花四个晚上在健身房练胸肌和臂肌。只要他不上健身房，他就会开着一辆宝马轿车，在这座城市的两个广场之间转来转去。那辆车的保养费用，占了他在面包工厂上班的一半月薪。我逼迫他在接吻前先漱口，把牙齿上嚼烟的味道冲掉，因此，他管我叫“公主”。

在我周围，当然还有其他类似亚当的男性，但是，他们在我出生的小镇里的条件与地位简直可以视而不见。所以，他们不曾被我的雷达探测到。在隆德，一切截然不同。这里重视的，是截然不同的特质与属性。我下定决心，永远不回老家。

对外在的大世界与个人内心的小世界，亚当都能提出有趣的观点。我们的讨论总会充斥着完全分歧的意见，却能逐渐汇流成某些新的见解，形成某种共识。他能以充满自信与尊重的方式剖析其他人的想法，这可是一种无与伦比的能力，人们不会对他感到生气。而这让我很生气。

“亚当，你不能这样见风使舵。无论是*从这一方面来说，还是从另一方面来说，大家所说的都很有道理*。实际上，讨论就是要能驳倒对方的论点的！”

“你这么觉得？我觉得讨论的目的就是要让我们寻求进步的。每当我的意见遭到质疑时，我就学到了新的东西。”

我们可以在他位于走道旁的小寝室里待上大半个夜晚。亚当坐在床铺上，双膝叉开，我则坐在地板上，双腿伸直。我们共饮一瓶酒，共享一包薯片。

“亚当，这种强烈的相对论让我很担心。某些价值肯定仍然是绝对的、不可动摇的。宗教不就是这样吗？你的信仰，真的可以随着你的意愿而调整吗？”

“当然可以。这就是为什么我们将此称为‘信仰’，而非‘全知’。”

这些关于信仰的观点既新颖又非常吓人。我曾经陈腐地一口咬定所有宗教都是教条主义的、敌视个人意志的，而实际上又不知道为什么。我开明、世俗化的世界观，和这些观点格格不入。在我出生的地方，让孩子在教堂接受浸信礼与嘲弄、讥笑自称为基督徒的人，是同等自然的。

“不管是针对什么事情，我不认为任由信仰摆布是好事情，”亚当说，“这和宗教或对上帝的信念无关。”

“不要再装得那么明理啦。”我一边说，一边将更多薯片塞进嘴里，“我要讨论，然后把你的论点驳倒！”

“你会成为杰出的律师。”

我们笑了起来，亲吻，做爱。这一切对我来说，是全新的体验。亚当用充满新鲜感的双手抚摸我，以我往昔未曾体验的眼神打量着我。他将自己的一颗心裸露在我面前，袒露自己的灵魂，无所畏惧地坐在我的面前。床上的被褥相当凌乱，还夹杂着男性香水与酸奶油口味薯片的气味。

我将此视为狂风暴雨、惊天动地型的恋爱。我在某方面一直认定：这段关系的开始与结束，都会相当出人意料，甚而具有爆炸性。我对爱情关系的理解是这样的：简短而激烈，很快就被忘却。你在当下曼舞着，然后尽早在一切灰飞烟灭以前退出这段关系。

当我对周边的人们提到亚当的学历时，他们总会有意见。

“他真的想当牧师啊？”

每次，我也会将这些话顶回去。我常用的辩词是：亚当其实一点都不像个牧师。他不是真正的牧师。

“可是他相信上帝和《圣经》，不是吗？”

这一点，我不能否认。

“可是，这并不像一般人所想的那样。”我有时会这么说，而又无法确切解释这是怎么回事。

我们继续情侣关系是非常自然的结果。在超过二十五年以后，我们回首检视这一切时，感觉似乎十分单调、无趣。但是，我和亚当的关系建立在安全感与归属感之上。那是一种找到生命中真正属于你的一席之地的强烈情感，而这正是我需要的。

在我们的日常生活中，我们绝少讨论将来。身边进行中的一切，已经让我们忙不过来。就这一点来看，我们和同年龄的其他人差异并不大。这倒不是说我们无视未来、逃避针对成家立业所不得不做出的决定。我们只是无法洞见自己地平线以外的场域。

圣诞节前一周怀孕检测的结果呈阳性，一举打乱全局。最初，我还活在某种充满挑逗性、与热恋相去不远的状态。然而，当兴奋与狂喜退潮以后，不消多久，我就感到某种前所未有的焦虑。我对建立家庭的决定心生动摇。再等待几年不是比较好吗？最后，我对这个不断恶化、充满暴力与苦难的世界感到绝望与挫折。我不胜惊恐地发现：面对显然已经无法避免的等着我未出生的孩子的前景，我已经泪流满面。

现在回想起这一点，还真是恐怖。我当时好像已经预知到这一切。我内心最深处传来一声使人惊恐的警笛，向我警告史黛拉即将出世。罪恶感撕裂着、搅动着我的五脏六腑。

我实在太年轻了，我任由自己被他人所说服。

89

庭审的审判长转向史黛拉。

“你是否想描述这些事件，以及你当时真正经历了哪些事情？”

史黛拉瞄了瞄迈克，迈克点点头。对于他坐在辩护律师席，我心存感激。

当他在那个周六夜晚来电，告知史黛拉被警方拘留时，我感到我可以向他把事情讲清楚。经历过这一切以后，他对我有义务。和亚当一同坐在他的办公室里，当然是一种折磨，用比较保守的说法来表示，这就像走平衡木一样。但是，要是没有迈克，这一切都是不可能的。

“我该从何说起呢？”史黛拉一边说，一边望着审判长。

庭上的所有成员全盯着史黛拉。当然，约兰·雷翁的目光是温和、友善的，但是，我看到史黛拉的手在桌面边缘颤抖。我多么希望自己能坐在她身旁，抱着她。我身旁的隧道变得越来越狭窄，我不住地喘息着，那名留着胡须的新闻特派员望着我。

史黛拉完全知道自己该说些什么，不该说些什么。迈克事先已经与她演练过许多次。现在，她只需要按照指示陈述就行，而且仅此一次。亲爱的史黛拉，加油！

庭审的这一部分，重要性是无可取代的。这是被告第一次有机会在庭上的成员心中留下印象，却也可能是唯一的机会。我对迈克的手法知之甚详。我就是从他身上学到的绝大部分的精华。被告必须营造出可信度，同时展现自己坚强与脆弱的一面。被告应该尽可能依循检察官陈词的时间线，唯有在必须对犯罪行为描述做出抗辩的时候，才抛弃此原则。展现出配合的态度是至关重要的。史黛拉应该表现出：自己就是一个人。恰如其分，不多不少。

“你是否认识克里斯多弗·奥尔森？”审判长雷翁问道，“我们可以从这里说起。”

史黛拉深吸一口气，望着迈克。他对她点点头，仿佛示意她可以开始说明了。随后，他将身体扭向一边，他的位置远离我的座位，也远离旁听席。

我的肚子上仿佛被刺了一刀，一种迅疾的犹疑感。我总可以信任迈克吧？

“我们是在‘帖格奈斯’小酒馆认识他的，”史黛拉低声说，“我和艾米娜。”

我纹丝不动，完全不敢呼吸。

“那时是六月的某一天。我觉得克里斯很有魅力，而且……对，很有趣。他的年龄比我大得多。他三十二岁，我十八岁。”

那两名女性参审员四目相对。

“他提到，他常到处旅游，”史黛拉继续说，“他走遍大江南北。

而且你能看出他很有钱。他的人生看起来非常丰富。就有点像你在做梦一样。”

她说到“做梦”时，使用了现在进行时，而非过去时。她仍然在做梦。

“那天晚上过后，他发信息给我，希望我们能再见面。我们就再次见面了。”

现在，她的声音听起来比较坚定。她甚而抬起头来，直视雷翁与几名参审员。迈克在椅上坐直，轻拍一下手臂，鼓励她继续说下去。当然，他此时身穿一件向一名赫尔辛堡的裁缝师特别定制的蓝色衬衫。多年前，我们还在一起工作时，他曾经披露：他会把自己在法庭上穿了一整天的衬衫扔掉，上面的汗臭味是完全洗不掉的。

“我们在克里斯的公寓里见过几次面，”史黛拉说，“我们搭加长型礼车前往哥本哈根，上豪华餐馆。我们在宇斯塔泡澡，还有一晚住了酒店。”

我们对自己的子女总是所知甚少。我还满心以为：过去这几年以来，我和史黛拉变得比较亲近。然而我所知的，只占她生活的一小部分。我思索着，这种情况是否很奇怪，甚至是一种错误。这是否只存于我们之间的关系，还是大部分母亲都以为自己很了解青春期的子女，实际上却并非如此。

“有时候，我、克里斯和艾米娜三个人会在一起聚一聚。”史黛拉说，“总而言之，我和克里斯没有男女朋友的关系。我们是有过几次性关系，可是我们不是情侣。”

参审员们面面相觑。那两名女性参审员露出不自然、扭曲的表情，那名瑞典民主党员则满脸通红。我也不希望我女儿的性生活裸露在别人面前，但是，她所说的这些内容还不足以使我感到震惊。

“这都不是认真、长期的情感关系。不管对我或对他来说，都是如此。老实说，我不认为克里斯会想要跟一个十八岁的女生在一起。而对我来说，我根本不想交男朋友。我很快就要去亚洲旅行了。”

我的双眼感到一阵刺痛，我小心地用手帕轻轻擦拭眼睛，眼前浮现史黛拉坐在天堂一般的沙滩上、坐在椰子树下的情景。至于另一种可能性，我连想都不敢想：数年的有期徒刑，她一辈子被社会大众定罪，无法进入劳动力市场，亲友将弃她而去。我和亚当该怎么撑下去呢？史黛拉又怎么能撑下去呢？

“我知道艾米娜和克里斯私下聚过几次，”史黛拉说，“我并不觉得困扰。”

约兰·雷翁摇了摇头。

“这一点，是否能请你进一步说明？”

“哪一点？”

“你说到艾米娜*曾经和*克里斯在一起，请你说明细节。”

开庭以来，我在庭上第一次见到史黛拉的另一面。她的双眼闪动，颈部动脉紧绷起来。

“我是说，他们私下见过面。没有别的意思！艾米娜和克里斯没有发生过性关系。希望这样有回答到你的问题。”

约兰·雷翁的双颊变得通红，喝了一口水。同时迈克平静地将手搭在史黛拉的胳膊上。

“当我知道这件事的时候，我很震惊……”史黛拉的声音颤抖了一下，她搔了搔嘴角，“当警方告诉我这件事的时候，我不能理解。我知道克里斯被威胁，可是他死掉……我仍然不能理解。”

旁听席上，人们的表情缓慢地产生了变化。新闻记者们的打字声放慢了。有人在我后方，用过高的音量耳语道：“史黛拉说的，是什么样的威胁啊？是前任同居女友的威胁吗？”我合上双眼，呼吸着。那条隧道，再一次变宽了。

“在检察官提问以前，你也许想要描述一下，你在那天夜里做了些什么。”约兰·雷翁说。

他的声音很温和，眼神带有同理心，予人安全与信任感。

“我在 H&M 时装店工作到店面打烊，晚上七点十五分。”史黛拉说，“然后，我跟着几名同事来到大广场餐厅。我们在户外的座位上待了几小时。当我离开餐厅、在伯特福斯广场推自行车的时候，时间应该已经是十点半左右。”

迈克又稍微缩回座位上，双肩放松。这让人同时感觉既安心，又不太放心。

“就在我即将跳上自行车的时候，我看到琳达·罗翰站在对街。总之，她是克里斯的前任女友。之前，她也跟踪过我。她太恐怖了，所以我试着打电话给艾米娜，可是她都没接电话。我当时不知道该怎么办。也就是在那时，我试着联络克里斯。”

我试着想象自己置身于她的处境会怎么做，你很容易就以为，你完全知道自己在不同的情况下该如何反应，然而我的职业经验告诉我，当事到临头的时候，这种预先的设想毫无意义。某些情况下，人的反应是完全无法预测的。

史黛拉描述道，琳达·罗翰一连跟踪她、骚扰她好几个星期。她很害怕。她知道琳达精神不稳定，甚至具有危险性。因此，史黛拉躲进“帖格奈斯”小酒馆，最主要是让自己置身于人群中，同时等待艾米娜或克里斯联络她。

“他们一直没有回信。因此，在稍微平静下来以后，我决定骑车回家。我才骑到教堂街，也就是市立图书馆所在的那个十字路口，琳达·罗翰又出现了。”

参审员们面露惊恐，旁听席上响起一阵嗡嗡声。唯一完全不为所动的人，就是珍妮·杨思多德。她抬头挺胸地坐着，完全不为所动，似乎已经准备好，要把史黛拉彻底打烂。

“我吓得要死。”史黛拉说。她描述道，她直接躲进那家位于街角、名叫“炼狱”的酒吧。

她躲在酒吧里最里面的座位上，希望琳达·罗翰不会跟进来。

“艾米娜仍然没有回信，而我又联络不上克里斯，所以我决定骑车到他家去。这一切真是太可怕了。我不知道自己该怎么办。”

审判庭里唯一能听见的，就是史黛拉的呼吸声。所有人的目光全集中在她身上。

“他们并不在那里。”她说。

我后方的某些人开始探头。有人用鞋底刮擦着地板，一名电视新闻台派来的年轻女记者嚼着口香糖。

“我猛按门铃，敲打门板。然后，我把耳朵贴上门板，仔细聆听。可是，他们不在屋子里。”

史黛拉拿起自己的水杯，她的手颤抖着。当她的身子向前靠时，她的头发盖住了脸颊。

某些细节感觉不太对劲。她是否真的和盘托出了？史黛拉一直很喜欢戏剧。她曾经梦想着成为演员，而这里就是她的舞台，还有观众，而这可是一出强档大片。我困惑地朝着她伸出手臂。

“我骑车回家，然后就上床睡觉了，”史黛拉说着，将发丝拨到一边，“我不知道接下来发生了什么事。”

90

“现在我们请检察官发言。”庭审的审判长说道。

珍妮·杨思多德纹丝不动。她的面孔紧绷，脸上每一条肌肉都显得聚精会神。整个审判庭都在等她开口。

她抽动一下，转向史黛拉。

“谁不在屋子里？”

她的声音尖锐而沉稳。

“什么？”

“你刚才说：*他们不在屋子里*。你指哪些人？”

史黛拉比了个无趣的手势。

“克里斯，”她说，“克里斯多弗·奥尔森。当我骑车回家的时候，他并不在自己的公寓里。”

“但是你没有说*他*，你说*他们*。复数，不只一个人。除了克里斯·奥尔森以外，还有谁不在那里？”

史黛拉迅速地瞄了迈克一眼。

“我想是艾米娜吧。”

“艾米娜·贝西奇？”

史黛拉点点头。

“我必须请你口头回答检察官提出的问题，”约兰·雷翁说，“这是考虑到录音的需要。”

史黛拉狠狠瞪着他，上唇颤抖着。

“是！”她用高得夸张的声音回答。

当我扭头时，我发现自己身旁那名留着胡须的新闻特派员正偷偷打量着我。我们的目光一相遇，他就迅速把脸别开。

他是怎么看待我的，我环顾旁听席。他们心里在想什么，也许他们觉得我真可怜。也许有几个人会责怪我。另外，肯定会有一些人认定：父亲或母亲对孩子的罪行是有一部分责任的。至少这适用于我的情况。从一方面来说，我是女性，身为人母，一名男性永远无法承受同样的负担；由另一方面来说，我是个强硬的辩护律师，而我丈夫是个受人敬爱、讲述上帝之爱与金科玉律的牧师。

我是否也应该坐在被告席上呢？和史黛拉坐在一块儿，被指控缺乏家长所必须具备的管教能力，导致他人死亡。我很肯定：有些人就是这么想的。

珍妮·杨思多德意味深长地看了审判长一眼，才继续说下去。我不知道检察官脑海里想些什么，但是我绝对不相信，她认为我在这些事情里，一点责任也没有。

“你为什么会认定，艾米娜会在克里斯家里？”她问史黛拉。

“我不知道。我不知道我是否有这样假设过。”

“但是，你刚才就是这么说的。”

杨思多德就像交响乐团的指挥，很有效率地使审判庭陷入一片死寂。史黛拉不知道自己到底应该把眼神转向何处。

“你为什么会认为事发的那个晚上，艾米娜会和克里斯多弗·奥尔森在一起？”检察官问道，“你们，也就是你和艾米娜，都已经切断与奥尔森的一切联系了。不是这样吗？”

史黛拉的额头冒着汗。她的焦虑感顺着封闭的审判庭包抄过来，像黏糊糊的油脂一般，凝固在我的皮肤上。我心焦地揉搓着自己的皮肤。

史黛拉，你得挺住。现在，不要失去勇气！

“我们已经不再与克里斯交流了。”她一面说，一面望着检察官。

“是这样啊？”检察官瞪着她，但史黛拉没有闪避她的目光，“你们有达成协议？”

“有类似的东西。”

杨思多德对这个回答充耳不闻，已经赶着提出下一个问题。

“你说当克里斯的公寓里没有人出来应门的时候，你就骑车回家，当时是几点钟？”

“这我不知道。”史黛拉说。

她瞄了迈克一眼。这一眼非常迅速，厅内绝大多数人想必都没有察觉到，但是，我看到了。我深知：这是一个转折点。如果史黛拉继续坚称自己是在两点钟到家的，亚当的证词就会被推翻。他是不能待在庭上反驳史黛拉的说法的。我的胸口被水泥填满。

迈克拉了一下领结。汗水开始渗出衬衫，他任务的成败，即将于此时分晓。

“你当时完全没有意识到是几点钟吗？”杨思多德说。

史黛拉轻轻地合上嘴。

“当时十一点半或十二点左右。这很合理。”

我胸口的水泥块重量稍稍减轻，一丝空气透进肺脏。

“你在接受警方问话时提到，你是在深夜两点钟到家的，”杨思多德犀利地说，“不是这样吗？”

史黛拉低下头。

“我这么说，是为了要惩罚我爸爸。”

杨思多德似乎真的感到惊讶。

“请你说明。”

“当我听到我爸爸给我做不在场证明的时候，我想让他在别人眼里看起来像个说谎者。”

她的声音，没有丝毫犹疑。

“你是说，你在接受警方问话时撒了谎，目的是要惩罚你爸爸？”

“是的。”

“史黛拉，为什么你想要惩罚你爸爸？”

“他对我始终过度保护。我们之间的关系有时候非常棘手。我的行为显得很幼稚。”

让我感到高兴的是，亚当没有听到这番话。我知道不能让他听到这番话。否则，我就不知道一切是否能成功。

“你应该了解，这种说法听起来很奇怪吧？”杨思多德说。

“是这样没错。”

“真的是这样吗？史黛拉，你现在不是正在撒谎吗？目的是保护你爸爸？”

她抬起头来，用力地摇了摇头。

“不是！”

杨思多德翻阅自己的文件。

“史黛拉，你那天晚上是几点回到家的？侦讯时，你说过你是在两点钟回到家……”

“我在十二点以前到家，介于十一点半到十二点钟。”

检察官高声叹息。

“总之，你和艾米娜·贝西奇达成了一项协议：你们当中，不能再有人和克里斯多弗·奥尔森见面。”检察官说，“我的理解是否正确？”

“那不是什么*协议*。我们只是说，我们不会再这么做了。”

“你们为什么不想再与克里斯多弗见面？”

“我们发现他说谎。他似乎企图让我和艾米娜起冲突，没有人有权利这么做。”

“你知道艾米娜和克里斯多弗之间发生过性关系。不是这样吗？”

“他们没发生性关系。”

“史黛拉，你是否发现克里斯多弗背着你进行某些操作？”

“完全没有。”

我感觉到她的声音逐渐尖锐起来，她逐渐失去耐心。

“你当时已经知道：你最要好的闺密和刚与你建立关系的男子，背着你暗通款曲。不是这样吗？你总不会认为，他们的交流完全是柏拉图式的交流吧？”

我屏息凝神。

史黛拉的目光瞟过审判庭，在零点一秒的时间内，我俩四目相对。而这就足够了。

她是否知道，我也知道？

“柏拉图式的意思是……”杨思多德刚开口，史黛拉就否定她的解释。

“我知道‘柏拉图式’是什么意思。”她说，“总之，我觉得我知道你在想些什么。其实柏拉图的本意并不是说真实的、灵魂的爱情无法包括性和身体上的接触，不过许多人常会误解这一点。所以，你不必觉得自己很笨。”

一名坐在旁听席上的男子笑了起来，坐在我身旁椅子上的胡须男给我一个充满鼓励意味的微笑。

“柏拉图是我最喜欢的哲学家。”史黛拉说。

“我一直都比较偏好苏格拉底。”杨思多德回答。

“我一点都不惊讶。”

迈克用手掩住笑意。参审员们面面相觑，就连审判长约兰·雷翁的嘴角也露出一抹微笑。

“艾米娜没有跟克里斯多弗·奥尔森上床。”史黛拉说。刚才突然出现的欢乐气氛很快就消失不见。

珍妮·杨思多德正准备提出一个新的问题，但是，史黛拉话还没说完。她高举一只手，她的声音单薄、颤抖着：

“艾米娜没有跟人上过床。她是……现在还是……处女。”

91

我在手提包里翻找着湿纸巾。我的心脏已经快要跃上喉头，就算我不厌其烦地擦拭额头，汗水还是不断流下。热气仿佛直接攻进大脑，把我的思绪煮熟。

史黛拉在我面前逐渐萎缩。我不知道这是由于我的视觉错乱，还是因为她的肩膀正在收缩，身体向内聚拢。

她有哪些动机？在那永无止境的八个星期中，史黛拉被收押在拘留所里，面对一大堆的限制。这是一种几近于不人道，而且备受联合国与欧洲理事会的酷刑防治委员会批评的待遇。在公开对话中，瑞典监狱常被描述得相当良好，有时候，它甚至被形容为非常完善。然而，瑞典拘留所内的恶劣情况则经常被忽视。

当然，她是为了艾米娜才这样做的。然而，这样还不够。史黛拉有其他选项，其他比较简单的选项。唯一合理的结论是：她做出这一切，于此刻坐在我面前，肩膀低垂，双眼闪动泪光，不只是为了艾米娜，更是为了我们，为了我和亚当，为了我们一家人。

我曾经多次希望自己能有一个像艾米娜一样的朋友。自从幼儿园时期，她就和史黛拉形影不离。当然，两人相处时也会产生摩擦与冲突，但到了最后，两人根深蒂固的交情仍然战胜各种可能的阻碍。至少是到目前为止。

对我来说，像艾米娜和史黛拉之间这种一辈子的盟友关系，是最能使人感到心安的。假如我过去曾经敞开心扉，接纳一段这种私密的友情关系，我的人生也许会有所不同。当然，我在就读小学四到六年级以及初中时期，有过几个最要好的朋友，但是，当时我已经开始建立高墙，不让他人进入我的内心世界。在我的经验中，对他人表现自己的感情始终象征着软弱。

我再次用湿纸巾擦了擦额头，努力让自己表现出平稳的样子。我身边的胡须男沙沙作响地把玩着一包甜食，开口咀嚼着，同时，检方逐一检视各项技术性质的证据。检方传唤了一名技术鉴定人员，鉴定人员向庭上说明，凶杀案现场所采集到的鞋印毫无疑问是来自史黛拉的鞋子。那只鞋印是在离克里斯多弗·奥尔森尸身仅有半米的地方找到的。鞋印上有微小的血痕，这显示，鞋印是在奥尔森被刀刺杀以前所留下的。由于那个周五上午下过雨，我们也可以得出下列结论：史黛拉出现在游乐场的时间点，应不早于命案当天的午餐时间。

当蜜·塞恩瓦尔坐到证人席上时，审判庭内的气氛产生了变化。大家仿佛都担心：这名外形柔弱、眼神充满警戒、头发凌乱不堪的女子，会在他们面前崩溃。当检察官与迈克提问时，他们都压低音量。蜜·塞恩瓦尔回头张望许久，才回答问题。

“你说你在夜里一点钟听到一声咆哮。”迈克说道，“你是否能够具体说明，那是什么样的叫声？”

蜜·塞恩瓦尔凝视他许久。

“听来像是有人被刺杀，而且是一名男子。他尖叫了好几次，仿佛有人用刀刺他。”

迈克当然会对这一点提出质疑。她怎能如此确定尖叫声是从一个被刀刺中的人身上发出的？

“如果他是被枪射中，那我应该听见枪声。”蜜·塞恩瓦尔说。

那名留着胡须的新闻特派员朝天翻了个白眼。

“你能否说明一下你的健康状态？”迈克说，“多年以来，你一直与精神科保持固定联系，是这样吗？”

我漫不经心地听着蜜·塞恩瓦尔讲述自己可悲的人生。她离开审判庭的方式，真像极了一个崩溃、无可救药的人。门板在她背后带上的声音，就像一声解脱的叹息。

接下来的几名证人迅速地讲述了自己的证词，过程平淡无奇。莫琳与苏菲是史黛拉在 H&M 时装店的同事，她们证实，史黛拉总会在手提包里放着一罐防狼胡椒喷雾，而且在那个周五晚上，她也带着手提包。检察官拿出一只喷雾器的罐子，两名证人都证明，史黛拉所持有的正是这种喷雾器。

警方的技术鉴定人员向庭上展示了同一只喷雾罐，并说明：警方通过化学分析得以确认，在克里斯多弗·奥尔森尸首上留下痕迹的液体是胡椒防狼喷雾，而且和史黛拉持有的喷雾属同一款。

然后，狱政人员吉米·巴克描述：史黛拉在关押于拘留所期间，行为多次展现出暴力与攻击性。吉米·巴克给人一种毫无同理心的印象，简短、冷漠地回答问题，让我想道：就算是僧人遇上这个人，铁定也会展现出攻击性。

对于这名狱政人员的证词，留着胡须的新闻特派员皱了皱眉头。他直接掏出自己那袋甜食，问我要不要来一点。我感到错愕不已，因此，虽然我并不怎么喜欢卡拉梅尔奶糖，我还是拿了一块。

他对我微笑。我是不是错看他了？

我始终保持狐疑的态度，面对他人。这是一种合理的质疑。我这辈子一直很害怕被别人当成头脑简单的傻瓜。我父亲曾经说“只有处于下风的狗，才会对敌人露出自己的咽喉”，直到四十五年以后，我才开始理解我不必把别人当成敌人。

我在隆德大学读法学时的生活，简直就是一场竞赛。

当我拒绝派对邀约时，我会说：“我搜集的是跟我合作的股份公司，而不是朋友。”

我好像把自己锁在一颗胶囊里，而胶囊的外壳只会变得越来越硬。所有的缺陷都必须用成就与能力来掩盖，与此同时，我越来越害怕真实的自我会暴露出来。尽管如此，我还是经常成为所有社交场所的焦点。我对于自己身处却无法参与和发挥影响力的情境，感觉很难适应，人们蜂拥来到我面前，想要认识我。但是，除了议论、考试成绩和肤浅的社交谈话，亚当是唯一真正懂我的人。

现在，他坐在通往审判庭的门外，等候着。很快就轮到他做证了。书记员随时会通过扬声器传唤他。我仍然不确定，接下来会发生什么事。

一开始，我还觉得这么做是行不通的，我还不觉得，我们会走到这一步。亚当的道德操守，一直是坚定的、不可撼动的。对我来说：他会对警方说谎，简直是不可想象的。然而，我低估了家庭的意义。为了保护自己的家庭，人们会完全无视所有的道德与伦理标准。当你要保护自己的孩子时，就算最强硬的原则也会灰飞烟灭。谎言、罪责、秘密，没有建立在这些元素上的家庭，又有多少呢?

当一个人降生到世界上的时候，另外两个人就变成了父母亲。我们对孩子的爱，受制于特殊的法条与规则。

夜里，我和亚当沉默地坐在厨房里，共饮一瓶红酒。

“亲爱的，我不知道自己能不能挺住。”

我向上帝祈祷，求他助亚当一臂之力。这是一种很奇怪的感觉，可是，我真的双手合十向上帝祈祷。下一刻，书记员便传唤亚当，要他出庭做证。

92

亚当缓缓地走进审判庭。就在审判长向他表达欢迎之意，对他说明他应就座的位置时，亚当目不转睛地盯着史黛拉。

他背对旁听者，在证人席上就位。那名留着胡须的新闻特派员用打量重症患者的眼神，盯着我看。

审判长请迈克发言。

“亚当，你好，”他说道，“我能够理解，这对你来说是非常煎熬的，所以我会尽量长话短说。你是否能向庭上说明你的职业？”

亚当仍然目不转睛地盯着史黛拉。

"我是瑞典信义会的牧师。"

在迈克的提醒下，他陈述道，多年前，他曾于监狱中担任牧师。现在，他在城中一所规模较大的教会担任神职人员。

他的声音微微地逡巡着。

"你是否能简短说明你和史黛拉的关系？"迈克说。

"我爱史黛拉。她是我的一切。"

我的心顿时揪紧。多年以来，我曾为了自己和史黛拉之间的关系，不止一次责备亚当。史黛拉小时候，我总是听别人说：亚当真是个称职的好爸爸，我能跟他一起生儿育女，真是天大的福气。这完全是实话。亚当过去一直都是，现在也仍然是很棒的家长。为此，我真心真意爱他。我对自己心中不定时浮现的嫉妒感到可耻。我对自己与史黛拉失败的母女关系的反应，怎么会是更加疏远她呢？我疯狂工作，避免处理我们之间的关系。我深知自己的强项，却仍对自己的强项投注更多时间。这当然是自我欺骗，更是对史黛拉的背叛。

"我和史黛拉的关系，并不是一直那么和谐，"迈克接着问到多年来的父女关系时，亚当回答道，"情况时有起伏。有时候，情况变得非常棘手。"

迈克给他稍做描述的机会，亚当轻轻地低下头。

"为人父母，是最困难不过的事了。当然，我一直都有缺陷。我对自己心目中的亲子关系，保有许多期望与想象——关于我应该当个什么样的家长，关于史黛拉应该做个什么样的女儿，关于我们的关系应该呈现何种样貌。"

"所以情况并不总是符合你的期望咯？"迈克说。

"我觉得问题并不是情况变成什么样子，而是我事先的期望。对于史黛拉在自己生活中做的一些选择，我一直很难接受。有时候，你会忘记青春期男女是怎么想的。"

我看着审判长。约兰·雷翁露出感同身受的神情，他家就有处于青春期的子女。

“亚当，”迈克说，“请你描述一下星期五那天发生了什么事。”

亚当稍微转了一下身子，再次望着史黛拉。我凑上前，想要看一下他脸上的表情。

亚当什么都没说。他为什么一言不发呢？

当然，我本来应该让他知道更多细节的。但是，我担心他无法理解，也担心他强烈的道德感会从中作梗。

万一一切都已经太迟了呢？要是他改变了主意，收回一切说法，那将是毁灭性的。

“我那天工作到很晚。”他慢条斯理地说。

他用不太稳定的声音描述一个年轻人的葬礼。那个星期，他的工作量相当沉重。到了周五，亚当已经非常疲累、摇摇欲坠。下班以后，他煮了晚饭，我们在沙发上玩了点小游戏，然后，我们就上床就寝。

“你当时是否知道史黛拉在哪里？”迈克问道。

“她说，她会和一位朋友见面，艾米娜·贝西奇。”

“OK，”迈克平静地说，“所以，在史黛拉回到家以前，你和你太太已经上床就寝了？”

“没错。”

“当时是几点钟？”

我在椅子上，将身子撑起。

求求你了，亚当，想想你的家人哪！

“大约十一点钟，”他说，“其实，我当时并没有细看。”

“你是否直接就睡着了？”

“没有。我清醒着，在床上躺了好几个小时。”

“好几个小时？”

"是。"

我迅速地喝了一口水，却没能将瓶塞旋紧，水滴洒落在我的膝盖上。我用手将膝盖擦干，那名留着胡须的男子瞄着我。

"当天夜里，史黛拉回到家时，你是不是清醒的？"迈克问道。

我的身体更加往侧面倾斜。亚当将下巴抬高，使身上那件罗马衫朝着庭上闪着白光，仿佛暗示着某种贞洁。

"当她回到家时，我是醒着的。"他说。

现在，他的声音变得坚定多了，变得强硬而清晰。我坐回椅子上。

"你是否知道当时是几点钟？"迈克问道。

"当时是十一点四十五分。当我听见她回到家的声音时，我看了时间。"

其中一名参审员用手捂住自己的嘴，法庭的其余成员则沉默地盯着亚当。

"对于这个时间点，你是否完全确定？"迈克说。

"完全确定。我以上帝为誓。"

93

"你怎么能这么确定？"我问亚当。

总是提出质疑，是亚当的一种爱好。现在，他已经没有转圜余地了。他已经下定决心了。

"一切都会非常圆满的。你会是全世界最棒的妈妈。"

他直接否定我所有的忧虑。根据亚当的说法，我的焦虑是这整个过程中相当自然的一环。为人父母意味着根本性、结构性的变化，我们的人生将为此完全改观。我感到犹豫、迟疑、心情低落，其实并不奇怪。

其实，我们对子女来说，都还太年轻了。我刚获得书记员的职务，而亚当还在学习。仅仅在半年前，我们还在学生宿舍过生活，每周花好几个晚上泡酒吧、花天酒地，参加学校考试。然而，我们在那年夏天排除万难，顺利弄到位于北费莱登、相当体面的单间公寓。此外，亚当还坚信：假如我们生儿育女，住房公司会同意将我们换到一间一室一厅式的公寓房。

“我爱你。”那天，亚当一连说了好几次，他弯下腰来，亲吻我隆起的腹部，“还有躲在里面的你。”

随着时间过去，最恶劣的毁灭性想法逐渐退去，取而代之的是我如象腿般浮肿的双脚，焦虑心理也被骨盆疼痛所取代。某几天，我躺在床上，觉得自己真是全世界最失败的女人。

亚当为我提供辅助弹性袜、玫瑰果汤、温热的米枕头，并为我按摩。即使我对时间点，对于我们生下孩子的时机是否已经真正成熟仍心怀疑虑，我从未怀疑：亚当就是我生儿育女的最佳对象。

史黛拉小时候，我的工作量相当繁重。我有时会纳闷自己是不是哪里不对劲。我无法把自己生活的其他部分搁置在“待机”模式，让自己的所有能量在刚成为妈妈的事实中流失殆尽。所以我也纳闷，自己跟其他刚成为母亲的女人相比，到底有什么不同。

没有亚当，这一切都无法实现。他始终是可靠、安稳的避风港。他对我，始终是有求必应。亚当不计一切代价地支持我。

我在家庭生活中所无法得到的胜利，在我的职业生涯中获得了弥补。我在二十九岁时就成了律师，一家迅速扩张、在瑞典全国三大都会区都设有办公室的律师事务所聘用了我。就在亚当教史黛拉学会不用辅助轮骑乘自行车，在她膝盖的擦伤处贴上创可贴的时候，我通勤前往高端客户的办公室，用儿童节目和微波加热的晚餐应付孩子，同时赶着修改自己的简历。当我宣称自己需要来自家庭和职业生涯的滋润时，我觉得我绝不是特例。即使我出生时，刚好没有男性生殖器。

然而，在我周围，其他女人牺牲自己的目标与梦想，把自己贬损为儿童卧房与厨房里的服务生。成为尽职的母亲，仿佛总是和我对自我认同的渴望、在人生中其他领域功成名就的需求格格不入。虽然我相信自己有意愿成为尽责的母亲，而且其实也努力过，我却从来没能充分地压住自我意识，成为符合自己期许的母亲。同时，我也看到有着同样缺陷的男人总能全身而退，这使我感到很困扰，同时让我觉得自己真是个没有价值的家长。

一开始，我觉得亚当与史黛拉之间逐渐发展出的亲密关系是极为正面的。史黛拉就是爸爸的小女儿。当我很晚才回家，脑子里还塞满法条与判例的时候，总会发现他们穿着睡衣，缩在枕头堆里，分享着枕边故事。幼小的史黛拉面对人生中的小转折时，总是握紧爸爸的手。这简直是阿斯特丽德·林格伦笔下的世界。每天早上，当我们家女儿踮着小脚走进卧室时，我的心脏就微微地欢快地跳动着。

情况缓慢地起了变化。我无法指明，这是什么时候发生的，但是，过去使我心暖的情景很快就让我感到一阵透心凉。生活中，使我感到恼怒的情景越来越多。每当有人指出，亚当真是个好爸爸，他和史黛拉的关系看来真是美好无缺时，我不再觉得骄傲，而是感到隔阂。亚当完整、翔实地描述自己和史黛拉相处有如童话故事般美妙的每一天时，我心中的嫉妒、罪责与耻辱感油然而生。

我们很早就讨论过，要再生一个孩子。我们想再生一个孩子的渴望，想必是来自某种逐渐扩散、我们始终无法大声说出的失落感。家庭生活没能符合我们的期望。我违反一切常理，想象着：一旦史黛拉有了弟弟妹妹，我和她的关系就会改善。

在一年多的时间里，我们努力想再次生育子女。我们从来没有谈论，为什么这次没能成功。我认为我们之间的确存在着相互尊重，但这种尊重的方向却大错特错。测试结果迟早会呈现阳性，我们除了尽己所能，不断尝试以外，什么也不能做。而亚当也得向上帝祈祷，求他助我们一臂之力。

最后，到了史黛拉四岁那年的沃普尔吉斯之夜[1]，我们打破沉默。我们躺在床上，只要我一睁开眼睛，全世界就开始旋转。这种不对劲的预感，已经穿透了我们的皮肤。

“亲爱的，”亚当耳语着，“有些事情好像不对劲。”

“不对劲？”虽然我知道他言下之意，我还是这么回答。

“我们该怎么办？”

我难以启齿。泪水在眼皮后方刺痛着，但我继续压抑自己的泪水。

“我爱你。”亚当说。

我竟然无法回应他。

94

“检察官是否要向证人提问？”审判长约兰·雷翁说。

“是的，我要提问。”

珍妮·杨思多德简短地和助理商议了一下，然后转向亚当。

“在那个星期五，你的心智状态如何？”

我觉得自己看到亚当耸了耸肩。但他还没来得及回答，杨思多德就继续说下去：“早先你曾经提到当时你觉得疲倦、摇摇欲坠，那个星期，你的压力一直很大，你不得不主持一名年轻男子的葬礼。”

[1] Walpurgis Night，为流传于北欧与中欧的传统春季庆典，举办于每年的四月三十日夜晚。

“是的。”

“而你在那天晚上，仍然无法入睡？”

“有时，这种疲劳反而会带来反效果，”亚当沉静地说，“即使你累得要命，你还是无法入睡。然后，我当然很担心史黛拉，非常、非常担心。我不喜欢在她回到家以前上床睡觉。”

珍妮·杨思多德掏出一支笔，将它在指间转来转去。

“所以，你指称史黛拉那天夜里回到家时，你是醒着的？”

“是。”

“当时是几点钟？”

“我已经说过了。”

“我要你重复一次。”

“十一点四十五分。”亚当恼怒地说。

珍妮·杨思多德像一只秃鹰，抬起下巴，将头往前伸。

“真怪。”她说。

她的声音里，有种即将大获全胜的意味。这真令人不安。

“非常怪。”杨思多德说着，摊开一张纸，放在桌面上。

那是什么？我们是否遗漏了什么？

“亚当，这份文件是你的短信通信记录表。这份记录表上显示了命案当晚每一封从你手机发出的短信，以及你所收到的每一封短信。你的手机里，有两封短信被删除了，但是，警方的技术人员还原了这两封信息。你总该知道，现有的技术可以还原手机里被删除的短信吧？”

亚当低下头。

不，这不是真的。迈克怎么能漏掉通信记录呢？我们都知道警方查扣了亚当的手机，但我从没想过，里面竟有这么危险的内容。

“晚上十一点十八分，下列短信从你的手机发送到史黛拉的号码：*你今晚要回家吗？*”

检察官举起通信记录表，用笔尖指着文件。

“哦？”亚当说。

“你是否记得，自己发过这么一条短信？”

他扭了扭肩膀。

“我的确可能发过这条短信。我太太说，史黛拉也许会在艾米娜家里过夜。所以，我才会发这条短信。”

*你今晚要回家吗？*杨思多德重复着，“你是否收到史黛拉的回信？”

亚当搔了搔下巴。我企图唤起迈克的注意力，但是，他不愿朝我的方向张望。他的脸上冒着汗。他拉动领结，仿佛透不过气来。

“我记不清了。”亚当喃喃自语。

“你确定？你不记得自己有没有收到回信？”

亚当吞了一口口水，低下头，然后摇了摇头。

“我应该记不清了。”

杨思多德挥动手中的文件。我身旁那名留着胡须的新闻特派员用嘴巴呼吸着。我开始有预感：这件事将会落得什么样的结局。我们怎能遗漏这一环呢？

“其实，史黛拉回了一条短信。”检察官说。

“是吗？”

亚当只是呆坐原地，仿佛在等着致死的一击。我真想对他尖叫，要他稳住阵脚，他现在不能放弃。

“警方的技术人员也顺利还原了这条短信。也就是说，你在星期六得知史黛拉被警方收押以后，就删除了这些短信。”

“有吗？”亚当说。

听起来，他真的很不会撒谎。

“史黛拉写的是：*我在回家的路上啦。*你的手机是在凌晨一点四十分收到这条信息的。根据你的说法，史黛拉当时都已经回到家快两小时了。”

95

亚当没有回答检察官的提问。

“你对这条短信有没有什么说法？”杨思多德重复了一次，“你声称，她在晚上十一点四十五分就已经回到家了。为什么史黛拉会在凌晨一点四十分发短信来，告诉你她正在回家的路上？”

亚当陷入一片沉默。时间一秒接一秒地流逝。

坐在我后方的一名女子拉扯我的衬衣，指手画脚，要我坐下。可是，我得和亚当会合才行。他需要我。这一切都是我的错！

“时间上，当然有可能出现延迟。”亚当最后说。

留着胡须的男子对着我嘘了一声，朝这一排板凳的末端点点头。一名保安已经挺起胸口，狠狠瞪着我。

“亚当，你现在这番话是什么意思？”杨思多德问道。

“有时候，我们的短信会陷在信息空间里，”他不无迟疑地说，“我在某个时间点上收到一条短信，不尽然代表它就是在那时发出的。”

我跌坐回椅子上，发出一声如释重负的长叹。当然，亚当言之有理。当然，他不是信息科技的专家，但是他够聪明，反应也算敏锐。此外，常识也支持他的论点。要是检察官不能证明某一封短信是何时发出的，就算她能证明它是何时被接收到的，这实际上仍然没有意义可言。要想知道这一点，她就必须取得史黛拉的手机。

珍妮·杨思多德露出扭曲、痛苦的表情。

“实际上，史黛拉回到家的时间点，不是比你所指称的晚得多吗？”

我向那名保安瞄了一眼，确定他已经不再注意我。

“不，”亚当说，“史黛拉在晚上十一点四十五分到家。”

迈克用手背擦擦汗流不止的额头。史黛拉就坐在他身旁，低着头，眼中闪动泪光。她看起来是如此渺小、如此脆弱。我为我让她所遭受的这一切深切地痛恨自己。

过去这几个星期，我必须一而再、再而三地向迈克说明：我们为什么不能把一切都告诉史黛拉。犹豫感在我内心又挖又咬，但是，把这一切说出的代价太高昂了。史黛拉实在无法克制自己的冲动。要是她的情绪稍微再强烈一点，或是有任何人不慎说漏嘴，一切就完了。

此外，面对一切事情时，史黛拉总喜欢反其道而行。手球教练们要她放低角度射门时，她就将球挑高；亚当的妈妈才赞美她及腰的长发，她就理了个光头。

我望着她，心中感到十分痛苦。

“你是否知道，史黛拉的手机在哪里？”检察官问亚当。

“不知道。”

“调查人员为什么找不到它？”

“这我不知道。”

亚当沉稳地注视着检察官。

“你最近一次看到史黛拉的手机，是什么时候？”

“这我记不清楚了。”

“亚当，难道不是你找到它的吗？”

“没有，”他说，“史黛拉总是将手机带在身上。”

“你的意思是说：她在周六到 H&M 上班，然后被警方收押时，是带着手机的？”

“我是这么认为的。”

“如果是这样，警方早该找到它的。不是吗？”

杨思多德严厉地瞪着亚当。然而，亚当从容不迫。

“星期六那天，不就是你找到史黛拉的手机的吗？也就是命案后的隔天。”

“绝对没有。”

亚当轻轻地转过头，转瞬间，我们的目光正面相遇。

“对于史黛拉的手机，我一无所知。”他重复道。

这是实情，而且已经超乎检察官的想象。亚当的确不知道史黛拉的手机怎么了。这件事，只有我知道。

一时之间，检察官失去了主轴。她尽力遮掩这个事实，但是，在我和审判庭内其他经验老到的法律人眼里，这个事实再清楚不过。我允许自己稍微放松，靠回椅背上，喝了几口水。那名留着胡须的男子望着我，我判断出，他知道我的想法。他一眼看穿了我的思绪。

杨思多德回过神来，与助理商议一下，然后继续提问。

“在那个星期五夜里，也就是克里斯多弗·奥尔森死亡当晚，你是否和史黛拉交谈过？”

“是。”亚当说，“这我已经提过了。”

“你们说了些什么？”检察官问道。

“我打开门，说晚安。”

“你看到她了？”

“看到了。”

“当时她穿什么样的服装？”杨思多德问道。

“内衣。”

“只有内衣？她习惯在走进自己房间以前就把衣服脱掉？”

“这不奇怪吧。如果她的外衣必须清洗，她会先将它们放进洗衣间。”

“根据当晚曾与史黛拉在‘大广场’饭馆一起用餐的同事们的说法，当时史黛拉身穿一条暗蓝色牛仔裤、一件白色的女式衬衣。警方在进行住宅搜索时找到了那条牛仔裤，然而他们没能找到那件衬衣。

史黛拉到家时，你是否看见了那件白衬衣？”

“没有。”亚当说，“关于衬衣还是什么的，我一无所知。”

其实，在一定程度上，这是真的。

“你确定？你没有在洗衣间里看到那件白色衬衣？”

“没有。”

“星期六那天，你也没看见它？”

“根据我的记忆，我没看到过那件衬衣。”亚当说，“但是，当时就算我看见过它，我想必也记不清了。”

“我认为你看到过它。”杨思多德说，“换言之，我相信那件衬衣上有污渍，它是染血的。你真的没看见那件染血的衬衣吗？”

“完全没看到过！”

此时的亚当相当坚决，他的口吻散发着愤怒。这样不妥当，非常不妥当。迈克轻轻向他比了个手势。

杨思多德继续发动攻势。

“你们家里有个壁炉吧？”

“是的，怎么了？”亚当说。

“警方在住宅搜索时记下了一个事实：当时，壁炉里有刚燃烧过的迹象。星期六当天，是谁在壁炉里点火？”

亚当搔抓着耳后根。

“可能是我，也可能是我太太。”

他很聪明。当然，他了解情况的发展。现在的关键，就是保持冷静。亚当，请你以家庭为重，请你想想史黛拉和我。

“你不知道？”杨思多德问道。

“我们经常点火。”

“在夏天？八月？现在温度可是超过二十摄氏度。”

“我们觉得这样挺温馨。”

检察官高声叹息。

“你找到史黛拉那件染血的衬衣，然后在壁炉里点火将它烧掉，不是这样吗？”

“绝非如此，”亚当说，“我没烧过什么衬衣。”

的确，这不是他做的。

96

审判长约兰·雷翁宣布第一天的庭审结束时，我站起身来。在保安将史黛拉架走以前，我和史黛拉四目相对。在一秒钟左右的时间里，我们凝视着彼此。我朝她伸出双手，略显笨拙地摸索着。现在，我真的必须扮演好母亲的角色，以补偿我在史黛拉小时候的失职。现在，我尽力而为。亲爱的史黛拉，你必须相信我。

最近这几年来，我们的关系慢慢地有了起色。亚当越来越难以理解史黛拉在生活中做出的不同选择，而我在此同时缩短了与她的距离，并且更深入地了解自己的女儿。在一定程度上，我得好好感谢艾米娜。我通过艾米娜，最终才顺利从史黛拉的角度和她交流、沟通。我通过艾米娜学会理解。

当然，我和艾米娜比较聊得开、和史黛拉反而聊不开的事实，让我心痛不已。这种罪恶感日渐累积，成为我灵魂深处沉重的泥浆。当我完全无法理解史黛拉行为、动机、诱因的时候，我从艾米娜身上重新找回了动力。

“史黛拉跟你我都不一样，”她曾经这么说，“史黛拉就是史黛拉。”

当时，史黛拉刚退出手球队。前一天，她才参加完少女手球国家队集训，被预言将会成为未来的新星，后一天，她居然就把自己的手球球鞋放到拍卖网站上。这对我和亚当来说，简直不可理喻。

“假如你不开始从史黛拉的角度来思考事情，你就无法了解史黛拉。”艾米娜说。

这听来容易，多么顺其自然，但是，实情又并非如此。

“史黛拉无法忍受别人尝试掌控她。”艾米娜说，“在这一层意义上，手球就是要执行事先决定的动作，也就是事前演练过的动作。史黛拉忍受不了这种事情。”

我相信，在我们所有人当中，我们没能再添一个子女，最受伤的人就是他。他硬逼着史黛拉，要求她顺应我们的期许，反而没能认清史黛拉有自己的特色。我们的家庭没有土崩瓦解，真是个奇迹。我努力把现在正在发生的事视为重新出发的契机。我想不计一切代价，把握这个新的机会。

“要是你能像艾米娜那样就好了。”有一次，史黛拉的情绪再度爆发，把周围弄得乱七八糟、天翻地覆时，我对她这么说。

非常离奇的是，她当时居然没有给出让人伤心欲绝的回答。她只是沉默不语，凝视着我。她的双眼是干涸的，她仿佛欲哭无泪。

当然，她非常清楚。我这些话只是脱口而出，而且下不为例。但是，史黛拉看透了我。她看到我和艾米娜谈话的情形、我望着艾米娜的眼神、我们之间的共鸣。

我一把抱住史黛拉，靠在她肩上哭着。

“对不起，亲爱的，对不起。我不是故意的。”

这样做当然是徒劳无功的，对于我的意图，我俩都心知肚明。

当我走出审判庭时，亚当却不见踪影。法院柜台边的几排长凳上，坐满了我不认识的陌生人。我朝走道深处踏上几步，但就是没看到亚当。

他上哪儿去了？

他刚刚还坐在法庭上，以上帝的名义赌咒：当那名男子倒在城市另一区的游乐场上、血流不止的时候，他的女儿已经在家里了。

他肯定快要崩溃了。

我的心怦怦直跳，我大步跨进下一条走道。他蜷缩在卫生间外的一张长凳上，脸上的表情仿佛全身上下每一根骨头都折断了。

“亲爱的，”我耳语道，“我真为你感到骄傲。”

我用手臂搂住他，他的身躯冷硬。我小心翼翼地贴向他的肩膀，一股温热的暖流在我的胸口扩散。我这么做，可不只是为了史黛拉和艾米娜。

“要是这样做也没帮助呢？”他的眼神，宛如一串绝望的祈祷词，“我做了什么？”

我摩挲他的脖子和后背。

“我与你同在，”我耳语着，“我们会在一起的。”

我所做的并不多，但是，这已是我所能提供的最佳慰藉。最近这几周以来，我始终认为自己了解他所受的折磨，并比较他的折磨和我自己的痛苦。亚当违反自己的职业道德，以及我背弃自己所坚信的一切，道理是一样的。法学对我来说，就像宗教一样。法学当然有其缺陷，在某些方面，法学的缺陷甚至非常全面。但是，我仍坚信：法学就是现代社会的支柱，是指引社会前进的灯塔。曾经我一直相信：法学是治理民主社会的最佳利器。现在，我已经不知道自己该相信什么。某些价值是无法以法律条文说明或衡量的。法律就像人生一样，不会特别考量一般人口中所称的正义。

当我望着亚当时，我理解到，这件事对他所造成的影响，超过对我造成的影响。在最坏的情况下，他本人会被起诉：妨害居家安宁，对政府公务员施暴，干预司法。

最后，我们从长凳上起身。我们穿越地方法院，走过接待柜台，踏上阶梯时，我的手臂始终紧紧搂住他的腰。

“亲爱的，你做了正确的事，”我说，“明天就轮到艾米娜了。”

我们叫了一辆出租车回家，亚当询问我，要我事无巨细地描述在他出场做证前，庭上所发生的一切。当我描述脚印和警方对胡椒防狼喷雾器的分析时，他面露忧虑。

“可是，他们没有具体的证据。”他说。

“法院会审核这些证据的。在这种牵涉间接证据链的案件中，你不能单独检视各项证据，而必须从整体上来审核这些证据。然后，庭上会将检察官提出的犯罪行为描述与其他可能的假说进行比对与验证。要是他们无法排除对事发过程的其他可能说法，就会产生合理质疑的空间。这样一来，法院就必须放人。”

“那总会有其他可能的说法吧？”

“我们常说，最基本的要求是：被告曾出现在犯罪现场，有机会完成犯罪行为，而且同时能够排除其他可能的嫌犯。”

亚当的眼神转向车窗外，我掏出手机，看看各大报纸写了些什么。《南瑞典日报》和《斯科讷省日报》简短报道了庭审的第一天，没有使用具煽动性的字眼。《晚报》的社会新闻标题是：“父亲受到检察官压制”。全文隐约透露对亚当证词的质疑：*一百年前，牧师在牵涉司法的情境下说谎，是非常骇人听闻的事。但是，在本日于隆德地方法院进行的庭审结束后，我们有理由深思：情况是否仍然如此。*我不敢相信这是真的，亚当绝对不能读到这样的内容。网页的最上方是作者的署名照片。就是那名一整天坐在我旁边、留着胡须的男子。

出租车拐进我们住的那条街。几个邻居站在人行道上，他们凑在一块儿，朝我们的方向张望。

“晚上好。”当我付款时，出租车司机这么说。

“嗯。”

我绕过车身，牵起亚当的手。我们完全无视那群邻居。

亚当走上玄关时，全身僵直。

“是……这是她做的？”

我紧紧地拥抱他。我不喜欢对亚当撒谎，下不为例。

“亲爱的，我不知道。”

97

审判庭是我的家，我的堡垒。我在全国各处法院审判庭所待的时间，简直比我和家人相处的时间还多。但是，我从未在这些场所感到如此困惑、孤立。我被懊悔感折磨，被焦虑感窒息。

我们穿越地方法院的走道时，亚当紧紧跟在我身旁。我们走进审判庭时，起先，我只看到旁听席上那些不认识的面孔。我估计他们都是新闻记者，也许，来自所谓社会大众、出于好奇心前来的旁听者根本屈指可数。我寻找着那名留着胡须的记者，但是他不见踪影。也许《晚报》今天已经派来另一名记者，不管怎样，克里斯多弗·奥尔森那些西装笔挺的商业合作伙伴就像昨天一样，坐在侧面。他们高声耳语着。迈克揭露了以暗箱房地产交易和引进非法劳工有关的一大串丑闻，他们当中显然已经有些人因为牵连其中，遭到调查。

我在旁听席上的最后一张长凳上，发现了一张熟悉的面孔。亚丽桑德拉弯下腰，捡拾某个从手提包里掉出的东西，她的刘海遮住了双眼。

我的眼神逡巡了一下。随后，亚丽桑德拉拨开刘海，望着我。我们简单地对彼此点点头，当我意识到狄诺不在场时，我长出了一口气。

我一直都很喜欢亚丽桑德拉。在许多方面，我从她身上发现了许多相似之处。一名坚强、事业有成、能够轻松过生活的女性，美食、几杯比美食还要甘醇的美酒、朋友之间的欢笑，使我俩一拍即合。但是我不能否认：在某些时刻，当我看到艾米娜是如此听话而懂事，我会嫉妒她，希望我们能够互换角色。

书记传唤今日的第一名证人进场，门应声而开。

艾米娜直接走到证人席上就位，完全没有抬头。她脸色苍白，没有化妆。过去几个星期以来，她的双颊已经有点凹陷。

迈克不安地朝我的方向瞄了一眼。

“你是否理解出庭做证的意义？”约兰·雷翁问道。

艾米娜点点头，轻声说“是”。

随后，她便跟着雷翁念起誓词。

“本人，艾米娜·贝西奇以本人的良知和名誉允诺并保证：本人将说出完整真相，不隐瞒、不添加、不更改任何细节。”

我将一只手放在胸口下方，专心致志，保持呼吸。不安噬咬着我的身体。一种大难将至的恐怖预感逼着我靠回椅背上。

“现在请辩护律师开始提问。”约兰·雷翁说。

成败将在此刻见分晓。

迈克的声音缓慢、柔和。史黛拉坐在他身旁，下巴挺直，直视着艾米娜。两人上一次见面，已经是好几周以前的事。

“可否请你描述，你和史黛拉是如何认识的？”迈克说。

艾米娜低头望着桌面。

“从幼儿园开始，我们就是彼此最好的朋友。我们从小学一年级到初中三年级，都是同班同学。而且，我们在同一支手球队打球。”

我的胸口感到一阵灼热。这两个小女生的形象呈现在我眼前。

“你会如何描述，你们现在的关系？”迈克问道。

艾米娜继续望着桌面。随着时间流逝，我察觉到，迈克越来越迟疑。

“她仍然是我最好的朋友。”

迈克点点头。在随之而来的沉默中，我瞥见史黛拉眼神中一道谨慎的光芒。她究竟在想什么？她有哪些想法？要是艾米娜可以自己做主，我们绝对不会让史黛拉独自面对种种焦虑与愁思。我们的所作所为，都是出于我的决定。不管接下来发生什么事，必须对史黛拉负责的人是我。

“可否请你形容史黛拉的为人？”迈克问道。

“总之，她……她很有个性。她就是史黛拉，世界上找不到另一个和她一样的人。”

我不禁露出微笑。

“她非常勇敢。她总是勇于承认自己的想法与意见，根据自己的意愿行动。她不知道什么是团体压力。”

这两个最要好的朋友四目相对。这个审判庭里，没有任何人能够想象：史黛拉和艾米娜之间的联结是多么强韧。

“而且她也很聪明，”艾米娜说，“在你真正认识她以后，才会意识到这一点。她也是我所认识的最顽固的人。她非常容易冲动，而且勇往直前。她很有冲劲。某些人觉得她太冲动了。我觉得，你对史黛拉，只会有喜爱或痛恨这两种情绪。”

迈克正准备提出下一个问题时，艾米娜举起手，打断了他。

“我爱她。”

她的声音非常低沉，以双手掩面。我的喉头一紧，迈克仿佛也被打动了。

“可否请你稍微描述一下克里斯多弗·奥尔森，”他说，“你们是如何认识他的？”

艾米娜望着史黛拉。我的心脏在胸口炸裂，手臂下侧不断地冒汗。对于现在正发生的事完全无能为力，真是一种恐怖的感觉。现在，我只能信任艾米娜了。现在，她将决定一切。

98

“请描述克里斯多弗·奥尔森，”迈克说，“你们是如何认识他的？”

他将一包纸巾递过桌面，艾米娜擦干自己的脸颊。

“我们是在某天晚上，在‘帖格奈斯’见到克里斯的。”

我瞄了瞄亚当，他看起来全神贯注。对于即将发生的事，我怕得要死。

艾米娜的描述，与史黛拉昨天的描述雷同。这两个女生在酒吧、小酒馆与奥尔森的家里，见过克里斯多弗·奥尔森几次。

“你是否会把史黛拉和克里斯多弗·奥尔森形容为情侣？”迈克问道。

“完全不会。他们有点像是在瞎搅和，但也仅止于此。”

迈克点点头。

“是否能请你进一步说明，他们是否有性关系？”

“有，但是没有什么感情关系。”

艾米娜的声音听起来自信、坚定。

“我们在昨天听到过一些说法，指出史黛拉有时展现出暴力倾向。是否真是如此？根据你的经验，她是否曾经表现出暴力倾向？”

艾米娜将肩膀抬高。我的心怦怦直跳。

我不知道迈克为什么要提出这个问题。他是否想抢在检察官之前，就提出这个问题？

“不。”艾米娜说。

但是，她听起来已经不像之前那么确定。

迈克拭去额头上的汗水。

“辩护律师是否还有其他问题？”约兰·雷翁问道。

“没有了，谢谢您。”

“现在请检察官发言。”

我转过身去。亚当睁大双眼，望着我。

珍妮·杨思多德好整以暇。她是经过精心算计的，这是一种让艾米娜失去平衡的手段。她将面前的文件分成好几沓，异常仔细地将纸张的边缘抚平，缓慢地坐挺。

迈克与史黛拉紧张地盯着她。

就在那个星期六，当我在书桌上发现史黛拉的手机时，我立刻感到一阵痉挛似的不安。她怎么能把手机忘在家里呢？

其实我一直都不喜欢窥探他人的隐私。我绝少对八卦或乱七八糟的私人秘密感兴趣。能够吸引我的，是事实和可靠、有说服力的证据。要是真有人窥探史黛拉，甚至在某种程度上侵害她私生活的权利，那就是亚当了。要是当时发现史黛拉手机的人是他，我可就不知道会有什么后果了。

在几个小时过去、史黛拉仍音信全无之际，我决定检查她的手机。这不是在偷窥，当时我非常焦急。当我阅读那些短信时，我察觉到：真的出事了，而且是非常恐怖的事。我立刻试图联系艾米娜，但她不愿意与我交谈。她把自己关进房间里，声称自己病得非常厉害、无法交谈。我知道她在撒谎。

如今，她坐在检察官的面前，已经宣誓，即将做证。杨思多德的声音像手术刀一样尖锐，艾米娜向后退。

“你说克里斯多弗·奥尔森和史黛拉不是情侣。你这话是什么意思？”

“我……就是这个意思。他们不是情侣。”

“是否能请你定义他俩的关系？请你描述，他们两人之间是什么样的关系。”

艾米娜谨慎地望着史黛拉，仿佛在向她请示。

“她说，克里斯是她暑假时养的一只小猫咪。”

我喘息着。暑假养的小猫咪？一位母亲不需要听到的话，也实在太多了。

“暑假养的猫咪？”珍妮·杨思多德说。

“这应该只是文字游戏而已，用来取代‘夏天的艳遇’。”

但是，杨思多德对此似乎充耳不闻。她已经重新装填弹药，丢出下一个问题。

“艾米娜，你对此有何看法？”

“对什么？”

“对于这种情况，史黛拉和克里斯多弗·奥尔森有性关系，而她对此似乎没有投入什么真正的感情。”

艾米娜低下头去，时间在静寂中，一秒接一秒地流逝。

“你对克里斯多弗到底有什么感觉？”杨思多德用柔和的声音问道。这真令人惊讶。

“我喜欢克里斯。他很酷，很有魅力，跟他在一起很好玩。”

“你是否被他吸引？”

“也许。”

我望着史黛拉，她的表情变得僵硬。此刻的她，脑中究竟在想些什么，我甚至还不知道，她实际上知道多少细节。

我觉得很不舒服。有哪个妈妈会把自己的孩子推向这种处境？我身上肯定有很严重的问题。某种情感障碍？某种无法建立亲密关系的问题？我由外向内剖析自己，结果看到一个自己不想变成的人。

要是角色互换，换成是艾米娜被收押，我会不会也做出这种事？

我可是一点都不确定。也许我应该从一开始就让艾米娜决定。我早该听听她的想法的。我们早该照她说的话做，现在，一切都太迟了。

珍妮·杨思多德紧盯着艾米娜。

“你和克里斯多弗·奥尔森之间，是否发生过性关系？”她说。

艾米娜的肩膀垂落。

“是的，”她说，“我们发生过性关系。”

99

很早以前，我们就很清楚：史黛拉喜欢做主。她常要弄我和亚当，使我们对立。谁先对她屈服，谁就能获得她满满的关爱，另一人则会变得一文不值。情况瞬息万变，你在前一刻还是全世界最棒的妈妈，下一刻，你就被永久驱逐了。

幸运的是，艾米娜始终是一股中立、稳定的力量，她像是一个调停者，在我们家顽固的女儿与全世界之间斡旋。

手球给了史黛拉充分发挥的空间。她在球场上得以释放所有在她体内发酵、蒸腾的能量，她的好斗心理和爆发力在六米线上可是非常重要的资产。

手球对亚当也很有帮助。他和狄诺成为一对很受大家喜欢的领队，很快就让自己所属的球队获得重大的成就。战况吃紧的时候，边线上的亚当常常会浑然忘我。他完全融入比赛，大声喊叫着，为球员加油，指手画脚。

某个星期六，我坐在博乐比[1]球馆的看台上，看着史黛拉不断得分时，至今仍然影响我的一件事情发生了。当时我的思绪已经转移到

[1] Borgeby，位于斯科讷省洛玛（Lomma）自治市的别墅区。

别处，当艾米娜突然间倒在球场上，痛苦不堪地扭曲着身体时，我完全没注意到，到底是什么原因导致她的痛苦。然而，由于亚丽桑德拉不在场，我便自然而然地冲进场内，将艾米娜扶进更衣室。

“需不需要到医院检查一下？”我问道。

我们坐在长凳上，面对着彼此，望着她草草包扎过的膝盖。

她摇摇头。

“我只是再也受不了了。”

她的声音听起来非常沮丧。

“怎么回事？”我说。

“请你对我发誓，不要告诉我爸！他永远不会懂的。你也别告诉我妈！你能保证吗？”

我对她保证，却没有认识到自己做了什么。

“你有没有看到，我防守的时候漏人？被同一套招数耍了两次？”

我不得不承认：我没看到。

“我最后一次传球给史黛拉的时候，还误传了。这个你总看到了吧？”

“可是你们是以十二比四领先哪。”我提出异议。

“我爸才不管这个。”艾米娜一边说，一边低头望着地板，同时用力将膝盖上的绷带一层层撕掉，“我忍受不了一直当第一名的日子了。我就是撑不住了。”

我心疼不已。我想到自己：这一辈子，我不断努力，只为了不让别人失望。

“这只是手球，”我说，“这根本不意味着什么。这不是真正在比输赢。”

“可是，不只是手球这样，”她泪眼迷蒙地望着我，“一切都是这样。学校、朋友、家里，我再也受不了了。”

我不假思索地坐到她身旁，拥抱她。艾米娜像个小婴儿一般缩成一团。我缓缓地摇着她，像是在推着一只摇篮。

我对艾米娜的感情是很强烈的，我不确定，自己该如何面对这样的感情。

几年以后，就在八月底地狱般的一个星期天，我被迫在艾米娜与自己的女儿之间做出抉择。而我选择了两者。

我害怕的是：这个选择，将使我失去一切。

100

珍妮·杨思多德很有耐心地等着艾米娜。整个审判庭都在等着艾米娜。她很快就会和盘托出。

“某天晚上，我们上那家名叫‘帖格奈斯’的小酒馆。我记不清确切的日期了。总之，史黛拉头痛，所以就先回家了。最后，我就跟着克里斯回家了。”

她沉默良久，望着史黛拉。

“其实，我们本来只是要共乘出租车，可是……我们喝了太多，然后……”

艾米娜将最后几个字吞了回去，低下头。史黛拉惊讶地盯着她。

“我们坐在他家的沙发上，闲聊着。我喝了太多酒。事情就这么发生了。”

“发生了什么事情？”杨思多德问道。

“他企图亲吻我。”

“那你是怎么回应的？”

这一切真让我心痛。史黛拉与艾米娜对彼此的意义，是旁人无法取代的。她们的友情，能撑过这一段吗？

"我没有拒绝。"艾米娜用微弱的声音说，"他吻了我好几次，直到我心生恐慌，说我必须离开这里。我夺门而出。就在回家路上，我打电话给史黛拉。"

"你把他亲吻你的事，告诉了史黛拉？"

"没有。我本来打算这么做，可是……我说不出口。"

史黛拉缓缓将水杯举到嘴边，过了一会儿才开始喝水。杨思多德用手指转着笔。

"在这件事情以后，你是否还见到过克里斯？"

"下一个星期五，他打电话来。那天是史黛拉的生日，他说，我们要给她来个惊喜。克里斯开车来接我，我们在路上买了一些寿司，然后到他的公寓里。"

她用一只手按住前额。

"在公寓里，发生了什么事？"

"他再次亲吻我。"

史黛拉趴在桌面上，我仍然记得她生日当天的晚餐后，我们拥抱彼此的情景。直到最近，我们才开始以这种方式拥抱：自然、发自内心地拥抱。亚当坐在沙发上，张嘴打鼾，我们非常谨慎，避免吵醒他。在离开那家意大利餐厅时，史黛拉哽咽着简短地描述之前发生的事情。那时，我的警觉心才被唤醒。就算我远远称不上感情问题专家，我还是看出史黛拉不愿面对的真相。她说得越多，我就看得越清楚。她的心碎了。她爱上了一个人，而又被同一人所背叛。

"那天晚上，你和克里斯多弗说了些什么？"检察官问道，"在你们独处的时候。"

艾米娜深深地叹了一口气。

"克里斯说他喜欢我。最初在'帖格奈斯'，是我真正吸引了他。他说他也喜欢史黛拉，但是这两种喜欢的方式是不一样的。他开始发现她的一些负面特质。他意识到这样下去迟早会出问题。可是，他说：人是无法抑制自己的感情的。”

史黛拉绞着双手。我多么渴望能拥抱她。

“你相信他吗？”

“他是真的很有说服力，”艾米娜说，“而我也知道，不管怎么说，史黛拉对他不感兴趣。这已经无关紧要了，不过事实就是如此。”

“所以你背叛了自己最要好的朋友？”

艾米娜缩着身子，摇了摇头。

“总之，我有点像在谈恋爱。或者说……不管怎样，我觉得自己在谈恋爱。”

我握住亚当的手，看见他眼中的困惑。我们周边的键盘敲击声和奋笔疾书的“沙沙”声，宛如一首交响曲。我迅速转过头，瞄了亚丽桑德拉一眼。她的双颊沾到了一些睫毛膏，她的眼神散发着恐惧。

“那天晚上，你们从头到尾都没见到史黛拉吗？”杨思多德问道，“你刚说，你们要给她庆生。”

“是。她打电话来，告诉我她正在前往克里斯家的路上。我吓得要死，向克里斯尖叫。我说：史黛拉就在街上了。然后我就夺门而出，冲向她。”

“你是否告诉了史黛拉，当夜发生的事？”

艾米娜抽噎着。

“我说，克里斯亲吻了我。我真的非常懊悔，我觉得自己实在一无是处。然后，我们达成了协议：克里斯就是个色坯，我们永远不要再见到他。”

“你是否遵守了这项协议？”检察官问道。

艾米娜转身面向史黛拉。

“没有，”她说，“我并没有。”

101

我觉得，将自己的担忧聚焦在某个具体的事物上，是最容易的。当你找不到问题的核心，当你看不到使你不自在、不舒服的痛点时，你会集中倾向于可以理解的事物上。

这是不是人们向上帝求助的原因呢？一个不可理喻的世界，急需能够为人所理解的解释，一个人的形象、一个专断独裁的统治者。

长期以来，我和亚当的世界观聚焦在一个从未出世的孩子身上。那颗未能受孕的卵子，成为我们静止、无趣生活中的心灵图像，它始终未能顺应我们的心愿。随着我们之间的鸿沟越来越明显，我渴求某种自己长期以来未能体验到的、属于灵魂层面的亲密感。当我完成一个目标时，这种感觉是最难挨的。我身上仿佛冒出一道真空，那是一种深不见底的孤独。我能够坐在一架飞回隆德班机的座椅上，准备与家人团聚，同时感到内心碎裂。

无法认同自己的亲生子女，是一种可怕的经验。当我努力亲近史黛拉的时候，我常感到自己的无奈与渺小。

“她很像你。”某次，经历了一整晚的争吵以后，亚当这么说。

“你这是什么意思？”

事件的开端，源自学校老师通知我们，史黛拉欺负班上其他几个女生。当我们和她对质时，史黛拉暴怒不已，将一杯牛奶泼在亚当身上。她拒绝谈论学校的情况。我们想知道她的状态究竟如何，但她在厨房里暴走，亚当被迫将她的双臂反绑在背后。最后，史黛拉就像一块被拧干的铺在地板上的抹布一样，又哭又叫。

两天后，艾米娜站在我们家的玄关，身穿及膝长袜，足蹬球鞋，肩上背着酒红色背包。就在史黛拉去收拾自己装备的同时，艾米娜用凝重的表情望着我。这种表情，使她看起来衰老许多。

“其实这不是史黛拉的错。”她说。

我用疑惑的眼神望着她。

“噢，我是说学校里发生的事啦。她们故意让史黛拉动手。她们知道只要说出某些话，就能让她失控，然后她们再向老师打小报告。”

罪恶感就像一座山，在我心中越堆越高。

“其实，她们真的很坏。”艾米娜说。

在灯光昏暗的玄关里，她原本褐色的双眸，看起来几乎变成了黑色。

我想起亚当对史黛拉的评语：*她很像你。*

史黛拉十四岁的那年夏天，我们随着手球队到丹麦比赛。女队员和领队们被安排到一所学校住宿，我和亚丽桑德拉则同睡一个酒店客房。

某天晚上，我们到一家烟味弥漫的酒吧打发时间，有人请我们喝酒。亚丽桑德拉喝得酩酊大醉，在酒店外直接吐了起来。我硬逼着她把全身冲洗干净以后，她躺在酒店客房里的一张睡椅上，哭诉着自己毫无价值的人生。她埋怨狄诺只在乎手球，家里其他大小事情一概不管。但是，她也为艾米娜没时间培养学业和该死的手球集训以外的爱好感到惋惜。我当然一言不发，但是，内心荆棘般多刺的恼怒感却油然而生。我始终没能感觉到我的父母对我的表现心满意足。我总是应该考更高分，总有人表现比我更好、更聪明、更美丽。

几个星期以后，在一个阳光灿烂的上午，艾米娜到我们家来。这次很不寻常的是，我竟然能在庭院里品味一杯葡萄酒与一本小说，感到轻松自在。

“史黛拉不在家，”我解释道，“她在兰斯克罗那。我本来以为你会一起跟去。”

艾米娜没有答话。她站在樱桃树下，身穿短裤和背心，用决绝的表情望着我。

“发生什么事了吗？”我说着，将书搁到一旁。

艾米娜环顾四周。

“你有空吗？”她问道。

“当然！”

当我弄来汽水和一块肉桂卷时，她很快就显得自在多了。

“我现在觉得，自己真是全世界最坏的朋友。”

“为什么？发生什么事了吗？”

她眯起双眼，望向庭院，然后用坚定的声音向我说明：她是等到最后一刻，才决定这么做的。她完全不想当个坏朋友，但是，恐惧感还是占了上风。她很担心史黛拉。

“她跟那伙来自兰斯克罗那的男生鬼混。他们可不是什么好东西，整天干一堆烂事情——抽烟、喝酒。”

“喝酒？你们才十四岁啊。”

“我知道。”

“艾米娜，幸亏有你告诉我这些事情。”

她趋身向前。

“你能不能保证，不向史黛拉透露？要是她知道是我说的……请你务必跟我保证！”

当然，我向她保证了。

其实我当时并不怎么挂念史黛拉，这听起来当然很诡异。我心里所想的，主要还是艾米娜。我对她的勇气，对她做出正确决断的天赋与直觉，感到很敬佩。

“你来找我，我真的很高兴。”我说。

我们拥抱彼此，久久不放。

在接下来的一个星期，我和亚当便与史黛拉“促膝长谈”。一段漫长、痛苦的时期，便由此开始。我们越努力讲道理，史黛拉回击的力道就越凶猛。

“不要干涉我的生活！跟你们住，简直是在坐牢！”

随后，就在同一年秋天，史黛拉被查出使用精神药物。在经历无数次犹豫和迟疑之后，我和亚当意识到：我们需要专业人士的协助。

和校长们、老师们、护士们及心理辅导员们开会，已经是一件苦差事，和心理医生们及社工们开会，就更不用说了。作为一个人，我从未感到如此受屈辱、贬损，我从未如此脆弱。世界上各种各样的失败，没有比成为失职父母更悲惨的了。

迈克·布隆堡提供了一个出口，一种慰藉。

102

我在审判庭里转过身来，再次望着亚丽桑德拉。我从她的身上看到我妈妈的影子。当我想到她对艾米娜是多么不知感激的时候，我的心头一紧。

亚丽桑德拉和我的目光交会，到目前为止，她仍然一无所知。我很确定：艾米娜还没把自己所知道的全说出来。

打从她告诉我发生了什么事情以后，我就下定决心：能不向别人透露，就不向别人透露。

就算是亚当，就算是史黛拉，也都还被蒙在鼓里。

时间一到，他们全都会知道。

珍妮·杨思多德拉高音量，她尖锐的女高音，戳穿了审判庭的沉默。

“所以你违背了和史黛拉达成的协议，继续和克里斯多弗·奥尔森见面？”

艾米娜摇摇头。

“不完全是这样。”

检察官露出困惑、扭曲的表情。

“不是这样吗？你刚才不就是这么说吗？”

“史黛拉的生日过后，我还见过克里斯一次。在那个星期，他一直联络我，但我对他说，我们不能见面。其实，他很啰唆。他在短信里写着，他对我感到很好奇，如果不能好好探索我俩之间的可能性，那真是太可惜了。”

“所以你同意跟他见面？”

“我真的想叫他下地狱去。我见他，不是因为我们会变成情侣，还是其他类似的，我只想摆脱他。我发誓。”

她取来一块新的纸巾，擤着鼻涕。

“星期五，他又发短信给我。其实，我跟史黛拉已经做了决定，我不想再见到克里斯了。”

“但是，你还是和他见面了？”

“他说他替我准备了一个惊喜。他打算开加长型礼车，到我家来接我。我说要是他出现在我家，我爸会一拳将他打倒。可是，总而言之……他就是死缠烂打。所以我们决定，让他到手球馆来接我。”

“他开加长型礼车到手球馆吗？”

“没有，他开自己的车来了。租车公司的定位系统出了点问题。”

史黛拉聚精会神地盯着艾米娜。对于这件事情，她究竟知道多少呢？

“总之，这是克里斯多弗·奥尔森被杀的那天晚上的事？”杨思多德问道。

“是。”

“艾米娜，你们之后做了什么？当克里斯开车来接你以后？”

“我们开到海边去。我不知道那个地点叫什么名字。总之，你从那里就能望见巴什贝克的核能电厂。我们坐在一座被草地覆盖的丘陵上。克里斯带了一个篮子，里面装了酒、面包，还有一大堆起司。”

艾米娜停顿下来，陷入沉默。

“继续说。”检察官说。

“我们一边吃，一边喝酒。我们看着日落，然后……”

艾米娜再一次停顿下来。我前面一排坐了一个新闻记者，他的笔掉在地上。它落在地板上时，声音响彻整个审判庭。史黛拉转过身来，望着我。她两眼直视我，眼神中泛着杀意。

“然后呢？”杨思多德说，“然后发生了什么事？”

迈克沉稳地将手搭在史黛拉的胳膊上。

“然后他亲吻了我，”艾米娜喘息着，“我们亲吻彼此。”

103

能够和迈克·布隆堡——全国顶尖的辩护律师共事，真是一件美好的事。我理解到，这意味着长期舟车劳顿，必须经常在外地酒店过夜，但是亚当全心全意地支持我，而这是一个失不再来的良机。

如果我当初拒绝了迈克，事情会怎么发展呢？我知道，这样想是毫无意义的。但是，要不这样想实在很难。

当艾米娜在审判庭里提到克里斯多弗·奥尔森，她无法抗拒他，她如何被强烈的感情所击垮，觉得自己正在谈恋爱，而整件事情的本质其实完全相反的时候，我很能感同身受。

有时候，别人赞赏你、重视你，也许就足以让你觉得对方爱上你了。对方必须能察觉到你的本质，喜欢你的生命，而不是赞赏你的行为。我当初爱上亚当的原因，就是如此。他能很自然地看出我在职场表现以外的本质。他的眼神，能捕捉我的灵魂。

迈克·布隆堡在十五年后，也做到了这一点。

我和迈克的关系，与我长期无法与亚当共处的事实息息相关。那个曾经使我为之倾倒的男子，那个浪漫、心胸宽阔、有着灵动眼神的理想主义者，仿佛已经不复存在了。我并没能完全察觉到这个过程是怎么样的，但是亚当逐渐形成一种神经质的特性，很可能恶化成躁狂的控制行为。

亚当自认的生活，与他在真实生活中的现况截然不同。他针对未来与家庭所描绘出的愿景，与现实相去甚远，从这方面来说，他越发严重的控制欲就只是一种绝望但仍坚韧不拔的手段，用来满足、维护他针对自己预设理想生活的美梦。然而，我虽然理解这些事情，却无法全盘接受。

某天晚上，亚当闻到从史黛拉房间门后透出的烟味，就闯进她的房间。他这么做，已经逾越了所有界限。当时我赶搭布罗马[1]机场的最后一班飞机回家，于午夜时分，像一块残骸般来到我们家的厨房。

“你总得允许史黛拉犯错吧，难道你自己就没有年轻过吗？你这是在侵害她的自主权。”

亚当来回走动，绝望地喃喃自语。当我看到他这副德行时，就做了决定。

“我爱你，”我一边说，一边伸出双臂，搂住他的脖子，“我会多花点时间，在家陪你们。”

“对不起，”亚当说，“一切全都是我的错。你不需要……”

---

[1] Bromma，位于斯德哥尔摩西北的郊区，境内设有机场（主要为瑞典国内航线）。

我努力压制自己的罪恶感。

“我的工作量已经太繁重了，”我说着，同时保证会减少工作时间，“有些工作是可以在家处理的。”

“我得让自己冷静下来，”亚当说，“和史黛拉心平气和地说话。”

“你先从一数到十。”

他露出微笑，我们互吻着彼此。

星期一，亚当一出门上班，我就拨打电话。受到迈克关爱的我，当然受宠若惊，然而，我当初可没料想到这会带来短暂自我实现感以外的结果。我对迈克的了解是如此透彻，以至于我对我们之间是否还有未来，或是我俩之间的情感是否有排他性，几乎不抱有任何遐想。

当我打电话向他说明我俩的关系往后必须严格限制在职场上时，他听起来既不惊讶，也不难过。我必须承认：当他用一句“没问题”为这通电话与这段感情画上休止符时，我感到一阵锥心之痛。

我按下按键挂断电话以后，趴在桌面上。就像一座泄洪的水坝，我被泪水所洗净，一股被抑制多时的紧绷情绪，最后终于松动了。我浑然不觉史黛拉已经走进房间。突然间，我感到她的手搭在我的肩膀上。

“那是谁啊？”她问。

“你别吓人行不行！你在这里站多久了？”

史黛拉瞪着我。

我知道，这通电话，完全被她听到了。

“这不像你所想的那样。这是工作。那是迈克，我的老板。”

我向她伸出手来。然而她猛然转过身去，朝门厅走去。我在后面追赶，一颗心直冲上喉头，当她踏上台阶的第一级时，我从后方抱住她，将她紧紧搂进怀里。

“史黛拉，我爱你。”

我们紧拥彼此许久，虽然这听来非常悲哀，但是这是多年来我第一次感受到自己如此贴近女儿。我呢喃着种种伟大、高尚的承诺，却弄得她泣不成声。在那一刻，除了亲情，我们不需要其他任何事物。

我在几个月后离开了迈克·布隆堡的律师事务所，回归故里，开始一份新工作。我和亚当之间的关系缓缓地有了起色，史黛拉也感觉和谐多了。她很快就和艾米娜重修旧好，而我开始将发生的一切视为一个阶段，一段艰难、显然差点将我们冲垮的时期。但是我们撑了过来，最后，这段考验有望使我们的家庭变得更强韧。

当时我完全没意识到：真正的大灾难，已经一触即发。

104

检察官杨思多德转着笔，等着艾米娜再次将鼻涕擤干净。

“所以你随克里斯多弗·奥尔森到了海边，你们又在那里接吻？”

“可是我开始犹疑，”艾米娜说，“那是一种真正的焦虑，你知道的。”

“克里斯多弗·奥尔森就是在那天晚上被杀的。那时是几点钟？”

艾米娜耸耸肩。

“对我来说，史黛拉就意味着一切，”她仿佛没听到检察官的问题，继续说道，“我们永远不会让一个男生在我们之间制造事端。”

“但是，你亲吻了他。”杨思多德说道，“那时是几点钟？”

“我当时就后悔了。那种感觉就像从外面看这一切，几乎就像一个播放中的视频。我意识到自己在干什么，就要求克里斯住手。”

杨思多德插嘴：“艾米娜，之前警方已经对你进行过两次问话，你当时为什么没有提到这件事？你在侦讯中持续声称，史黛拉的生日以后，你就再也没见过克里斯多弗·奥尔森。”

“我那时无法说出这些事实。我当时觉得，反正史黛拉是会被释放的。”

我观察着参审员们的反应，那名瑞典民主党党员已经稍微靠回椅背上，将肚子向前挺，仿佛刚享受完一顿丰盛的晚餐。我的直觉是：他内心已有定论。坐在他旁边的那两名妇人缩着头，彼此低声耳语着。

珍妮·杨思多德提出下一个问题时，语气中带有发自内心的好奇。

“艾米娜，我们现在凭什么要相信你呢？之前你有很多机会可以告诉警方这些事情。”

我偷偷搭住亚当的手，却不敢看他的表情。

“他就是不罢手，”艾米娜说，“我好几次叫他住手。”

杨思多德的笔脱手而出，然而她的手指仍然不停转动，仿佛根本没察觉到笔已经不在手上。

“他就是要继续下去。”艾米娜说。

检察官张开嘴巴。这时，她的情绪真正被挑起了。她多次开口，似乎想要说些什么，却欲言又止，不得不重新开始。

“我说我不要，”艾米娜说，“我对他尖叫。”

“你在接受警方侦讯的时候，对此怎么只字不提？”检察官说。

艾米娜硬挤出答案来。

“我——是——无——辜——的。”

杨思多德陷入沉默。

“我努力将他推开，可就是办不到。他把我的双手压在地面上。我没法……我又踢、又打、又叫，可我就是跑不掉。”

我松开亚当的手，转过身来，再次望着亚丽桑德拉。这一眼，已经足够打消我最后一丝疑虑。现在我知道：只有这么做，才是对的。我们当初要是换了任何别的做法，肯定行不通。正义，终究是无法伸张的。

艾米娜努力把这一整段话讲完。她喝了一口水，清了清喉咙。

随后，她直视审判长。

“克里斯多弗·奥尔森强奸了我。”

105

一开始，这真是个白痴般的主意。史黛拉从来就不掩饰对教会的敌视心理。她怎么会想要参加坚信礼营队？

“我觉得，这对她是有好处的，”亚当说，“如果她不跟着去，也许就会被排挤。”

“艾米娜也没有要参加啊。”我质疑道。

“可她是穆斯林啊。”

“她爸爸才是穆斯林，而史黛拉是无神论者。”

我现在多么希望自己当初据理力争。我一直被迫与这种恐怖的焦虑感共存。我为什么放她参加营队呢？

此时的亚当终于开始放松自己的管控，而他与史黛拉的关系也逐渐变得和缓，在这种情况下，我不希望自己导致情况开倒车。因此，就算心怀忧虑，我还是同意了。当我看到史黛拉充满喜悦的表情时，我觉得这是正确的决定。

随后，当亚当从营队活动地点打电话来，试图说明发生了什么事，那个下流坯子干了什么事的时候，起先我还摸不着头绪。当时，我才搭乘斯德哥尔摩起飞的晚班飞机回到家。

“你在坚信礼营队？你在那里干吗？”

亚当随口说了一些关于负责任的话，但是，现在这种事情还是发生了。

“你有没有搞懂发生了什么事？”他在话筒里大声吼着，“史黛拉被强奸了。”

这条消息在我的脑海里转来转去，话筒在我耳边颤抖着。

“你得打电话报警。亚当，开车送她到医院检查。”

他的回答显得漫不经心、避重就轻。

“亚当！你得让医生替她彻底检查，这很重要！”

“之后再说吧。我们现在正在回家的路上。”

当车子呼啸着驶进私人专用车道上时，我正坐在餐桌前。我跑了出去，头脑简直要炸裂了。

史黛拉扑倒在我怀里，我将她抱进屋内，她仿佛又变回了五岁的小女孩。她瘫痪般地坐在厨房里，脸上没有丝毫情绪。

我哭泣着，用双拳猛捶亚当的胸口。

“怎么能让这种事情发生呢？”

“你冷静点。”他一边说，一边抓住我的手臂。

“你怎么不打电话报警？你们为什么回家？”

他的眼神一片呆滞。

“你在那里干吗？监视史黛拉的一举一动，嗯？”

“那可是我的工作。”

“你的工作？”对于到营队活动现场一事，他事先只字不提。

“我打电话报警。”我从皮套里抽出手机，然而，亚当一把将它从我手里抢来。

“等一等！事情没你想的那么简单。”

“怎样？”

他望着史黛拉，示意要我跟到门厅来。他压低音量。

“史黛拉跟着罗宾到领队宿舍区。这件事看上去甚至像是她提议的。”

我不敢相信自己所听到的。

“她提议的？”

“坚信礼营队里其他几个团员说，她打算色诱他。”

“色诱？你有没有听清楚你自己讲的话？她才十五岁啊。”

“当然。我没有替罗宾辩解的意思。”

“那你现在到底要说什么？”

他抓住我的肩膀，用悲痛的眼睛望着我。

“我会确保，他往后在瑞典信义会里，再也找不到任何工作。我甚至可以把他的脖子扭断。”

“可是？”

“可是，如果要追究这件事……这只会伤害我们，伤害史黛拉。”

我内心出现一道裂痕。

“我们必须追究，亚当。我们得这么做！”

他摇摇头。

“这件事会落得尽人皆知。人们会对她未审先判，这件事会跟着她一辈子。”

我的思绪不停地盘旋着。我剧烈地咳嗽，生怕自己会呕吐出来。我在某种程度上理解亚当的意思。我自己就曾经为被指控犯下强奸罪行的男人担任辩护律师。所有针对被害人，关于被害人衣着、是否饮酒、性倾向、过去性经验的问题，我全都问过。在其中几个案例里，我甚至怀疑被害人说辞的可信度。我在其他的案件里，则只是公事公办。

“她是被害人，”我说着，退缩着，“在这件事情当中，她没有罪责。”

“亲爱的，这我知道。她当然没有罪责。可是强奸案已经发生了，我们没法改变这一点了。我们现在唯一能做的，就是保护她，使情况不至于变得更糟。”

他伸出双臂，搂住我，我紧紧依偎在他胸口。我俩的心跳都非常狂乱，而且完全不一致。

当时我想：我们的人生，居然会变成这样。

现在我心想：这些事，还是有可能改变的。拯救我们的家庭，成为自己心目中的模范母亲、成为不计一切代价保护自己孩子的母亲的可能性，仍然是存在的。

106

就在警方技术鉴定人员搜查我们家的同一天，亚当第一次接受侦讯。我要他保持坚强，在说任何话以前，都必须三思。与此同时，我思考着到底应该对他透露多少内幕。毋庸置疑的是：亚当为了史黛拉，就算面对地狱之火，他也会闯过去。但是在这种情况下，我的疑虑是：他不可动摇的道德信念会像一个无比沉重的十字架，挂在他的后背上。

夜里，检方决定收押史黛拉，我所能看到的唯一亮点是，迈克・布隆堡被任命为史黛拉的公设辩护律师。

我要求一位警察局的熟人，一旦他们完成对我们家的住宅搜索，就打电话给我。随后，我拖着颤抖的双腿在各个房间检视，想要判断出技术鉴定人员搜出了哪些东西。他们能搜出的东西，其实为数不多。

就在我和亚当周六晚上乘出租车到达警察局以前，我曾经在街角资源回收站的大型容器之间蹒跚而行。就在我高声假装呕吐的时候，我把史黛拉的手机外壳踩得稀烂，将残骸扔进属于金属的容器里。我已经将她的 SIM 卡妥善、安好地收进我的手提包里。我仍然不知道发生了什么事，但我明白，史黛拉的短信非常关键，甚至称得上致命。忧虑在我的胸口抽痛着，不过，事情的进展仍比我预想的简单。一旦你必须保护自己的孩子，你原先自认为永远做不到的事情，都会突然变得天经地义。

当夜稍晚，我在屋内进行地毯式搜索时，发现了那件染血的女式衬衣。它被藏在洗衣房里的一堆衣服底下，手法有点草率。它仍然散发着湿气。是史黛拉将它藏起来的，还是亚当清空过洗衣机？对于下一步该怎么做，我迟疑了片刻，但就在迈克来电通知我，说明警方即将进行住宅搜索的同时，我还是为小心起见，将那件衬衣扔进了壁炉。我站在壁炉边，看着被火焰逐渐吞噬发出刮擦声的衣料。

我的各种情感相互撞击着。作为律师，我已经用最可怕、最不堪的方式干预了司法。但作为一个母亲，我做的是唯一正确的事。我对星期五晚上到底发生了什么事情，仍然一无所知，但我知道，我有义务保护我的女儿。

星期天上午，亚当一结束和警方所进行的侦讯，就打电话来。当我了解到他对警方撒谎，给了史黛拉不在场证明的时候，我感到心暖。这是一种出于真爱所采取的行动，这也许最能证明，他对我和史黛拉的爱有多深。从那一刻起，我就知道：为了我们的家庭，我会不择手段。

我告诉亚当，警方的技术鉴定人员还在我们家里。接下来的几小时内，他还不能回家。我必须争取更多时间。

几分钟后，传来敲门声。我溜到洗衣间的窗边，向外面窥视。

我只看到：敲门的人戴着一顶黑色棒球帽，帽檐压得非常低，甚至盖住面孔。一双穿着黑色运动鞋的脚，不安地踏着石质的阶梯。

我轻轻拉开门，让门板透出一条细缝，细到刚好能让我抓住一只胳膊。随后，我将她拉进玄关。

“我不想再打电话了。”她说。

我从门板上的窗缝往外窥探，确定街道上空无一人。她没被任何人看见。

“进来吧。”我说。

她径自走进厨房，没有脱掉鞋子。我超过她，冲到窗户前，一把拉上窗帘。

“发生了什么事？”

我的声音颤抖着。

艾米娜望着我。她那双美丽的褐色眼睛几乎要夺眶而出，还泛着血丝。

“我搞不懂……史黛拉……我……”

当我握住她的手时，她全身颤抖。我们紧紧地拥抱彼此，她仿佛想要贴在我怀里，永不离开。过了一会儿，我不得不从她的臂弯里抽身。

“我知道了，”我说，“我读过史黛拉的短信了。”

“你读过了？”

她全身僵直。我用手摩挲着她的胳臂，将一撮发丝从脸颊上拨开。

“史黛拉把手机忘在家里了。”

艾米娜屏息凝神。我用双手紧紧抱着她，努力控制自己，不让自己崩溃。

“我们会处理这件事的，小朋友。我们会搞定的。”

她像个孩子一样痛哭。

她就只是个孩子。她和史黛拉都还只是孩子。

我是成年人了。身为人母的，是我。我必须拯救她们。

哭泣声戛然而止，艾米娜静静地喘息着。

“其实他本来是不必死的。”

107

“这样算是自卫，”艾米娜说，“没错吧？”

我努力想象她所描述的内容。众多的事件纷至沓来，夹杂着大量的情绪与细节。

“我本来心想，只要他一停车，我就开溜。我的手搭在门把上，随时准备夺门而逃。可是，他从车内锁住了门，我根本走投无路。”

她望着我的表情，仿佛自己紧抓着断崖的边缘，而我是唯一能向她伸出援手的人。

“你一定吓坏了。”我说。

艾米娜点点头。

“这样肯定算是自卫吧？”

“我不知道。”我实话实说。对于发生的事，我仍然没能真正理出头绪来，“那把刀子是从哪里来的？”

“它放在克里斯带来的野餐篮里。”

当时艾米娜是跟克里斯多弗·奥尔森到海边的某个地方约会。这是我目前所能理解的。

“那把刀放在篮子的上面，就在座位中间，”她说，“我看到它，就把它拿来了。我没多想。”

他已经侵害了她。这个垃圾强奸了艾米娜。

“那胡椒防狼喷雾呢？”我说。

“我随时都携带它。史黛拉有一罐完全一样的。网上就能买到。”

这一点，我当然知道。建议史黛拉买一罐防狼喷雾的，就是我本人。我甚至替她付钱。

“所以你先喷了他，然后拿走了那把刀？”

艾米娜点了点头，我谨慎地嗅着她苍白、肿胀的脸颊。

“不过，就在我按下喷雾按钮以前，他已经发现喷雾器了。他举高双手，将脸别开。不管怎样，他当时一定多少有被喷到，因为他像头畜生一样尖叫。然后我企图打开车门锁，可是车门锁的按钮在驾驶座面前的仪表盘上，我弄错了。我不得不贴在他的膝盖上，但最后还是打开了车门锁。直到那时，我才看见刀子。”

“所以你手上拿着刀，冲出车外？”

“对。”

我试图想象那种场景。

“他追着你跑？”

她再度点头。

“我当然没有想要使用那把刀。天啊！我为什么要把它拿在手上啊？”

“别说了，”我说，“这样想是没有意义的。当时你吓得要死。你做的事，是正确的。不管是谁，都会拿走那把刀。”

艾米娜咒骂自己。

“那史黛拉呢？”我说，“史黛拉在那里干吗？”

“我不知道。她很……生气……不安。她打过电话，发给我一大堆短信。”

“她不知道你跟克里斯多弗在一块儿？”

“我对她撒谎。我背叛了自己最要好的朋友。”

艾米娜哭得弯下腰来。我试图安慰她，拥抱她，轻拍她的身体。同时，各种想法在脑中转动起来。

“艾米娜，史黛拉的衬衣上染了血。”

她缩起身子，抬起头，望着我。

“他死了！你懂吗？死了！”

我用力按压住她的胳膊，紧抱住她，她仿佛成了一个小婴儿，而我努力不让她掉到地上。

我的一些新想法缓缓地成形。

在你真正地面对威胁以前，你永远无法预知：自己准备为另一个人做出哪些事情来。我当时仍没料想到：我为了艾米娜，准备做出哪些牺牲。

“史黛拉现在涉嫌谋杀，被收押，”我说，“警方已经到过这里，进行过住宅搜索了。”

艾米娜剧烈、急促地呼吸着。

“对不起！这全是我的错！你能不能开车送我到警察局，这样我就可以把事实说出来，他们得释放史黛拉才行。”

她当然是对的。我们得这么做。这是唯一正确的事。艾米娜得向警方和盘托出，史黛拉必须从拘留所里释放。这么一来，某种形式的正义才能逐渐伸张，如果现在还有“正义”的话。不管怎样，使人从宽考量的背景因素总是存在的。艾米娜可能被判处二级谋杀罪，不过她还年轻，能获得减刑。她在几年后就会出狱，并非毫无可能。

但是这样一来，她就永远当不了医生了。这个判决会一辈子跟着她。她原本光明的前程，突然变得模糊不堪。

“我们得把史黛拉弄出来，”她说，“你可以陪我吗？拜托，送我去吧。”

我将椅子推出来，从中岛式厨房的银碟子上取来汽车钥匙。

有没有别的选项呢？

“警方很快就会发现，这件事情是我或她干的，”艾米娜说，“他们会发现的。不是吗？”

我猛然止步。

其他选项，当然是存在的。它们一直都存在。

艾米娜的话，在我脑海里盘旋。*他们会发现，这件事情是我或她*

*干的。*然而，这样当然不能构成定罪判决的基础。

我望着艾米娜，想着史黛拉。我真感到心痛。

要是一件凶杀案中存在两名潜在的嫌犯，而且检方无法证明是谁杀人或两人是否共谋犯案，是无法判处其中任何一人谋杀罪的。

我将那串汽车钥匙放回碟子里。

108

我将艾米娜拉到沙发上，要她坐下。她的动作如机械般生硬，她显然还无法承受发生的一切。我的任务是保持坚强、理性，以辩护律师的思维考虑问题。

"我们不去啦？"艾米娜说。

我紧贴着她，将双手搭在她的膝盖上。

"请你一定要信任我。"

"可是……"

她的双膝颤动着。干涸的下唇像一块由死皮做成的帘幕，垂在下巴上。

"克里斯多弗·奥尔森死的时候，你和史黛拉都在场。是吗？"

"没错。"

"瑞典的法律算是相当保障个人权利的，"我一边说，一边努力厘清自己的论点与思绪，"发生一起命案时，要是同时有两名嫌疑犯在场，检察官就必须要能证明是谁下手杀人，或是向庭上证明，这两人是共谋犯案。"

艾米娜剧烈的脉搏扩散到我的手掌上，我的身体也激烈地抖动着。

"你在说什么啊？难道我得告诉警方，我和史黛拉都在场？"

"哎呀，我不知道。"

也许是我在说梦话吧，这个主意是被绝望所逼出来的，没有经过深入的评估，就被我塑造出来。实际上，这将意味着什么呢？我能拯救艾米娜和史黛拉吗？我心理上是否已经准备好，要让她们承受一切必需的折磨？

"这样想必是行不通的，"我说，"要是你告诉警方，他们会努力将你们俩都定罪。如果要让这一招奏效，你必须等到开庭。"

"为什么？"

"我们必须让检察官猝不及防。突然间出现另一名潜在的嫌疑犯，而法院不能否认，这当中存在合理的疑点。而当你被释放以后，检察官必须取得全面、大量的新证据，才能重新起诉。在同一个案子上连输两次，没有任何检察官想冒这种风险。"

艾米娜张着嘴，盯着我。

"开庭？这要等上一阵子吧？难道我们要让史黛拉……"

不，不能这样。我们不能让史黛拉一直被拘留。

"我不知道。"我说。

"我就直接承认，这样比较好。"

"可是，艾米娜，你的医学系课程。你一辈子的前程……"

史黛拉被收押在拘留所里一间破烂囚室的样子，出现在我眼前。哪个母亲会想让自己的孩子被收押呢？从现在到起诉，可以拖上好几周，甚至几个月。

"我们得让史黛拉保持沉默。"我说。

"你这是什么意思？"

"我们不能告诉她。史黛拉的个性，你是知道的。我们必须让她保持缄默，同时不能向她透露太多细节。"

"你这样不太聪明吧？难道我们要让史黛拉待在拘留所，什么都不说？”

“这是同时保全你们两人的唯一办法。我认识史黛拉的律师。他会帮助我们的。”

“不，这样不行。”艾米娜说。

我抓住她的手。

“史黛拉知道，我们都是爱她的。等到这一切都结束以后，她就会知道的。”

艾米娜抽泣着。

“这一切全是我的错。”

我思索着，这到底是不是真的。这是否曾经是真的。我们是否真能确切地坚称：在某些情境下，某一个单独的个人，必须为发生的一切负起全责？人生中所发生的一切，都取决于以众多不同方式影响彼此的因素。

我们的家庭变成这样，又该由谁来负责？

有时我希望自己能够相信上帝，相信某种至高无上的力量。有个能让你推卸罪过与责任的对象，生活也许就会变得简单。从另一方面来说，就算是最忠诚、最坚信不疑的基本教义派，似乎也不会把那些迟早会降临到我们大家身上的苦难，怪罪到他们万能、至高无上的真主身上。生而为人，就已经是一种罪过。

“你觉得，史黛拉会希望我们怎么做？”我说，“我们让她决定。”

艾米娜绝望地看着我。此刻，我用双手抱住她，这是一种承诺，也是我们之间的某种联结。

正义是不存在的。唯一存在的，是我们共同打造的事物。

“史黛拉会说服我们这么做的。”艾米娜说。

她向外走到玄关，取来一只塑料袋。我马上就意识到袋子里装了些什么。

109

艾米娜以双手掩面，我们唯一能见到的，只剩下一个小女孩颤抖的双肩。

“你是否希望我们暂停一下？”约兰·雷翁问道。

迈克点点头。他和雷翁似乎都被自己不得不听到的故事所震撼。

史黛拉遭到强奸以后，我和她总算能以一种在过去根本不可能的方式亲近彼此。深夜里，当她深信自己一旦入睡就永远不会再醒来的时候，她会将我摇醒。坐在床边，用手指尖拭去她脸颊上泪水的人是我。随着她缓缓地吐露自己的心声，我才察觉到：表面的心防戳破以后，我们其实有非常多的共同点。我们都很怕表现出自己的脆弱，我们一直担心，自己的表现不够理想，尤有甚者，我们都为无法建立与他人以及与自身情绪的联结的感觉所麻痹。

“我有时候会想，要是我能更像艾米娜一点就好了，”史黛拉说，“我想知道自己是谁、自己想要什么。我的大脑就像一台弹球机，我非常讨厌这一点。”

“我不希望你变得跟其他任何人一样，”我如鲠在喉地说，“你只要做自己，就很完美了。”

我轻轻拍了她的面颊，却不敢正视她的双眼。使我感到可耻的是：就连我自己都希望史黛拉能更像艾米娜一点。这是一种无与伦比的耻辱感。

史黛拉对迈克耳语着，打着手势。她看起来既恼怒又困惑。我纳闷着，她究竟知道多少情节。

“不用暂停了。”艾米娜一边说，一边将另一张纸巾弄皱。

亚当抓住我的手臂。

"现在是怎么回事？"

我示意他别作声，也没有转过身。

"既然如此，请检察官继续提问。"约兰·雷翁说道。

杨思多德忙不迭地翻阅手中的文件，她的助理贴向她，与她讨论，同时指指点点。

"艾米娜，我不能理解，"检察官说，"你为什么没有对警方描述这些事情？"

"我没办法。"

"可是你现在就有办法了？"

"我得这么做，"艾米娜说，"为了史黛拉。"

检察官再度举起笔，用笔尖抵着下巴。

"之后发生了……"她将最后一个字吞进肚子里，"艾米娜，然后发生了什么事？你跟着克里斯多弗一起回到隆德？"

"一路上，我在车子里狂哭。可是我走投无路。"

"你为什么走投无路？你可以……"

"我害怕得不得了！"艾米娜打断她，"我现在才理解到，琳达·罗翰说的一切都是真的。克里斯*就是*个精神病。我企图偷偷给史黛拉发短信，可是被克里斯发现，他一把抢走我的手机。只要我能回到城里，一有机会，我就会开溜。我的手提包里装着防狼胡椒喷雾器。我心想：只要我在他停车的时候喷他，我就可以跳车逃命了。"

珍妮·杨思多德趋身向前，用双肘撑住桌面。

"你的手提包里怎么会有防狼胡椒喷雾器？"

"一直都有。只要是女生，都必须随时准备保护自己。"

杨思多德看来并未完全信服，但仍感到满意。她按了一下笔，在文件上简短地做了笔记，然后她要求艾米娜描述当克里斯多弗·奥尔森在自家门外停下车时，又发生了什么事。

“就在他熄火、关掉引擎的同时，我就喷了他。我把自己的手机抢来，扑向车门，可是打不开车门锁。克里斯尖声大叫：*我的眼睛*、*我的眼睛*。最后我还是找到了车门锁，然后就没命般地狂奔。我这辈子从来没有这么害怕过。我很确定：他只要能追上我，一定会杀了我。”

“你往哪个方向逃跑？”

“不知道，我只是狂奔。我记得，我看到波尔恒学校就在眼前。可是，其他所有景物在我眼中只是一团混乱。”

“那克里斯多弗呢，他做了什么？”

“当我第一次回头看的时候，他坐在车内。可是，我随后就看到他下车。我知道他在追杀我，所以我只是没命般地狂奔。”

杨思多德企图提出新的问题，但艾米娜不让她提出问题。

“我看到体育馆旁边的停车场聚集了一小群男生。所以我放慢速度，紧紧跟在他们后方，一路来到警局前。我沿途一直回头看，不过，我没再看到克里斯。他好像放弃了。”

“你有没有打电话报警？”

“我一开始当然也这么想。”艾米娜搔了搔头，“可是，我随即开始思考，这样会造成哪些后果。”

“你这话是什么意思？”杨思多德问道。

艾米娜沉重地呼吸着，她的后背缓慢地移动。

“当时离我在医学系的开学时间只剩下一周。这是我从小就一直抱有的梦想。”

“你被强奸，却没有告诉任何人？”

“我不敢。我想到我爸。我知道这样听起来很蠢，可是要是让他知道这件事，他会崩溃的。对于他知情以后会做出什么事来，我更是害怕。再说，琳达·罗翰之前就针对克里斯报过警，最后还是不了了之。像他那种人，总是可以全身而退。”

我不敢再往下听了。我只希望这一切赶快结束。亚当从侧面恶狠狠地瞪着我，我担心的是，他将会如何接受这个真相。

艾米娜稍微提高音量。

“史黛拉也曾经被强奸过。”

过了一会儿，这几个字才落到我的身上。我高声地喘息，以至于坐在我前面的记者转过身来。

艾米娜，你在做什么？

“当时她才十五岁。”

审判庭里一片骚动。我龟缩在椅子上，只想让自己越缩越小。

“她的父母选择了息事宁人。”艾米娜说。

所有人的目光投向我和亚当。我的身体正在碎裂。

“史黛拉的妈妈就是律师。对于针对强奸案的庭审意味着什么，她再清楚不过了。”

拜托你，艾米娜，别再说了！

我将全身缩成一团，试图让自己消失不见。亚当的双眼像陶瓷一样呆板无神，显得无比空洞。

“那种庭审，我也承受不了，”艾米娜说，“我立刻就明白了。被质疑，承担罪责与骂名，然后还要被迫看着克里斯无罪开释，或是顶多在牢里蹲上几个月。史黛拉被强奸以后的状态，我看在眼里，而我也看到，琳达·罗翰的人生已经被毁了。”

我知道艾米娜在做什么。她很聪明。她为了史黛拉，牺牲了我的颜面。她经过算计以后，知道我能够承受这个举动，所以，她事先对此只字不提。当我观察约兰·雷翁和情绪激动的参审员们的时候，我知道：她这一招奏效了。

“你是什么时候告诉史黛拉的？”杨思多德问道。

艾米娜稍微抬高肩膀。

“我没告诉她。我实在做不到这一点。”

史黛拉盯着她。她尝试表现出怒气，然而，这股怒气却被哀伤掩盖。

“你完全没告诉自己最要好的朋友？”

艾米娜低头望着桌面。

“我已经背弃了史黛拉。我当然想要跟她谈谈，可是我办不到。这是行不通的。我会被迫说明：我背弃了她对我的信任，背着她做出这些事情来。我承受不了。”

“所以，你在克里斯多弗·奥尔森被杀的那天晚上，甚至夜里，完全没有联系史黛拉？”

“史黛拉发了好几条短信，也打了好几次电话，但我没有回应。”

就在杨思多德与其助理商量的同时，我再次鼓起勇气，挺直身子。我迅速地望了亚当一眼，明白他已经察觉到某些微妙之处。

“史黛拉亲口说过，她在当天晚上曾骑着自行车到克里斯多弗·奥尔森的家门前，”检察官说，“她狂按门铃，猛力敲门。你看见她了吗？”

“没有。”

“你在那天晚上，甚至夜里，完全没有见到过史黛拉？”

“没有。”

杨思多德叹了一口气。她的助理指了指某一份文件。

“当你们去野餐的时候，克里斯多弗·奥尔森是否带了一把刀？”

艾米娜迅速、毫不迟疑地回答。

“是，野餐篮里是有一把刀。”

杨思多德要求她形容那把刀。

艾米娜用双手比出十到二十厘米的长度。

“然后呢，那把刀跑哪里去了？当你们驾车回到城里的时候。”

“它肯定还在篮子里。”

“但是它没有在篮子里。警方找不到那把刀。”

艾米娜拖延了一下才回答。此时，三名参审员都像针一般直挺挺地坐着。

“我不知道那把刀到哪里去了。”

我察觉到自己点了点头。我本来没打算表现出来的。

史黛拉和艾米娜都曾出现在克里斯多弗·奥尔森死亡的现场，这两人都不缺乏动机。但是没有凶器。

他们永远别想找到那把刀了。

“克里斯多弗·奥尔森是不是你杀的？”珍妮·杨思多德说。

亚当轻轻发出一声惊叹。艾米娜双眼直视检察官。

“我没杀他，”她说，“我用胡椒喷雾器喷了他，然后拔腿逃命。之后还发生了什么事，我可就不知道了。”

检察官望着自己的助理，亚当则望着我。我握住他的手。

“我永远不会杀人。”艾米娜说。

110

双方提出诉状时，我几乎完全听不见他们说了什么。这些声音沦为远方传来的、空洞的罐头声音，成为我听不懂的外语。

前一刻，我还坚信：一切都会水到渠成。下一刻我就担心：我把一切都毁了。史黛拉会遭到监禁，一辈子被贴上凶手的标签；艾米娜则会遭到人民公审，她的从医生涯还没能真正开始，就戛然而止。

检察官杨思多德难以保持声音的平稳。她多次语塞，不得不低头检阅文件，或与助理讨论。总而言之，她主张：克里斯多弗·奥尔森被杀时，史黛拉就在现场，这一点的证据充分。她也认定：史黛拉有着经过证实的充分动机杀死克里斯多弗·奥尔森。就在奥尔森和艾米娜发展出恋情以后，史黛拉妒火中烧，急于报复。根据检察官的说法，史黛拉有充分的时间决定采取什么样的行动，当她来到他的公寓前时，她已经决定要杀死奥尔森。因此，杨思多德主张判处史黛拉谋杀罪。她说：亚当与艾米娜提供的证词疑点太多。根据杨思多德的说法，由于艾米娜在早期的初步调查进行时完全没有提到自己被强奸一事，庭上有强烈理由质疑她关于强奸事件说辞的可靠性。因此庭上应判决史黛拉犯下谋杀罪，检察官对她的求刑为十四年有期徒刑。

这个想法太不真实了。十四年后，史黛拉就三十三岁了。我想到她届时将会错过的一切：十四年的空白后，你会错过多少人生岁月啊？当我自己三十三岁的时候，我的人生算是日正当中。史黛拉也许永远没机会成家立业，生儿育女了。

十四年可是很漫长的。十四年有期徒刑，更是漫长得恐怖。该死的，那简直就是永恒。

我望着史黛拉，心中惊觉到：她竟然显得如此幼小。她仍是那个十二岁、湛蓝双眸里散发出期待与热情的小姑娘，她仍是那个在七岁时被噩梦惊醒，偷溜到爸妈床上，想睡在爸妈中间的满脸鼻涕的小女孩。也许，她的样子将会在我心中永远固定下来。她在我眼里，将永远是个孩子，我的孩子。

罪责感在我心中越咬越深。我做了什么？我为什么没有将艾米娜塞进车内，送她到警局呢？

我曾多次想到：我愧对自己的家人，就应该以这样的方式付出代价。可是，请设想一下：要是我实际上牺牲了自己的女儿来拯救艾米娜呢？假如真是如此，我不确定自己是否活得下去。

迈克在开口辩护前，先将自己的领结拉直。他迅速、客观、有条不紊地瓦解检察官的举证，直到她的论点荡然无存为止。

“检察官唯一已证明的事是：事发当晚，克里斯多弗·奥尔森遭到攻击时，本人的当事人曾经出现在他的住所附近。另外，我们在本日的庭审中亦得知：艾米娜·贝西奇在此一时间点上，亦曾出现在现场。”

他望着审判长，以一种亲近甚至几近于私密的方式对他说话。仿佛整个审判庭里只剩下审判长一人。

“总之，当克里斯多弗·奥尔森死时，艾米娜·贝西奇和史黛拉·桑德尔都曾在现场。这两人也都被视为有伤害奥尔森的动机。但是，这些当然不能证明任何事情。声称本人的当事人以刀刺杀克里斯多弗·奥尔森，导致其死亡，是有非常严重的疑点的。”

然后，一切就结束了。从现在起发生的事，远非我所能掌控。

约兰·雷翁先是非常迅速地瞥了众参审员一眼，随后转向旁听席，宣布庭审正式结束。

“地方法庭现在将进行决议，而后发布判决。”

我再次深深地缩进椅背里。我感觉自己悬挂在一处断崖边，眼前是一道横跨时空的裂缝。

史黛拉与迈克一同从审判庭入口处的旋转门离开，避免正面遭遇聚集在地方法院各条走道上的摄影师与新闻记者。

旁听席上的人推挤着，低声咕哝着，一心急于离开这里。在此同时，我将自己的私人物品收拾整齐——手提包、大衣、丝巾。

亚当要我动作快点——我不知道他为什么这么着急。

当我站起身时，我全身的血液仿佛还滞留在双脚上。我感受不到自己的身躯、自己的头脑、自己的双臂。我失去平衡，再次倒在椅子上。

我将手贴在心窝上，坐在原地，仿佛自己的身子被从中折成两段，专心保持呼吸。

亚当扶起我的手，协助我再次站起身来。他体贴地将我带出审判庭。我的双腿相当沉重，空气十分浓浊。我们通过长廊，掠过所有好奇的面孔与声音。

“我需要一点能提神的东西。”我一边说，一边指指角落的饮料自动贩卖机。

我将手伸进提包里翻找着硬币。我的手颤抖不止，我翻了又翻，找了又找。我翻到一包口香糖、几条束发带，将它们全扔到地板上。我的手不停翻动，直到手提包里的所有物品像被扔进一台水泥搅拌机里，不停转动。

“你冷静点！”亚当说着，抓住我的胳膊。

我的手提包掉到地板上，我站在闪动的贩卖机前，全身战栗不止。亚当递给我两个十克朗硬币，捡起掉在地上的提包。

“亲爱的，刚才里面到底是怎么回事？”

我知道，我得向亚当说明一切。我不知道，这样是否行得通。

“庭上会做出决断。”我说着，喝了几口水。

“这要花多长时间？”

我望着他。我的心脏就像一处剧烈搏动的伤口。我对我的家庭做了什么？

“我不知道，”我说，“从五分钟到几个小时，都有可能。”

亚当吃惊地环顾四周。

“我不懂。难道是艾米娜……”

我将一根手指伸向他的嘴。

“我爱你。”我说道，并握住他的手。

这可是肺腑之言。

对我来说，亚当和史黛拉意味着一切。我知道，对他来说，我和史黛拉就意味着一切。

“我也爱你。”他说。

我握紧他的手。不，我紧握住他的手，牢牢地握住，久久不放。

我得说清楚。

111

长期以来，我一直担心，亚当会将一切泄露出来。当初要是让他知道这是怎么回事，他绝对不会让我将这些规划付诸实行。一开始，可能就是他把那件染血的衬衣藏了起来，随后，他又针对史黛拉回到家的时间点对警方撒谎。这就已经很不可思议了。绝对不能让他知道更多细节。

周六当天，他就已经对艾米娜起了疑心。我们在她父母家用完午餐以后，他就意有所指地说：艾米娜关于星期五晚上曾和史黛拉相聚的说辞是谎话。我被迫释放出更多烟幕弹。

周六深夜，迈克开车将我们从警察局送回家，我在街上多待了一会儿，和迈克进一步讨论。当时他相信，史黛拉很快就会被释放。但我已经读过她手机里的短信，担心情况比我们想象的还要复杂得多。在我们等候进一步通知的同时，我向亚当暗示：史黛拉需要不在场证明。我不能多说，我在任何情况下都不能让他起疑，觉得我知道的远比我所说的多。但是，我暗示他，只有他能通过声称史黛拉回家的时间比实际上早得多，来洗刷她的嫌疑。我当然可以亲自向警方撒谎，给史黛拉不在场证明。然而，如果说谎的人是亚当，这个谎言的分量就会很可观。有谁敢质疑一个终生为真理、诚实而奋斗的牧师呢？

再者，我完全不想出庭做证。考虑到我过去做过的其他事情，当庭撒谎并不算多么特殊的事，反正我的职业道德也不存在了。但是，我必须从旁听席上观察整个庭审的流程。我要见证这一切。我料想，这是一种控制感的体现。

那个星期六的夜里，我无法入睡。各种想法像狂奔的赛马一般在我脑海里奔腾。不过我在几个小时后发现，亚当已然在椅子上缩成一团。他多次眨眼，头垂在肩膀上，而我坐在他身旁纹丝不动，直到如雷的鼾声从他的喉咙里传出。

这时，我迅速、轻巧地溜进书房，打电话给艾米娜。她的口吻激动，说话内容也不连贯。我们决定，只要一有机会，我们必须即刻见面。但是，她得在这天夜里就打电话给亚当，承认自己当初说谎。她不能坚称自己在星期五晚上曾经和史黛拉相聚。

但是，亚当可没那么容易善罢甘休。他对于拆穿别人的谎言一直相当在行。他意识到，艾米娜在隐瞒某些事情。实际上，世界上只有两个人知道该如何对亚当撒谎：其中一个是史黛拉，另一个就是我。

命案发生后的周四，艾米娜再次打电话给我。直到当时为止，情况都按照我们的期望发展，但是当时艾米娜在话筒另一端激动地喘息着。亚当就在体育馆外堵她，想逼她透露更多信息。她很确定：他是知情的。亚当通过某种方式了解到，关于克里斯多弗·奥尔森的死，史黛拉和艾米娜都脱不了干系。

之前，我从没想过向亚当透露：史黛拉在周五深夜回家时，我也是醒着的。然而，随着他的行为越来越激烈、绝望，我意识到必须采取某些行动。当时，我就萌生搬到斯德哥尔摩的想法。

我爱亚当。最保守地说，我们的婚姻曾经很不稳定，它曾经直线坠落，裂成碎片。可是，俗话说：经历过大风大浪的夫妻，才能走得更远。到目前为止，我们携手挺过了所有难关，在这样的苦难与炼狱中，仍然完好无损，我们之间关系的稳固程度是外人难以理解的。

我们在斯德哥尔摩，有机会重新来过。同时，警方的初步调查旷日持久，在一切演变成一场大灾难以前，我被迫将亚当带离隆德。即使我到了最后仍将被迫向亚当承认是我销毁了史黛拉的手机，就算他想必已经明白是我动手处理了那件染血的衬衣，我还是顺利地让亚当撒谎，给了史黛拉不在场证明。

当我发现史黛拉将手机忘在家里的时候，我意识到事态严重了。史黛拉从来不会忘记带手机。随着时间一分一秒过去，我越来越担心。最后，我不得不查看她手机里的短信。

我惊惶地读着史黛拉最后那几条发给艾米娜的语气绝望的短信。有那么一眨眼的工夫，我想让亚当看看这些短信，但我随即意识到，这将导致毁灭性的后果。

我坐在沙发上，紧盯着史黛拉的手机。此时，迈克打电话给我。

“尤丽卡，我很难过，可是史黛拉被警方收押了。”

在经过这么多年以后，再次听到他的声音时，我震惊不已。

“她要求我担任她的公设辩护律师。”

“什么？”

我一头雾水。史黛拉要求迈克担任她的律师？

“她知道你是谁吗？”当夜稍晚，当他开车送我和亚当回家时，我这样问他。

“她当然知道。”

这就是史黛拉典型的作风。她知道我和迈克的关系远比职场上的关系要亲密，她听过我们讲电话。因此，她现在才会要求他担任辩护律师。

她该不会知情吧？她是否意识到：迈克会打破自己保密、保持缄默的义务，将我牵扯进来？

将史黛拉独自留在拘留所的囚室里，对已经发生的一切完全蒙在鼓里，是个很可怕的抉择。我感到良心如此不安，以至于最后要求迈克安排我和她见面，以便说明事情的原委。但是，史黛拉拒绝了这个要求，而我不敢让迈克承担起让她理解事情原委的责任。我们没有别的出路了。要是我想同时解救艾米娜和史黛拉，就必须等到庭审。这是一场赌注高得吓人的豪赌，我赌上了自己的女儿、自己的家庭。

在星期天上午，也就是警方结束针对我们家的住宅搜索后不久，艾米娜来到我们家。亚当仍在接受警方的侦讯，当他打电话给我时，我告诉他：警方的住宅搜索还没有结束。我要争取更多时间。

我们做出决定以后，艾米娜从夹克内侧掏出一只预藏的塑料袋。她解释，她是在游乐场的一个纸箱里找到这只塑料袋的。我马上就知道袋子里装着什么。

我们坐进车内，直接开到位于达尔比[1]的矿坑旁，我在一条狭小的砾石路上停车熄火。

我焦虑地环顾四周，然后才将塑料袋里的所有物品倒在地上。艾米娜紧靠在我身旁，当我将克里斯多弗·奥尔森的手机踩烂时，她一把鼻涕一把眼泪地哭着。

“把你的手机也给我。”我说。

她睁大眼睛，望着我。然后，她将自己的手机递给我，我将SIM卡抽出，然后将手机外壳踩得稀烂。忧虑感在我的心头碾轧着，然而，我没有时间迟疑。我总算知道：哪些事情是重要的，哪些事情是真正有意义的。现在，证明这一切的时候到了。

我爬到位于矿石厂上方的岩壁上，来到岩石突出部位最远端的位置。岩壁就在该处直直坠入深色的湖水中，水面是如此平静，看起来

[1] Dalby，隆德自治市内的人口密集区，位于市中心东南方约10千米处。

就像个深不见底的黑洞。我戴上手套，才将杀死克里斯多弗·奥尔森的那把刀从悬崖上扔下。那把刀在空中画出一条宽阔的弧线，刀刃刺穿静寂无声的水面。深不见底的湖面应声而开，将它吞了进去。

112

亚当倒退一步，差点撞上饮料贩卖机。

“你有没有意识到，自己做了什么事？”

我感到一阵锥心之痛。在那一刻，我对这一切感到后悔。这还不只是我失去女儿的风险而已，就连亚当也将会弃我而去。

“我这么做，是为了你们。为了我们家。”

“还有艾米娜？”

我点点头。

“可是我不懂。我亲眼看到，琳达·罗翰有一双和史黛拉一模一样的鞋子。她在那天晚上也跟踪过史黛拉。”

我喝尽最后一点水，将水罐捏扁，扔进垃圾桶里。

“琳达·罗翰没有杀死克里斯多弗·奥尔森。”我说，“琳达在警告史黛拉时所说的一切，很可能都是真的。奥尔森对她的侵害是相当严重的。”

我很努力地强调最后一点。也许我想说服亚当，他的所作所为是正确的；也许最主要还是想说服自己。

亚当的眼神仍然逡巡不定。

“可是，那群波兰人呢？”

“那群比萨师傅，”我一边说，一边耸耸肩，“他们当然是一伙小毛贼和骗子，但他们没有杀死奥尔森的动机。他们只希望保住在他房产里的比萨店面。”

亚当摇摇头。

“这真是疯了，”他说，“为什么艾米娜不老实说呢？她怎么能让史黛拉经历这一切呢？”

我张开嘴，但已经发不出声音来。亚当永远不会原谅我。他永远不会理解。

“那你呢？”他说，“你也有份？”

这听起来很像是陈述句。从他的声音里，我听不出谴责的语气。

“人们为了自己的孩子，还有什么事情做不出来的？”我说。

亚当凝视我的双眼。我心想：也许不管怎样，他还是能够理解的。

“我爱你。”我耳语道。

最后，我意识到：这是真的。我是真心实意爱着亚当。我爱史黛拉，我爱我的家庭。

随后，扬声器传来刮擦声，我们必须回到二号审判庭。

亚当和我握紧彼此的手。此时的旁听席几乎空无一人。许多新闻记者可能事先就认定庭上的决议将拖上一段时间，已经先行离开地方法院。其他人可能预计，今天不会出现令人震惊的大新闻，史黛拉会继续被关押在拘留所，直到法院书记处稍后发布裁决为止。

她是如此瘦削。她披头散发，眼神空洞而憔悴。她并没有望着我们的方向。她就像其他所有人一样，将眼神聚焦在庭审的审判长约兰·雷翁身上。

“地方法院经决议，”他一边说，一边看了看参审员们，“我们已准备发布判决。”

我的心跳停止了。他们已经做出决定了吗？他们只用了不到二十分钟哪。

亚当握紧我的手，露出疑惑的眼神。

“他们已经做出决定了吗？”

我点点头，趋身向前。

在我的世界里，除了约兰·雷翁的声音以外，其他任何事物都不存在。我没有听到他所说的一切，但是听到了最重要的信息。那几个最关键的字眼从一阵嗡嗡声中探出头来，像重拳般轮番砸在我的脸上。

我仍然纹丝不动。我的大脑似乎已经收到了这条信息，但仍拒绝接受它。

过了一会儿，我转身面向亚当。他低头望着地板。

这不是真的。我不相信这是真的。

“针对史黛拉·桑德尔的起诉应予以驳回，地方法院在此裁定结束收押。”

审判庭内扫过一片嗡嗡声。我的脑海陷入一团紊乱。这是真的吗？

“发生什么事了？”亚当问道。

他双目圆睁，望着我。

“起诉已经被驳回，”直到我高声说出这一点，我才猛然意识到这几个字的含义，“史黛拉自由了！”

下一刻，迈克站起身来拥抱史黛拉。旁听席上的人们开始移动。每个人都十分匆忙。一名身材高大、魁梧的保安挺直胸膛，眼神像老鹰一样凶狠。直到此时，我大脑里的每一个部分终于可以接受这些已经发生的事实。

“史黛拉！”我叫喊着，从座椅当中挤出一条路来，穿过保安锐利的眼神，一路推挤着，从含泪微笑的迈克身旁经过。

我仿佛走在一座桥上，穿越一条光线闪动的隧道。经历了这一切乱七八糟的事情以后，我直接扑倒在史黛拉怀里。

亚当惊异的声音，从我背后传来。

“这是真的吗？发生什么事了？”

“间接证据链被打破了，”迈克骄傲的口吻会让人以为这一切主要都是他的功劳，“你和艾米娜做证以后，浮现的疑点太多了。他们不得不释放史黛拉。”

亚当盯着迈克。

“我曾经质疑你，现在，我想向你致歉。可是，我当时什么都不知道，”他说，“但现在我总算知道你为我的家庭付出了多少心血。”

迈克看来不可一世。他朝亚当点点头，随后，当他瞄向我的时候，我发现一抹微笑。他看来十分享受这一刻。这就是他这么做的原因吗?

“史黛拉，请你原谅我。”我一边说，一边将一缕发丝从她脸颊上拨开。

“原谅什么？”

“这件事，这所有的一切。”

她注视我良久。

我的小女儿，我就像一块贴在她不断颤抖的身体上的创可贴。我张开双臂，紧紧拥抱她，这辈子再也不愿放手。我的胸口感受到她的心跳声，我们双眸里的渴望总算沉静下来，感到安适而自在。

“妈妈。”她耳语道。

无论她是十九岁，还是只有四周大，都无关紧要了。她永远是我的孩子。

我为了她，不惜一切。

“妈妈，我爱你。”

我尝试回答她，但喉咙感到一阵哽咽，仿佛被各种情感所阻塞了。多年来的渴望逐渐累积，成为一座水坝。如今，当这座水坝终于泄洪时，我的身体仿佛转变成液态。

时间已经不存在，空间不再具有意义。我和我的小女儿在永恒中飘浮着。她缓缓地凑上前来，在我耳边低声说道：

“我挑的律师不错吧？”

我的身体变得僵硬起来。史黛拉抽身时，我可以看见自己在她眼中的影子。她转向自己的爸爸。

亚当看起来支离破碎，仿佛一个已经彻底崩溃、瓦解的人。

我再一次背叛了他。要是亚当知道我和迈克之间的私情……这将永难弥补。

迈克再度对我微笑。我转身面向史黛拉。

“谢谢。”她对自己的爸爸耳语道。

亚当像个孩子般哭着。他毫不害臊、毫不遮掩，放声大哭起来。

史黛拉伸出手来，爱抚他。亚当的身体随着她的动作轻微地移动，她伸出手指，触碰着他的皮肤。他胳膊上细微的汗毛竖立起来。

“现在这样，心里有没有舒服一点？”史黛拉问道。

尾声

在我按了克里斯家的门铃，猛敲门之后，我冲下台阶。我跨上自行车，在这个街区漫无目的地骑来骑去，想搞清楚到底发生了什么事情。琳达·罗翰真的在跟踪我吗？这是我的幻觉吗？我是不是正在丧失理智啊？

我始终与他人不同，更从来没有从他人身上发现过自己的特性。想象一下，我正逐渐变成一个精神病人，正在等待爆发的时机。

毫无方向感地绕了几圈以后，我将自行车停在波尔恒学校外面，坐在一张长凳上。我的双腿颤抖，太阳穴的脉搏跳动得相当剧烈。我不能骑回家，抛下艾米娜不管。

我再一次读着她发来的那条短信。

一切 OK。在睡。明天见。<3

结尾处的那颗心，我还能够理解。可是，*ok*？用句号结束一条短信，不对，不可能的。我焦躁地用手指拨弄手机屏幕，检查我俩之间漫长的短信联系记录，可以百分之百确定：艾米娜过去从未使用句号结束一条短信。这条短信不是她发的。

那肯定是克里斯。他拒接我的电话，不回应我的短信。难道，到头来，琳达·罗翰说的终究是实话？克里斯该不会抓住了艾米娜吧？甚至更糟……

我不耐烦地在街道上来回走来走去，走进学校操场，走到环岛，再循原路走回来。我沿着树篱踱步，走到克里斯家所在的那栋房屋。我抬头望着他家的窗户，却发现旁边的窗口闪过一道阴影。于是我又迅速回到学校。每当我一停下脚步，坐下来或靠在树干上时，那种被跟踪的感觉就回来了：它就像黏附在我皮肤上的昆虫的细足，肌肉无情地抽动着，迫使我站起身来，继续赶路。

沉默被打破之时，我正站在学校操场与游乐场之间的拐弯处，距离克里斯家约五十米。不知从何而来的“咔嗒咔嗒”的脚步声划破黑夜，就像被压抑住的尖叫声，涌向沥青路面。

她在大街上狂奔。她身上的衬衫已经被扯掉一边，她的头发乱成一团，眼神里带着可怕的杀意。他们常将手球场上的她比喻为一头比特犬。

“艾米娜！”我尖叫着。

她剧烈地喘息着，回头张望，张开嘴巴，像是要尖叫，却发不出声音。

同时，克里斯拐了个弯，紧追在后。他用一只手遮住自己的脸，另一只手则在侧面剧烈摆动，像一名参加百米短跑竞赛的选手。

“快跑啊！”艾米娜朝我尖叫。

可是，我的双脚黏附在沥青路面上。艾米娜很快就冲到我面前，我看见她的面孔扭曲了。

“快跑！”

我判断逃生路线的同时，克里斯越追越近。

转身之际，我发现了那把刀。她手部的动作相当细微，但我还是瞥见刀刃在路灯的映照下闪闪发亮。

克里斯的双足沉重地踏在沥青路面上。

“来吧！”我一边吼叫，一边拉住艾米娜。

我们绕过树篱，钻进黑暗的游乐场。砾石在我们脚下沙沙作响。艾米娜缩着身子喘息着，上气不接下气。她身上散发出汗味与肾上腺素的味道，此外，还有某种刺鼻的气味。是胡椒吗？

“发生什么事了？”

艾米娜没有答话。她的眼神像是被浓雾掩盖，深不可测。我不断拉着她、扯动她，但她完全心不在焉。

我拉住她的手腕，逼她用正眼看我。

“他对你做了什么？”

她张开嘴，双唇颤动，活像一条鱼的嘴唇。

“请原谅我，”她说，“我破坏了协议。”

“艾米娜，他做了什么？”

“他……他……”

街道上传来的脚步声逐渐逼近。一两秒钟后，我们就会和克里斯正面冲突。

“他强奸了我。”

艾米娜的声音，像是在我肚子上狠踢了一脚。

“强奸？”

下一刻，克里斯就冲过转角，杀到我们面前。他在砾石路上停住脚步，站着不动，用手遮住自己的一只眼睛。

我迅速后退两步。当时我已经放开艾米娜，但我估计，她会跟着我行动。

我全身紧绷，皮肤简直要被撕裂了。我本该感到害怕，但是，我全身上下每一个细胞反而被愤怒所凿穿。我恨他。我恨克里斯多弗·奥尔森，我简直要崩溃了。

我被迫一而再、再而三地经历被强奸的感觉：喉咙被抵住，压在我身上的重量，当他进入我体内时，那种灼烧、剧烈的疼痛感。他偷去了我的尊严。

我怎能让同样的事发生在艾米娜身上呢？要是我当初听了琳达的话就好了。

克里斯多弗·奥尔森喘息着、呻吟着。他哀号一声，用手背揉搓着自己的双眼。我转过身，发现艾米娜完全没有退却。她反而向克里斯跨上一大步。她将颤抖的手伸向克里斯，她挥着刀，像是在威胁。

“像你这样的人不配活命！”她咬牙切齿地吼道。

“闭嘴。”克里斯说。

他的声音既不害怕，也无歉意。他看起来一片茫然。

“住手，艾米娜。”

那是我自己的声音。

我不确定她是否听见我的声音。她已经活在一个只剩下她和克里斯的世界里。只剩她和那名强奸犯，还有她手上那把颤抖的刀。

“刺！”她说。

克里斯瞪着她。

“快刺啊！”

我站到她身旁。那锋利的刀刃就在我身旁晃动。我的内心因愤怒而痉挛，这股愤怒不断翻绞着、缠绕着，就像一个握紧的、即将炸裂的拳头。

我从艾米娜的眼神中看出：她已经毁了。我知道：这一切全是我的错。当初我本该听从琳达·罗翰的警告。我怎会如此愚蠢？

这时，克里斯多弗·奥尔森笑了出来。

我望着自己最要好的朋友，一把从她手上夺过那把刀。

作者谢词

感谢 Markus von Martens 赐给本人一位真正的贤妻，同时详读本书草稿。

感谢 Birgitta Ekstrand 与 Monika Wieser 所提供的无比宝贵的意见。

感谢 Zackarias Ekman 在各方面提供的明智建议（尤其是关于法律的专业知识）。

感谢论坛图书出版集团（Bokförlaget Forum）与版权代理公司 Ahlander Agency 全体同人的宝贵协助，能够与各位共事，是本人的荣幸。

假若没有本人编辑 John Häggblom 的协助，这部小说将无法与读者们见面。感谢你的仔细、聪慧，以及一路走来对我坚定不移的信心。

若无本人出版商 Karin Linge Nordh 的协助，关于本书的一切将会逊色许多，感谢你所做的一切。

若无本人版权经纪人 Astri Ahlander 的协助，本书将永难问世。对于你为我所做出的一切奉献，我感到由衷的喜乐与感激。

没有了 Kajsa、Ellen 和 Tove，一切都将失去意义。

图书在版编目（CIP）数据

谎言之家 /（瑞典）马提亚斯·爱德华森著；郭腾坚译 . —成都：四川文艺出版社，2020.11
ISBN 978-7-5411-5808-7

Ⅰ . ①谎… Ⅱ . ①马… ②郭… Ⅲ . ①长篇小说—瑞典—现代 Ⅳ . ① I532.45

中国版本图书馆 CIP 数据核字（2020）第 196117 号

著作权合同登记号 图进字：21-2020-381

HUANGYAN ZHI JIA

谎言之家

［瑞典］马提亚斯·爱德华森 著 郭腾坚 译

出 品 人 张庆宁
责任编辑 范菱薇
产品经理 任 菲 施 然
特约编辑 郭 城
责任校对 汪 平

出版发行 四川文艺出版社（成都市槐树街 2 号）
网 址 www.scwys.com
电 话 028-86259287（发行部） 028-86259303（编辑部）
传 真 028-86259306

邮购地址 成都市槐树街 2 号四川文艺出版社邮购部 610031
印 刷 大厂回族自治县德诚印务有限公司
成品尺寸 145mm × 210mm 开 本 32 开
印 张 13.5 字 数 337 千
版 次 2020 年 11 月第一版 印 次 2020 年 11 月第一次印刷
书 号 978-7-5411-5808-7
定 价 55.00 元